Styx

RIDERS

TOME 2 : LA VIOLENCE D'APHRODITE

Ce livre est une fiction. Les noms, caractères, professions, lieux, événements ou incidents sont les produits de l'imagination de l'auteur, utilisés de manière fictive. Toute ressemblance avec des personnes réelles, vivantes ou mortes, serait totalement fortuite.

Images de couverture :
© Volodymyr Tverdokhlib – Shutterstock
© Intueri – Shutterstock
Couverture : Camille Decoster

Collection dirigée par Arthur de Saint-Vincent
Ouvrage dirigé par Camille Léonard
© 2023, Hugo Poche, Département de Hugo Publishing
34-36, rue La Pérouse
75116 Paris
www.hugoetcie.fr

ISBN : 9782755664423
Dépôt légal : mars 2023
Imprimé en Espagne par Liberdúplex

KALYPSO CALDIN

Styx RIDERS

TOME 2 : LA VIOLENCE D'APHRODITE

Hugo Poche

NEW ROMANCE®

Une âme bonne ne peut ici passer ;
Voilà pourquoi Charon te refuse le voyage.

Dante Alighieri, *La Divine Comédie*

CHAPITRE 1

ALEX

M.

J'ai encore entendu ta voix cette nuit. Dans les ténèbres, elle m'appelle. Elle me supplie de la suivre.

Préserve-moi de la folie.

Préserve-moi des regrets.

– Alex ?

Je lève les yeux de mon bol de céréales pour les poser sur Amaria. Les pétales de chocolat se sont changés en une bouillie dégueulasse vu que je les laisse baigner dans le lait depuis plus de vingt minutes. Mon cerveau n'est pas en meilleur état. Il se délite depuis *cette* putain de nuit où ma mère m'a abandonné dans ce monde pourri pour en rejoindre un autre, bien meilleur.

Je capte le regard pensif que ma tante pose sur moi. Elle me mate comme ça depuis que j'ai emménagé chez elle, comme si elle cherchait à lire en moi sans y parvenir. Une chance qu'elle ne devine pas quelles merdes se cachent dans mon âme… et qu'elle ne puisse pas non plus percevoir la douleur dans ma poitrine. J'ai, depuis mon réveil tôt ce matin, des putain d'élancements à cause de la balle que j'ai reçue dans le torse il y a deux mois.

Cadeau de mon ex-chef de gang pour l'avoir balancé aux Styx Riders.

– Alex, insiste ma tante.

– Quoi ? demandé-je.

– Tu manges ou tu préfères attendre la fonte des glaces ?

Je repousse le bol en secouant la tête.

– J'ai pas faim.

– Encore ? soupire-t-elle.

Je me détourne pour éviter son expression apitoyée.

– Je mangerai un truc au bahut.

– Je peux te préparer quelque chose. Qu'est-ce que tu voudrais ?

Tu es capable de ramener les gens à la vie ?

Je me mords la lèvre pour me retenir de balancer ça, et lâche à la place :

– C'est bon.

Ma tante n'a pas l'air convaincue, mais elle opine quand même. Elle sait qu'elle ne tirera rien de plus de moi.

– OK, alors tu es prêt ? enchaîne-t-elle. Je t'emmène au lycée, c'est sur la route du commissariat. Tu as ta dispense sportive ? Je connais le coach, cet enfoiré pourrait te faire courir même avec une jambe en moins.

– Tout est là.

Je tapote mon sac à dos. Il est rempli de fournitures scolaires neuves. On a un deal avec ma flicaille de tante : je reprends les cours comme un gamin normal et, en échange, elle m'autorise à bosser dans le garage des Styx Riders. Je suis prêt à tout pour me rapprocher du club, quitte à me bouffer sept heures de lycée par jour. Je sais que je vais douiller là-bas : je n'ai pas foutu les pieds dans une école depuis mes quatorze ans. Je suis loin d'avoir le niveau des élèves de terminale que je compte rejoindre.

Le directeur et ma tante m'ont proposé de faire un essai tout de même. J'ai accepté.

Je me lève pour suivre Amaria avec la démarche d'un condamné à mort. Monter dans sa caisse me les brise d'avance mais je n'ai pas le choix, puisque je n'ai pas d'autre moyen de locomotion. Jusqu'à ce que mon torse soit complètement guéri je ne peux pas monter Betty, la moto qu'Heden m'a offerte. D'ici là, elle m'attend sagement au garage.

Dehors, le vent froid fouette mon visage. En attendant que ma tante déverrouille la voiture, je mate la maison avec le sentiment persistant de ne pas être vraiment chez moi ici. Cela fait un mois et demi que j'ai emménagé ; pourtant, je n'arrive pas à m'habituer à cette baraque de banlieue. Elle m'étouffe : elle est bien trop différente de la bicoque délabrée dans laquelle je vivais avec ma mère.

– Alex, tu montes ? m'interpelle ma nouvelle responsable légale. On va être en retard.

Quand faut y aller...

La voiture de service de ma tante me crispe encore plus que la maison. Le mot « POLICE » écrit sur la carrosserie semble m'adresser un gros *fuck*, comme s'il se foutait de ma gueule. J'espère ne pas tomber sur un membre des Styx Riders entre ici et le bahut. J'imagine qu'ils savent déjà tous qu'Amaria est flic, mais ça n'arrangerait pas mes affaires si on me voyait dans sa voiture. Ma candidature risque d'en prendre un sacré coup à cause de cette connerie. J'ai bien essayé de persuader Ash de me faire une place chez lui à la sortie de l'hôpital, mais il a refusé.

Bon, OK, il n'a pas vraiment eu le choix.

Ash est le sergent d'armes des Styx Riders. Il est chargé de faire régner l'ordre au sein du club et de cette ville. Notre entente initiale laissait à désirer, mais j'ai fini par trouver en lui un mentor. Il m'a aidé à la mort de ma mère, et il continue de le faire chaque fois qu'il le peut. Du coup, je ne ressens pas vraiment de colère pour lui : je sais bien qu'il n'aurait pas pu m'héberger légalement puisque je n'ai que dix-sept ans.

– Mince, où est-ce que j'ai mis mes lunettes ? grommelle ma tante en tapotant les poches de son uniforme.

– Sur ta tête, réponds-je avec un sourire.

– Ah, exact, merci.

Elle dissimule souvent ses yeux bruns derrière une paire de Ray-Ban pour se donner un style, même au cœur de l'hiver. C'est franchement bizarre, mais pourquoi pas.

Physiquement, Amaria ressemble à ma mère comme deux gouttes d'eau : même crinière brune bouclée, même visage aux traits fins, mêmes lèvres toujours étirées sur un sourire. Cette ressemblance me broie le cœur mais je fais tout pour ne pas le montrer. Du coup, je me focalise sur le paysage. L'hiver s'abat sur la ville. C'est aussi beau que douloureux. Le froid mordant qui descend des montagnes annonce des gelées imminentes et des chutes de neige.

L'hiver était la saison préférée de ma mère. Elle disait que tout est plus pur à cette période, que le temps se fige.

Et l'âme des gens, maman ? Elle aussi, elle se purifie quand le blanc recouvre le monde ?

Je ferme les yeux, inspire. La boule dans ma gorge grossit ; elle ne m'a jamais quitté depuis l'enterrement. Parfois, elle me donne l'impression qu'elle va exploser.

La voiture remonte la rue. Ma tante fait signe à notre voisine, qui promène son chien, salue des mômes en train de jouer en leur conseillant de ne pas rester trop près de la route, agite la main à l'intention d'un vieux assis sous un porche.

Tout le monde adore Amaria. Elle n'est pas le genre de nana qu'on déteste, parce qu'elle a un bon fond. Et pourtant, il y a des années de ça, ma mère a décidé de couper les ponts avec elle définitivement. Tout ça à cause d'une dispute qu'elle n'a jamais su m'expliquer dans le détail. On a tendance à entretenir une fierté ridicule dans la famille, de celles qui empêchent de renouer des liens avant que la mort ne vienne les rompre.

– Tu te sens comment ? me demande ma tante. Tu verras, ton lycée est super.

– Et la nourriture ?

– Délicieuse. Pas trop stressé ?

Non, pas vraiment. En revanche, je ne peux pas nier que ça me saoule de devoir faire semblant de m'intéresser aux études. Comme si j'avais une chance d'entrer à la fac l'an prochain… Ce n'est même pas dans mes plans. J'ai plutôt envie de me trouver un job. Je suis davantage manuel que cérébral, Amaria s'en rendra compte très vite.

– Je survivrai, finis-je par lâcher.

Comme depuis pas mal de temps déjà.

Le trajet jusqu'au lycée prend dix minutes. Ma tante se gare juste devant. La prochaine fois, je lui demanderai de s'arrêter à un pâté de maisons. Ou, mieux, je partirai à pied, j'aime bien marcher.

– OK, tu as tout ce qu'il te faut ? s'enquiert-elle, l'air plus nerveuse que moi.

– Tu m'as déjà posé la question.

– Je sais. C'est juste que… Bon, on arrête de paniquer !

Je hausse un sourcil moqueur.

– Je passe te récupérer ce soir ? me propose-t-elle. Ah non, c'est vrai, tu vas au garage. Si tu as un problème, appelle-moi.

Je me force à lui sourire et descends de la voiture. Le vent s'insinue sous mon cuir, sous mon jean, sous ma peau. Putain, je préfère largement l'été !

J'attends que ma tante soit partie pour franchir les hautes grilles du lycée. Le bâtiment ressemble au manoir des X-Men : grand, entouré de verdure et chargé d'histoire.

Si un mec chauve en chaise roulante m'accueille, je bouffe mon caleçon…

Sauf que c'est une nana en tenue de cheerleader qui m'interpelle dans l'allée centrale. Elle tient un panier rempli de muffins et des flyers. Elle m'en tend un de chaque avec un enthousiasme débordant.

– Vote Ruby ! s'exclame-t-elle. Je compte sur toi, d'accord ? Oh, j'adore ta veste !

Elle me décoche un clin d'œil. Je lui montre le morceau de papier et lui demande :

– C'est quoi ton programme ?

Les muffins et les belles gueules ne suffisent pas en politique, même dans un lycée. Si ?

– Je compte lever des fonds pour permettre à plus d'élèves d'accéder aux différents clubs du lycée, me répond la brune du tac au tac. Oh, et rénover la bibliothèque.

Ce dernier détail me plaît bien.

– Compte sur moi, Ruby, lui assuré-je.

– Merci beaucoup !

Sur ce, elle passe à sa prochaine proie. Je balance le flyer dans une poubelle en entrant dans le bâtiment. À peine me suis-je engagé dans le couloir principal qu'une deuxième cheerleader me saute dessus, sortie de nulle part, et fourre le même prospectus sous mon nez.

– Vote Ruby ! clame-t-elle.

– On m'a déjà fait le coup, répliqué-je.

C'est qu'elles y vont à fond, les pom-pom girls !

– Pourquoi je devrais voter pour elle ? ajouté-je, pris d'une envie soudaine de me montrer taquin.

– Parce que ce serait une bonne action ? suggère la blondinette.

– Mais encore ?

– On file des muffins gratos ?

Elle attrape d'ailleurs celui que m'a donné sa copine, mord dedans, puis me dépasse en sautillant. Je la dévore des yeux, scotché par son énergie. Elle porte un uniforme rouge et argenté. Sa mini-jupe sous laquelle se devine un short souligne ses longues jambes bronzées, tandis que son haut dévoile sa silhouette tonique et son ventre plat. Le piercing à son nombril accroche la lumière des néons. Alors qu'elle glisse de lycéen en lycéen pour les convaincre de soutenir Ruby, elle paraît ne pas toucher terre. Elle s'adresse à tout le monde, du footeux au petit timide qui la joue profil bas, offrant un sourire à quiconque croise son regard.

Je jette un œil au flyer qu'elle m'a donné.

Élection des représentants des élèves du second semestre. Vivez votre scolarité dans un cadre apaisé et soucieux de votre bien-être. Votez Ruby !

Je retourne à la poubelle et y abandonne ce prospectus avec le précédent. Je m'en tape, des événements de ce genre, même si ça veut dire être abordé à chaque coin de couloir par des bombasses.

Après quelques minutes de recherches, je trouve mon casier. Ici, pas de numéros mais des noms et prénoms calligraphiés derrière une protection en verre. Ce n'est pas tout. Lors de ma « journée découverte », j'ai appris qu'on pouvait réserver toutes sortes de salles : pour la musique, pour le sport, pour projeter des films… Le moins qu'on puisse dire, c'est que cette école tient ses promesses. Selon Amaria, je mérite au moins ça pour me « remettre sur pied ». Pour commencer une nouvelle vie, sur de bonnes bases.

Ma mère n'aurait jamais été capable de payer pour m'offrir un environnement scolaire pareil, mais elle aurait adoré que j'en bénéficie.

Une carte m'attend dans mon casier.

Alex Agora, bienvenue parmi nous ! Que cette école vous aide à tracer votre voie.

La direction.

Ma voie ? Avec un sourire moqueur, je prends une photo du rectangle de bristol et l'envoie à Ash.

Mate un peu ce à quoi j'ai droit
dans mon bahut. Tu crois que
si je balance que ma voie
est celle des Styx Riders
je me ferai virer ?

Il doit être en train de bosser, parce que je n'ai encore aucune réponse de sa part en entrant dans ma salle de cours. Le prof n'est pas arrivé. Sans m'attarder sur les autres lycéens, je remonte l'allée et me laisse tomber sur une chaise de la rangée du fond. Seulement ensuite, j'observe ce qui m'entoure. Une bande de nanas cancane dans un coin, trois mecs en maillot de foot pouffent, appuyés contre une fenêtre. Un couple joue aux échecs, une fille téléphone.

Ça doit faire une éternité que je ne me suis pas retrouvé au milieu d'un groupe d'ados. L'ambiance diffère de celle qui régnait chez les Red Birds, mon ancien gang. Déjà, pas de flingues, pas de traînées de poudre sur les tables, pas d'argent sale à perte de vue. Ce délire malsain ne me manque pas, au contraire. Mais j'ai cette impression persistante de ne pas me trouver à ma place. D'errer.

Comme j'erre la nuit dans les limbes.

Enfin, je reçois une réponse d'Ash.

Je te rappelle, gamin,
que rien ne te garantit d'entrer
chez les Styx.

Il rêve s'il pense me décourager. Je donnerai tout pour rejoindre le club, parce que j'ai découvert que ses membres y cultivaient de vraies valeurs, à commencer par une fraternité à toute épreuve.

Une femme un peu rondelette, habillée tout en vert, entre dans la salle quelques instants plus tard, son parapluie à la main. Elle réclame le silence puis déclare :

– Bonjour, pardonnez-moi du retard ! Asseyez-vous. Carl, remonte-moi ce pantalon, s'il te plaît !

Sur ce, elle fait tomber un pot plein de crayons, manque de pousser son PC portable au-delà du bord du bureau puis se tord la cheville en déblatérant des « bon sang, je déteste la neige ». Quand enfin elle retrouve son calme, je suis scié face au calme de la classe. Tout le monde attend que la femme commence son cours, sans même faire de remarque sur son chapeau chelou.

Parce que, ouais, elle arbore un chapeau dans lequel un piaf a dû faire son nid.

– J'espère que vous allez bien et que vous avez passé un bon week-end, nous dit-elle. Jack, dois-je te rappeler que tu n'as pas vingt et un ans ? Que je ne te reprenne plus à acheter de l'alcool à la supérette du coin, ou je te dénonce à la police.

L'adolescent ricane.

– Vous feriez ça ?

– Absolument. Bien, sortez vos livres et ouvrez-les page cent vingt.

Je crois que je l'aime bien, cette meuf. Elle a un côté *cash* qui me plaît.

– Attendez, reprend-elle, j'ai oublié de vous annoncer une bonne nouvelle ! Alex, mon grand, lève-toi, s'il te plaît.

« *Mon grand* » ? Il me faut à peu près dix secondes à me remettre du surnom, tandis que la prof me couve d'un regard aussi doux que celui de ma mère. Mon cœur se serre.

– Alex ? m'encourage l'enseignante. Et si tu nous parlais un peu de toi ?

Voilà que tous les élèves me matent comme si je débarquais de Mars. Je reste cloué sur ma chaise avec l'intention de ne pas en bouger. Cette femme s'attend vraiment à ce que je me lève pour me présenter ? On est où, là ? À une réunion des Alcooliques anonymes ?

CHAPITRE 2

CASSIE

Ruby a déjà amassé pas mal de promesses de vote. Je savais que cette histoire de muffins marcherait. La nourriture attire toujours la sympathie. Par exemple, il suffit de parler de buffet à volonté à propos d'un gala de charité et les gens rappliquent en masse. Maintenant, il ne reste plus qu'à espérer que ma meilleure amie remportera l'élection : elle en a besoin pour améliorer son CV et augmenter ses chances d'entrer en cursus de journalisme. Qu'est-ce qui pourrait bien l'aider à convaincre les derniers indécis ? Organiser une fête ? Déjà prévu. Une *flash mob*, peut-être, avec l'aide de l'ensemble de l'équipe des cheerleaders ? Bonne idée !

« *Flash mob* », noté-je sur le coin de ma feuille.

– Alex ? Vous pourriez nous parler un peu de vous ?

Je me concentre sur Mme Smog. Pas de chance pour le nouvel arrivant, elle semble bien décidée à ne pas le lâcher. S'il compte échapper à la « présentation », il se fourre le doigt dans l'œil. Je me concentre sur lui, un sourire compatissant sur les lèvres. Lui ne le remarque pas, mais je sens rapidement une autre paire d'yeux qui m'observe. Elle appartient à un mec que je déteste profondément et à qui je ne ferai pas le plaisir d'accorder mon attention. À la place, je reste focalisée sur le tatoué.

Le tatoué. On appelle déjà Alex ainsi dans les couloirs, et il vient à peine de débarquer ! Il se démarque des autres lycéens par le nombre incalculable de dessins ancrés sur ses mains, ses avant-bras, dans son cou. Ils renforcent son air ténébreux.

« Alex », ajouté-je à côté de « *flash mob* ».

Il a de grands yeux d'un noir profond qui accentuent la sévérité de ses traits. Sans aller jusqu'à sembler antipathique, il affiche pourtant une mine renfrognée qui dissuade de lui adresser la parole. Ses cheveux sombres sont décoiffés, son début de barbe souligne sa mâchoire carrée… Je lui trouve un air de loup sauvage hyper sexy.

« Loup sauvage », gribouillé-je.

– On ne commencera pas le cours tant que tu ne nous auras pas donné quelques détails croustillants sur toi, insiste la prof de littérature.

– Des détails croustillants… répète Alex d'une voix grave.

– Absolument. Une phrase, minimum, ensuite je te laisse tranquille. Je suis certaine que tes camarades meurent d'envie de savoir qui tu es.

Avec lenteur, il se lève et remonte l'allée principale. Alors qu'il passe à ma hauteur, je me penche sur le panier posé par terre à côté de moi et lui glisse un muffin dans la main. Surpris, il s'arrête pour me décocher un regard soupçonneux.

– Je t'en devais un, lui murmuré-je. Bienvenue à Lake High.

Le coin de ses lèvres se retrousse.

– Alors, Alex, tu viens ? l'appelle Mme Smog.

Sans s'attarder davantage, il grimpe sur l'estrade, place ses mains dans son dos et balaie la classe des yeux. À aucun moment il ne baisse le regard, même quand Jack le défie silencieusement. Il n'a pas aimé que je donne un muffin au nouveau, visiblement… Tant mieux, je veux qu'il sache qu'il n'a pas réussi à me briser en me trompant.

Ruby pose la tête sur mon épaule. L'odeur de son gloss à la fraise envahit mes narines.

– Il est mignon, tu ne trouves pas ? me glisse-t-elle.

On est d'accord.

– Tu as vu comme il t'a regardée ? souffle-t-elle.

Le silence s'étire. Soit Alex n'a vraiment aucune idée de présentation, soit il adresse à la prof un *fuck* en bonne et due forme.

– On t'écoute, l'encourage justement Mme Smog.

– Que voulez-vous savoir ? lui demande-t-il.

– Déjà, où habites-tu ? Pourquoi arrives-tu dans ce lycée en milieu d'année ? Qu'est-ce que tu aimes ? Ce genre de choses.

Les lèvres d'Alex s'étirent en un sourire qui n'exprime aucune joie.

– J'ai toujours vécu à Black Lake, révèle-t-il. Je suis dans ce bahut parce que je n'ai pas eu d'autre choix. Ma mère est morte il y a deux mois et, juste après, je me suis fait flinguer par mon ancien chef de gang. Ça vous suffira, comme détails croustillants ?

Un frisson dévale mon dos, et la classe éclate en une déferlante de chuchotements. Mme Smog reste sans voix, crispée. Alex ricane puis, comme si de rien n'était, il retourne à sa place. Dans le genre provocant, difficile de faire mieux…

Du coin de l'œil, je l'observe. Maintenant qu'il s'est rassis, il s'enfonce dans ses pensées, les jambes étendues sous la table.

« Écorché vif », ajouté-je sur ma feuille.

Le muffin que j'ai donné à Alex dépasse de la poche de son jean. Je reste bloquée là-dessus, jusqu'à ce que je prenne conscience que le nouveau me fixe des yeux avec un mélange de férocité et d'amusement. S'il souhaite me faire détourner le regard, il peut toujours courir. Je ne suis pas de celles qu'on impressionne. Mes parents sont militaires, mon grand frère appartient aux Styx Riders. On m'a élevée à la dure toute ma vie. À la place, je lui adresse l'un de mes plus beaux sourires, auquel il répond en arquant un sourcil.

Mon portable vibre dans ma poche. Discrètement, je lis le message que je viens de recevoir, la gorge nouée. Il vient d'Abruti, alias Jack, mon ex.

Il y a deux mois, on sortait encore ensemble, on allait même fêter l'anniversaire de notre relation. On formait ce genre de couple qu'aiment les lycéens : populaire, enviable. Jack et Cassie. Cassie et Jack. Le duo phare du lycée.

Tu parles.

Lui et moi, on a rompu juste après un match de foot amical avec un autre lycée. Je l'ai chopé dans les vestiaires entre les cuisses d'une cheerleader de l'équipe adverse. Je n'ai rien eu le temps de dire. Avant même que je comprenne ce que je venais de découvrir, il m'a assené :

– Cassiopée, toi et moi, c'est fini.

Primo : seul mon frère a le droit de m'appeler Cassiopée.

Secundo : non, mais le boulet ! Me plaquer alors qu'il baise avec une autre !

Je grimace. J'ai encore mal quand je repense à la trahison de Jack. Mine de rien, je crois que je l'aimais vraiment. Il faisait tout pour se montrer sympa et attentionné… jusqu'à ce qu'il dévoile sa vraie personnalité.

Aujourd'hui, il a le culot de m'envoyer ce SMS ? Il faut dire que depuis quelque temps il me tourne à nouveau autour, avec un plaisir malsain…

Je bloque son numéro et range mon téléphone dans mon sac au moment où Mme Smog s'approche de moi en fronçant les sourcils.

– Cassie, qu'avions-nous convenu à propos des portables ? me rappelle-t-elle à l'ordre.

Règle numéro un : ne pas l'utiliser en cours. Du moins, dans son cours. Elle me tend une boîte en carton et patiente. Je fourre l'appareil à l'intérieur avec un soupir.

– Désolée, Mme Smog.

– J'ose espérer que votre interlocuteur ne se trouve pas dans cette pièce, réplique-t-elle.

– Non. En fait, il est mort. Parfois, je lui envoie des messages pour m'assurer qu'il a bien été dévoré par les vers.

Ruby pouffe, sachant exactement à qui je fais référence. Quant à Jack, il grommelle à l'autre bout de la salle. Qu'il aille brûler en enfer !

– Très fin, Cassie, très fin… soupire la prof. Ouvre ton livre et lis le premier paragraphe à haute voix, s'il te plaît.

Nous passons le reste de l'heure en compagnie de Hobbes et de son *Léviathan*. À la pause, je distribue d'autres muffins en compagnie de Ruby ; puis, à midi, je rejoins le reste de l'équipe de cheerleaders à la cafétéria. Nous sommes huit, et nous nous côtoyons depuis notre entrée au lycée. La plupart d'entre nous souhaitent poursuivre le sport à l'université l'an prochain, et nous sommes bien parties pour gagner les championnats. Jess, notre capitaine, nous soumet à deux entraînements quotidiens : chaque matin de sept à huit heures et le soir de dix-huit à dix-neuf. Aucune absence n'est autorisée, sauf cas exceptionnel. Si on meurt, par exemple. Enfin, en ce qui me concerne ce n'est pas un problème. J'aimerais passer pro et je suis surmotivée.

Je pose mon plateau sur la table. Jess briefe les filles sur une nouvelle choré qu'on réserve pour le prochain match, dans trois semaines. Deux minutes trente de pure folie, de haute voltige, d'éclate totale ! J'adore ça.

– Cassie, tu pourras aider Ruby à revoir son flip ? me demande Jess. Depuis qu'elle a eu une entorse, elle a du mal à se réceptionner.

– Bien sûr. Je suis la seule qui a assez de patience pour lui filer des cours perso, de toute façon, me moqué-je.

– Hé ! s'exclame l'intéressée en m'envoyant un morceau de carotte.

– Te fais pas de bile, tu sais que je t'aime, ma Ruby.

On discute sport pendant une poignée de minutes encore, puis l'ambiance s'allège. Je pique une frite dans l'assiette de notre capitaine et lui demande sournoisement :

– Alors, ce rencard avec Logan ?

– Il m'a invitée chez *Alberto* ! s'exclame-t-elle, des étoiles dans les iris.

– *Alberto*… soupire Ruby. J'adore ce restaurant.

– Et après ? embraye Courtney. Tu as retiré ta petite culotte ?

Cette fille est la guerrière de notre équipe. Elle pratique plusieurs sports de combat, et sa langue est aiguisée comme une épée. Aucun type n'ose se moquer d'elle quand elle rate une figure.

Une fois, un idiot a essayé. On ne l'a plus jamais revu.

Pendant que Jess jure ne pas avoir fricoté avec Logan, je ratisse la salle du regard à la recherche d'une âme égarée bien précise. Ah, ça y est, je le repère. Alex s'est isolé sous l'escalier qui mène aux terrasses. Le peu de place empêche les bandes de s'installer là, du coup ce coin attire les solitaires ou les couples qui désirent un peu d'intimité.

Il fouille dans son assiette avec sa fourchette, un air dégoûté sur le visage. Normal, il a choisi la formule entrée, plat, dessert. La plus dégueu. Pour espérer manger un truc comestible, faut tout prendre en individuel.

Il repousse son plateau et appuie sa tête contre le mur derrière lui. Je l'observe toujours quand, soudain, Jess me ramène à la conversation :

– Hé oh, Cassie !

– Quoi ?

– On parlait de la fête samedi, chez Jack. Tu viens toujours ?

Mon ex invite quasiment tout le lycée chez lui. Bien sûr que je vais me pointer ! Je veux qu'il me supplie à nouveau de lui laisser une chance, pour que je puisse l'envoyer se faire voir. J'ai trop hâte !

– Oui, avec plaisir.

– Attends, tu mates le nouveau ? s'exclame Ruby. Vous iriez tellement bien ensemble ! L'ombre et la lumière !

Je secoue la tête.

– T'occupe, lâché-je. Dis-moi plutôt si tu as acheté de quoi cuisiner d'autres muffins chez toi, ce soir ?

– C'est vrai qu'il est mignon, tu as le droit de le regarder, insiste ma meilleure amie.

– Ruby !

– Vous ne trouvez pas qu'il a un côté déchiré ?

– On dit qu'il s'est fait tirer dessus, renchérit Jess.

Et voilà, les commérages commencent...

– C'est vrai, annonce Ruby. Il l'a avoué en cours de littérature. N'est-ce pas, Cassie ?

Je hausse les épaules.

– On s'en fiche, non ?

Ma capitaine me tend soudain une barre protéinée. Je la regarde avec étonnement.

– Je n'ai pas faim, j'ai encore plein de frites, lui fais-je remarquer.

– Ce n'est pas pour toi, c'est pour lui ! Va la lui offrir.

Alors là, je suis larguée.

– Pourquoi moi ? protesté-je.

– Parce que Ruby risque de faire un coma si elle y va, Courtney va lui chercher la bagarre, je vais rendre Logan jaloux... Tu es la mieux placée pour t'y coller. Grouille-toi, et ramène-nous des potins sur lui.

Je saisis la friandise et m'éloigne, sous le regard de chacune des filles de l'équipe. Elles me tueront ! Je les déteste.

Non, je les adore.

Mais quand même.

Je traverse la cafétéria, déterminée à accomplir ma mission le plus rapidement possible. Alex est plongé dans un livre au moment où j'arrive devant lui. L'ouvrage est posé sur la table, si bien que je ne peux pas voir le titre.

Je place la barre de céréales devant lui avec un sourire avenant et l'avertis :

– La prochaine fois, ne prends pas de menu. C'est comme à Poudlard, ici : les formules peuvent tuer. Choisis tes plats individuellement. Tu paieras un peu plus cher, mais tu auras de la bonne nourriture. En attendant, voilà des protéines. Cadeau de bienvenue de la part des cheerleaders.

Un étrange silence s'installe entre nous. Alex plante son regard sombre dans le mien, puis finit par lâcher :

– Tiens, la meuf qui a volé mon muffin dans le couloir, ce matin.

– Je m'appelle Cassie, lui précisé-je. Et je t'en ai donné un autre…

Alex hausse les épaules, puis replonge dans son livre. C'est assez étrange de voir un type comme lui se perdre dans un roman. Il n'a pas le physique qu'on associe spontanément à un grand lecteur.

– Bon, dis-je en passant une main dans mes cheveux, je vais y aller…

Son mutisme m'écrase. Je me détourne, prête à prendre mes jambes à mon cou.

– « J'ai pris le fleuve d'où nul n'est revenu », récite Alex.

Je m'arrête net. Un frisson remonte dans mon dos, je chasse la terreur sourde qui me happe. Le nouveau poursuit :

– La phrase écrite sur ton bras. De quel fleuve tu parles ?

Du bout des doigts, je caresse les lettres gravées à jamais sur mon épiderme.

Quand j'avais dix ans, je me suis noyée dans le lac de Black Lake. Les secours m'ont ramenée au bout de deux minutes. On appelle ça une expérience de mort imminente.

J'ai pris le fleuve d'où nul n'est revenu…

En général, les mecs ne m'abordent pas en parlant de mon tatouage. Ils me complimentent sur mes fringues, sur mon maquillage à la rigueur… Mais ils ne s'attardent pas sur ces quelques mots. Trop dérangeants, sans doute.

– Aucune importance, affirmé-je.

– D'où es-tu revenue, Cassie ? insiste Alex.

Il a un léger accent mexicain, un peu chantant, plutôt agréable. Mais il me fout quand même mal à l'aise. Je lance un regard aux filles de l'équipe, à l'autre bout de la cafétéria. Pas une seule ne semble disposée à venir me prêter main-forte.

Alex pose les avant-bras sur la table et se penche en avant. J'ai l'impression que ses yeux sombres me passent au crible.

Tout à coup, il saisit la barre protéinée et la débarrasse de son papier.

– Sympa, le cadeau de bienvenue, commente-t-il.

– Euh… avec plaisir. N'oublie pas : plus de formules ! Salut !

Sans attendre, je mets de la distance entre nous.

Qu'est-ce qui vient de se produire, exactement ?

CHAPITRE 3

ALEX

M.

Notre nouvelle vie commence là où l'ancienne s'achève, c'est ce qu'on dit, n'est-ce pas ?

Mais je ne suis pas prêt pour ça. Tous pensent que si... Ils se trompent. Personne ne comprend. Putain, personne !

Toi et moi, on sait à quoi je dois m'en tenir.

Rester assis pendant une journée entière le cul cloué sur une chaise inconfortable, j'avais oublié à quel point c'était merdique. Le temps s'arrête dans les bahuts, ou quoi ? On bouffe des leçons sans interruption dans une classe minuscule remplie d'élèves bruyants. C'est peut-être ma punition ? Celle pour avoir défié la Mort en personne…

17 heures sonnent enfin. Une vraie libération. J'attrape mes affaires, enfonce mes écouteurs dans mes oreilles et prends le chemin de la sortie. J'ai

mal au crâne, comme quand je picole trop, les nausées en moins.

Je m'arrête devant une salle ouverte. Le club d'échecs, deviné-je en remarquant les plateaux de jeu. Entre les tables, Cassie distribue encore des muffins. Discrètement, je m'appuie contre l'encadrement de la porte en matant cette nana au tatouage étrange.

« J'ai pris le fleuve d'où nul n'est revenu... »

Cette phrase résonne en moi comme un écho de mon propre passé. Est-ce que Cassie a chopé la citation sur le Net ? Est-ce qu'elle voulait juste paraître plus cool en l'arborant ? Après tout, j'ai laissé des blaireaux incompétents me tatouer juste parce que je voulais leur ressembler.

Mon regard s'attarde sur le sourire de la blondinette. Elle est revenue d'où ? Comment ?

Et, surtout, pourquoi ces questions me hantent-elles alors que je devrais n'en avoir rien à foutre ?

Je me redresse, agacé par ma curiosité soudaine à l'égard de cette nana. Malheureusement, je n'ai pas le temps de m'éclipser : elle m'a déjà repéré.

– Alex ? me lance-t-elle, étonnée.

– Je ne faisais que passer, répliqué-je.

– Oh, d'accord.

Elle s'approche malgré tout. Son bras est couvert par la manche de son pull, mais je fixe tout de même l'emplacement de son tatouage.

– Tu veux un autre muffin ? me propose-t-elle. On en a aux myrtilles et au chocolat blanc. C'est Ruby qui les cuisine.

Je secoue la tête. Mon estomac est bien trop serré pour que je puisse avaler quoi que ce soit. Je n'arrive pas à croire qu'une simple phrase encrée sur la peau d'une meuf me fasse cet effet…

– Non, c'est bon. Je dois filer, j'ai un truc de prévu.

Je me force à relever les yeux sur le visage de Cassie. Elle me sourit gentiment et demande :

– Ta première journée s'est bien passée ?

– On va dire que j'ai survécu à pire.

– Tu… est-ce que c'est vrai ? reprend-elle plus bas, en rougissant. Je veux dire… on t'a réellement tiré dessus ?

– Si je te réponds, tu m'expliques la signification de ton tatouage ?

Elle secoue la tête.

– Bonne soirée, Alex.

– Ouais, salut.

Je sors du lycée une minute plus tard et me mets en route vers le garage des Styx Riders. Il se situe à quarante minutes à pied. Je pourrais en économiser vingt-cinq en prenant le bus, mais marcher me rappelle que je vis encore. La douleur dans mon torse me permet de garder les pieds sur terre, alors, parfois, je l'alimente. La nuit, au contraire, le manque de sensations physiques me propulse sur les rives d'un certain fleuve. *Mon* fleuve, mon châtiment, celui dont, moi, je ne suis pas revenu.

Malgré le froid mordant, je trace ma route sans m'arrêter. À mon arrivée au garage, l'obscurité tombe déjà sur la ville. Les boutiques des alentours ferment leurs portes, les derniers clients se barrent. Seul un *Starbucks* illumine encore l'avenue. L'établissement des Styx Riders se situe juste en face.

Je remonte le parking jusqu'au large rideau métallique à moitié baissé. Je n'ai eu l'occasion d'aller au garage qu'une fois, avec ma tante. C'était pour signer mon contrat de travail. Les horaires me semblent réglos : je bosserai de 18 à 20 heures tous les soirs, hors week-ends. J'ai même droit à une mutuelle de malade qui implique une prise en charge totale au cas où j'aurais de nouveaux problèmes de santé. J'imagine que je dois cette aubaine à Ash, et je ne l'en remercierai jamais assez.

Le garage s'appelle *Les Limbes*. J'y vois un signe. Bon ou mauvais, je l'ignore encore.

Ce qui est certain, c'est que travailler ici m'aidera à entrer chez les Styx Riders. J'ai décidé de mettre toutes les chances de mon côté, de me battre jusqu'à en crever pour intégrer le club. J'ai besoin de cette fraternité aussi solide que l'acier qui règne entre les membres, besoin d'un truc qui ne me fasse pas dériver. Je veux qu'Ash me considère comme son frangin, plus comme le môme qui a voulu le tuer il y a de cela plusieurs semaines. Quand j'y repense, je gronde. Lorsque le sergent d'armes des Styx Riders a dissous mon gang en exilant Crayson, son chef, j'ai perdu ma seule source de revenus, celle qui me permettait d'aider ma mère. Ça m'a rendu dingue. Tellement que j'ai voulu me venger du MC en m'attaquant à Ash… Contre toute attente, il m'a pris sous son aile au lieu de m'abattre comme un chien. Une chance qu'il ait été là quand ma mère a quitté ce putain de monde… Bref, je dois beaucoup à ce mec, et aux Styx Riders dans leur ensemble.

Je me secoue et entre dans le garage par une petite porte de service, sur la droite du bâtiment. La vache, il fait plus froid à l'intérieur que dehors !

À peine ai-je pénétré dans l'atelier qu'un mec en bleu de travail abandonne la moto sportive sur laquelle il s'affairait pour venir à ma rencontre. Je l'ai déjà vu. Comment il s'appelle, déjà ?

– Salut, me lance-t-il. Qu'est-ce que je peux faire pour toi ?

– Je suis Alex, dis-je.

Mon nouveau collègue me pointe avec une clé à molette.

– Ah ouais, l'étudiant qu'on vient d'embaucher. Comment ça va ?

– Ça roule.

Il a l'air plutôt sympa et détendu. Il est hispanique, comme moi, avec deux ou trois ans de plus. Ses cheveux noir corbeau lui tombent sur les épaules. Il les a attachés, mais quelques mèches se sont échappées de l'élastique. Il mâchouille un bonbon rouge en forme de bâtonnet. Il m'en propose un, que je refuse.

– Non, merci.

– Gold m'a prévenu que tu ne devrais pas tarder, m'indique le gars. Va l'attendre dans son bureau, il arrive.

Il désigne une pièce vitrée au fond du bâtiment. Je m'y rends en observant ce qui m'entoure. La plupart des véhicules en attente de réparation sont des motos, mais je devine une ou deux voitures dissimulées sous des draps. Une forte odeur d'huile et d'essence imprègne les lieux, mêlée au parfum si particulier de l'hiver.

J'entre dans le bureau, qui n'est pas chauffé non plus. Il ne fait que deux mètres sur deux et abrite un ordinateur portable entouré de papiers volants.

Les secondes s'étirent, je commence à m'agiter. Je déteste me retrouver face à moi-même. L'inaction m'oblige à réfléchir et la réflexion me renvoie systématiquement à ma mère.

À son absence.

À ses derniers moments, à ses supplications quand elle m'a murmuré...

Non, bordel. Il faut que je me concentre sur autre chose.

Du coup, je sors un bouquin. Marrant comme les mots ont ce pouvoir de transporter l'âme hors de la réalité… J'ai toujours aimé lire, mais depuis mon hospitalisation cette passion s'est transformée en moyen de survie. Elle m'empêche de m'enfoncer dans les méandres de mes pensées.

Je prends une profonde inspiration et me plonge dans les mémoires de Nelson Mandela. J'en suis au moment où il évoque l'un des gardiens qui le surveillaient quand il était en prison. Il a vu en lui, l'espace d'un bref instant, un éclat d'humanité qui lui a permis de tenir le coup dans son épreuve terrible. Il s'est raccroché à cela, à cette bonté, comme il le dit.

Je suis bien placé pour savoir qu'il suffit d'un rien, d'une simple lueur dans un regard ou d'un sourire pour ne pas abandonner. Encore une fois, je songe à la chance que m'a offerte Ash.

– Salut, mon gars.

Un mec haut comme un building jette des dossiers sur le bureau. Tout à coup, la pièce paraît encore plus petite. Je ferme mon livre et le range dans mon sac en répondant un simple :

– Bonsoir.

Gold me tend la main, et je la lui serre. Lui ne porte pas de bleu de travail mais arbore la veste des Styx Riders. Son physique est impressionnant ; pourtant, il est plus jeune qu'Ash. Sa barbe blonde est taillée en collier ; ses yeux d'un vert intense brillent au milieu de son visage bronzé. Ses cheveux clairs plaqués en arrière sur le haut de son crâne sont rasés sur les côtés, à la manière des militaires.

– Alors, cette première journée de cours ? me demande-t-il.

D'où il sait que je reprenais le lycée aujourd'hui, lui ? Ash, bien entendu… Il a dû lui faire un topo sur moi, sur mon état, sur les boulets que je trimballe à la cheville.

– Longue, réponds-je.

– Je n'en doute pas une seconde, réplique Gold. Comment se passe la convalescence ?

À merveille ! Chaque nuit, je me réveille en sueur, persuadé qu'on vient de me tirer une nouvelle balle.

– Je peux bosser, me contenté-je d'affirmer.

– Ce n'est pas ce que je t'ai demandé. Si tu ne pouvais pas travailler, je ne t'aurais pas embauché. Tu dors bien ?

Il se prend pour mon psy ou quoi ?

– Ouais.

– Tu mens. J'étais dans la Marine à une époque. Question canardage, j'en connais un rayon. Et question nuits blanches aussi. Tiens, enfile ce bleu de travail.

Il me tend une combinaison que je mets par-dessus mes fringues. Mes mains tremblent. Quand on me pose des questions sur mes états d'âme, ça arrive souvent… Gold s'en aperçoit. Il arque un sourcil en me sondant à nouveau.

– Le froid, prétends-je. Ça va passer.

– Le froid, c'est ça, ricane-t-il. Bref, je ne suis pas ici pour jouer au docteur. Allons-y.

Je le suis hors du bureau, soulagé qu'il lâche l'affaire.

– Je n'y connais rien en mécanique, lui rappelé-je.

– Pas de problème, tu apprendras les bases. Aujourd'hui, tu vas te contenter de faire l'inventaire des outils, comme ça tu te familiariseras avec eux. Commence par les jeux de clés. Oh, et tu peux les nettoyer, tant que tu y es.

Même si ça me gave de servir de larbin, je hoche la tête. Si je veux entrer chez les Styx Riders, je dois m'attendre à en baver. Astiquer du matos, ce n’est rien à côté des épreuves que je devrai passer avant d’être accepté dans le club.

– Pourquoi avoir quitté la Marine ? demandé-je brusquement à Gold.

– Ça, petit, il faudra un peu plus qu’un tête-à-tête de deux minutes pour que je te le dise. Va retrouver Snack, il te montrera ce que tu dois faire.

Snack, c’est le mec qui m’a accueilli plus tôt. Il mastique un nouveau bonbon quand j’arrive à sa hauteur.

– T’as l’air pâle, commente-t-il. Tu devrais manger un truc.

– Je vais bien, lui assuré-je.

J’en ai ma claque qu’on me renvoie sans cesse à ma faiblesse physique, et encore plus de devoir mentir à chaque fois.

– Si tu le dis… soupire Snack. Viens, l’outillage se trouve par là.

Un pan de mur entier est couvert de clés diverses. Il en existe une quantité astronomique : clés Allen, clés à six pans, clés à rayons, clés à cliquetis, clés à douille, clés à ergots…

Il n’y en a pas une capable de museler la mémoire ? Peut-être que si je me l’enfonce dans le crâne, ça peut le faire…

Snack m’explique à quoi sert chacune d’elles. Je les nettoie à mesure qu’il parle. Au bout d’un moment, dès que je le sens s’essouffler, je lui demande :

– Tu es un Styx Rider ?

– Ouais, me répond-il. Enfin, pour l'instant je suis juste un prospect. Il me reste quelques mois à tirer et ensuite, si tout se passe bien, j'entrerai officiellement dans le club. Tu es proche d'Ash, non ?

– Ouais, on est potes.

– C'est ce que j'ai cru comprendre. C'est cool. Mais ce n'est pas lui qui a dessiné les tatouages sur tes mains, si ?

– Non, c'était un mec du…

« Gang », allais-je ajouter. Je me ravise et termine plutôt par un :

– Que j'ai connu.

– Le prends pas mal, mais ils ne sont franchement pas réussis.

– Je sais. J'ai rendez-vous samedi avec Ash pour modifier celui de mon avant-bras gauche.

Pour mes dix-sept ans, ou parce qu'il s'en veut à cause de mon agression par Crayson, le sergent d'armes m'a proposé de repasser gratuitement sur chacun de mes tatouages. Forcément, j'ai accepté.

Snack et moi continuons de parler encore quelques minutes, puis il retourne bosser sur sa sportive. De mon côté, je range les outils propres à leur place en m'aidant de leurs silhouettes dessinées sur le panneau mural.

À 19 h 15, une voix féminine retentit soudain dans le garage :

– Salut, les gars !

Je me dévisse le cou pour observer la nouvelle arrivante et écarquille les yeux. La cheerleader que j'ai rencontrée au lycée, Cassie, traverse l'atelier d'un bon pas puis rejoint Gold dans le bureau. Je la vois jeter son sac de sport par terre, se tendre sur la pointe des pieds et embrasser le biker sur la joue.

« J'ai pris le fleuve d'où nul n'est revenu... »

Pourquoi est-ce que cette citation résonne dans mon esprit à chaque fois que je vois la blondinette ? Je me demande si elle sait qu'il s'agit d'une adaptation d'une phrase de la *Divine Comédie* de Dante. « La mer où j'entre jamais ne fut parcourue...[1] »

J'ai lu ce livre plusieurs fois à mon séjour à l'hôpital et ensuite. Depuis que des médecins m'ont arraché à la rive des enfers pour me ramener dans ce monde pourri.

Peu de temps après mon réveil, Bradley Devon est venu me voir dans ma chambre. Il m'a demandé comment j'allais, je lui ai répondu « très bien » et il m'a dit que je mentais. Le président des Styx Riders possède une drôle d'aura, à la fois sécurisante et... incisive. Sans réfléchir, parce que je voulais lui montrer ma bonne volonté, je lui ai parlé de mon rendez-vous avec la mort, du cauchemar qui hante mes nuits. Je lui ai avoué que, pendant le cours laps de temps où j'ai sombré, une balle dans le torse, une sensation de paix profonde m'a envahi. Comme si tous les maux de mon existence avaient disparu. Bradley m'a écouté

---

1. Citation extraite de la *Divine Comédie* de Dante Alighieri, traduction par Félicité Robert de Lamennais.

attentivement, puis m'a conseillé de lire Dante, alors que je pensais qu'il allait se foutre de ma gueule.

La *Divine Comédie* raconte le périple d'un homme amoureux qui traverse les enfers à la recherche d'une femme qu'il a aimée un jour. Lui et moi, on a fait le même voyage, et pour une raison presque similaire. Lui désirait retrouver sa dulcinée, moi ma mère. Alors j'ai lu et relu le livre dans l'espoir d'y dénicher une réponse à mes questions. Ça n'a pas marché… J'imagine qu'il me faudra plus qu'un bouquin pour ça. Mais, au moins, je sais d'où vient le tatouage de Cassie.

– Tu sais qui c'est ? me demande Snack en désignant la cheerleader.

Il se pose contre l'établi en essuyant la graisse sous ses doigts.

– Pourquoi devrais-je le savoir ? lui balancé-je en retour.

– Tu la mates sévèrement.

– On va dans le même lycée. Comment elle connaît Gold ?

– C'est son frangin.

Cassie a troqué son uniforme rouge et argent contre un jean troué aux genoux, une paire de bottes noires et une doudoune bleue. Une pince retient ses longs cheveux blond clair. Même d'ici, je peux ressentir son énergie électrique. Cette meuf bouge tout le temps : elle déblatère non-stop avec enthousiasme en faisant de grands gestes dans le bureau.

Tout en rangeant les huiles sous l'établi, je me renseigne auprès de Snack :

– Tu la connais bien ?

– Cassie ? Ouais, on a sympathisé dès que j'ai commencé à bosser ici. Elle est sympa, c'est une nana avec qui tu peux parler de tout. Ça nous arrive souvent de prendre un café en face.

– Vous avez quel type de relation ?

Snack se marre.

– Platonique. Pourquoi ? Elle t'intéresse ?

Peut-être bien. Cassie est jolie, et elle attise un peu trop ma curiosité. Je veux savoir si son tatouage parle du Styx, le fleuve des enfers. Je veux savoir pourquoi elle a réussi à en revenir alors que je n'y parviens pas. Je veux savoir comment ça s'est passé, ce qui l'a conduite dans le royaume des morts. Surtout, je veux savoir quelle expérience elle a vécue là-bas. Est-ce qu'elle aussi a perdu un morceau de son âme ? Est-ce qu'elle se réveille chaque matin avec le sentiment désagréable de se sentir incomplète ? Qu'est-ce que le passeur lui a demandé en échange d'une virée en barque ?

Je me rends compte que je pars trop loin dans mes réflexions. Si ça se trouve, Cassie a choisi cette phrase parce qu'elle la trouvait belle. Peut-être qu'elle n'a aucune réponse à m'apporter, comme Dante.

– Alex, ça va ? s'inquiète Snack. Tu as l'air bizarre, d'un coup.

Je secoue la tête et déclare :

– J'ai besoin d'une pause. Je reviens.

CHAPITRE 4

CASSIE

– Et là, Ruby a fait un flip de malade ! Tu te rends compte ? C'était juste… parfait !

– Rappelle-moi ce qu'est un flip, déjà ? demande mon frère sans lever les yeux des documents qu'il signe.

– Un saut périlleux, lui indiqué-je. Demain, on essaiera en arrière pour voir si sa cheville est complètement rétablie. Tu fais quoi ?

Gold ferme son dossier juste au moment où je m'approche pour lire par-dessus son épaule.

– Rien. Tu peux partir sans moi, ce soir je dois aller au club avant de rentrer. Profites-en pour répondre aux lettres des parents.

Ces derniers vivent loin de nous ; mon frère et moi nous partageons donc la maison familiale trop grande pour nous deux. Actuellement, ils sont en mission en Afghanistan, mais ils nous écrivent tout le temps. Chaque semaine, on reçoit une lettre manuscrite. Une de maman et une autre de papa. Enfin, en ce qui me concerne du moins. C'est triste, mais comme Gold et papa ne s'entendent plus, il n'y a que maman qui lui écrit.

– Tu vas faire quoi au club ? l'interrogé-je.

Biker dans le sang, mon frère me cache des tas de trucs liés aux Styx Riders. Alors que moi, je m'échine à lui parler de mon équipe de pom-pom girls pour lui faire comprendre qu'il peut me rendre la pareille et me faire entrer dans son univers.

– Une affaire à régler avec un type qui fait chier dans le coin, me répond-il évasivement.

– Oh… OK. Quel type ?

– Cassiopée…

– C'est bon, j'ai compris. On dîne ensemble ?

– Non, je vais grignoter là-bas. Je t'ai préparé à manger, tu trouveras le plat dans le frigo.

Mon frère est sans doute le seul motard de l'univers à adorer la cuisine et à ne pas s'en cacher. Je me demande si les autres membres du club le charrient là-dessus, parfois.

Je me tourne vers la baie vitrée et cherche Snack du regard. À ma grande surprise, je me rends compte qu'il discute avec le nouveau qui est arrivé au lycée aujourd'hui.

– Alex bosse ici ? m'étonné-je.

– Tu le connais ?

Je me tourne vers Gold et lui confirme :

– Oui, on a des cours en commun. Tu sais qu'il s'est fait tirer dessus ?

La méfiance envahit le regard de mon frangin. Il s'enfonce dans sa chaise, les chevilles croisées sur le bureau.

– Comment tu es au courant ?

– Il l'a dit, réponds-je. Notre prof de littérature l'a obligé à se présenter devant tout le monde. Il lui a balancé qu'il s'est fait flinguer par son ancien chef de gang. Ah, et il a avoué avoir perdu sa mère, aussi. Mais ce n'était pas pour inspirer la pitié chez les autres. Non, c'était plutôt comme s'il voulait signifier à Mme Smog que sa présence avec nous ne rimait à rien. Qu'on n'appartenait pas au même univers.

À mon tour, je m'installe dans un siège, les mains jointes. Gold observe Alex, pensif.

– Surtout, tu ne lui dis rien, d'accord ? ajouté-je. S'il souhaite se confier à toi, laisse-le faire le premier pas. Et sois sympa. Il a l'air d'en avoir sacrément bavé. Il paraît tellement… triste et silencieux.

– Tu sais quoi d'autre sur lui ?

– Rien, on n'a pas beaucoup discuté. À la cafétéria, il s'est isolé pour lire.

Une ombre plane dans le regard vert de mon frère. De celles que j'aperçois parfois quand il revient d'une réunion au club.

– Gold ?

– Hmm.

– Ça va ?

En guise de réponse, il bondit sur ses bottes de moto.

– Ouais, je vais devoir filer. Je reviens pour le film, OK ? Ne le commence pas sans moi.

Chaque lundi, on se fait une séance de ciné dans le canapé. J'adore ces moments que nous partageons, et aussi que mon frère s'arrange pour être présent toutes les semaines, sans exception.

Sur ce, il se penche sur moi, plaque un baiser dans mes cheveux et quitte le bureau.

– Je vous laisse fermer, les mecs, lance-t-il à ses employés. À demain !

Alex et Snack lui rendent son salut. J'ai brusquement envie d'un bon *latte* noisettes grillées et d'un cookie. Une chance pour moi, il y a un *Starbucks* juste en face des *Limbes*.

– Bonne soirée ! crié-je en sortant à mon tour.

Je traverse la rue et entre dans le café. Depuis l'ouverture du garage, j'ai pris l'habitude de faire mes devoirs ici, ou bien d'y lire en attendant que Gold termine son service. Quoi de mieux que de travailler dans une salle à la lumière tamisée baignant dans de douces senteurs sucrées ? Mes entraînements quotidiens m'obligent à avaler une plus grande quantité de calories que la majorité des adolescentes, alors parfois je choisis même un brownie avec mon cookie. Comme aujourd'hui, par exemple.

Perdue dans mon devoir sur Josiah Bartlett, l'un des signataires de la Déclaration d'indépendance, je ne vois que trop tard l'éclat rouge d'un blouson aux couleurs de l'équipe de foot s'approcher de ma table.

Jack, évidemment...

Le voir me file à la fois la nausée et un coup au cœur. Je n'arrive pas à comprendre comment il a pu devenir aussi abject avec moi. Il me conduisait en cours, m'emmenait au ciné, me faisait rire, m'aidait même pendant mes entraînements perso.

Et puis un jour, j'ai refusé de coucher avec lui parce que je ne me sentais pas prête. C'est à partir de ce moment-là qu'il a changé de comportement, qu'il est devenu plus distant avec moi. Je croyais qu'il m'aimait, qu'il attendrait... mais je l'ai retrouvé entre les jambes d'une autre fille. Je ne me suis pas encore pleinement remise du choc.

Je fais mine de ne pas le voir. Malgré tout, il se laisse tomber à côté de moi, sur ma banquette.

– Cassie, quelle surprise, lâche-t-il.

Je m'écarte, toujours sans le regarder. Il insiste :

– Faut qu'on parle, toi et moi.

– Je n'ai rien à te dire.

– Je t'en prie, arrête de la jouer mélodramatique. Tu vas m'en vouloir combien de temps encore ? C'est vrai, je t'ai trompée, mais c'était juste une erreur. Je pense qu'on devrait se donner une seconde chance.

Je ferme les yeux, avale ma salive, prends une grande inspiration.

– Tu m'as larguée, sifflé-je.

– Ça aussi, je le regrette, prétend-il.

À bout de patience, je tapote le bout de mon crayon contre la table. Il finira bien par partir, n'est-ce pas ?

Ou alors je lui enfoncerai mon stylo dans la gorge...

– Fiche le camp, lui ordonné-je.

– Cassie…

– Non, putain ! Dégage !

Ce n'est pas par hasard qu'il est venu dans ce *Starbucks* : il est là pour moi. Ça me met en colère autant que ça me terrifie. Quand il a une idée derrière la tête, cet enfoiré ne lâche rien.

– Faut que tu arrêtes, là, ça devient saoulant, soupire-t-il.

– Tu sais ce qui me saoule, surtout ? Toi, répliqué-je. Je n'ai pas envie de te parler. Si tu ne sais pas quoi faire de ta langue, je te suggère de la fourrer dans la bouche d'une autre pétasse. Ou de la couper. Laisse-moi, maintenant. Je bosse.

Il reste assis, un sourire narquois scotché sur sa face de poulpe. À une époque, je le trouvais beau à tomber avec ses cheveux cendrés mi-longs, son teint hâlé, ses grands yeux gris brillants d'intelligence. J'aimais bien le comparer à un surfeur des plages californiennes. Maintenant, tout chez lui me donne des haut-le-cœur, jusqu'à sa voix.

– Fais pas ta chieuse, gronde-t-il. Elle ne représentait rien pour moi, cette fille.

– Alors pourquoi tu t'envoyais en l'air avec elle ? Non, attends, tais-toi, je n'ai pas envie de le savoir. Je m'en fiche, OK ?

J'ai envie de pleurer ; des sanglots brûlent ma gorge. Je me maîtrise pour ajouter d'une voix tremblante :

– Je suis passée à autre chose. Laisse-moi tranquille.

– Ah oui ? roucoule Jack comme s'il ne me croyait pas. Tu es passée à autre chose, sérieusement ?

Une idée diabolique traverse mon esprit. Risquée, mais terriblement jouissive.

– J'ai un nouveau petit ami, annoncé-je.

Le regard de mon ex se fait glacial.

– Quoi ?

– Tu le verras samedi lors de la fête, ajouté-je pour enfoncer le clou.

Jack retrousse les lèvres à la manière d'un chien prêt à mordre.

– Je me suis excusé, putain ! crie-t-il en se penchant vers moi.

Il me colle, à présent, et le mur sur ma gauche m'empêche de m'éloigner de lui.

– Recule, lui intimé-je.

– Je t'ai dit que j'étais désolé ! Merde, tu sais qui est mon père, non ? Pense aux opportunités que je pourrais t'offrir à travers lui si tu acceptais de me pardonner.

– Tout va bien, ici ? demande tout à coup une voix inespérée.

Je croise le regard d'Alex. Debout près de la banquette, l'air fermé, il observe Jack avec méfiance. Celui-ci recule, et je me remets à respirer.

J'adresse un sourire de remerciement au nouveau, mais j'ignore s'il l'a vu, puisqu'il reste concentré sur Jack.

– Le gangster, c'est ça ? ricane mon ex en se levant. Celui qui est arrivé aujourd'hui au bahut ?

– Lui-même.

– Je te donne un conseil : mêle-toi de tes affaires.

Le footballeur domine Alex d'une bonne tête, pourtant ce dernier n'a pas l'air impressionné.

– Sinon quoi ?

Pendant une trentaine de secondes, les deux jeunes hommes s'observent en chiens de faïence. Puis mon ex se tourne vers moi et me gratifie d'un sourire mauvais.

– On ne faisait que parler, elle et moi, prétend-il. À plus, Cassie, je passerai le bonjour au doyen de la fac de Chicago. Je dîne avec lui la semaine prochaine, c'est un vieil ami de mon père.

Mon sang se glace. Je fais semblant que la menace ne m'atteint pas, alors qu'elle me donne le vertige. Le père de Jack connaît plein de monde, y compris la personne en charge des admissions à l'université de mes rêves…

Conscient d'avoir fait mouche, mon ex s'éloigne d'une démarche tranquille. Lorsqu'il quitte le *Starbucks*, mes muscles tendus se dénouent légèrement.

– Tu as des ennuis avec ce mec ? me demande alors Alex en fronçant les sourcils.

– Rien que je ne puisse gérer seule.

– Vraiment ?

J'opine en me forçant à sourire. En vérité, j'ai envie de rentrer chez moi en courant pour m'enfermer dans ma chambre. Pourtant, je reste droite. J'ai envie de penser que Jack n'a pas autant de pouvoir qu'il le prétend. Son père connaît le doyen de la fac de Chicago, et alors ? Cet homme ne va pas croire un ado fils à papa qui a visiblement un penchant certain pour la manipulation, n'est-ce pas ?

– Je dois y aller, dis-je. Bonne soirée, Alex.

Je ferme mon livre d'histoire, range mon devoir et ma trousse puis quitte le café à la hâte. Dehors, il s'est mis à neiger : des flocons tourbillonnent dans le vent glacial. D'un revers de manche, j'essuie les larmes sur mes joues. Je refuse de pleurer pour Jack !

Bon sang, je le déteste ! Pour ce qu'il m'a fait, pour ce qu'il s'apprête à me faire… Il n'a plus le droit d'avoir autant d'impact sur moi.

Un bruit métallique provenant du garage attire mon attention. Snack est en train de fermer l'atelier. Alex passe devant moi pour le rejoindre, des boissons chaudes à la main. Je me détourne et déverrouille ma voiture pour m'installer derrière le volant. Je reçois un message de Ruby dans la foulée : une photo de muffins au chocolat tout juste sortis du four.

Trop bon ! Ne les oublie pas demain matin, lui réponds-je.

Je soupire, puis ajoute :

Je viens de croiser Jack.

Mon téléphone sonne une seconde plus tard. C'est ça d'avoir la meilleure amie du monde ! Elle est toujours là quand j'ai un coup de blues.

– Qu'est-ce qu'il t'a dit ? demande-t-elle dès que je décroche. Je suis tellement désolée que tu aies encore à le supporter ! Ce mec mérite des baffes.

– Il insiste pour qu'on se remette ensemble, avoué-je. C'est quoi son problème ? Il croit que je vais tomber dans ses bras alors qu'il m'a brisé le cœur ?

– Tu as deux solutions, Cassie, me dit Ruby. Soit tu l'ignores en espérant qu'il se lassera, soit tu en parles à ton frère.

Impliquer les Styx Riders pourrait me débarrasser de Jack définitivement, en effet. Les bikers sont du genre imposant, ils pourraient dissuader mon ex de s'en prendre à moi… sauf que je ne veux pas leur créer d'ennuis. Les histoires d'adolescents ne les intéressent pas, de toute façon. Je me vois mal me réfugier derrière eux.

– Je vais laisser couler pour l'instant, décidé-je. Je rentre, on se voit demain, chérie. Bonne nuit.

– Bonne nuit, Cassie. Je t'aime.

Après avoir raccroché, je laisse passer plusieurs minutes afin que les battements de mon cœur ralentissent. Une fois que Jack n'envahit plus mes pensées, je prends la route. Quelques secondes plus tard, je dépasse Alex qui avance sur le trottoir, les mains dans les poches. Je m'arrête et l'appelle :

– Alex ! Hé, Alex !

Concentré sur ses pieds, ses écouteurs enfoncés dans ses oreilles, il ne lève pas la tête. Du coup, je lui balance un truc en pleine face. Surpris, il s'arrête, regarde la peluche tombée dans le caniveau, puis pose enfin son regard sur moi.

– Tu peux me rendre Smog, s'il te plaît ? lui demandé-je.

Il se penche, attrape ma grenouille par terre et vient se poser contre ma portière.

– Smog… comme la prof ? demande-t-il.

– C'est elle qui me l'a offerte à mon anniversaire. J'adore les grenouilles.

– Pour mon anniv', j'ai eu une moto qui s'appelle Betty.

– Betty ? Drôle de nom pour une moto.

– Il vient de son ancienne propriétaire, une amie. Alors dis-moi, Cassie, ça t'arrive souvent de jeter des objets aux gens qui se baladent dans la rue ?

– Seulement à ceux qui ne m'entendent pas. Je voulais te proposer de te ramener… pour te remercier d'être intervenu, tout à l'heure.

Alex hésite. Il passe une main dans ses cheveux ébouriffés, puis secoue la tête.

– Non, je vais marcher, décide-t-il. Mais merci.

– Tu es sûr ? Le temps va se gâter. Bientôt, tu n'y verras plus à un mètre.

– J'ai un rapport spécial avec la neige depuis cet hiver. Elle ne m'effraie pas.

Je pousse un soupir résigné.

– C'était ton premier jour dans le garage de mon frère ? embrayé-je pour faire la conversation.

Alex hoche la tête.

– Comment as-tu pu être embauché aussi vite ? lui demandé-je. *Les Limbes* ont ouvert il y a quelques semaines seulement, et mon frangin ne cherchait pas d'employés.

Il me tend Smog. J'accroche la grenouille à mon rétroviseur intérieur pendant qu'il m'avoue :

– Piston. C'est Ash qui m'a proposé le job.

– Ash des Styx Riders ?

Ce mec tient un salon de tatouages en centre-ville, c'est lui qui a écrit la phrase sur mon avant-bras. Il a toujours été sympa avec moi, je le connais depuis quelques années déjà. On rigole bien pendant les barbecues ouverts aux familles des bikers.

– Oui, c'est lui, confirme Alex. D'ailleurs, c'est sa meuf qui m'a offert Betty.

– Ash a une copine ?

– Ouais, depuis un moment. Il en a fait sa régulière le mois dernier.

– Monte et parle-moi d'elle, je veux tout savoir.

Alex hausse un sourcil.

– Je t'ai dit que je rentrais à pied.

– Je sais, mais je veux juste que tu t'assoies avec moi un moment. Regarde, j'éteins le moteur.

Tu vois ? Allez, raconte-moi tout sur Ash Devon et sa régulière.

Alex accepte enfin de sauter sur mon siège passager. D'un regard circonspect, il détaille le tas d'objets en forme de grenouilles que renferme mon habitacle. Je n'y peux rien si je fais une fixette sur cet animal… J'adore le vert en général, et je trouve les grenouilles particulièrement mignonnes.

– Ne me juge pas, le préviens-je.

– Tu es barge.

– Tu vois, tu me juges ! Moi, je ne t'ai rien dit quand tu m'as avoué avoir un rapport particulier avec la neige !

Il grimace et hausse les épaules.

– C'est vrai, ouais. OK, je la boucle.

Il fait semblant de sceller ses lèvres avec une fermeture Éclair. Je proteste :

– Surtout pas. Parle-moi de la copine d'Ash.

Alex m'apprend qu'elle s'appelle Heden, qu'elle est amérindienne et qu'elle travaille comme fleuriste. Puis il fronce les sourcils et me demande :

– Pourquoi tu veux des infos sur elle, au fait ?

– Bah… je connais Ash depuis que mon frère est entré chez les Styx Riders, tu vois ? Jusque-là il était plutôt du genre anti-couple, du coup ça me surprend qu'il se soit casé. Tu es proche de lui ?

– On peut dire ça.

Il n'ajoute rien. Je comprends que parler des autres ne le dérange pas, mais qu'il se renferme quand il est directement concerné. Ses doigts pianotent sur la poignée de la portière et il lâche :

– Je vais y aller, ma tante m'attend. À plus, Cassie.

Sans plus de cérémonie, il m'abandonne. Je le regarde s'éloigner dans la rue, puis décide de renvoyer un SMS à Ruby.

Le nouveau est grave mignon,
et sympa aussi. Il bosse au garage
de mon frère.

Forcément, mon amie réclame des détails. Je les lui donne, puis je reprends la route. Quand j'arrive chez moi, l'absence de lumière aux fenêtres m'apprend que Gold n'est pas encore rentré. Il m'a dit de ne pas l'attendre pour le dîner, pourtant je commande thaï pour nous deux. Ensuite, je m'enfonce dans le canapé, télécommande à la main.

CHAPITRE 5

ALEX

M.

Ils me dévisagent tous comme si j'étais un monstre. Dans les couloirs, dans la classe, à la cafétéria, leurs murmures me suivent comme une traînée de poudre. Je leur ai donné de quoi allumer la mèche, tu me diras.

Maintenant, tout brûle.

Comme à l'intérieur de moi. J'ai mal à en crever.

La voix de ma mère retentit dans l'obscurité, mais je ne la trouve pas. Elle reste invisible, hors de portée. Comme d'habitude.

Et, comme d'habitude, une douleur bien pire que la mort aspire mon énergie.

– Maman !

Alex, je suis là.

– Où ? Où es-tu ?

Mes pas résonnent dans le noir, signe que je cours, mais je ne vois rien. Aveugle, perdu, je trébuche sans cesse. À bout de souffle, le torse laminé par des griffes invisibles, je m'écroule à genoux.

Appeler ma mère ne sert à rien. Sa voix s'éloigne.

Je me redresse en sursaut, peinant à respirer. La main immatérielle continue de se cramponner à mon torse, d'écraser mes os, mes poumons, mon cœur. La souffrance m'arrache des larmes et je grimace, crispé, quand mon dos retombe contre le matelas. Je passe les mains sur mon visage avec l'envie de vomir.

– Je suis désolé, m'entends-je murmurer. Je suis désolé, putain, je suis désolé…

La porte de ma chambre s'ouvre sur mon oncle Robert, complètement paniqué. Parfois, c'est Amaria qui vient me voir quand je suis réveillé par mes cauchemars, mais pas cette nuit. La lumière inonde la pièce. J'essuie mes joues d'un revers de main, je ravale la culpabilité qui pèse une tonne sur mon estomac et je me redresse.

– Alex, je t'ai entendu crier… s'inquiète Rob.

– C'est bon, soufflé-je.

Peu à peu, la pression sur mes poumons se dissipe. L'air entre dans ma gorge, gonfle ma poitrine, repousse mes vertiges. Mon oncle attend que j'émerge, assis sur le lit.

– Tu étais pas obligé de venir, lui dis-je. Je gère.

Les mauvais rêves font partie intégrante de mon existence depuis la mort de ma mère…

– Ça va, mon grand ? insiste Rob. Tu veux parler ?

– Non.

Je m'en veux d'être un poids pour lui, pour ma tante. De bousiller leur vie avec mon angoisse permanente, mon humeur à chier.

– Je suis là pour toi, d'accord ? m'assure-t-il. À n'importe quelle heure du jour ou de la nuit.

– Pourquoi ? Bordel… Ce serait plus facile de m'envoyer en foyer, non ?

Mon oncle éclate de rire. Il a le visage doux, un regard plein de tendresse, un sourire qui donne envie de se confier à lui. Mais il n'est pas prêt à ce que je lui révèle ce qui me ronge. Dieu en personne ne l'est sans doute pas.

– Ne dis pas n'importe quoi, c'est normal de t'aider, proteste-t-il. Tu es notre neveu et… on n'a pas eu l'occasion d'apprendre à se connaître, ces dernières années. Je trouve ça dommage.

Moi aussi je trouve ça dommage de ne pas avoir rencontré Rob avant que je vienne habiter chez lui. Je me demande si les choses auraient été différentes si ma mère avait accepté l'aide financière que lui a proposée Amaria il y a quelques années, avant que leur dispute ne les sépare définitivement. Est-ce que je me serais enrôlé dans le gang de Crayson ? Est-ce que j'aurais souhaité intégrer les Styx Riders ? Est-ce que j'aurais rencontré Heden et Ash ?

Toujours des « et si », mais jamais de réponse.

– Tu es sûr que tu ne veux pas discuter, Alex ? tente une dernière fois mon oncle.

Je secoue la tête. Sans se vexer, il me souhaite une bonne nuit et quitte la chambre. Les doigts encore tremblants, j'envoie un SMS à Heden. Il n'est pas loin de 2 heures du matin, elle doit sans doute dormir… Pourtant, contre toute attente, elle m'appelle quelques instants plus tard. Je décroche en me plaçant face à la fenêtre.

– Alex, bonsoir, me dit-elle. Tu vas bien ?

– Je… Désolé pour ça, soufflé-je.

– Arrête, tu n'as pas à t'excuser. Figure-toi que je me fais un marathon films d'horreur avec Ash.

– Ah ouais ? Il est avec toi, là ?

– Il dort. Il faut croire que Chucky n'est pas assez flippant pour monsieur le sergent d'armes. Tu as fait un autre cauchemar, c'est ça ?

J'entends un bruit de vitre qui coulisse ; je devine qu'Heden s'est isolée pour me parler.

– Ouais, avoué-je. Elle… je l'ai encore entendue.

L'Amérindienne sait pour les limbes où je me retrouve plongé chaque nuit. Je lui en ai parlé dès que j'ai eu la force de le faire. Elle et moi partageons un morceau d'histoire similaire : sa mère est morte d'un cancer quand elle était enfant. De toutes les personnes de mon entourage, elle est la seule capable de me comprendre un petit peu.

– Elle me manque, ajouté-je.

– Je sais. Tu as essayé ce que je t'ai conseillé ?

Je tourne la tête vers les carnets posés sur mon bureau.

– J'écris, oui, confirmé-je.

– Continue. Expulse ta colère et ta tristesse à travers les mots. Ça avait bien marché pour moi.

Oui, mais tu n'étais pas responsable de la mort de ta mère, Heden.

Puisque je reste silencieux, elle décide de changer de sujet :

– Raconte-moi ta première journée de cours.

– Tu ne trouves pas ça débile ? lui demandé-je en posant mon front contre la vitre. Je veux dire… entrer au lycée alors que j'ai arrêté l'école à quatorze ans ? Jamais je ne rattraperai le niveau des autres, même avec des cours particuliers.

On me les a proposés, mais j'ai refusé. C'est une perte de temps.

– Putain, continué-je en ricanant, c'est comme si on me demandait de devenir quelqu'un d'autre !

– Et qui es-tu, Alex ? murmure Heden.

Bonne question.

– Je n'en ai aucune idée. Je suis paumé…

– Tu veux passer le week-end à mon appartement ? Je pense qu'un peu de compagnie pourrait t'aider. Enfin, si tu veux.

La perspective me tente bien, mais je refuse de pleurer sur l'épaule de mon amie. Je m'en sortirai seul. Je trouverai une solution.

– J'ai un truc de prévu, mens-je.

– Le week-end prochain, alors ?

– Je te tiens au courant, OK ?

– D'accord. Tu as rencontré des gens au lycée ?

Je hausse les épaules en m'affalant sur ma chaise de bureau.

– Plein.

Je n'ai pas parlé à grand monde, en vérité. Chaque fois que je l'ai pu, je me suis isolé pour lire. Il paraît que c'est une forme de thérapie, comme l'écriture. Un moyen pour quitter ce monde de merde sans avoir à me suicider.

– Génial ! Et le garage ? poursuit Heden. Tu as appris quoi ?

– Pour l'instant, j'ai juste rangé et fait des inventaires.

– Ça se passe bien avec Gold ?

Je ne me suis pas fait virer, je suppose que c'est bon signe...

– Ouais. Il a une sœur, elle s'appelle Cassie.

Merde, pourquoi est-ce que je mets à parler d'elle ?

– Oh, je ne le savais pas ! s'exclame Heden. Tu l'as rencontrée ?

– Vite fait, ouais. Elle est dingue, je te jure. Pour attirer mon attention, elle m'a jeté une grenouille à la tête. Ce matin, une de ses copines m'a filé un muffin parce qu'elle souhaite remporter une élection débile. Figure-toi que Cassie me l'a volé pour le bouffer. Ah, et elle est cheerleader.

Elle a aussi ce putain de tatouage qui me hante et dont elle refuse de parler.

Je prends conscience que je monopolise la discussion. Pour parler de cette fille, en plus ! Il faut dire qu'elle est la seule à avoir éveillé mon intérêt dans cette journée pourrie.

– Elle a l'air chouette, déclare Heden. Je me souviens qu'au lycée, j'ai fait du cheerleading moi aussi. Ça a duré, genre… une semaine. Après, je me suis foulé le poignet et je n'ai plus dansé de toute ma vie.

J'imagine la scène et ça me fait sourire.

– Toi, avec des pompons ? ricané-je.

– Ne te moque pas, je n'étais pas si mauvaise. Donc, Cassie, tu l'aimes bien ?

J'ai la désagréable impression que cette question n'est pas aussi anodine qu'il y paraît…

– Heden… grondé-je.

– Quoi ? glousse-t-elle en feignant l'innocence.

– Tu te fous de moi, hein ?

Je fais semblant d'être agacé, mais mon amie a réussi à me détendre, pile ce que je cherchais. Elle pousse un soupir ; les secondes s'écoulent, le silence me tient compagnie.

– Tu te sens prêt à retourner te coucher ? finit-elle par me demander.

– Oui. Merci, Heden.

Je mets fin à la communication, un peu moins crispé. Mais, au lieu de m'enrouler dans ma couette, je descends l'escalier menant au rez-de-chaussée et j'actionne l'interrupteur de la cuisine. Mes pas me guident directement vers l'armoire sous l'évier, où j'attrape la bouteille de vodka planquée derrière le système d'évacuation. Je l'ai mise moi-même ici pour ne pas qu'on la trouve… Je m'assois sur le sol froid et bois une première gorgée d'alcool. J'aimerais qu'une simple discussion avec mon amie suffise à me libérer de mes démons… Mais, dans la vie, ce n'est jamais aussi simple.

J'avale une autre rasade pour effacer le visage de ma mère derrière mes paupières. Je peux facilement l'imaginer me regarder avec les sourcils froncés, les lèvres pincées.

« À quoi tu joues ? » me demanderait-elle si elle était encore là.

Seulement voilà, elle est partie. Elle m'a abandonné.

– Je joue à un jeu dont j'ignore les règles, grogné-je.

Je bois jusqu'à ce que la voix de ma mère s'éteigne. Jusqu'à ne plus avoir envie de lui balancer que toute cette merde, c'est sa faute.

Qu'elle n'aurait jamais dû exiger autant de moi.

Pourquoi ai-je accepté ? Merde, pourquoi ?

Le temps s'étire. Les aiguilles de l'horloge résonnent dans mon crâne. Tic. Tac. Tic. Tac.

Une autre gorgée d'alcool.

Tic. *Prends-toi le revers du destin dans la gueule, enfoiré.*

Tac. *J'aurais dû crever. Ça aurait été tellement plus simple.*

Le vieux chien de ma tante, Junior, trottine jusqu'à moi. Il a mon âge, ou pas loin. Petit et teigneux, il aboie pour un rien et il pue comme un rat mort. Il se laisse tomber contre ma jambe. Je fourre mes doigts dans ses poils tout en portant de nouveau le goulot de la bouteille à ma bouche.

– Je sais ce que c'est d'avoir mal partout, mon gros, soupiré-je.

Il reste silencieux. J'en fais autant pendant encore une bonne demi-heure, puis je range la vodka à sa place et je retourne dans ma chambre. Cette fois, je m'écroule dans mon lit sans avoir peur de céder au sommeil. Morphée enroule ses bras autour de moi, m'entraîne dans des ténèbres si profondes que mes rêves ne peuvent pas m'y suivre.

Ça dure trois secondes. Enfin, c'est l'impression que ça me donne.

La sonnerie de mon téléphone me vrille le crâne. Bordel. Je me traîne jusqu'à la salle de bain, me prépare à la vitesse d'un mollusque paralysé et retourne à la cuisine. Rob et Amaria y prennent le petit déjeuner. Ils ressemblent au couple parfait dans les films, les mômes en moins. D'après ce que je sais, ma tante ne peut pas en avoir.

– Bonjour ! s'exclame-t-elle en me voyant. Bien dormi ?

Je maugrée un truc incompréhensible.

– J'ai cuisiné des pancakes, annonce mon oncle. Prends-en autant que tu veux, j'en referai si besoin.

Mon estomac crie famine. Je fourre un pancake entier dans ma bouche, renverse la tête en arrière et bois le sirop d'érable directement à la bouteille. Le sucre chasse l'amertume de mon palais.

– Si je m'attendais à ce que mes pancakes aient ce succès, se réjouit Rob. Je suis en repos aujourd'hui, Alex. Si tu veux, je passe te prendre ce soir au garage ? La météo prévoit du verglas.

– On verra, je te tiens au courant par SMS, réponds-je.

Je me lève, attrape mon sac et me dirige vers la porte.

– Une seconde, je t'emmène, me retient ma tante.

– Je t'attends dans la voiture, répliqué-je.

***

J'en suis à la dernière page des mémoires de Nelson Mandela lorsque Cassie s'invite à ma table.

– J'ai remarqué un truc, ce matin, lance-t-elle sans préambule.

– Ah ouais ?

– Tu es venu sans Betty. Toi aussi tu es infidèle, Alex ?

Ça ressemble à un reproche, mais je ne vois pas pourquoi j'y ai droit. De quoi elle me parle ?

– Betty se trouve dans le garage de ma tante, expliqué-je. Je peux pas la monter avant que tout ce bordel à l'intérieur de mon torse ne soit derrière moi.

– Tu t'es réellement fait tirer dessus ?

Je fronce les sourcils et, plutôt que de répondre, lance :

– Qu'est-ce que tu veux, Cassie ?

– Je suis curieuse, c'est tout. Pas la peine de me parler aussi sèchement.

Je me penche par-dessus la table et lui demande :

– Tu n'as pas de pompons à secouer ?

Elle croise les bras sur sa poitrine, un air de défi sur le visage.

– C'est la remarque la plus clichée que j'ai jamais entendue, réplique-t-elle. Pour info, le cheerleading est un sport reconnu et on n'utilise pas seulement des pompons lors des prestations.

– Sans dec' ?

Elle balaie ma remarque d'un revers de main, préférant en venir à la véritable raison qui l'a poussée à m'aborder.

– Un des joueurs de foot organise une fête samedi chez lui, me dit-elle. Viens.

– J'ai une tête à me mêler aux membres de l'équipe de foot ?

Cassie lève les yeux au ciel.

– Tout le monde peut venir. La maison de Jack est super grande, il n'a aucun contrôle sur les gens qui s'invitent. En plus, ce sera l'occasion pour Ruby et moi d'annoncer une *flash mob* participative lors du prochain match.

– Une *flash mob* participative ?

Cassie se lève et contourne la table. Elle s'assoit juste sur le coin, fourrant ses jambes interminables sous mon nez. Son odeur de vanille me retourne le cerveau.

– Oui, tu as saisi qu'elle souhaite devenir représentante des élèves, n'est-ce pas ? Pour récolter des voix, on va faire une bonne action, mais pour faire une bonne action, on a besoin d'argent. Alors on va danser, avec toutes les autres cheerleaders. Les gens nous feront des dons et, avec ça, on organisera un événement caritatif en faveur du foyer pour jeunes orphelins. Du coup, il faut que tu viennes à la fête.

– Parce que tu veux pomper mon fric ?

– Exactement. Celui que tu gagnes si durement dans le garage de mon frère.

– OK, à une condition.

Le visage de la blondinette s'illumine. Son enthousiasme me frappe en plein dans l'estomac. Étonnamment, ça n'a rien de douloureux.

– Tout ce que tu veux ! s'exclame-t-elle. Sauf si ça implique du sexe.

Je me lève et lui fais face. Mes jambes touchent ses genoux et il suffirait que je m'avance de quinze centimètres pour l'embrasser. À la place, je sors mon portable, me glisse à ses côtés et l'attrape par l'épaule.

– Selfie. Allez, souris.

Elle ne rechigne pas, au contraire : elle pose sa tête sur mon épaule. Mine de rien, on a l'air proches sur la photo.

– Va pour samedi, décidé-je.

– Génial ! On se retrouve au garage ? Je passerai te prendre.

Toute guillerette, elle s'apprête à retourner auprès de ses copines mais, avant ça, elle me demande, curieuse :

– Pourquoi cette photo, au fait ?

– Pourquoi ce tatouage ?

Elle roule des yeux encore une fois, puis s'éloigne. Je me rassois sur ma chaise et pose mes jambes sur la table, pile à l'endroit où Cassie s'était installée. J'envoie le selfie à Ash accompagné de la légende « Regarde, j'ai pécho ». Il lui faut moins de cinq minutes pour me répondre :

Toi, tu ne tiens pas à la vie.

Tout à coup de meilleure humeur, j'attrape mon sac et file en cours.

CHAPITRE 6

CASSIE

Au moins quarante personnes vont venir à la soirée de Jack. Même si je déteste mon ex, je dois admettre que les autres cheerleaders et moi allons pouvoir profiter de la fête pour faire de la pub pour notre prochain événement caritatif. On compte même présenter un morceau de notre dernière choré pour motiver les lycéens à faire des dons.

Les jours suivants, les filles et moi bossons comme des malades sur notre danse. J'aide Jess à permettre aux filles de s'améliorer. Résultat : en ce jeudi soir, j'ai mal partout, mes amies aussi, mais on connaît chaque pas sur le bout des doigts. Notre capitaine nous offre donc un jour de repos pour le lendemain, histoire de nous détendre avant la représentation.

Je sors du vestiaire avec l'impression d'avoir couru mille bornes, le sourire aux lèvres et fière de moi. Je suis douée pour le cheerleading. Ça pourrait ressembler à de la prétention, mais c'est un simple constat. Je m'entraîne plus que les autres filles, dans le but d'en faire mon métier plus tard. J'aime la sensation d'avoir bien travaillé, d'avoir dépassé mes limites.

D'un pas fatigué, je traverse le parking en direction de ma Toyota. À peine ai-je déverrouillé ma portière que le hurlement d'une moto résonne dans la semi-obscurité. Quelques secondes plus tard, mon frère apparaît sur sa Iron 1200 noire ornée du patch en acier des Styx Riders sur le réservoir.

– Il est plus de vingt et une heures, Cassiopée, lance-t-il de sa voix bourrue quand je le rejoins.

– Je t'ai prévenu que l'entraînement durerait plus longtemps ce soir. Tu n'as pas reçu mon SMS ?

Je sors mon téléphone, histoire de m'assurer que le message est bien parti. C'est le cas.

– Si, je l'ai eu. Je voulais juste te proposer de manger dehors. Je te suis jusqu'au restau ?

– Mexicain ?

– Va pour mexicain.

Une fois là-bas, une serveuse nous conduit à une table au fond de la pièce. Gold se positionne de façon à avoir une vue globale sur la salle. Il a mis fin à sa carrière de militaire il y a cinq ans, mais son instinct de soldat lui colle encore à la peau.

Il commande des travers de porc sauce barbecue, et moi le chili con carne. Puis il me raconte qu'Ash est passé au garage aujourd'hui pour prendre des nouvelles des affaires et d'Alex. Cela me suffit à comprendre pourquoi mon frère a souhaité m'inviter au restaurant.

– Vous êtes amis, Alex et toi, non ? me demande-t-il.

Il me regarde avec les mêmes yeux que papa. Ceux qui disent : « Ne me mens pas, je connais la réponse. »

– On se parle, réponds-je.

– Et comment tu le trouves ces derniers temps ?

– Comment ça, « ces derniers temps » ?

– Au lycée, il se comporte comment ?

Je hausse les épaules en essayant de me rappeler toutes les fois où je l'ai croisé.

– Solitaire, un peu dragueur sur les bords… énuméré-je.

Surtout avec moi.

– Silencieux, continué-je, très grand lecteur, un poil pessimiste. Pourquoi ?

Gold boit une gorgée de rhum, soucieux, puis me glisse :

– Essaie de te renseigner, de vérifier s'il va bien. Ça fait deux fois qu'il vient au garage en puant l'alcool.

Alors ça, je ne m'y attendais pas !

– Il boit ? m'étonné-je.

– C'est une certitude. Ash va tenter de lui parler, mais il connaît Alex. Il dit qu'il risque de se braquer s'il s'implique trop dans sa vie personnelle. Fais ça en douceur, OK ?

Je m'appuie contre le dossier de ma chaise, choquée.

– Tu veux que je le surveille pour le compte des Styx Riders ? demandé-je.

– On ne mêle pas le club à cette histoire, réplique mon frère. Je crois avoir compris ce qui cloche chez ce mec, mais il n'est pas bavard. Pour qu'on puisse l'aider, il faut qu'on en sache plus.

– Donc tu veux que je fouine dans la vie d'Alex.

Gold tique et serre les mâchoires.

– Je ne te demande pas de fouiner ! s'exclame-t-il. Je veux juste que tu me dises si tu notes un comportement étrange chez lui.

– C'est ce que j'appelle fouiner.

Je pointe mon frère du bout de ma fourchette en un mouvement rageur, puis lâche :

– Je verrai ce que je peux faire.

– En revanche, si la situation devient dangereuse, tu te mets à couvert.

– Bien, soldat.

Gold grogne.

– Je ne plaisante pas.

– OK. Cela dit, ne compte pas sur moi pour te balancer des trucs qu'Alex veut garder secrets. Enfin, tout ça, ça suppose qu'il aurait envie de me parler de lui. Je le connais depuis lundi, ce mec. Faut pas pousser.

Ma réponse convient à mon frère, parce qu'il n'insiste pas davantage.

Le reste du repas se déroule dans une ambiance portée sur l'humour. Ensuite, nous rentrons. Comme à l'aller, Gold me suit à moto. Nous nous garons devant notre petite maison située en banlieue, dans une impasse. J'entre la première, dépose mes affaires dans l'entrée et tire un sachet de mon sac à dos. Lorsque mon frère me rejoint, je le lui tends.

– Tiens, Ruby a fait trop de muffins, annoncé-je. Elle m'a demandé de t'en donner.

Mon frère fronce les sourcils en attrapant les pâtisseries.

– C'est qui Ruby, déjà ? me demande-t-il.

– Sérieusement ? C'est ma meilleure amie, elle est venue ici plein de fois ! La brune aux cheveux bouclés, elle a toujours une pince en forme de fleur dans les cheveux.

Gold secoue la tête. J'insiste :

– Une fille hyper gentille, les yeux gris… Attends.

Je cherche une photo dans mon téléphone, jusqu'à ce que je comprenne que mon frère se moque de moi. Son sourire me donne envie de le gifler.

– Tu sais qui c'est ! l'accusé-je.

– Évidemment.

Je lève les yeux au ciel puis annonce :

– Bon, je monte.

– Bonne nuit, frangine.

Alors que je me dirige vers l'escalier, je le vois mordre dans un muffin saupoudré de cœurs en sucre. Ça me fait rire… Souvent, les gens ne parviennent pas à voir le côté « humain » derrière les motards, alors que ce sont des personnes comme les autres. Quand Gold vient me chercher avec sa Harley au lycée, j'ai l'impression que certains de mes camarades s'imaginent qu'il est une sorte de démon ou d'ange mercenaire. N'importe quoi…

Une fois dans ma chambre, j'ôte mes vêtements, récupère mon uniforme de cheerleader dans mon sac et fourre le tout dans la machine à laver. Ensuite, sous le jet brûlant de la douche, j'autorise mon corps à se détendre complètement. L'entraînement d'aujourd'hui s'est révélé particulièrement intense, mais ce n'est pas ça qui monopolise mes pensées. Je songe plutôt à ce que Gold m'a dit à propos de l'état émotionnel d'Alex. En ma présence, il semble plutôt sûr de lui. Mais on ne se connaît pas vraiment… Pourquoi boit-il ? On a tous une raison de le faire, non ? En dehors des fêtes entre lycéens, bien entendu.

Du bout des doigts, je caresse la phrase tatouée sur mon bras. Elle a tapé dans l'œil d'Alex à la seconde même où il l'a aperçue. D'habitude, les gens ne m'abordent pas en me demandant ce qu'elle signifie. Lui m'a manifesté immédiatement sa curiosité, et il paraît déterminé à ne pas lâcher l'affaire. Peut-être que je devrais tout lui raconter ? Lui parler de ma noyade ? De ce que je crois avoir vu ce jour-là ?

Ou pas. Je refuse qu'il me regarde comme si je débarquais de l'asile. S'il veut que je me confie, il devra d'abord s'ouvrir à moi. En même temps, il semble si triste…

Je sors de la douche et m'écroule dans mon lit, le cerveau en bouillie. Je récupère mon téléphone pour écrire un message à Ash :

Salut. Tu es pote avec Alex ?

J'attends sa réponse environ dix secondes.

Ouais. Toi aussi visiblement.

Il me transmet le selfie qu'on a pris ensemble ce midi. Bon sang, la honte ! Pourtant, avec un sourire, j'enregistre la photo sur mon portable.

Il est sympa, tapé-je ensuite. Tu crois que je peux avoir confiance en lui ?

Le sergent d'armes des Styx Riders sait jauger les gens. Ce n'est pas un hasard si je me tourne vers lui.

C'est un mec bien, m'écrit-il en retour.

Ça veut dire oui ?

Affirmatif.

Je balance mon téléphone, soulagée, puis je me force à chasser Alex de mes pensées pour me focaliser sur mes parents. Je sors du papier pour rédiger une lettre pour mon père. Je commence chacune d'elles par « il était une fois… ». C'est un jeu entre nous. Quand j'étais petite, il me lisait une histoire chaque soir quand il revenait de permission. C'est à mon tour de lui en raconter… J'évoque ma semaine, mes entraînements intensifs, la campagne électorale de Ruby. Je lui dis qu'il me manque, parce que c'est vrai. Cela fait deux mois que nous ne nous sommes pas vus. J'ai hâte de le serrer contre moi et de partir courir avec lui le matin… Je lui parle aussi de ma peur de ne pas être acceptée à la fac de Chicago, mais seulement parce que Jack a semé le doute dans mon esprit. Je termine la lettre en lui disant qu'on se voit bientôt, et que je l'aime.

Dans le courrier destiné à ma mère, je m'épanche davantage sur mon état émotionnel. J'arrive à lui parler plus facilement qu'à Gold ou papa. Je lui apprends que j'ai rencontré un garçon du nom d'Alex et qu'il a quelque chose de fascinant. Pas dans le genre mystérieux et sexy à souhait, non. Il est surtout… secret.

Je ne sais pas si je devrais te le dire, mais il s'est fait tirer dessus. En plus, sa mère est morte récemment. Si tu le rencontrais, tu comprendrais pourquoi je te parle de lui. Il est différent des garçons que je connais, il est passé par des épreuves qui le rendent tristement adulte. C'est terrible, tu ne trouves pas ? Qu'à dix-sept ans on ne puisse plus faire des trucs d'adolescent. J'ai envie de l'aider, mais je ne sais pas encore comment.

Lorsque je termine ma lettre, elle fait deux pages. Je la place avec celle de mon père dans une enveloppe, puis descends au rez-de-chaussée. Mon frère regarde la télévision, plongé dans le noir, une bière à la main. Par-dessus le dossier du canapé, il me tend le courrier qu'il réserve à maman.

– Pose-les toutes sur le buffet de l'entrée, j'irai les poster demain, m'indique-t-il.

Je m'exécute, puis le rejoins.

– Papa a été blessé, maman te l'a dit ? lui demandé-je.

Il se fige, la bouteille à quelques centimètres de sa bouche, un éclat d'inquiétude dans le regard. Même s'il essaie de faire comme si notre géniteur ne comptait plus pour lui, c'est faux.

Notre père lui reproche d'être entré chez les Styx Riders après sa dernière mission chez les Marines. C'est dommage… J'aimerais que la situation s'arrange entre eux.

– Je suppose que non, soupiré-je. Ne t'en fais pas, il va bien. C'est une blessure légère, sans gravité.

Gold opine et avale une gorgée de sa bière, avant de lâcher :

– Tant mieux…

CHAPITRE 7

ALEX

M.

Les jours passent et tu domines toujours mes pensées. Je te revois habillée de ce linceul aussi gris que le ciel. Aussi gris que mon âme.

Ouais, si le désespoir devait prendre une couleur, ce serait celle-là...

Ash me fixe du regard avec une intensité telle que j'ai le sentiment qu'il lit dans mon esprit. Ce mec est chargé de maintenir l'ordre au sein des Styx Riders, mais aussi de gérer les ennemis du club et d'entraîner ses frangins au combat et à l'utilisation des armes. Il dégage un truc impressionnant. Le genre de force qu'on ne peut pas ignorer et qu'on ne veut pas défier.

– Prêt ? me demande-t-il.

On dirait que je m'apprête à me faire opérer sans anesthésie.

– Oui, réponds-je.

– Tu sais ce que tu veux ?

Je me mords la langue pour ne pas balancer une réponse de merde. Du genre : « Ça fait un bail que je ne sais plus ce que je veux. » À la place, je me focalise sur mon avant-bras.

– Tu peux faire un portrait ?

– Évidemment, file-moi un modèle.

J'attrape un cliché dans la poche arrière de mon jean et le tends au tatoueur. Sur le papier devenu mat avec le temps, ma mère me sourit. Elle dégage cette lumière incroyable… Sa joie me ramène au temps où je croyais aux fins heureuses. Où j'étais persuadé que rien ni personne ne me séparerait jamais d'elle. L'amour fait mal, putain. Presque autant que la mort.

– J'ai pris cette photo dans le parc derrière chez moi, expliqué-je. Je me rappelle que la nuit d'avant, j'étais rentré à trois heures du matin avec la gueule défoncée. Un mec d'un gang ennemi m'avait tendu une embuscade. Quand j'ai franchi le seuil de la maison, ma mère m'attendait, installée dans un fauteuil. Elle n'a rien dit, Ash. Elle n'a pas commenté, elle s'est juste contentée de me regarder avec déception. J'aurais préféré qu'elle me hurle dessus, si tu savais…

Un rire jaune m'échappe ; je me mords la lèvre pour ne pas chialer.

– L'après-midi qui a suivi, on est allés se promener. Elle m'a payé une glace au chocolat, on s'est assis sous un arbre et tu sais ce qu'elle m'a dit ?

– Non.

Ash respecte le silence qui s'étire. Une douleur lancinante me chope à la gorge, j'ai l'impression de ne plus pouvoir parler. Après un moment, je souffle :

– Elle m'a dit qu'elle refusait de devenir la cause de ma destruction. J'ai pas compris ce que ça voulait dire, jusqu'à ce qu'elle me demande de…

Je ne finis pas ma phrase. J'en suis incapable.

Je caresse la chevelure sombre de ma mère, comme si je pouvais encore sentir ses cheveux noirs sous mes doigts. Cette photo date d'il y a un an, elle était déjà malade à l'époque. Elle m'avait demandé de ne plus jamais m'impliquer dans des histoires louches et dangereuses. Je lui ai dit oui, parce que je voulais la soulager, je voulais qu'elle soit fière de moi… même le temps d'une illusion.

Ma main tremble. Je tends le papier à Ash, qui le prend sans commenter. Il fait même semblant de ne pas remarquer la douleur sur mon visage.

C'est vraiment un mec bien…

– Elle t'aimait, c'est un truc que tu ne devras jamais oublier, gamin, me dit-il.

– Je l'ai déçue tellement de fois…

– Arrête ton char. Si j'avais un fils comme toi, je serais le père le plus fier au monde.

Le compliment me surprend, au même titre qu'il me touche.

– Vraiment ?

– Sans aucun doute. Allez, tends ton bras.

Ash ne prend pas la peine de tracer les traits de ma mère au crayon avant de les encrer. Il n'en a pas besoin. Le bruit des vibrations du dermographe envahit la salle, puis l'aiguille transperce ma peau. Le tatoueur travaille quelques minutes en silence avant de me demander :

– Dis-moi comment tu vas, ces temps-ci.

Je croyais échapper à ce sujet à la con, je me suis trompé. Aucun son ne sort de ma bouche tellement la réponse me paraît évidente.

Je n'ai pas envie de m'engueuler avec Ash alors qu'il pourrait très bien me dessiner une bite éternelle sur l'épiderme en guise de représailles. Du coup, je décide de changer de sujet.

– La photo que je t'ai envoyée sur ton téléphone, celle avec Cassie…

Un rictus étire ses lèvres.

– Oui ?

– Tu l'as montrée à Gold ? demandé-je.

– Qu'est-ce qui te fait croire un truc pareil ?

– C'est ton frangin. Un Styx Rider.

– Et ? C'est pas ma copine, que je sache. En revanche, Heden vous a trouvés, je cite, « trop choupinous ».

Je me retiens de me marrer, histoire d'éviter de bouger le bras. Je suis surpris que le dermographe me brûle encore, d'ailleurs. Après avoir été charcuté par le pseudo « tatoueur » des Red Birds, je ne pensais pas que je serais toujours sensible aux picotements.

– Pourtant, Gold a cette façon de me mater… reprends-je.

– Comme s'il était amoureux ? se moque Ash.

– Comme si j'avais fait une connerie. Je me suis dit que tu lui avais partagé la photo.

– J'ai rien partagé du tout. Si Gold te regarde bizarrement, c'est peut-être parce que tu as une tête de macchabée. Sérieusement, tu as vu ta tronche ? On dirait que tu n'as pas dormi depuis au moins quatre ans.

J'ai bien envie de lui répondre d'aller se faire foutre ! À la place, comme un gamin, je cherche un truc à lui reprocher. Sauf que rien ne me vient. Il se laisse pousser les cheveux de façon à dissimuler la gorgone sur le côté de son crâne, mais ça lui va bien. C'est qu'il prend soin de son apparence, ce con ! Alors je me contente de balancer :

– Tu me les casses, putain.

– Tu dors la nuit ?

Il n'y a pas de reproche dans la voix d'Ash, c'est une vraie question. Je m'apaise et soupire :

– J'essaie…

– Tu as parlé de ces insomnies à ton médecin ?

Pour qu'il me bourre de somnifères ? Je me sens assez mal pour envisager d'avaler la boîte entière en compagnie d'une bouteille de vodka. Il vaut mieux éviter de tenter le diable.

– Donc si Gold me fusille du regard, c'est parce que j'ai l'air crevé ? demandé-je.

– Oui, me répond Ash. On s'inquiète pour toi, tu sais ? Tu peux te confier à Gold, si tu veux. Il en connaît un rayon en blessures de l'âme.

– Qu'est-ce que tu veux dire ?

– Demande-lui. Il sera ravi de discuter avec toi. Il t'aime bien, c'est juste qu'il n'est pas du genre à le montrer. Fais-lui confiance.

– Ouais…

Quand il devient évident que je ne m'épancherai pas sur mon état émotionnel, Ash reprend :

– Cassie, alors ?

L'image de la jolie blonde s'impose dans mon esprit. Un foutu sourire m'échappe et, imperceptiblement, mon corps se détend. Cette nana me rend dingue. Impossible de savoir pourquoi elle me fascine autant, mais c'est le cas. À cause de son tatouage, mais aussi de sa joie de vivre incroyable.

– Il n'y a rien entre elle et moi, dis-je. On se parle, c'est tout.

Le sergent d'armes se marre.

– Je sais, gamin. S'il en était autrement, Gold t'aurait déjà pris entre quatre yeux pour te rappeler qu'il aime sa frangine de tout son cœur.

Ash continue de me charrier sur Cassie, du coup je me tais concernant la fête de ce soir. Si je balance une bombe pareille, j'en ai pour l'après-midi… On en vient à discuter d'Heden et lui. Ça roule entre eux. Il m'avoue qu'il continue de bosser sur lui-même pour éviter de céder aux relents de colère qui lui restent – même s'ils l'assaillent de moins en moins souvent.

– J'ai fait la paix avec mon passé, mon gars, affirme-t-il. C'est ce qui m'a permis de me tourner vers l'avenir. Il n'y a pas de secret : tant qu'on rumine, qu'on s'enfonce dans les ténèbres, il n'y a aucune chance qu'on s'en sorte.

Ses paroles trouvent un écho en moi.

– Comment fait-on la paix avec soi-même ? demandé-je.

– Ça commence par accepter que la vie te fout parfois à genoux pour t'éviter une balle qui t'aurait touché en plein front, me répond-il.

– Quoi ?

– Je veux dire par là qu'il y a de la lumière même au bout du tunnel le plus sombre.

C'est qu'il devient philosophique, le sergent d'armes !

– Mais si le tunnel se révèle être un cul-de-sac ? l'interrogé-je.

– Tu fais demi-tour. Surtout, tu ne restes pas assis dans le noir à te lamenter. Si ça t'arrive un jour, appelle-moi, OK ? Les gars et moi, on sera là pour toi, c'est juré.

Une bouffée de bonheur m'envahit alors que je comprends que, même si je ne fais pas partie officiellement du club, j'y ai trouvé une place.

– Qu'est-ce qu'il faut que je fasse pour devenir prospect ? enchaîné-je.

Prospect est le grade le plus bas dans la hiérarchie des bikers. En gros, il correspond au laps de temps pendant lequel tu deviens la boniche des membres du MC. Ils testent ta force physique, mentale, te poussent à bout. Si tu flanches, alors tu perds toutes tes chances d'entrer dans le club. Si tu réussis à garder la tête haute, tu trouves ta famille.

– Pour commencer, termine le bahut, me lance Ash. Atteins la majorité. On en reparle dans quelques mois.

Je m'attendais à cette réponse, alors je n'insiste pas.

La séance dure encore une heure et demie ; ensuite, nous fixons un rendez-vous la semaine prochaine afin de finaliser le portrait.

Merde. Je n'ai jamais été aussi fier de porter un tatouage.

Enfin, je salue Ash et sors du salon. Je décide de marcher, mes écouteurs dans les oreilles. J'ai envie de me détendre un peu. Non, j'ai *besoin* de me détendre. Je fais un détour par une supérette près du lycée dans laquelle je vais acheter une bouteille d'alcool de temps à autre. Le caissier sait bien que je n'ai pas l'âge d'en consommer, mais il suffit de lui filer un billet en plus pour qu'il l'oublie. Aujourd'hui, je jette mon dévolu sur du rhum. Ensuite, mes pieds me conduisent au cimetière, dans lequel je ne parviens pas à entrer. C'est là que repose ma mère, et mon passé avec elle. La boule au ventre, je m'arrête devant les grilles ouvertes.

Il me suffirait de faire quelques pas, de retenir mon souffle, de ne pas réfléchir et de remonter les allées. Ça semble tellement simple, pourtant j'en suis incapable. Cet océan de pierres tombales me donne la nausée. Je déteste ce lieu, le silence qui y règne, les pensées qu'il fait naître en moi. Si j'entre, tout deviendra réel. J'aurai perdu ma mère pour toujours et ça, je ne le supporte pas. Pourtant, j'aimerais lui rendre hommage, déposer des fleurs sur sa tombe, lui montrer que je ne l'oublie pas.

Je saisis les barreaux glacials et pose mon visage contre le métal. Les yeux fermés, je lutte contre le besoin soudain de sortir la bouteille de rhum de mon sac et de la vider cul sec.

Mais je me souviens que Cassie compte sur moi pour sa stupide fête. Que je lui ai promis de l'accompagner. Et Dieu sait que je ne reviens jamais sur une promesse. Avec un soupir, je me remets en route. À mesure que je m'éloigne, ma tension disparaît. J'étouffe ma honte sous les souvenirs de la discussion que j'ai eue avec Ash. Il aimerait avoir un gosse comme moi, m'a-t-il dit. Penserait-il la même chose s'il savait ce que j'ai fait ?

Non. C'est impossible.

Pour essayer de me remettre les idées en ordre, je vais me poser au *Starbucks* avec un bouquin. Je commence un nouveau livre : *Le Vieil Homme et la mer*, un petit roman que j'ai choisi au hasard dans la bibliothèque d'Amaria. Il raconte l'histoire d'un pêcheur qui n'a rien attrapé depuis plus de deux mois. Il est plutôt frêle et les gens le surnomment le « malchanceux ». Un jour, il décide de partir à l'aventure, de prouver qu'il peut encore pêcher, alors il prend le large au nez et à la barbe de tous. Il se fout des moqueries, il a confiance en lui. Sa chance revient quand un poisson énorme mord à sa ligne. Ce sera le combat de sa vie, le plus difficile qu'il ait jamais mené. Celui de l'humain contre la nature. La bataille dure des jours, mais le vieil homme réussit à triompher. Épuisé, blessé, il pense en avoir fini avec son aventure maritime, mais il se rend compte qu'il devra traîner sa prise derrière son bateau, parce que le poisson qu'il a capturé est trop lourd et trop grand pour tenir dans sa barque.

Quand les requins décident de se joindre aux festivités, la réalité le rattrape.

À ce moment-là, il se rend compte qu'on ne gagne pas contre la nature. Que malgré les efforts, les armes utilisées, la bravoure, l'homme perd. Toujours.

Pas de chance pour toi, Santiago. Dans la vie, ça ne finit jamais bien. Je le sais parfaitement : j'ai mené mon propre combat, je me suis battu pendant des mois pour repousser ce qui ne pouvait être évité. La défaite. La mort. J'ai perdu.

Je referme le livre avec un goût métallique dans la bouche. Je suis certain que ce roman a un autre message à livrer, mais je n'arrive pas à le saisir. Merde, j'ai trop mal pour ça.

Pour me remettre d'aplomb, je me lève et vais saluer Snack au garage.

– Qu'est-ce que tu fous là, Alex ? s'étonne-t-il en répondant à ma poignée de main. Tu n'es pas censé bosser aujourd'hui.

– Je sais, j'attends quelqu'un.

– Viens voir ce qu'on nous a amené. Une vraie beauté, Gold m'a chargé de la réparer du guidon au moteur.

Il me conduit dans l'atelier, où repose une moto sportive qui a l'air d'avoir vécu une sale histoire. Elle est cabossée, en miettes.

– Jolie, hein ? s'exclame Snack. Bon, c'est pas une Harley, mais je l'aime bien, cette demoiselle.

Moi, j'en suis au stade de l'inventaire et du nettoyage intensif du matériel. Sans blague, j'ai l'impression qu'on m'a embauché pour récurer du sol au plafond. Mais ça ne m'embête pas. Ça m'occupe l'esprit et c'est exactement ce qu'il me faut.

Du coin de l'œil, je remarque la voiture qui vient de s'arrêter devant le garage. Snack suit mon regard en s'essuyant les mains avec un vieux chiffon.

– Tiens, c'est Cassie, lâche-t-il. Elle va être déçue, Gold n'est pas là. Il est parti en début d'après-midi et n'est pas revenu.

– C'est moi qu'elle vient voir, précisé-je. Elle me traîne à une fête de lycéens pendant laquelle elle va annoncer que lors du prochain match on devra tous foutre la main au portefeuille.

– Quoi ?

– Laisse tomber. Bon courage, à lundi.

J'ai fait l'effort de mettre un jean et un tee-shirt propres. Avec ma mine de clébard enragé, mieux vaut que je mise sur les fringues.

– Tu as fini ton service ? me demande la cheerleader en descendant de sa voiture.

– Bonjour à toi aussi. Oui, on peut y aller, sauf si tu as changé d'avis et que tu ne veux plus que je t'accompagne.

Dans le fond, j'espère qu'elle dira oui. Je ne me sens pas d'humeur à squatter un endroit rempli de gens que je ne connais pas. Rempli de gens tout court, d'ailleurs.

– Pourquoi aurais-je changé d'avis ? réplique Cassie. Grimpe.

Je m'installe sur le siège passager et claque la portière. Discrètement, j'observe la blondinette. Malgré le froid, elle porte un short en jean et une chemise style bûcheron remontée et nouée juste sous sa poitrine. Il ne manque que le chapeau et on a notre cow-girl…

Sa queue-de-cheval danse sur ses épaules quand elle tourne la tête vers moi. Une moue adorable déforme sa bouche, et elle pousse un long soupir.

– Alex, je dois être honnête avec toi.

– Tu n'as plus envie d'aller à cette soirée ?

– N'importe quoi ! C'est juste que… Jack est mon ex-petit ami. Je me retiens tous les jours de lui arracher la trachée tellement il m'énerve.

– Et ?

Je sens le coup fourré...

– Je me suis dit que tu pouvais faire semblant d'être mon nouveau copain ? suggère Cassie. Juste pour l'obliger à me laisser tranquille.

– Sérieusement ? ricané-je. Tu crois que j'ai le temps pour ces conneries ?

La blondinette se concentre sur le pare-brise. Son visage vient de virer au rouge, on dirait qu'elle va exploser.

– Je te demande juste de faire semblant, OK ? insiste-t-elle.

– Je suis sûr que d'autres mecs accepteraient ton plan avec plaisir, répliqué-je.

Je devrais quitter cette bagnole, dire à cette meuf d'aller se faire voir. Mais je suis incapable de bouger. Et, petit à petit, mon esprit merdique commence à penser que sa proposition peut valoir le coup. Quoi de mieux que jouer un rôle pour s'oublier ? C'est ce que je cherche en lisant jusqu'à en avoir les yeux éclatés, n'est-ce pas ? À sortir de ma propre tête ? De mon corps ?

– Tu es nouveau, Jack ne te connaît pas, argumente Cassie. Au lycée, personne d'autre n'osera se dresser contre lui, tu vois ? Toi, tu as l'air de quelqu'un qui se fout de savoir que ce mec peut piétiner une réputation en un claquement de doigts.

Un sourire étire mes lèvres.

– Parce que je n'ai pas de réputation, c'est ça ?

– Oh si, tu en as une…

Alors là, la cheerleader attise ma curiosité.

– Ah ouais ? lâché-je.

– Je te rappelle que tu as dit à tout le monde que tu es un ex-gangster, me remémore-t-elle. Tu n'as pas remarqué que personne ne t'approchait ?

Sauf elle.

– C'est pour ça ? fais-je mine de m'étonner.

– Oui, tu inspires la peur. Alors, grand méchant loup, tu joues le jeu ?

CHAPITRE 8

CASSIE

Les ragots vont bon train dans les couloirs du lycée à propos d'Alex. Certains vont même jusqu'à prétendre qu'il est allé en prison. N'importe quoi… Il n'aurait jamais pu intégrer un établissement aussi huppé après une incarcération.

Enfin, je crois ?

– Tu ne sors pas de taule, n'est-ce pas ? demandé-je soudain.

Il arque un sourcil.

– Qu'est-ce que ça peut te faire, Cassie ?

D'un revers de main, je balaie ma question.

– Tu as raison, ce ne sont pas mes affaires. Reprenons notre discussion : mets-toi en couple avec moi. Pour de faux. Tu es intouchable, Alex.

Pour me débarrasser de Jack, il me faut une personne comme lui : assurée, qui ne se laissera pas impressionner. L'ex-gangster s'est imposé dans mon esprit telle une évidence. C'est son truc de s'imposer sans même le vouloir. Son aura de mystère, ses secrets, son armure l'y prédisposent.

Dans l'attente de sa réponse, je papillonne des cils. Il reste silencieux, ses yeux sombres me sondant comme s'il cherchait à déterminer si je lui cache un truc important. Sa méfiance se lit dans ses poings fermés, dans le mouvement régulier de sa jambe qui tressaute.

Je le devine à deux doigts de quitter la voiture pour s'enfoncer dans la nuit. Pour le retenir, je décide qu'il vaut mieux que je lâche l'affaire.

– Oublie ça, d'accord ? lancé-je. Je plaisantais.

Il ricane.

– Tu plaisantais ?

– Oui, laisse tomber. Parfois, j'ai vraiment des idées ridicules, je te jure !

– Il t'a fait quoi, ce Jack ?

Je démarre la voiture, et m'astreins à vérifier longuement mes angles morts pour gagner du temps avant de répondre. Je n'ai pas envie d'avouer que mon ex m'a trompée avec une autre fille. J'en ai trop honte. Et puis, je ne connais pas assez Alex pour lui faire ce genre de confidences.

– Tu souhaites juste qu'il te laisse tranquille ou tu veux le faire enrager ? insiste-t-il.

Sa curiosité me met mal à l'aise. Mais, au moins, il n'a pas fui…

– Un peu des deux, réponds-je.

– Je m'en doutais. Pourquoi ?

Je ronge l'ongle de mon pouce, nerveuse.

– Peu importe, de toute façon tu as refusé, répliqué-je, sur la défensive.

– C'était pour ton bien. Je ferais un piètre petit ami, même pour jouer un rôle.

Il est très sérieux. A-t-il déjà eu une copine ? Lui a-t-il fait du mal ? Ou bien est-ce elle qui l'a blessé ?

– Pourquoi dis-tu ça ? lui demandé-je.

– Parce que c'est vrai. Les gens autour de moi finissent par foutre le camp. Je te fais un cadeau en t'évitant de t'embarquer dans cette histoire avec moi, crois-moi.

J'attends qu'il m'en dise davantage, mais il reste enfermé dans son mutisme, la tête appuyée contre la vitre de la voiture. Sa peine me fait mal au cœur. On ne devrait pas se trimballer une telle tristesse à son âge.

– Tu… tu as déjà eu une copine ? insisté-je.

– Pas vraiment, soupire-t-il. En tout cas, pas dans le sens où tu l'entends.

– Comment ça ?

Il tourne la tête dans ma direction, un sourire froid sur les lèvres.

– C'était juste du sexe, Cassie.

– Oh.

Je ne trouve rien à ajouter.

– Dès que tu veux quitter la fête, préviens-moi, OK ? annoncé-je après quelques secondes de silence.

– Je peux repartir seul, t'embête pas, m'assure Alex.

– Je t’ai demandé de venir, c’est normal que je te ramène. Ne discute pas ! Continue de faire ton petit teigneux, d’accord ?

– Mon petit teigneux ?

J’éclate de rire devant son air vexé.

– Ouais, le mec… arrogant.

– Tu me trouves arrogant ?

Je lui balance une figurine de grenouille sans détourner mon attention de la route.

– Grave ! affirmé-je. Arrête de me déconcentrer, je conduis.

– Tu es barge.

Nous roulons encore quelques minutes avant d’arriver à destination. Jack habite une maison immense dans le plus beau quartier de Black Lake. Ses parents bossent dans les affaires et sont souvent en déplacement. Mon ex a été élevé par ses nourrices plus que par eux…

Je me gare derrière un 4 x 4, attrape mon sac sur la banquette arrière et m’apprête à demander à Alex s’il se sent prêt à entrer dans l’arène. Le regard qu’il pose sur moi me stoppe net. J’y suis peut-être allée un peu fort dans le choix de ma tenue. Jess a imposé un dress code « Far West sexy » à toute l’équipe, et je l’ai respecté… sans doute avec trop de zèle.

Alex détourne la tête, un sourire moqueur sur les lèvres.

– Ce n’est pas vrai ! gémis-je en essayant de trouver un gilet.

Je suis certaine d'en avoir vu un parmi toutes mes grenouilles…

– Qu'est-ce qui t'arrive encore ? s'enquiert l'Hispanique.

Pas de gilet. Mince.

– Je suis trop vulgaire, non ? demandé-je.

Pauvre Alex, il a l'air largué. Je continue :

– Ma façon de m'habiller. Ça fait « laboure-moi dans le champ de maïs », pas « discutons au coin du feu en écoutant de la country », n'est-ce pas ?

Difficile de faire plus clair. Alex tente de dissimuler son hilarité montante derrière sa main. Sur le dos de cette dernière, je remarque un tatouage similaire à celui du Joker : un sourire de clown flippant.

– Arrête, ça te va très bien, m'assure-t-il.

– Tu dis ça parce que tu es un gars. Qu'est-ce qui m'a pris ?

Il roule des yeux.

– C'est bon, boucle-la. Je ne laisserai personne t'approcher.

Alors ça, c'est surprenant.

– Parce que tu m'aimes bien ? supposé-je.

– Parce que je n'ai pas l'intention de m'éterniser à cette fête.

Le rabat-joie !

– Tu veux bien me prêter ton sweat ? le supplié-je.

Il soupire, mais le dézippe.

– OK, prends-le, lâche-t-il. Qu'on en finisse.

Le rouge du vêtement est délavé, mais peu importe. Au moins, je serai couverte…

En enfilant le sweat, j'observe les nombreux tatouages sur les bras d'Alex. Certains ont bavé et sont assez laids. Mais l'un d'eux se démarque des autres : un visage féminin souriant. L'Hispanique me le cache en remettant sa veste en cuir ; cependant, je ne peux m'empêcher de lui demander :

– Qui est cette femme sur ton avant-bras ?

Il hésite un instant avant de me répondre :

– Ma mère.

– Elle est magnifique.

– Elle l'était, oui. C'est Ash qui m'a tatoué son portrait.

Un sourire triste étire ses lèvres, mais il détourne rapidement la tête.

– On y va ? proposé-je.

Je sors de la voiture, et Alex m'emboîte le pas. Nous remontons l'allée menant à la maison de Jack, puis entrons sans frapper. Les soirs de fête, c'est open-bar, ici. Immédiatement, je distingue des visages familiers : Shay, la meneuse du club d'échecs ; Harry, le batteur d'un groupe de rock local ; Pamela, une fille de première année qui a été recalée aux tests d'entrée dans l'équipe de cheerleaders ; Anna et Drew, mon couple préféré de tout le lycée. Ils sont tellement mignons ! Je salue tout le monde, et m'arrête devant Pamela. Elle a pleuré pendant des jours après avoir raté son essai… Pour lui remonter le moral, je lui ai donné des cours particuliers en début d'année. J'espère qu'ils paieront lors de la prochaine session de recrutement.

– Alors, cet enchaînement ? lui demandé-je.

– Je le maîtrise enfin !

– Génial, tu me montreras lundi ?

Elle opine, enthousiaste. J'ai hâte de voir ce qu'elle a préparé. Cette fille mérite d'intégrer l'équipe, sauf que je ne suis pas la seule à avoir mon mot à dire…

Je lui souhaite de passer un bon moment à la fête, puis file au salon, là où se trouve le buffet à volonté. Alex me suit, les mains dans les poches, aussi excité qu'un poulpe mort. Il m'approche, jetant des regards tout autour de lui, puis se penche sur moi.

Pas pour m'embrasser. Ça aurait été trop bizarre. Pour murmurer à mon oreille :

– Une demi-heure. Après, je me tire. Libre à toi de rester ou pas, je me débrouillerai.

Sur ce, il s'éloigne. Il me faut trois secondes pour prendre conscience que j'ai arrêté de respirer. La brusque proximité entre nous a fait réagir mon corps au quart de tour.

Non. Non, non, non !

Les garçons, c'est terminé ! Je fais une croix sur eux jusqu'à la fac. Après mes mésaventures avec Jack, hors de question de me refaire briser le cœur. Pas même par un Hispanique aux épaules carrées et au charme énigmatique.

Comme s'il sentait mon regard posé sur lui, Alex se retourne et me décoche un clin d'œil aguicheur.

Et, dans la foulée, il me fait un doigt d'honneur.

Je secoue la tête, histoire qu'il comprenne bien que son comportement de gamin ne m'atteint pas.

Il se marre. Pour ne pas lui montrer que ça m'amuse, je me détourne et prends un verre. De coca mélangé à de la vodka, vu l'odeur.

À la cuisine, je retrouve Jess et le reste de l'équipe. Ma capitaine grille illico que je porte un sweat qui n'est pas à moi. Elle échange un coup d'œil entendu avec Ruby, mais je fais semblant de ne pas le remarquer.

– Salut, les filles, lancé-je. Alors, votre samedi ? Moi, j'ai passé la journée dans mon bain aux huiles essentielles. Par ta faute, Jess. J'ai les muscles en compote.

– Ton sacrifice ne sera pas oublié, se moque-t-elle. On attend encore un peu ?

– Non, on le fait tout de suite, déclaré-je. Je ne reste pas tard.

– À cause de Jack ? s'inquiète Ruby.

Non. À cause d'Alex.

– Oui, mens-je. Il me met encore super mal à l'aise.

Bon, ce n'est pas totalement faux. Jack me file des frissons, je n'aime pas qu'il continue à me tourner autour. Encore une fois, je me maudis d'être sortie avec lui.

– OK, décide Jess. On attend Courtney, elle arrive. D'après ce que j'ai compris, elle a galéré avec sa tenue. Je lui envoie un message.

Ma capitaine pianote sur son téléphone, non sans me jeter un nouveau regard curieux.

– Au fait, Cassie, il est à qui, ce sweat ? me demande-t-elle.

Les filles meurent d'envie de le savoir depuis que je les ai rejointes à la cuisine. Elles ont résisté quoi… cinq minutes ?

– C'est vrai, ça, ajoute Ruby. Tu l'as volé à qui ?

– Alex me l'a prêté à cause de… ça.

Je descends la fermeture à glissière pour dévoiler mon haut, qui m'arrive juste sous les seins.

– Je vois, tu as opté pour du court en haut et du court en bas, constate Jess. Osé.

Elle porte un micro tee-shirt, elle aussi, mais avec un jean moulant et des santiags. De son côté, Ruby est en mini-jupe et chemisier orné de franges. Les autres nanas ont mis soit du court en haut et du long en bas, soit l'inverse.

– Allez, arrête de tirer la tronche, ma Cassie, me glisse Jess. Tu peux garder le sweat pour notre danse.

– Alléluia ! s'exclame une voix féminine derrière nous. Pareil pour moi, alors.

Je me retourne et découvre Courtney. Son mini-short blanc souligne la couleur caramel de ses jambes musclées et elle a choisi un bandeau en guise de haut – avec un sweat noir ouvert par-dessus.

Court-court.

– Je t'aime, m'exclamé-je en la prenant dans mes bras.

– Moi aussi, mon cœur, me répond-elle. Je suis prête. Allons secouer nos culs sur la piste.

CHAPITRE 9

ALEX

M.

La lavande. C'est ton parfum. Je l'ai découvert pendant que j'errais sur les rives du Styx. Étonnant, je trouve.

La lavande. La même odeur qui flottait dans notre jardin en plein été.

Était-ce un signe que tu m'envoyais et que je n'ai pas compris ? Voulais-tu me dire que, malgré tous mes efforts, l'issue resterait la même ?

Déambuler dans la maison de Jack me rappelle l'époque où je cambriolais les demeures des riches habitants de Black Lake pour le compte de Crayson. Je volais tout ce qui pouvait rapporter un minimum d'argent.

Par exemple, la statue miniature de guerrier Xian qui observe la fête depuis son présentoir vaut bien trois cents dollars, à vue de nez. Quant au tableau sur le mur, je pourrais le refourguer pour quatre cents.

Mais je ne suis pas là pour piller.

Dommage.

Je me détourne de la décoration, à la recherche d'un peu d'oubli en bouteille. Même si les boissons proposées au buffet sont alcoolisées, elles n'en restent pas moins coupées. Il me faut quelque chose de plus fort… Mais, alors que je m'apprête à entrer dans la cuisine, je me fais bousculer par une meute de cow-girls.

– Désolée ! lance une rouquine. Oh, salut Alex !

Déjà, elle se dirige vers le centre du salon, suivie par le reste des cheerleaders. Survoltée, Cassie passe devant moi sans me voir. Je ne peux pas m'empêcher de la mater.

OK, il me faut un verre, et vite.

J'attrape une vodka-Red Bull dans les mains d'une nana qui passe à proximité et la vide d'une traite.

– Hé ! s'exclame-t-elle.

– Désolé, je t'apporte un autre verre dans deux minutes, répliqué-je en me forçant à lui adresser un sourire charmeur.

Même si je broie du noir ces derniers temps, ça ne m'empêche pas d'avoir conscience de mon potentiel de séduction. Je sais que beaucoup de filles aiment les gars tatoués en blouson de cuir. Quelle chance ! Je fais partie de ceux-là.

Mais je me mange le vent du siècle quand la demoiselle grimace, dégoûtée, et s'éloigne. Bah, je l'ai cherché. À se comporter comme un connard, on en subit parfois les conséquences.

Avec violence, l'image de ma mère, réprobatrice, s'invite soudain dans mon esprit.

Bordel de merde.

Le souvenir me prend aux tripes. Mes doigts écrasent le gobelet en plastique, mon cœur se serre.

Je suis désolé. Putain, je suis désolé d'être le mec que je suis devenu aujourd'hui. Mais tu m'as abandonné. Tu as refusé ma présence de l'autre côté, avec toi. C'est ta faute.

Ta faute !

Ma main se pose à l'endroit où la balle de Crayson a perforé ma poitrine.

Ç'aurait été tellement plus simple qu'on me laisse crever…

– Bonsoir tout le monde ! s'exclame soudain Cassie, me tirant de mes pensées. On profite de cette superbe soirée pour vous annoncer qu'on vous a réservé une surprise !

Debout sur la table, le cheerleader braille à tue-tête, toujours revêtue de mon sweat trop grand. Il lui va plutôt bien. Et ça me plaît qu'elle porte un peu de moi sur elle.

Le service qu'elle m'a demandé dans la voiture me revient en mémoire. Devenir son faux petit copain… D'abord, j'ai eu envie d'accepter. Ensuite, de l'engueuler. On ne profite pas des gens de cette façon ! Puis j'y ai repensé alors que nous roulions. Pourquoi pas ? Au pire, je me lasse ; au mieux je m'éclate. Franchement, il y a pire que Cassie comme fausse nana.

Sous les cris euphoriques du public, la blondinette déserte la table et rejoint les autres cheerleaders au centre de la pièce. Je me détache du mur, curieux de découvrir ses talents de danseuse.

La musique démarre, les conversations se taisent. Et les filles se mettent en mouvement.

Le moins qu'on puisse dire, c'est que Cassie sait bouger.

Personnification de la souplesse, elle dégage une énergie électrique qui me frappe de plein fouet. Elle ne danse pas, elle vole, paraissant se moquer de la gravité. Elle est capable de mouvoir la totalité de son corps, de lever ses jambes plus haut que ses épaules sans que cela paraisse lui demander le moindre effort, de se cambrer dans des angles que j'imaginais impossibles. Le visage rougi par l'effort, elle continue de sourire, plus rayonnante que jamais. La regarder se déhancher me procure le même plaisir que m'abandonner dans un bouquin ou dans l'alcool.

La performance dure à peine une minute, mais se grave pour l'éternité dans mon âme.

Lorsque les cheerleaders s'immobilisent, que la musique s'éteint et que le brouhaha des discussions enfle de nouveau, j'ai l'impression de replonger d'un coup dans mon monde obscur. Je me sers un deuxième verre et me prépare à le vider lorsque j'entends quelqu'un dire à côté de moi :

– Alors, tu as l'intention de la récupérer, Jack ?

Un groupe de footeux discute devant les plateaux de bouffe. Parmi eux, le mec que j'ai vu au *Starbucks* pérore :

– Considère que c'est déjà fait. Dès que je claquerai des doigts, Cassie sautillera gentiment sur le siège arrière de mon 4 x 4.

Je serre les poings.

– Tu te fous de notre gueule ? lance un autre gars. Elle a renversé son milk-shake sur ta tronche la dernière fois que tu l'as approchée, à la cafétéria.

Je pose mon verre, prends une grande inspiration.

– Normal, je venais de me taper un véritable avion de chasse, se vante Jack. Putain, je ne regrette pas cette partie de jambes en l'air dans les douches. Ça me casse juste les couilles que Cassie m'ait grillé.

Un sourire cruel étire mes lèvres. J'ai bien envie de fracasser les mâchoires de Ducon contre le parquet de son salon. Il ose vraiment se vanter d'avoir trompé Cassie ?

– Ouais, c'était une sacrée bombe, commente un footeux. Elle ne te donne plus de nouvelles ?

– Si, on parle encore par messages, déclare Jack. Je retourne la voir le week-end prochain.

Alors pourquoi il souhaite récupérer Cassie, ce blaireau ? Je me retiens de lui poser la question. Mes poings tremblent.

– Elle est là-bas, lâche l'un des mecs. Mais ce n'est pas sa veste qu'elle porte, si ?

Cassie sert à boire à des types mal à l'aise agglutinés contre un mur du salon.

– Qu'est-ce que le club de ping-pong fait là ? s'étonne un gars.

– On s'en fout, gronde Jack. Mais je veux savoir à qui est ce putain de sweat.

Bon, je viens de trouver un moyen de remettre ce type à sa place sans lui envoyer un coup dans les burnes… Je vais plutôt viser son moral. Je traverse le salon, rejoins Cassie et m'arrête juste derrière elle.

– Amusez-vous, les mecs ! est-elle en train de s'exclamer. Faut vous détendre. Vous voulez des chips ? Je vais vous en chercher, si vous voulez.

– Hé, Cassie.

Elle se retourne, surprise. À peine ouvre-t-elle la bouche que je la saisis par la taille et la plaque contre moi. Une partie de mon cerveau me murmure de pousser le vice jusqu'à lui rouler une pelle, mais je me retiens.

Ce qu'il y a entre nous, ce n'est qu'un jeu. Je dois m'en souvenir.

– Ton ex nous mate à l'autre bout du salon, lui soufflé-je. Va pour une fausse histoire entre toi et moi.

Si, pendant une seconde, Cassie demeure immobile et tendue, elle finit par enrouler ses bras autour de mon cou. Elle se dresse sur la pointe des pieds jusqu'à poser son visage contre mon cou. Ma joue frôle la sienne, mes lèvres caressent la ligne de son menton.

Ce serait si bon de l'embrasser. Si facile…

Je ressens son frisson comme si c'était le mien. Son odeur de vanille envahit mes narines ; j'ai envie de l'inspirer jusqu'à en crever.

Mon nouveau parfum préféré.

– Vraiment ? demande-t-elle dans un murmure.

– Vraiment, confirmé-je. Ce mec me file la gerbe. Et il a terriblement envie de savoir avec qui tu sors.

– Tu lui as parlé ?

Cassie tente de se dévisser le cou afin de regarder par-dessus mon épaule. Je passe mes doigts dans ses cheveux et l'oblige à garder la tête collée contre moi. Pas désagréable du tout comme sensation.

– Si tu lui accordes la moindre attention, tu vas tout foutre en l'air, la préviens-je. Contente-toi de me serrer dans tes bras comme si j'étais une grenouille aphrodisiaque, OK ?

La blondinette se marre, me serre un peu plus fort. Une foutue douleur dans mon thorax m'envoie une décharge électrique quand elle lève la tête.

– Tu as discuté avec cet imbécile ? insiste-t-elle.

J'ouvre les paupières que j'avais fermées pour encaisser la souffrance.

– Je l'ai entendu se vanter auprès de ses amis, précisé-je.

– Tu as bu, non ?

La question de Cassie me surprend. Est-ce que je pue l'alcool ? Dans ce cas, bonjour l'image que je renvoie…

– Ouais, un peu, décidé-je d'avouer.

– Du coup, c'est parce que tu es bourré que tu acceptes de m'aider. Demain, tu ne te rappelleras peut-être plus rien.

– Te fais pas de bile pour ça.

Bien sûr que je me souviendrai de cette soirée.

Je n'oublie rien, même alors que je fais tout pour effacer certains souvenirs.

Mes mains squattent les reins de Cassie, sous mon sweat. Je brûle de les faire glisser plus bas. Mais avec mes idées à la con, je pourrais bien tout foutre en l'air. Du coup, je reste sage. D'autant que la méfiance brille dans les yeux verts de la cheerleader.

– Quoi ? lui lancé-je. Si tu ne me crois pas, je te propose qu'on passe la nuit à deux. En me réveillant demain, je n'aurai pas d'autre choix que de me rappeler cette connerie.

– Bien essayé. Bon, il faut qu'on établisse quelques règles.

Je la dévisage, curieux. Elle liste :

– Pas de mains baladeuses. Pas de baisers, juste des câlins. Et pas de sexe non plus, bien sûr. On ne parle pas de notre deal, même à nos amis les plus proches. Notre relation doit transpirer la crédibilité en public.

– OK. Quoi d'autre, capitaine ?

– Tu ne m'appelles pas capitaine.

– C'est tout ?

Elle réfléchit quelques instants tout en mordillant sa lèvre inférieure. Ça me donne envie de l'embrasser.

– Si d'autres choses me viennent, je t'enverrai un message, finit-elle par décréter. File-moi ton numéro.

Elle se décolle de moi, portable en main. L'air s'engouffre dans l'espace qu'elle vient de créer entre nous. Jamais un froid ne m'a autant glacé.

Pas même celui de la Faucheuse.

J'attrape son téléphone et tape mes coordonnées. Puis je le lui rends et précise :

– J'ai une condition, moi aussi. Ça concerne ton frangin.

Cassie fronce les sourcils.

– Gold ? Pourquoi ?

– Je veux entrer chez les Styx Riders, expliqué-je. Si cette comédie m'en empêche, on y met fin sur-le-champ. Pigé ?

CHAPITRE 10

CASSIE

Je souris. Aucun risque concernant Gold, il se fiche bien de mes histoires d'adolescente tant que ma vie n'est pas en danger.

– Commence par arrêter de te braquer comme ça, dis-je. Mon frère s'en balance de mes petits amis, vrais ou faux, OK ? Parlons plutôt de la règle S.

Le bras d'Alex autour de mon épaule me procure un profond sentiment de sécurité. Ce mec possède une carrure capable d'affronter le monde entier, mais aussi des valeurs. Ça se voit, ce genre de choses. Mine de rien, je glisse mes doigts entre les siens. Des regards se posent sur nous, nous jugent, tentent de nous percer à jour. Il faut qu'on soit convaincants… Mon cœur accélère, ma paume devient moite. Je n'ai jamais fait ça, avant. Mentir sur une relation… À la fois excitée et terrifiée, je me demande comment finira cette histoire.

– La règle S ? répète Alex sans comprendre.

Il attrape un verre de sa main libre, mais je le lui prends afin d'apaiser la sécheresse dans ma gorge. Beurk ! De la limonade. Les boissons gazeuses ne me réussissent pas. Sentir toutes ces bulles dans ma bouche me file des spasmes ! Un sourire taquin aux lèvres, Alex récupère le gobelet et en boit une gorgée. On évoque un vrai petit couple, tous les deux…

– Pas de sexe, lui expliqué-je à voix basse.

– J'en soupire de déception.

Je tente d'oublier l'image d'Alex débarrassé de son pantalon et de son caleçon en me concentrant sur un tatouage sous son oreille. Deux lettres : « RB ».

– Je veux dire, avec personne du lycée, précisé-je. Sinon, les gens supposeront qu'on se trompe mutuellement ou, pire, découvriront la supercherie. Si tu dois coucher avec quelqu'un, assure-toi que cette personne n'ait aucun lien avec… ce monde, terminé-je en désignant les fêtards. D'accord ?

Alex opine, puis me pose la question la plus gênante de la Terre :

– Tu avais couché avec Ducon avant de le larguer ?

– On n'en était pas encore là, réponds-je. Mais ça ne lui donnait pas le droit de s'envoyer en l'air avec une autre fille.

Cette affirmation ressemble un peu trop à une question… Tout à coup, je prends conscience que je viens d'avouer à Alex ce que m'a fait Jack. Je ferme la bouche, sentant la colère et la tristesse m'envahir.

– Clairement pas, affirme l'Hispanique. Tu as bien fait de le laisser tomber.

Je reprends contenance, soulagée qu'il ne me juge pas. D'ailleurs, je ne devrais pas me sentir aussi honteuse puisque je n'y suis pour rien ! Mais je n'arrive pas à me ressaisir.

– En fait, c'est lui qui m'a larguée, grondé-je. Il m'a devancée.

– Cassiopée ! crie-t-on soudain sur ma droite. Non, mais je rêve !

Ah. Ruby… Elle hurle mon prénom à travers le salon en m'adressant des signes de la main et s'approche à grands pas, manifestement sur le point de faire une syncope.

– Tu sors avec Alex et tu ne m'as pas mise au courant ? piaille-t-elle.

– C'est, euh… récent.

– Tu te moques de moi ? Tu le connais depuis quand ?

Une échappatoire, vite. Je fouille dans ma boîte à idées loufoques, mais rien ne me vient.

À ma grande surprise, Alex vole à mon secours.

– Depuis un moment, affirme-t-il. Je bosse avec son frère et je traîne avec les membres du MC.

– Tu es un Styx Rider ? s'étonne ma meilleure amie.

– Pas tout à fait.

– Un jour, peut-être, déclaré-je. Bon, je crois qu'on va y aller, n'est-ce pas, Alex ? Ça fait plus d'une demi-heure qu'on squatte.

– Déjà ? boude Ruby. Reste un peu !

– On a un truc de prévu. Tu viens ?

J'agrippe le bras de mon faux copain et l'entraîne vers la porte. Mon cœur bat fort, jusque dans mes tempes.

Mentir à mes amies me déplaît. Beaucoup. Mais si je dois en passer par là pour me libérer de Jack, alors tant pis.

Dehors, la neige tombe en tourbillonnant. Les pétales de givre dansent dans l'air, comme de minuscules cheerleaders. La pluie et la grêle s'abattent avec la fureur d'un joueur de foot venant plaquer un adversaire. Les flocons, eux, tournoient dans les airs, en apesanteur.

– Cassiopée.

La réalité me rattrape. Je quitte le ciel obscur des yeux pour reporter mon attention sur Alex. Sous la lueur d'un lampadaire, je remarque avec quelle précision ses lèvres sont dessinées. Elles ressortent sur sa peau mate, leurs courbes accentuées par sa barbe naissante.

Il avance d'un pas et me demande :

– C'est ton prénom ?

– Quoi ?

– Cassiopée. C'est ton véritable prénom ?

Bien sûr, Ruby vient de m'appeler comme ça devant lui… Super.

– Oui, confirmé-je. C'est le nom d'une constellation.

– Et celui d'une reine de la mythologie à l'ego démesuré, condamnée à sacrifier sa fille pour calmer la mauvaise humeur des dieux.

Surprise qu'il sache cela, j'arque un sourcil.

– Tu as avalé tous les livres en rapport avec la Grèce antique pour impressionner les Styx Riders ? me moqué-je. Tu n'es pas obligé, tu sais ? Regarde Snack, il n'y connaît rien du tout.

Alex avance encore.

– Je lis depuis que je suis en âge de tenir un bouquin, réplique-t-il. Figure-toi qu'on peut avoir appartenu à un gang et posséder un minimum de culture générale.

La seconde d'après, il recule, mes clés de voiture en main.

– Je conduis, décrète-t-il.

– Hé ! Non, rends-les-moi ! protesté-je.

Trop tard, il se cale derrière le volant et démarre. Incroyable !

– Dois-je te rappeler qu'on n'est pas vraiment en couple ? grogné-je.

Il papillonne des paupières. Obligée de m'asseoir côté passager, je boucle ma ceinture en bougonnant.

– Tu me fends le cœur, Cassiopée, me taquine-t-il.

– Cassie. Toi, je t'appelle Alex, que je sache.

– Encore heureux, c'est pas un diminutif.

Il s'engage sur la route, manque d'emboutir une voiture et répond au coup de klaxon de l'autre conducteur en ouvrant la vitre et en tendant le majeur.

– Très mature, soupiré-je.

– Prétend celle qui a fait de moi son faux petit ami, me renvoie-t-il du tac au tac. Je ne veux pas rentrer chez moi. Propose n'importe quoi, je t'accompagnerai.

Une détresse qu'il tente de cacher vibre dans sa voix. Alors je lui indique :

– Prends à gauche à la prochaine intersection. Je connais un endroit qui va te plaire.

– Ah ouais ? Dis-moi tout, Cassiopée.

Je déteste mon prénom complet. Enfin, plus exactement, j'aime que seul mon frère l'utilise, comme si cela symbolisait la relation particulière que nous entretenons.

– Si je te t'ordonne d'arrêter de m'appeler Cassiopée, tu le feras ? demandé-je à Alex.

– Ouais.

Cette réponse me laisse perplexe.

– Vraiment ? m'étonné-je.

– À une condition. Je veux connaître le sens de la phrase tatouée sur ton bras. Tu es revenue de quel fleuve, Cassiopée ?

Il n'en démord pas avec cette citation. Ça m'embarrasse. Mais je devine un réel intérêt chez lui, pas comme chez certains élèves du lycée qui souhaitent juste assouvir leur curiosité. Si bien que je me lance :

– À l'école primaire, en fin d'année, notre enseignant a emmené la classe au bord du lac. Je jouais avec mes copines quand l'une d'elles a eu la mauvaise idée de proposer une balade en canoë. Bien sûr, on ne savait pas en faire, mais on s'en fichait. Ça semblait plutôt facile. On s'est éloignées du rivage sans que le prof s'en aperçoive. Une fille était allergique aux piqûres d'abeille. Lorsque l'une d'elles l'a approchée, elle a paniqué. Le canoë s'est retourné. Et je ne savais pas nager.

L'eau dans ma bouche griffant ma trachée, gonflant mes poumons… Je la sens comme si elle se trouvait encore en moi. Comme si elle voulait me tuer encore une fois.

– J'ai pris le fleuve d'où nul n'est revenu, récité-je.

– Tu ne parles pas du lac, hein ? me demande Alex.

– Pendant deux minutes, mon pouls s'est arrêté, ajouté-je. J'ai vécu ce qu'on appelle une expérience de mort imminente.

Un frisson parcourt mon dos. Je voudrais refermer cette porte ouverte vers mon passé, mais Alex intervient :

– Laisse-moi te poser une dernière question, Cassie. Après, je te jure de ne plus jamais te forcer à parler de cette histoire.

Il m'a appelée Cassie, pas Cassiopée. C'est qu'il a une parole en béton, en plus d'être cultivé…

– Arrête-toi ici, lui demandé-je comme si je n'avais pas entendu ce qu'il vient de dire.

Il gare la voiture devant un immense bâtiment plongé dans le noir : la bibliothèque de l'université.

J'ouvre la portière et sors dans le froid hivernal. Alex me rejoint sur le trottoir, l'air un peu paumé.

– Qu'est-ce qu'on fout là ? s'enquiert-il.

– Viens.

Je l'attrape par la manche de sa veste en cuir et contourne l'édifice. J'ai pris ce chemin tellement de fois que je le connais par cœur ; l'obscurité ne me ralentit pas. Je m'arrête devant une lourde porte en métal réservée aux employés et sors un trousseau de mon sac à main.

– Tu as les clés de la bibliothèque ? s'étonne Alex.

– Oui. Avant d'avoir à m'entraîner deux heures par jour, je lisais beaucoup. Suis-moi.

Il m'emboîte le pas. Éclairant les lieux grâce à la lampe-torche de mon téléphone, je remonte un long couloir qui débouche sur la pièce principale de la section des archives. Ici dorment des œuvres qu'on ne peut pas lire en tant que simple visiteur. Fragiles, la plupart des ouvrages ne survivraient pas aux nombreux curieux. Toutefois, un abonnement spécial permet à quelques privilégiés de les feuilleter en échange d'une somme assez conséquente.

J'actionne l'interrupteur de la salle. L'absence de fenêtres nous promet la tranquillité.

– Mon frère m'a donné ce pass pour mon dernier anniversaire, expliqué-je. Les Styx Riders versent des fonds qui permettent à la ville de rénover ce bâtiment et d'y faire de gros travaux, ça leur donne quelques avantages.

Du coin de l'œil, j'assiste à l'éclosion d'un Alex que je ne connaissais pas. Il irradie une soudaine lumière, comme s'il se sentait enfin chez lui. Au milieu des livres, il ne paraît plus si brisé par la vie ; il redevient un adolescent émerveillé. Je savais qu'il allait aimer cet endroit : je l'ai vu bouquiner tous les jours cette semaine à l'heure du déjeuner.

Il s'arrête devant un rayonnage et prend un ouvrage. Le soin avec lequel il le manipule m'ébahit. On dirait qu'il préférerait perdre un membre plutôt que d'abîmer ce livre.

– Si j'avais les clés de la bibliothèque, je crois que je m'installerais ici, déclare-t-il.

Je ris, sans savoir s'il est sérieux.

– Tu aimes la lecture à ce point-là ? lui demandé-je.

– Elle m'aide à tenir le coup, plus que quiconque l'imagine… murmure-t-il.

La peine dans sa voix me serre le cœur.

– Concernant… ta mère ? supposé-je. La lecture te permet de pallier le manque ?

– On va simplifier la situation et prétendre que c'est seulement ça.

Alex se détourne, comme s'il ne voulait pas que je voie ses traits. J'attends qu'il m'en dise davantage, mais il semble perdu dans ses pensées. Je me laisse tomber dans un lourd fauteuil de cuir, les yeux rivés sur la vaste fresque d'inspiration mythologique qui orne la coupole au plafond.

– Pose-la moi, ta dernière question, déclaré-je enfin, la tête renversée en arrière.

Les pas d'Alex résonnent sur le sol en marbre. Je le devine en train de s'installer non loin de moi.

– Quand tu es morte… tu as vu des choses, de l'autre côté ? m'interroge-t-il.

Je fronce les sourcils en fouillant dans ma mémoire. Habituellement, j'évite de parler de ma noyade, elle éveille en moi trop de mauvais souvenirs. Toutefois, sous l'œil bienveillant d'Aphrodite, la déesse de l'amour, je me sens le courage de plonger dans mon passé. Ici, tous les sujets semblent pouvoir être abordés sans peur. Une bulle préserve les âmes de la réalité, du temps. Comme dans un rêve.

– Le fleuve auquel ton tatouage fait référence… quel était-il ? insiste Alex.

– Le Styx… avoué-je.

Le regard perdu dans le vague, le jeune homme accuse le coup en silence. Ses doigts pianotent sur la couverture du vieux livre sur ses genoux.

– Cette balle que tu as reçue, elle t'a tué l'espace d'une seconde, n'est-ce pas ? enchaîné-je.

Il opine. Un geste imperceptible qui suffit pourtant à me faire comprendre la situation.

– Raconte-moi, l'encouragé-je.

Il papillonne des paupières, comme pour chasser des larmes invisibles.

– Non.

Le mot résonne sous la coupole. Puis il murmure :

– J'ai une dernière question.

– Bien sûr, je t'écoute.

– Tu crois que les actes violents commis par amour peuvent être pardonnés ?

Je réfléchis un instant. Je sais qu'Alex attend que je lui dise « oui », mais j'ignore de quoi il veut parler.

– Tu crois qu'on peut se les pardonner à nous-même ? continue-t-il en tournant son regard vers Aphrodite, là-haut sur la fresque.

Les secondes s'écoulent. Elles ne font qu'augmenter la tristesse inexplicable que je ressens.

– De quoi tu parles ? finis-je par demander à Alex.

– Laisse tomber, lâche-t-il. C'était une question sans importance.

Je ne trouve rien à répliquer. Je reste là, à l'observer.

À essayer de le percer à jour.

Sans succès.

CHAPITRE 11

ALEX

M.

La tristesse a le goût du sang. Chaque jour, je me réveille avec cette saveur métallique dans la bouche. Boire n'y change rien. C'est toujours là.

Je pose mon stylo sur le bureau, les doigts pris de tremblements. Les larmes coulent sur mes joues, intarissables. Je n'essaie pas de les retenir : la nuit, c'est le moment où je peux les laisser sortir. Personne ne me regarde.

Heden m'a dit : « Vas-y, écris… à ta mère, à l'objet de ta colère, de ta peine, à qui tu veux. Ça t'aidera. »

Mais ce qui m'aiderait vraiment, ce serait une réponse à ces foutues lettres.

Mon téléphone vibre sur la table.

Tu dors ? me demande Cassie.

À 3 heures du matin, un dimanche soir ?

Ce serait une drôle de question si je n'étais pas en pleine crise d'insomnie, justement.

Non, lui renvoyé-je. Je n'y arrive pas. Tu veux venir ? Mon lit est bien assez grand pour deux.

Qu'est-ce qu'elle fout debout à cette heure-ci, elle ? Mes pensées dérivent vers notre escapade d'hier, après la fête. Quand elle m'a emmené dans cette bibliothèque. Merde, je crois que c'est l'un des plus beaux endroits que j'aie jamais vus ! Cassie a su deviner que ce lieu entrerait en résonance avec mon âme. D'ailleurs, j'ai perdu le contrôle une fraction de seconde quand Aphrodite, sur la fresque, a croisé mon regard. Mais je me suis vite repris.

La réponse de Cassie arrive :

Pas de sexe.

Ah ouais, j'avais déjà oublié sa règle… Je n'en reviens toujours pas de m'être engagé dans cette histoire de faux couple. Et que cela m'amuse autant ! La gueule de Jack quand j'ai pris la cheerleader dans mes bras valait clairement le détour.

J'attends plusieurs minutes, mais elle ne m'envoie plus de message. Je m'enfonce contre le dossier de ma chaise de bureau en observant ma chambre.

Ma chambre…

Cette pièce n'éveille aucune chaleur en moi. Sans doute parce qu'elle ne m'appartient pas vraiment. J'attrape un carnet sur la table, celui qui contient mes lettres. En le serrant contre ma poitrine, je peux presque m'imaginer ressentir un léger effleurement, une caresse. Je ferme les yeux, visualise ma mère dans mon dos, une main sur mon épaule.

Très vite, je me redresse. Cette connerie me fait trop mal. Il n'empêche que, si ma piaule cramait, ce cahier serait l'unique chose que je sauverais des flammes.

Sans réfléchir, je saisis une bougie parfumée posée sur la commode. Amaria en a des tonnes dans la maison ! Elle les collectionne sans jamais les allumer. Des grandes, des petites, des moyennes… Quand on entre, leur parfum nous entoure.

Celle que je tiens sent la vanille, raison pour laquelle je l'ai prise sur la table du rez-de-chaussée. Son parfum me rappelle celui de Cassie.

Un sourire m'échappe, se reflétant sur le papier doré collé sur le verre. Pour la première fois depuis des lustres, je ressens une joie véritable. L'ombre en moi perd en intensité ; j'ai le sentiment que mon état finira par s'améliorer. Que je pourrai être sauvé.

À peine une heure plus tard, arraché du sommeil par un putain de cauchemar, je me rends à l'évidence.

Je ne mérite pas d'être sauvé. Pas après ce que j'ai fait à ma mère.

***

Snack n'est pas difficile à contenter. On lui file une vieille moto à retaper et hop, pour lui, c'est le jackpot. À mon arrivée au garage après ma journée de cours, il m'accueille en s'exclamant :

– Regarde un peu ses nouveaux pneus ! Je viens de les installer. Pas mal, non ? Cette merveille sera comme neuve d'ici la semaine prochaine.

– Ouais, génial, lui renvoyé-je. Tu sais ce que compte me faire nettoyer Gold aujourd'hui ? Son trou de balle, peut-être ?

– Arrête, il en serait bien capable. Il t'attend au fond de l'atelier, vas-y.

Je dépose mes affaires dans le bureau puis vais rejoindre mon patron.

– Salut, gamin, me lance-t-il lorsqu'il m'aperçoit. Comment va ?

J'ai pris l'habitude qu'il m'appelle « gamin ». Ça me saoule, mais je la boucle.

Visiblement, Gold attend une réponse à sa question, pourtant rhétorique pour la plupart des gens. Je me demande s'il sait que depuis ce week-end je fais semblant d'être en couple avec sa sœur. Cassie prétend que même s'il l'apprenait il s'en ficherait, mais moi, je pense qu'il ne laissera jamais sa frangine s'enticher d'un connard dans mon genre.

– Ça roule, lâché-je.

Au moins, aujourd'hui, je n'ai pas été tenté de passer à la supérette du coin pour m'enfiler une bouteille après le lycée. Plus les jours passent, moins la boisson suffit à me protéger contre ma propre obscurité.

Je tourne la tête vers Gold. Il me fixe du regard avec une insistance qui me dérange.

– Quoi ? grogné-je. Ça va, je te dis.

– Ouais, réplique-t-il, peu convaincu. Remonte ton bleu de travail jusqu'en haut, je vais t'apprendre à démonter et remonter des pneus.

Pendant les trois quarts d'heure suivants, il me détaille la marche à suivre étape par étape. Sa patience me surprend. Même quand je lui coupe la parole pour lui demander des précisions, il reste stoïque. Au bout d'un moment, il me file les outils et m'ordonne de m'occuper du second pneu d'une moto sportive. Je m'y colle sous sa surveillance constante. Histoire de briser le silence un peu trop tendu, je demande :

– Pourquoi as-tu quitté l'armée ?

On parle peu, lui et moi. Trop peu pour que je puisse espérer qu'il répondra à ma question. Pourtant, il m'avoue :

– Je me suis fait salement canarder un jour. Pendant plus de six mois, je suis resté à l'hôpital à me demander quand ma putain d'agonie allait cesser.

– La vache. Tu t'es mangé plusieurs balles ? Tu m'étonnes que tu douillais. Rien qu'avec une seule, j'avais l'impression d'avoir du feu dans les veines.

– Après ça, continue Gold, l'armée m'a jugé trop brisé pour me garder. Alors le gouvernement pour qui je me suis battu corps et âme m'a dégagé.

Une grimace m'échappe.

– Tu es entré chez les Styx Riders ensuite ? enchaîné-je.

– En résumé, ouais.

Pendant un moment, je reste silencieux. Mais une question me brûle la langue. Incapable de la retenir plus longtemps, je souffle :

– Gold ?

– Ouais.

– Quand tu es sorti de l'hôpital… tu réussissais à dormir ? Ou est-ce que tu étais sans cesse projeté dans le passé, au moment où tu te vidais de ton sang ? Et quand cette vision te laissait tranquille, est-ce que tu…

... errais dans les limbes à la recherche d'un peu de lumière ? D'une étreinte familière ? Du parfum de ta mère ?

Incapable de regarder le biker en face, je me concentre sur mes doigts tremblants. Quand j'essaie de mettre des mots sur mes troubles, mon corps se révolte. Je ressens une brûlure dans ma poitrine, plus intense de seconde en seconde. Bientôt, la douleur me lacérera le thorax.

– Est-ce que je me sentais perdu ? complète Gold. Déchiré entre cette terre et l'autre côté sans savoir où était ma place ?

Des doigts invisibles serrent ma gorge, y étranglant mes mots. Alors je hoche la tête en signe d'affirmation. Mon patron s'agenouille devant moi, soupire et pose une lourde main sur mon épaule.

– La nuit, le jour, en permanence, m'avoue-t-il.

– Qu'est-ce qui t'a aidé ? parviens-je à croasser.

– L'écoute de mes proches. La présence de ma famille. L'arrivée des Styx Riders dans ma vie. Mais surtout le temps. Tu serais surpris de ce à quoi l'âme humaine peut s'habituer à la longue.

– À me sentir paumé et à avoir mal ?

– À remonter la pente.

Une tornade blonde traverse soudain le garage, se dirigeant droit vers nous. Cassie… Du coin de l'œil, je la vois nous rejoindre, en tenue de cheerleader. Ça me dépasse qu'elle se promène habillée ainsi en plein hiver. Elle ne ressent pas le froid ou quoi ? Ses cheveux tombent sur ses épaules, et la fureur fait briller ses yeux verts d'une lueur meurtrière lorsqu'elle s'arrête devant nous.

– Frangin, file-moi un flingue ! s'exclame-t-elle.

Dans mes narines, son parfum de vanille se mêle à celui de l'huile.

– Ouais, ça va super, et toi ? réplique Gold.

– Un neuf millimètres, muni d'un silencieux si possible, insiste-t-elle.

– Ma journée ? continue son frère sur le ton de la moquerie. Géniale, la routine.

– Avec un chargeur plein. Non, deux, même. Je vais le buter, ce sportif arrogant ! Rah !

Cassie tape du pied, tournoie sur elle-même à la recherche d'un truc à balancer, pousse un cri empli de rage et fait demi-tour. Je décoche un coup d'œil surpris à Gold, auquel il répond par un sourire espiègle.

– Tu ne vas pas voir ce qu'elle a ? lui demandé-je.

– Laisse-lui une minute, me conseille le biker. Qu'est-ce qu'on disait à propos du temps, juste avant son arrivée ?

Comme il l'avait prédit, Cassie revient après quelques instants, un peu apaisée. Je me redresse, pose le démonte-pneu que je tenais et essuie mes mains pleines de graisse. Dans la foulée, la blondinette se jette dans mes bras et enfouit son visage dans mon cou.

Faudrait que je revoie les clauses de notre accord... Déjà, en déterminant un périmètre de sécurité.

Les muscles tendus, figé dans une posture délicate, je me force à ne pas lui rendre son étreinte. Gold a l'air plutôt cool et conciliant, mais tenter le diable ne me botte plus trop ces derniers temps.

– Alex, aide-moi à cacher son cadavre, soupire la cheerleader.

– Euh… Cassie ? Tu peux juste…

Arrêter de plaquer tes seins contre mon torse, de presser ton corps contre le mien, d'allumer un feu que tu seras incapable d'éteindre ?

Une boule de chaleur se loge dans mon ventre.

Merde.

– Il me faut un *latte*, décrète Cassie.

Sur ces mots, elle me libère et quitte le garage en trombe. Son odeur continue d'imprégner mes sens, mon cou me picote là où ses bras me touchaient.

Et re-merde !

– C'était quoi, ça ? lance Snack, hilare.

– Rien du tout, affirmé-je.

– Un rien du tout plutôt louche. Hein, Gold ?

Je lance un rapide coup d'œil à l'intéressé histoire de tâter le terrain. Je me tiens prêt à courir, mais, à ma grande surprise, le biker a l'air amusé.

– Dans quel genre de plan ma sœur t'a-t-elle embarqué, gamin ?

Je décide de la jouer franco.

– Elle veut qu'on fasse semblant d'être ensemble pour emmerder un autre mec.

Le sourire de Gold disparaît.

– Tu as accepté ? s'enquiert-il.

– Ouais. On s'amuse, c'est tout. Il n'y a rien de sérieux.

– OK. Fais gaffe que le jeu n'aille pas trop loin.

Sur ce, il clôt la conversation en m'ordonnant de reprendre la remonte du pneu. Un peu avant 20 heures, il quitte le garage. Snack et moi nous occupons de la fermeture. Alors que mon collègue descend le rideau métallique qui barricade l'atelier, une voiture noire ralentit dans la rue, devant nous. C'est une grosse cylindrée, du genre qu'on s'achète quand on nage dans l'argent. Snack paraît reconnaître le véhicule, car il arque les lèvres en une grimace de colère.

– C'est qui ? lui demandé-je.

– Un mec qui nous casse les couilles depuis qu'on a ouvert le garage, me répond-il. Il a tenté de nous en empêcher parce qu'il considérait qu'on marchait sur ses plates-bandes… mais on n'interdit rien aux Styx Riders.

La caisse tourne au coin de la rue.

– Gold s'occupe de régler cette histoire, termine mon collègue, ne t'en fais pas pour ça.

– Le club a besoin d'un coup de main ? proposé-je.

J'ai envie de prouver au MC que je suis fiable. Que, malgré mon état, je peux les aider. Mais Snack douche mes espoirs :

– Non, c'est bon. Ne t'en mêle pas.

– Les gars ! nous coupe la voix de Cassie, qui vient de passer une tête par la porte du *Starbucks* de l'autre côté de la rue. Ramenez-vous, je vous paie un café !

Mon portable sonne à cet instant. En voyant qui m'appelle, je m'éloigne en faisant signe à la cheerleader et à mon collègue que je les rejoins dans une minute. Je me place sous une corniche pour me protéger des flocons de neige, puis décroche.

– Salut.

– Bonsoir, Alex, me lance ma tante. Comment c'était, aujourd'hui ?

– Bien. Tu as besoin que je te ramène un truc en rentrant ? Je passe devant la supérette.

Ma tante oublie toujours la moitié des courses. Ma mère était aussi tête en l'air qu'elle. Elles ne se ressemblent pas seulement physiquement.

Il m'arrive de ne pas souhaiter rentrer, après mes heures au garage. Pour ne pas avoir à croiser le regard d'Amaria qui me rappelle tant celui de ma mère.

Dix mois.

C'est le temps qu'il me reste avant mes dix-huit ans. Après, je serai libre de prendre mon propre logement.

– Non, me dit ma tante. Je me demandais juste si tu voulais que je passe te chercher. Il fait un froid de canard, et toute cette neige…

Son attention me touche, mais je la rejette :

– Pas la peine. Je rentrerai plus tard, je vais boire un café avec une pote.

Une pote qui agite la main dans ma direction avec un large sourire.

Une pote consciente que, malgré mes airs de gros dur, je préfère le calme d'une bibliothèque à l'euphorie d'une fête d'adolescents dans un mini-manoir.

– Oh, une amie ? glousse ma tante.

– Oui, elle m'attend, réponds-je sans m'épancher. À plus. Oh, et… merci.

CHAPITRE 12

CASSIE

Alex reste planté sur le trottoir d'en face, son téléphone collé contre son oreille et les yeux posés sur moi. Même si plusieurs mètres nous séparent, son regard me brûle. Il ne s'en rend pas compte mais il dégage une aura qui me happe à coup sûr, avec son air torturé, sa beauté ténébreuse et son aplomb naturel.

Il raccroche, puis me rejoint. Je le détaille, fascinée par la manière dont ses épaules roulent sous sa veste en cuir noir. Même s'il n'appartient pas encore aux Styx Riders, il leur ressemble déjà.

– C'est bon, je suis là, lance-t-il en passant une main dans ses cheveux ébouriffés. Désolé, je devais régler un truc avec ma tante.

– Tu habites chez elle, c'est ça ? lui demandé-je.

– Oui. Avec mon oncle Rob, aussi.

– Tu t'entends bien avec eux ?

– Ça aurait pu être pire. J'aurais pu me retrouver en foyer d'accueil.

– Donc ? insisté-je.

Il roule des yeux.

– Tu poses toujours autant de questions ? C'est ma tante qui est flic ou c'est toi ?

– Elle est flic ? Dis donc, les Styx Riders doivent avoir franchement confiance en toi pour te laisser les approcher malgré ça.

Alex s'arrête brusquement, comme si je venais de lui envoyer une baffe.

– Tu crois que c'est pour ça qu'ils ne veulent pas de moi ? s'inquiète-t-il.

Je hausse les épaules, gênée d'avoir déclenché une réaction aussi vive chez lui.

– Aucune idée. Tu en as parlé avec mon frère ?

– Je ferai peut-être ça, ronchonne-t-il.

– Tu ne m'as pas répondu. Tu t'entends bien avec ton oncle et ta tante ?

– Oui.

Sans me donner plus de détails, Alex m'emboîte le pas à l'intérieur du café. Le parfum du chocolat chaud nous accueille. Cet endroit est clairement un havre de paix…

Derrière son comptoir à pâtisseries, Manuella, la vendeuse, me sourit.

– Snack a déjà commandé et payé d'avance vos consommations, m'apprend-elle.

– Quoi ? m'exclamé-je. Je lui avais dit que je l'invitais !

Le biker, installé à une table à côté de la vitrine, me décoche une grimace navrée. Peu importe, on se rend la pareille de toute façon. La prochaine fois, je le prendrai de vitesse.

– Je vais prendre un *latte* vanille, déclare Alex.

– Pareil pour moi, Manuella, lancé-je. Merci.

Puis je passe mon bras sous celui de l'Hispanique et lui murmure :

– Une partie de l'équipe de foot se trouve de l'autre côté de la salle.

– Tu veux que je leur fasse un doigt ?

– Non, pouffé-je. Comporte-toi juste comme le ferait un petit ami.

La main d'Alex se plaque brusquement sur la peau nue de mon dos, juste là où ma jupe s'arrête. Le contact m'électrise. Je me fige, le souffle court. Il hausse un sourcil dubitatif.

– Quoi ? Trop près de ton cul ? s'amuse-t-il. Désolé, Cassie, je serai sans doute ce genre de copain. Tu as de la chance que tes règles interdisent les mains baladeuses.

Je secoue la tête, et nous rejoignons Snack. Ce dernier écarquille les yeux en nous voyant.

– Vous êtes ensemble, tous les deux ? s'étonne-t-il.

– Euh… Longue histoire, répliqué-je. Merci pour les cafés.

Je m'installe sur la banquette molletonnée et tapote la place à côté de moi pour inviter Alex à s'y asseoir.

– On nous regarde, lui fais-je remarquer.

Il prend place, les yeux rivés sur le groupe des footeux. Quelques cheerleaders les accompagnent, elles me saluent de la main avec un grand sourire. Je leur rends la politesse, certaine qu'elles parleront de mon « couple » autour d'elles. Là-dessus, nous correspondons au cliché : nous adorons les potins et nous en semons à tout bout de champ.

– Ducon n'est pas là, souligne Alex.

– Non, il a un entretien avec le coach, lui indiqué-je. Je l'ai croisé quand il sortait du terrain. Il s'est permis de… Rah, rien que d'y penser, j'ai envie de le buter.

– Tu veux que je m'en occupe ? propose Snack.

C'est si tentant ! Je bois une gorgée de *latte* pour étouffer ma hargne, mais le souvenir de ce que Jack m'a dit il y a à peine une heure continue de me faire grincer des dents.

– Déballe. Qu'est-ce qui s'est passé ? m'interroge Alex.

– Moi aussi je veux savoir, l'appuie Snack.

Je soupire puis leur raconte :

– Je sortais du vestiaire et il était là, avec son regard perfide, ses remarques déplacées sur certains de mes enchaînements… Ensuite, il a eu le culot de me demander : « C'est du sérieux avec le nouveau ? Tu ne crois pas que c'est le moment d'arrêter de jouer et de revenir à la raison ? » Je vais lui en donner, du sérieux !

Alex se retient de sourire et Snack ne s'en prive pas. Je termine mon café en continuant de maudire Jack, les deux garçons renchérissant copieusement.

Sur le coup de 20 h 30, le Styx Rider quitte le *Starbucks*, nous indiquant qu'il doit rentrer chez lui bosser sur un devoir pour la fac. Après son départ, je propose à Alex :

– Un autre café ?

– Nan, je vais aller au club, me répond-il.

– Au *Purgatoire* ?

– Oui. C'est quoi cette tronche ?

Déjà, je me lève en attrapant mon sac.

– Je viens avec toi ! décrété-je.

– Qui te dit que j'ai envie que tu me colles au train ?

– Qui te dit que j'ai besoin de ton autorisation ? Et puis, une tempête se prépare. Tu vas aller là-bas à pied ? C'est de l'autre côté de la ville. Amène-toi, je conduis.

Il attrape ses propres affaires, blasé.

– Tu ne devrais pas m'accompagner, Cassie, souffle-t-il.

– Pourquoi ?

– Parce que je vais sûrement finir la soirée avec l'une des brebis.

J'imagine qu'il s'attendait à ce que je sois consternée mais, au lieu de ça, j'éclate de rire.

– Pourquoi tu te marres ? me demande-t-il, fronçant les sourcils.

– Tu vas finir la soirée avec une brebis ? répété-je, moqueuse. Dois-je te rappeler que tu ne fais pas partie du club ? Aucune de ces filles ne s'intéressera à toi. Elles cherchent à se trouver un biker qui leur offrira un blouson de régulière. Tu ne coches pas les bonnes cases.

Il me suit jusqu'à ma voiture, signe qu'il a capitulé. Alors que je m'installe dans l'habitacle, il reprend :

– On pourrait s'amuser tous les deux, alors. Toi et moi. La cheerleader et le gangster.

Je me tourne vers lui pour le dévisager. Son sourire en coin pue l'insolence, ses yeux brillent de sarcasme.

Il se moque de moi…

– Tu me trouves comment ? lui demandé-je abruptement.

Ma question le déstabilise.

Parfait.

– Putain, quoi ? s'exclame-t-il.

– Comment tu me trouves ? En vrai.

Il plisse les paupières. On dirait bien que je viens de lui poser une colle. Je le fixe du regard sans ciller. Finalement, il grogne :

– Je croyais que c'était bidon, toi et moi.

– On est d'accord, confirmé-je. Mais je suis curieuse de savoir comment tu t'y prendras pour convaincre une brebis que tu vaux la peine qu'elle s'intéresse à toi.

Faux. Je veux réellement savoir ce qu'il pense de moi. Quitte à noyer le poisson.

Un rire sans joie lui échappe. Il me lance :

– Tu me crois incapable de séduire une nana parce que j'ai fait partie d'un gang, c'est ça ? Tu te dis que puisque je vivais dans un quartier de merde j'ai été élevé comme un bouffon ?

Heurtée, je ne trouve rien à répondre. Je ne m'attendais pas à une telle virulence.

– Alex… commencé-je.

– Tu te goures, Cassie.

– Je ne voulais pas…

– Tu crois que parce que tu es une fille canon et populaire tu peux te permettre de me juger ?

– Non, je…

Ma voix se meurt. Je démarre la voiture, le visage rouge de honte. Du coin de l'œil, je regarde Alex, rencogné dans son siège. Alors que le silence s'éternise, il reprend :

– Tu es parfaite, comme nana. Brillante, bienveillante, avec un sourire incroyable… Tout le monde te kiffe. Tu n'as pas à te demander comment un gars comme moi te trouve, parce qu'un gars comme moi n'a rien à faire avec une meuf comme toi.

J'encaisse ces propos à double tranchant, sans savoir qu'en penser. Puis, d'une voix enrouée, je souffle :

– Je ne voulais pas te vexer. Je sais très bien que tu pourrais séduire une fille, regarde-toi ! Tu es si… enfin, tu es beau. Bien sûr que des brebis pourraient craquer sur toi même si tu ne peux rien leur apporter au niveau du club. Franchement, j'ai vu plus désagré…

Arrêtée à un feu rouge, je lance un nouveau regard à Alex. Cet imbécile sourit ! Du coup, ça me coupe dans mon élan. Parce qu'il n'a pas la mine d'un mec qu'on vient de complimenter, mais plutôt de celui qui a gagné une course de chevaux.

– Quoi ? m'emporté-je.

– Rien, prétend-il.

– Si, dis-moi !

Soudain, tout devient clair.

– Non ! Tu as osé, Alex ?

– Tu vois, Cassie, c'est exactement ce que je ferais pour finir la soirée avec une brebis.

Je n'en reviens qu'il se soit moqué de moi comme ça !

– Alors tu ne me trouves pas brillante et jolie ? lui demandé-je.

– Qu'est-ce que ça changerait ? rétorque-t-il. Tu serais prête à revenir sur tes règles ?

– Non !

– Dans ce cas, je te laisse dans le doute. Roule, c'est vert.

CHAPITRE 13

ALEX

M.

Moi aussi je suis mort à l'intérieur. J'ai besoin de lumière. Besoin d'espoir.

– Parle-moi de ton livre préféré, lance soudain Cassie.

Le paysage hivernal plongé dans la nuit défile derrière la fenêtre de la voiture. Avant, j'aimais l'obscurité, parce qu'elle a ce pouvoir de nous dissimuler au monde. Elle me servait à braquer des maisons, à dissimuler ma conscience à mes propres yeux. Aujourd'hui, elle me terrifie.

Je ne réagis pas à la question de Cassie, persuadé qu'elle ne s'intéresse pas vraiment à mes lectures. Elle veut juste briser le silence. Franchement, elle n'a pas besoin de se donner cette peine.

– Alex, insiste-t-elle.

– On s'en tamponne, répliqué-je. Donne-moi le tien, si tu veux.

Comme toujours, Cassie se laisse porter par l'enthousiasme pour me répondre :

– *L'Éveil*, de Kate Chopin. C'est un roman qui met en scène une fille de la haute société qui ne manque de rien, en dehors d'une passion. Bien qu'elle aime son mari, elle voudrait trouver quelqu'un qui la fasse vibrer, qui l'entraîne hors des sentiers battus.

– Donc ton délire ce sont les romans d'amour ?

– L'amour, il n'y a que ça de vrai. Quand on se rend compte qu'on perd le contrôle, qu'on tombe dans le vide, mais que c'était ce qu'on attendait depuis toujours. Edna, dans ce livre, ressent ça. Bon, on est arrivés !

Le mercredi, le *Purgatoire* n'ouvre pas au public. J'espère tout de même qu'un des mecs nous permettra d'entrer. Si je me prends un vent des Styx Riders devant Cassie, ce sera la honte… Je ne sais pas trop pourquoi j'ai voulu me pointer. Pour me la péter ? Pour repousser le moment où je rentrerai chez ma tante ?

– Tu viens ici souvent ? demandé-je à Cassie en contournant la voiture.

Elle porte encore sa tenue de cheerleader. J'enlève ma veste en la voyant frissonner et la lui pose sur les épaules. Pour qu'elle se réchauffe, et pour éviter qu'elle attire trop l'attention.

– Oh, merci ! s'exclame-t-elle. Non, je viens assez peu au *Purgatoire*, sauf lors des événements spéciaux. Si mon frère me voit, il va péter un câble ! On est bien d'accord qu'on raconte que tu m'as forcée à venir ?

– Hors de question d'obliger une nana à faire quoi que ce soit. Tu te démerdes, Cassie. Tu me colles aux basques, tu assumes.

Les Harley garées devant le *Purgatoire* rougeoient sous les néons sanglants qui soulignent le nom du bar. Une musique tapageuse vient de l'intérieur, vibrant sous mes pieds, remontant dans mes jambes.

– Qu'est-ce que vous foutez là, les mômes ? nous lance un mec.

Posé sur sa moto, il nous dévisage. Le patch des Styx Riders cousu sur sa veste en cuir indique son appartenance au club. Le bout de sa clope crépite, de la fumée s'élève dans l'obscurité. Sans me démonter, je déclare :

– Je suis Alex, un pote d'Ash.

– Moi, ajoute Cassie, je viens voir mon frangin, Gold.

– Je ne crois pas que l'un ou l'autre vous attende, réplique le biker. Foutez le camp, vous n'êtes pas prêts pour ce qu'il y a derrière cette porte.

La cheerleader reste campée sur ses positions, les poings sur les hanches.

– Et qu'est-ce qu'il y a de si choquant ?

– La luxure, lui murmuré-je à la place du mec. L'appel de la chair. Tu vois le délire ?

Tout en prononçant ces mots, j'effleure la colonne vertébrale de Cassie. Mes doigts frôlent sa chute de rein, s'amusent avec l'élastique de sa jupe. Un frisson nous parcourt. Le regard de la blondinette crochète le mien, me confirmant ce que je pensais avoir deviné dans la voiture.

Je lui fais de l'effet.

Je m'attendais à ce qu'elle recule, embarrassée. Mais elle esquisse un pas de côté pour se rapprocher de moi.

Quelles règles m'a-t-elle fixées, déjà ? Pas de sexe ? Pas de baisers non plus ? On est mal partis...

La porte du *Purgatoire* s'ouvre. Une musique puissante en sort, accompagnée d'une odeur d'alcool, de tabac et de chaleur humaine. Une nana glousse, accrochée à un membre du club. Elle plaque sa bouche, son corps, son envie de baiser contre lui.

Voilà à quoi ressemble le Purgatoire *quand le public n'est pas autorisé à entrer. À une orgie géante.*

– Maintenant ! hurle Cassie.

– Attends, tu… merde ! grondé-je.

La cheerleader court vers la porte en éclatant de rire tandis que le biker jure, toujours posé sur sa moto. Je m'élance à mon tour pour retenir la blondinette, mais elle disparaît déjà à l'intérieur du bar. Pas le choix : je la suis.

Une ambiance lourde écrase la salle principale. Ça picole, ça baise dans tous les coins, ça joue à des jeux d'argent. Cassie attrape mon bras et m'entraîne entre les tables. Plusieurs Styx Riders me saluent, d'autres bloquent sur la pom-pom girl, choqués. Elle, elle s'éclate, se glissant entre les corps échauffés, évitant les motards bourrus et les filles à poil qui se dressent parfois devant elle.

– Baisse-toi !

Elle écrase une main sur mon crâne pour m'obliger à m'accroupir derrière une table renversée.

– Pourquoi on se planque ? m'étonné-je.

– Tu vois Gold quelque part ?

J'espère bien que non ! Je tiens à la vie…

La porte s'ouvre de nouveau. Le biker dont nous avons déjoué la surveillance sur le parking fend la foule jusqu'au bar et échange quelques mots avec un mec que je n'aperçois pas d'ici.

– On est repérés, deviné-je.

– Quoi ?

– Le gars qui était sur sa moto, il vient de nous balancer. Notre tête sera mise à prix dans quinze secondes si on ne se grouille pas d'assumer notre présence. Allez, Cassie, il faut qu'on se lève.

En me dévissant le cou, j'ai pu voir avec qui le vigile de l'entrée discutait : Bradley Devon, le président du club… À mon tour de choper le poignet de la cheerleader pour l'obliger à se redresser. Elle se laisse faire et, pendant qu'on se dirige vers le bar, se force à afficher une mine désolée. Lorsqu'elle arrive devant Devon, elle lâche :

– Bonsoir, oncle Bradley.

C'est quoi cette connerie ?

L'intéressé ne paraît ni surpris ni en colère. En fait, il s'emploie à ouvrir une canette de bière avec un calme olympien.

– J'ai deux questions, déclare-t-il. La première…

Ses yeux bleu glace harponnent les miens. La première fois qu'on a traité ensemble, je lui ai demandé mille dollars en échange de mon aide. Il me les a filés, ce dont je lui suis reconnaissant, bien que notre petit arrangement se soit terminé par une fusillade. Ensuite, pendant ma convalescence, il s'est pointé régulièrement à l'hôpital. On a eu quelques petites conversations, d'abord pour me briefer quant à ce que je pouvais dire ou pas à ma tante, puis à propos de mon avenir au sein des Styx Riders.

Pour l'instant, je ne suis personne pour eux. Juste un ami du sergent d'armes et l'employé d'un de leurs membres. Du coup, je m'attends à ce que Bradley me vire du *Purgatoire*. Mais, au lieu de ça, il me lance :

– Comment tu vas, petit ?

La question me fait l'effet d'un coup de poing. Je hausse les épaules sans savoir quoi répondre, et finis par lâcher :

– Bien.

– C'est pas ce que raconte ta tronche d'insomniaque.

Prends ça dans ta gueule de rat, Alex Agora.

Bradley se tourne ensuite vers Cassie.

– Ton frère n'est pas là, lui dit-il. Tu devrais rentrer avant qu'il apprenne que tu es venue.

– Juste un verre, tente-t-elle.

– Pas chez les Styx Riders. L'un comme l'autre, vous n'avez rien à faire ici. Vous cherchez des sensations fortes ? Allez les trouver ailleurs. On est dans un bastion, pas dans une fête foraine.

Je me sens con, putain ! Comme un gosse pris en faute.

– Tu as raison, soupire Cassie. Désolée, oncle Bradley. Tu viens, Alex ?

À la base, je voulais boire jusqu'à oublier. Mais je ne suis pas certain que le président acceptera ma présence. Mine de rien, même si j'ai une relation privilégiée avec lui et quelques-uns de ses gars, je n'en reste pas moins un ex-gangster et un enfant, à leurs yeux.

– J'arrive, dis-je à la cheerleader. Pars devant.

Elle salue Bradley, puis s'éloigne. J'attends qu'elle soit hors de portée de voix pour demander :

– Je dois faire quoi ?

Sous sa barbe épaisse, le président des Styx Riders me décoche un sourire.

– Pour sortir avec Cassie ou pour avoir le droit de venir ici quand tu le souhaites ?

Il s'appuie sur le comptoir, porte le goulot de sa bouteille à sa bouche et en avale une gorgée.

– Il n'y a rien entre elle et moi, affirmé-je.

– Ah ouais ?

– Je parle d'intégrer le club. Dites-moi ce que je dois faire. Donnez-moi une piste, n'importe quoi.

Ou alors, envoyez-moi me faire foutre tout de suite, putain !

Je me tais, le ventre noué. Une colère sourde bouillonne en moi. J'ai si peur d'être rejeté par le semblant de famille que je me suis choisi…

– On n'est pas une association de tricot, tranche Bradley. On n'entre pas en se pavanant comme ça.

J'accuse le coup.

– Alors comment ?

– Montre-nous que tu le veux. La première étape pour espérer être accepté chez les Styx Riders, c'est prouver ta loyauté.

– De quelle manière ?

Chez les Red Birds, je me suis fait passer à tabac par tous les mecs du gang, ensuite on m'a ordonné de commettre des délits plus ou moins importants. Y songer me file la gerbe.

– Tu le sauras en temps voulu, m'informe le prés'. Atteins déjà la majorité, on en reparlera après. Maintenant, fous le camp.

Je quitte le *Purgatoire* avec un goût amer dans la bouche. Des élancements me déchirent le thorax. À faire le con comme ça, j'en ai oublié que ma blessure se réveille au moindre soubresaut.

Cassie m'attend, appuyée contre la portière de sa voiture. Défiant l'hiver avec bravoure, elle me rejoint, gênée.

– C'était une erreur, je suis désolée ! s'excuse-t-elle. Je ne sais pas ce qui m'a pris.

– Monte, je conduis.

Je chipe le trousseau de clés dans sa main. Pour une fois, elle s'abstient de râler. Mon moral déjà en berne vient de dégringoler de plusieurs dizaines d'étages. Une étrange fatigue écrase mes épaules.

– Pourquoi tu l'appelles « oncle » Bradley ? demandé-je histoire de me calmer.

– Parce que je le connais depuis que je suis gosse, me répond Cassie. Gold fréquente les Styx Riders depuis longtemps, il les connaissait avant même d'entrer dans l'armée.

Je hoche la tête, quand une voix retentit dans le noir :

– Hé, Alex.

Ash.

Il grille une cigarette non loin de la voiture, appuyé contre un poteau en béton. Il n'était pas là un instant plus tôt, j'en suis convaincu.

Cassie sursaute en s'agrippant à mon bras. Ses ongles s'enfoncent dans ma chair, son corps se presse contre le mien. Un contact que j'apprécie.

– Alors comme ça, tu joues avec le feu ? continue le sergent d'armes. Tu sais très bien que le *Purgatoire* est réservé aux Styx Riders le mercredi soir.

– Non, putain, je n'en sais rien ! éclaté-je. Tu ne me parles jamais du MC !

– Franchement, tu veux aborder le sujet maintenant ?

Les yeux d'Ash font la navette entre Cassie et moi. Mais, puisqu'on en est là, ce n'est pas la présence de la cheerleader qui va m'empêcher de poser les questions qui me taraudent.

– Tu repousses toujours le moment où tu dois me donner plus d'infos, grogné-je.

– Parce que tu n'es pas prêt.

– Putain de merde, Ash ! Je suis prêt, OK ?

– Clairement pas.

– Pourquoi ?

Je lui fais face, les poings fermés. Pour qui il se prend ? Il n'a pas idée de ce que je traverse en ce moment, il n'a pas le droit de me juger.

– Parce que tu es instable, déclare-t-il. Les mecs instables perdent le contrôle. Et ainsi, ils risquent de mettre leurs frères en danger. Voilà pourquoi tu n'intégreras pas le club tout de suite, Alex. Ça ne veut pas dire pour autant que je ne suis pas là pour toi, que Gold n'est pas là pour toi.

Qu'il aille se faire foutre. Qu'ils aillent tous se faire foutre !

Je recule, le cœur en miettes.

– C'est des conneries ! crié-je. Je vais bien... Je vais bien, putain.

Ma voix se brise. Des larmes coulent sur mes joues, brûlantes, traîtresses. Je les essuie d'un revers de manche avant que Cassie les remarque.

– Non, Alex, rétorque Ash en posant une main sur mon épaule. Tu es paumé. Et c'est normal. Personne ne te le reprochera, jamais. Tu as besoin de temps pour encaisser toute cette merde qui t'a percuté. Le président te le donne. Accepte-le comme un cadeau.

Un cadeau ? Le ciel m'a tout arraché. Mon âme, ma famille, mes repères.

La bouche trop sèche pour envoyer à la figure d'Ash toutes les insultes qui poissent ma langue, je me détourne et marche vers la voiture.

– Alex !

Sans me retourner, je grimpe derrière le volant. En silence, Cassie s'installe à côté de moi.

CHAPITRE 14

CASSIE

– Alex ?

Aucune réaction de sa part. Il ne parle pas, ne sourcille pas. La tension dans l'air est à couper au couteau.

– Tu vas bien ? soufflé-je.

– Non, me répond-il.

Clair, net, précis.

– Alex…

– Me dis pas que tu es désolée, me coupe-t-il. Je m'en bats les couilles de votre pitié de merde ! Que ce soit la tienne, celle de ton frangin ou celle d'Ash. Alors, juste… ferme-la.

Ses mots me blessent. J'avais l'intention d'essayer de lui remonter le moral ; là, j'ai seulement envie de le balancer de ma voiture et de l'abandonner sur un trottoir. Pourtant, je prends sur moi. J'ai conscience qu'il n'est pas lui-même.

– Je n'imagine pas ce que tu vis, commencé-je. Le bordel dans ta tête, ce que tu ressens... Je me dis que je ne suis même pas en mesure de l'imaginer. Que je n'y parviendrais pas si j'essayais. Mais ça ne te donne pas le droit de te comporter comme un gros connard. De t'en prendre aux gens qui tentent de t'aider.

Alex éclate d'un rire acerbe.

– Je n'ai pas besoin d'aide, prétend-il.

– Tu es sûr de ça ? répliqué-je. Tu voulais aller au *Purgatoire* pour te saouler, non ? Tu as dix-sept ans. À cet âge, qui pense déjà à noyer ses peines dans l'alcool, sinon quelqu'un qui a besoin d'aide ?

Il braque le volant si violemment vers la droite qu'un cri de terreur m'échappe. Les roues glissent sur la route, se bloquent sur le bas-côté, continuent de patiner jusqu'à ce que la voiture s'immobilise. Le cœur lancé à mille à l'heure, les doigts serrés autour de la poignée de la portière, je tente de reprendre le contrôle sur ma peur.

– Qu'est-ce qui te prend ? m'écrié-je.

– Reprends ta caisse, lâche Alex. Je me tire.

– Quoi ?

Dehors, la tempête se lève. Les flocons ne dansent plus, ils s'abattent sur le monde en conquérants. Défier cette météo relève de la bêtise. Mais, déjà, l'Hispanique bondit hors du véhicule et s'enfonce dans la nuit. Quel imbécile !

– Alex !

En toute hâte, je coupe le moteur, attrape mes clés et tente de le suivre.

– Alex, reviens, je te ramène ! Ne fais pas l'idiot ! Alex ?

Pas de réponse.

– Je ne te parlerai plus, si tu veux ! insisté-je. Silence radio, tu oublieras même le son de ma voix ! Reviens !

Mes cris se perdent dans la nuit. Alex a été avalé par l'obscurité.

Sur le trottoir d'en face, une ombre attire mon attention. Je m'apprête à traverser la route quand un crissement de pneus résonne. Je perds l'équilibre, bascule en avant. Mon pied dérape sur la neige et je m'étale sur le macadam froid. Des phares accrochent mon regard ; je me sens comme un lapin sur le point de mourir écrasé.

Je m'attends à ce que la voiture me percute de plein fouet.

Mais une poigne d'acier entoure mon bras et me tire en arrière. La seconde d'après, mon visage se blottit contre un torse musclé, dégageant une chaleur salutaire.

La neige continue de tomber, le silence s'abat sur la rue. La voiture a continué son chemin. Les battements de mon cœur résonnent dans mes tempes et j'ai du mal à respirer. J'ai failli me faire renverser.

Nom de Dieu !

– Je suis là, murmure Alex. Bordel, je suis là…

Ses bras me serrent fort, tenant à distance ma terreur, apaisant mes tremblements.

– Je suis désolé. Je suis désolé, Cassie.

Il me ramène à la voiture, m'aide à m'asseoir sur le siège passager et se glisse à nouveau derrière le volant. Bien que mon cerveau se révolte, je le laisse faire. Je crois que je ne digère pas d'avoir frôlé la mort d'aussi près.

Encore une fois.

Je fixe Alex du regard, la gorge nouée. On dirait qu'il a plongé dans un torrent. Ses cheveux noirs d'habitude indisciplinés sont plaqués sur son front. Les flocons qui s'étaient posés sur lui ont fondu, ils trempent ses vêtements, son visage, assombrissent son expression. Son regard refuse de quitter le mien. Je peux y lire son inquiétude, et cette rage qui ne le quitte jamais vraiment.

– La bagnole t'a touchée ? me demande-t-il.

– Non.

– Attends, ne bouge pas.

Il se contorsionne pour attraper une boîte de mouchoirs sur la banquette arrière. Je ne comprends pas bien à quoi il joue. Il me hurle dessus, me traite comme une moins que rien et la seconde d'après, il… il fait quoi, d'abord ?

Il se met à tapoter un mouchoir sur ma cuisse en sang. Je prends alors conscience de l'étendue des dégâts causés par ma chute. Mes genoux sont égratignés, mon avant-bras semble avoir râpé sur la route et l'un de mes coudes me fait si mal que je ne peux plus le bouger.

Brusquement, mon corps se réveille de sa léthargie. Avec lui, mon esprit.

Je lutte de toutes mes forces contre la crise de larmes qui monte en moi, en laissant Alex me soigner. Une partie de moi voudrait l'envoyer balader, le traiter d'ordure.

L'autre m'assure que, de nous deux, je ne suis pas celle qui passe la pire soirée.

Je lui prends le mouchoir et lui ordonne :

– Roule.

– Cassie, c'était pas… proteste Alex. Pourquoi tu as voulu me suivre, merde ?

Parce que je suis le genre de fille qui laisse son cœur prendre le dessus sur son cerveau ? Parce que je voulais l'aider ? Le rassurer ? Faire en sorte qu'il ne lui arrive rien ?

– Les gens autour de toi ne te côtoient pas uniquement par pitié, affirmé-je. Et si tu crois le contraire, c'est peut-être parce que tu as toi-même pitié du type que tu deviens. Ash a raison, tu n'es pas prêt à devenir un Styx Rider, Alex.

Mes doigts tremblent alors que j'essuie mon visage. Mes bras, mes jambes m'élancent. J'ai envie de me précipiter sous la douche, de m'envelopper dans mon pyjama et d'aller me coucher.

Je pose ma tête contre la vitre, sentant une migraine enfler sous mon crâne. Alex démarre, dans un silence qu'il ne brise pas une seule fois tout au long de la route qui me ramène chez moi. Lorsque nous arrivons dans ma rue, la lumière sous le porche brille, signe que Gold est revenu. Alex me tend les clés de contact et me suit hors de la voiture. Sans un regard pour lui, je l'abandonne dans la rue.

Dès l'instant où la porte de la maison se referme sur moi, des perles salées inondent mes joues. Je suis tellement déçue ! Tellement furieuse, aussi… Je grimpe précipitamment les escaliers qui mènent à ma chambre. Même si une bonne odeur de rôti flotte dans l'air, je dois dissimuler mes plaies et me calmer avant de rejoindre Gold.

Je jette un regard à travers la fenêtre donnant sur la rue, curieuse de savoir si Alex est toujours là.

Oui.

Debout sur le trottoir, il affronte l'obscurité dans l'attente… de quoi, exactement ? De moi ? De mon frère ? De représailles grotesques ? Je suis tombée sur la route en voulant le rejoindre. Il ne m'a pas poussée. Au contraire, il m'a même tirée en sécurité. Est-ce que je lui en veux pour ça ? Non. En revanche, je ne digère pas les conneries qu'il m'a balancées avant. Pourtant, cette soirée avait si bien commencé… Notre passage au *Purgatoire* a tout gâché.

Je saisis mon téléphone et lui envoie un SMS pour lui dire qu'il peut s'en aller. Je le vois lire mon message, puis tourner les talons.

Une heure plus tard, douchée et remise de ma mauvaise expérience, je rejoins mon frangin dans la cuisine. Il met la table avec son soin habituel en écoutant des morceaux de rock.

– Ça sent super bon ! m'exclamé-je.

– Je sais.

Les talents culinaires de Gold valent au moins ceux des gens qu'on voit passer dans les émissions à la télévision. J'en profite largement.

– Installe-toi, m'ordonne-t-il.

Il prend place en face de moi et commence à dévorer sa viande sur son lit de légumes. Je farfouille dans mon assiette, forme des petits tas par couleurs et me concentre d'abord sur tout ce qui est jaune – le poivron et le maïs. Cette habitude étrange de trier ma nourriture date de mon enfance. Elle n'étonne plus personne dans mon entourage.

– Alors comme ça, tu es allée au club ? lâche mon frère après quelques secondes de silence.

J'en perds ma fourchette.

– Bon sang, Ash t'a mis au courant ?

– Deux minutes après le prés'. Depuis quand tu traînes autour du bastion ?

– Je ne traînais pas, d'accord ? J'accompagnais Alex.

Gold rive sur moi son regard scrutateur. Celui qui veut dire : « Me mens pas, gamine, je sais déjà tout ce qu'il y a à savoir. »

– Je t'ai demandé de devenir son amie, pas de te laisser embarquer dans ses conneries ! proteste-t-il.

– Je ne me laisse pas embarquer !

– Alors qu'est-ce que tu foutais là-bas, putain ? Tu sais très bien que tu n'as pas le droit d'aller au *Purgatoire* quand tu n'y es pas invitée !

– C'est toi qui m'as demandé de surveiller l'état d'Alex !

– De l'aider ! De devenir sa confidente, pas la Bonnie de Clyde, pigé ?

Je ne réponds rien, consciente qu'argumenter avec mon frère ne servira à rien. Il n'a peut-être pas tort, cela dit ? En tant qu'amie, j'aurais dû détourner Alex du *Purgatoire*… Surtout en sachant pourquoi il y allait.

– Raconte-moi tout en détail, soupire Gold.

– Après la fermeture du garage, on a bu un café au *Starbucks*, dis-je. Ensuite, Alex a voulu aller au *Purgatoire* pour… Bref. Je l'ai suivi et j'en suis désolée, je n'aurais pas dû. Mais que ce soit toi ou les Styx Riders, vous êtes loin de pouvoir me juger.

Les sourcils de mon frangin se froncent dans l'attente de la suite. J'inspire, puis lâche :

– C'est votre truc de rabaisser les mecs qui veulent s'engager dans le club ?

Une grimace déforme les lèvres de Gold. Oups, ça ne lui plaît pas que je parle de son MC en ces termes.

– On ne rabaisse personne, affirme-t-il.

– Pourtant, c'est le sentiment que j'ai eu, répliqué-je. Je suis sûre qu'Alex aussi. Il ne va pas bien, mais ça tu le sais déjà. Franchement, soyez plus sympas avec lui. Ensuite, tu viendras me parler de mon comportement ! Parce qu'en attendant j'ai plus fait pour lui que le club.

Golf ricane.

– Et tu veux qu'on fasse quoi, Cassiopée ? Qu'on l'intègre parce qu'il nous fait de la peine ? On n'est pas un collectif d'aide aux alcooliques ou aux endeuillés. On est un putain de club de bikers ! Crois-moi, s'il n'arrive pas à prendre sur lui dès maintenant, il crèvera parmi nous. Parce qu'on ne compte pas lui chanter des chansons en lui tenant la main, tu comprends ?

J'opine et m'attaque aux légumes rouges : poivrons, tomates, haricots. Alors que je m'attends à ce que Gold se taise pour le reste du repas, il assène :

– Il m'a parlé de cette histoire de faux couple.

– Sérieusement ?

– Qu'est-ce qui se passe avec ce bâtard de Jack ?

Mon frangin déteste mon ex et ne se prive pas de le rappeler à tout bout de champ… Je hausse les sourcils, décidant de rester évasive.

– Rien, dis-je. Il est juste chiant.

– Il te touche ?

Il aimerait bien.

– Non.

– Il te menace ?

Il suffirait que je hoche la tête et celle de Jack serait mise à prix. Je ne doute pas une seconde de ce que lui ferait Gold si je lui avoue à quel point il se montre insistant. Mais je me débrouille toute seule, à ma manière. Enfin, avec Alex, mais à ma manière quand même.

– Arrête, soupiré-je. Ça va, OK ? La situation est sous contrôle.

– Si je croise ce type, il passera un sale quart d'heure, crois-moi. Bref, ce soir on se mate un film. Choisis lequel.

Et on n'est même pas lundi ! Je termine mon assiette en cinq minutes chrono, puis me redresse. Sauf que j'avais oublié les écorchures sur mes jambes et que je me prends le plateau de la table dans les cuisses.

– Ça va ? s'inquiète Gold.

– Ouais, une chute à l'entraînement, rien de grave.

En réfléchissant à ce qui s'est passé ce soir, j'en veux moins à Alex. Il est sous pression en permanence, tiraillé entre la peine et les incertitudes concernant son avenir. Avant d'aller m'installer dans le canapé, je ne peux m'empêcher de demander à mon frère :

– Tu crois qu'il s'en remettra ? Alex, je veux dire. Il a l'air tellement…

– Épuisé, paumé, sur les nerfs ? Oui. On va faire en sorte qu'il remonte la pente.

– On ?

– Les Styx Riders.

Un sourire m'échappe.

– Je le savais ! jubilé-je. Malgré ton discours, il fait déjà partie du club, hein ? Il est juste le seul à ne pas être au courant.

Gold grogne.

Je prends ça pour un « oui ».

CHAPITRE 15

ALEX

M.

J'ai honte de moi, de ce en quoi je me transforme. Ça fait mal, bordel !

Tout est ta faute.

Je te déteste.

– Alex, il est deux heures du matin !

Sans blague ? Ce n'est pas comme si j'avais assisté à la lente avancée des aiguilles de l'horloge en me tournant et en me retournant dans mon lit… Je sors la tête de sous la tuyauterie à côté de la machine à laver. Rob se tient debout dans l'encadrement de la porte de la salle de bains, habillé de son peignoir gris, les bras ballants. Il peine à garder les yeux ouverts.

– Je sais, mais j'ai remarqué qu'il y avait une fuite sur le robinet d'arrêt, lui dis-je.

Le « toc toc » permanent menaçait de me rendre dingue. Alors j'ai décidé de régler le problème.

– Je n'arrive pas à dormir, autant que je bricole, ajouté-je.

Ça vaut toujours mieux que la picole, non ? J'ai réussi à résister à l'appel de l'alcool, c'est plutôt une réussite.

– Ce n'est pas commun pour trouver le sommeil, mais ma foi… soupire mon oncle.

– Je t'ai réveillé ? m'inquiété-je.

– Non, j'allais aux toilettes quand j'ai vu la lumière.

Il prend appui contre la baignoire pendant que je me concentre à nouveau sur la tuyauterie.

– Tu fais souvent des insomnies, n'est-ce pas ? reprend-il.

– Mmh.

– Tu veux que je te prenne rendez-vous avec un spécialiste ? Il pourrait te prescrire de quoi dormir.

– Non, pas de médocs, décrété-je. Je finirai bien par m'écrouler de fatigue, non ?

J'attrape le petit sachet contenant des joints de robinet. Rob continue d'une voix tranquille :

– Certains médicaments à base de plantes peuvent…

– Pas de médocs, OK ? répété-je. Qu'ont-ils fait pour aider ma mère en dehors de prolonger sa putain de souffrance ? Que dalle ! Alors pas de médocs.

Je la boucle en réalisant que je viens de crier. Merde, il ne manquerait plus qu'Amaria se joigne à la joyeuse réunion de famille…

– D'accord, d'accord… m'apaise mon oncle. Pas de médicaments.

– Désolé, c'est juste que…

Je ne trouve pas les mots. Je n'arrive jamais à les prononcer, c'est tellement plus simple de les écrire… Je déteste me sentir si perdu, brisé comme une vitre qu'on a éclatée à coups de pierre.

– C'est bon, je comprends, m'assure Rob. Où as-tu appris la plomberie ?

Chez les Red Birds, on était amenés à planquer de la drogue dans la tuyauterie pour ne pas se faire choper. Démontage, remontage, ni vu ni connu.

Mais bien sûr, ça, je ne peux pas l'avouer à mon oncle.

– Avec d'anciennes connaissances, réponds-je de manière évasive. Tu veux utiliser les toilettes de l'étage ?

– Non, ne t'en fais pas. J'irai en bas. Je trouve ça juste sympa qu'on ait une conversation.

– C'est vrai.

Je reste assis sur le carrelage, en face du grand miroir à côté de la porte. Mon reflet m'attriste. À dix-sept ans, j'en parais dix de plus. J'aurais dû me raser il y a plusieurs jours déjà, et des cernes se creusent sous mes yeux au point de me faire ressembler à un putain de zombie.

– Tu m'accompagnes ? me propose mon oncle.

– Aux chiottes ?

Rob éclate de rire, puis lisse son pyjama à rayures et me précise :

– À la cuisine. Je me ferais bien un café.

Et moi, une bouteille de whisky.

– OK.

– Tu pourrais boire un chocolat chaud, toi.

Pas sûr que ça m'aiderait vraiment, mais j'accepte la proposition. Une fois en bas, je m'écroule sur la chaise, les yeux rivés sur la nuit de l'autre côté de la fenêtre. Il neige encore beaucoup. Dans le fond, j'espère que ça continuera et que le lycée devra fermer. Presque deux semaines que je le subis. Ça me gave.

Le regard toujours perdu parmi les flocons, je songe à Cassie. À sa chute sur la route, ce soir. À la peur que j'ai ressentie quand cette foutue bagnole lui a foncé dessus. Mon cœur s'emballe rien que d'y repenser. Cette meuf me les casse, c'est clair… mais je dois avouer qu'elle rend ma vie bien moins triste. Son histoire de faux couple m'éclate. Si ma réaction de connard dans la voiture n'a pas tout gâché, je compte en profiter un max.

– Tu as réussi à te faire des amis à l'école ?

Rob pose une tasse devant moi. Une délicieuse odeur de chocolat envahit mes narines, me rappelant l'époque où ma mère m'en faisait chaque matin. Pas avec de la poudre, avec un vrai morceau. Un sourire m'échappe et je lâche :

– Je sors avec une nana.

– Ah oui ? s'enthousiasme mon oncle en buvant une gorgée de café. Comment elle s'appelle ?

Il a des étoiles dans les yeux. C'est la première fois qu'il m'observe comme s'il ne craignait pas que je me tire une balle dans le crâne d'un instant à l'autre. Qu'est-ce que ça fait du bien qu'il m'offre autre chose que de la pitié, bordel !

– Cassiopée, mais elle préfère qu'on l'appelle Cassie, dis-je. Elle est cheerleader. C'est aussi la sœur de Gold, mon patron au garage.

– Ah oui ? Son frère appartient aux Styx Riders, et elle est *cheerleader* ?

La réaction de Rob m'arrache un rire moqueur.

– Ouais, tu sais que les bikers ont une vie en dehors du club, hein ? répliqué-je. Une famille.

– Oui, enfin non, bredouille-t-il. Je t'avoue que je ne les vois pas de cette façon.

– Tu les vois comment ?

Embarrassé, il ouvre la bouche, la referme, puis hausse les épaules.

– Vas-y, l'encouragé-je. Je te jure que je ne dirai rien. Je suis curieux, c'est tout. Comment tu vois les Styx Riders ?

– Ma vision est faussée par celle de ta tante, mais… ce ne sont pas uniquement de gros bonshommes tatoués qui passent leur temps à picoler et à faire de la moto, n'est-ce pas ?

– Ils sont tellement plus que ça, Rob, réponds-je. Ils forment une légion à eux seuls, où chacun des soldats trouve sa place, tu vois ? Ils sont frères pour la vie, ils se tiennent prêts à aider les leurs dans n'importe quelle situation. Si je vis encore aujourd'hui, c'est parce qu'ils m'ont sauvé. Si j'appelais Ash pour lui dire que j'ai un problème, il rappliquerait dans la seconde. Alors même que je ne fais pas vraiment partie des Styx Riders ! Ils sont juste…

– Une famille que tu t'es choisie, complète mon oncle.

Aucun ressentiment ne transpire dans sa voix, pourtant ça me gêne d'acquiescer. Je bois une gorgée de chocolat chaud, histoire de cacher mes joues en feu.

– Malgré mon passif dans un gang, ils ont su voir au-delà, continué-je. Putain, j'ai menacé leur sergent d'armes… plusieurs fois, en plus ! À sa place, n'importe qui m'aurait latté la gueule. Lui, il m'a… aidé.

Je me tais, parce que l'émotion me scie la gorge. Je viens de me rendre compte de la connerie que j'ai faite en me ramenant au *Purgatoire* aujourd'hui. J'ai eu tort de me mettre en colère contre Ash. Il ose me dire en face ce que les gens se contentent de penser en me regardant.

Je suis instable.

– Je dois dire que je ne m'attendais pas à ça, se marre Rob. Ça me donne presque envie de m'engager chez eux. Tu sais que j'avais une moto dans ma jeunesse ?

– Sérieusement ?

– Enfin, c'était une mobylette, mais c'est presque pareil.

Ce con réussit à me faire rire. Un exploit.

Le silence retombe sur la cuisine. Pour la première fois depuis mon emménagement dans cette maison, je ne me sens pas embarrassé.

– On devrait inviter Cassie à dîner, propose soudain mon oncle.

Je manque de m'étouffer avec ma boisson chaude.

– Quoi ?

– Tu comptes pour nous aussi, Alex, tu sais ? On t'aime beaucoup, Amaria et moi. Normal qu'on veuille rencontrer ta petite copine. Elle pourrait venir le week-end prochain, qu'en penses-tu ? Tu veux que j'en parle à son frère ?

– Non ! Surtout pas.

– Ah.

Rob prend un air déçu, et je fronce les sourcils.

– Attends, tu as juste envie de rencontrer un Styx Rider, en fait ! comprends-je.

– Non, je… je dis juste…

Plus rouge que mon oncle, on meurt.

– Avoue, tu souhaiterais te rapprocher d'eux, insisté-je. Si tu y arrives, ne leur dis pas que tu avais une mobylette, avant. Ils vont se foutre de ta gueule. Ah, et évite de préciser que tu es marié à une flic.

– Oui, mais une flic pas comme les autres.

– Une flic ? intervient ma tante dans mon dos. Vous parlez de moi ?

– Non, chérie, affirme Rob en se retournant. Je disais à Alex qu'on allait inviter sa petite amie Cassie à dîner.

Ma tante nous rejoint à table tout en écarquillant les yeux.

– Ta petite amie ?

Je m'attends à devoir affronter un raz-de-marée de questions, mais mon oncle me sauve en changeant de sujet :

– Au fait, mon amour, que dirais-tu si j'achetais une Harley Davidson ?

– Une… une quoi ? bredouille Amaria. Qu'est-ce qui te prend, Rob ?

Ce dernier ouvre la bouche pour argumenter, et le moment me paraît idéal pour m'éclipser. Je remonte dans ma chambre et me laisse tomber sur mon lit. Reste à savoir si je vais réussir à dormir sans me retrouver devant ce foutu fleuve où flottent des cadavres…

Un frisson m'assaille. Sur une impulsion, j'attrape mon téléphone et envoie un message à Cassie :

Je suis un connard fini.
J'aimerais t'assurer que des trucs
comme ceux d'hier soir ne se
reproduiront pas, mais je contrôle rien.
C'est plus fort que moi,
il y a ces putain de ténèbres
qui me chopent les tripes
au moment où je m'y attends le moins.
Si tu veux arrêter cette histoire
de faux couple, dis-le.

Aucune réponse. Les gens normaux dorment à cette heure-ci.

Je pose mon portable et récupère un livre sur ma table de chevet. J'en ai parcouru quelques chapitres quand mon téléphone vibre.

Cassie.

Vraiment, à trois heures du matin ?

On n'arrête rien.
Et on en parle demain.
Te débine pas.

CHAPITRE 16

CASSIE

L'entraînement prend fin dix minutes avant le début des cours. Après une douche rapide, j'attrape mon sac de sport et me précipite dans le couloir principal du lycée. La cloche va sonner, pourtant la plupart de mes camarades ne s'alarment pas. Un groupe de filles de première année me salue ; un type que je ne connais pas me complimente sur mon top blanc ; Logan me demande où se trouve Jess ; et un prof me rappelle que j'ai un devoir à lui rendre dans l'après-midi. Je réponds à tout ce petit monde sans même ralentir.

Essoufflée, je m'arrête devant mon casier pour y prendre mes affaires. Je commence avec un cours de maths. Une interro, pour ne rien arranger. Heureusement, il n'y a que dans cette matière que je galère… Mais comme elle est importante si je veux intégrer l'université de Chicago, il m'arrive de travailler dessus pendant des nuits entières.

C'est pour ça que j'étais réveillée quand Alex m'a envoyé son SMS, à deux heures et demie du matin.

J'étais encore en colère après la façon dont il m'a parlé dans la voiture. J'aurais pu le faire galérer, garder le silence, mais j'ai senti tellement de désespoir dans ses mots que j'ai préféré l'apaiser.

La sonnerie m'empêche de ressasser. Je m'apprête à courir vers ma salle de cours quand une lourde masse s'écrase sur moi, bloquant mon dos contre les casiers.

– Salut, Cassie.

Jack… Sa proximité me donne envie de vomir.

– Laisse-moi tranquille ! m'exclamé-je.

– Tu sais avec qui mon père a déjeuné, ce week-end ? me dit-il sans tenir compte de ma protestation. Le doyen de cette charmante faculté où tu aimerais entrer.

Il s'appuie plus fort contre moi. Comment ai-je pu aimer un type pareil ? Comment a-t-il pu me dissimuler l'étendue de sa méchanceté ?

– Dégage, Jack.

– Sinon quoi ? Tu vas appeler ton petit copain ? Vous avez déjà baisé, tous les deux ? D'ailleurs, il est où ?

Sa main quitte le métal du casier et descend jusqu'à ma taille. Quand ses doigts se faufilent sous mon tee-shirt, la panique me saisit.

Mais, un clignement de paupières plus tard, Jack ne me barre plus le passage. Non, il est plaqué contre le mur de l'autre côté du couloir par Alex.

– Il est là, son petit copain, siffle l'Hispanique. Tu as un truc à lui dire, Ducon ?

Je bondis dans leur direction, consciente que la situation peut déraper à tout instant. Autour de nous, des curieux sortent leurs téléphones pour filmer la scène. Des amis de Jack, tendus, se tiennent prêts à intervenir. Je lève une main dans leur direction pour leur signifier de rester où ils sont, puis pose l'autre sur le bras d'Alex.

– Il n'en vaut pas la peine, lui dis-je. Laisse tomber, OK ?

Il ne réagit pas. La fureur palpite dans ses veines, se lit dans la façon meurtrière dont il dévisage Jack. Ce dernier semble peiner à respirer.

– Je t'en prie, Alex, insisté-je. Tu vas avoir des ennuis. Il n'en vaut pas la peine.

Dix longues secondes s'écoulent, puis la pression des mains de l'ex-gangster sur le cou de Jack se desserre. Cet imbécile prend une grande respiration et un sourire mauvais étire ses lèvres.

– Oui, Alex, ricane-t-il. Que dira maman si elle apprend que son rejeton a fait le con ?

Je crois que mon ex a envie de mourir. Ce n'est pas possible autrement. L'air devient irrespirable. Je me jette sur mon « petit ami » pour l'empêcher de céder à la folie que je vois peu à peu déformer son visage.

– Il te provoque, ne te laisse pas atteindre ! m'exclamé-je. Allez, on s'en va.

– Frappe, insiste Jack. Je sais que tu en as envie.

– Vous n'avez pas entendu la cloche ? intervient un surveillant. Tout le monde en cours, immédiatement !

Je tire sur le bras d'Alex. À ma grande surprise, il se laisse faire… mais il se retourne tout de même pour siffler à l'intention de mon ex :

– Toi, tu es mort.

Sur ce, il se détourne et fend la foule. Le directeur déboule, accompagné de deux professeurs. Quelqu'un a dû le prévenir qu'une bagarre se préparait. Il s'avance vers Jack afin de demander des explications.

– Ce n'était rien, monsieur Hervold, prétend le footeux. Juste une petite altercation, on a réglé ça de façon adulte, par le dialogue.

Son regard croise le mien tandis qu'il répand ses mensonges.

« Ce n'est pas fini », clament ses iris.

En attendant, j'apprécie qu'Alex l'ait remis à sa place. Il le mérite.

Je replace mon sac sur mon épaule, puis tourne les talons. Inutile de rester là, j'ai bien compris que Jack se tirera de cette histoire sans dommages.

Je retrouve Alex dans un couloir adjacent, une épaule appuyée contre l'encadrement de la porte d'une issue de secours ouverte. La neige tourbillonne autour de lui et s'infiltre dans le bâtiment, fondant dès qu'elle touche le sol. La bise froide me fait frissonner.

– Alex, ça va ? demandé-je.

Je m'approche de lui à petits pas. Les yeux fermés, les muscles tendus, il semble être en proie à un combat intérieur.

– Quoi que je fasse, où que j'aille, j'agis comme un abruti, soupire-t-il.

– Quoi ? Mais…

– Je la sens dans toute chose, comme si elle m'observait en permanence, continue-t-il. Et j'ai cette impression horrible que je la déçois, putain !

Il tend la main, rouvrant les yeux. Les flocons de neige tombent dans sa paume, y forment de petites gouttes. Il a l'air si triste.

– Oublie ce que je viens de dire, enchaîne-t-il, son expression s'assombrissant encore. C'est quoi son problème, à ton bouffon d'ex ?

– J'imagine qu'il n'en a pas qu'un ? réponds-je. Mais te battre avec lui n'en vaut pas la peine. Il est tellement populaire, y compris chez les profs, qu'il ne risque pas grand-chose. Toi, en revanche…

– Moi, je suis un ex-gangster avec une putain d'étiquette, termine Alex.

En effet, c'est ce que pensent la plupart des gens ici. Je m'approche encore avec un sourire désolé.

– Merci pour ça, lui dis-je. Et pour le SMS aussi. Je ne t'en veux presque plus.

– « Presque » ? note-t-il avec un demi-sourire.

– Presque. Un message ne suffit pas à rattraper certaines paroles.

Il se décolle de l'encadrement de la porte, laissant cette dernière se refermer. Et, sans crier gare, il se dresse devant moi.

– Tu as raison, Cassie, affirme-t-il.

Mes pieds restent cloués au sol. Pourquoi mes jambes refusent-elles de bouger ?

– Ah oui ? répliqué-je, troublée.

– Un message ne suffira pas, reprend-il. Alors ce soir, je t'emmène quelque part pour me racheter.

Un large sourire étire mes lèvres.

– Au *Starbucks* ? proposé-je.

– Non. Tu verras, ce sera une surprise. Je laisserai Betty au garage et on prendra ta voiture.

– Betty ? Tu peux enfin remonter dessus ?

– En théorie, oui, mais par ce temps je préfère ne pas prendre de risque. Donc, tu es d'accord ?

Des papillons volent dans mon ventre, des questions étranges affluent par dizaines dans mon esprit.

Est-ce que je suis assez bien habillée ? Et si je me maquillais ? Est-ce qu'il me trouve jolie ?

Mais c'est ridicule. Alex et moi ne sortons pas ensemble, nous faisons semblant.

Dans ce cas, pourquoi mon cœur s'emballe-t-il de cette façon ?

Consciente que l'Hispanique attend une réponse, j'opine. Mine de rien, je suis tellement nerveuse que j'en ai le souffle coupé. Peut-être que je fais une baisse de tension ?

– Qu'est-ce qui t'arrive, Cassie ? demande Alex en approchant encore d'un pas.

Oh non. À peine cinq centimètres nous séparent. De l'air ! Il me faut de l'air. Je recule avec peine. Mon dos cogne le mur, je me retrouve acculée.

– Rien, je…

Les yeux sombres d'Alex transpercent mon âme, m'empêchent de me détourner.

Dis quelque chose, Cassie ! Allez…

Le sourire taquin de l'Hispanique en dit long sur ses pensées. Ses doigts effleurent mon visage avec légèreté. Pourtant, ce contact envoie des ondes d'énergie dans mes joues, mon cou, ma poitrine. Mon attention se pose sur la bouche d'Alex, si proche de la mienne, tandis que ma conscience se rappelle à moi.

Songe à ton histoire avec Jack ! Regarde comment ça s'est terminé. Tu t'étais promis de ne plus tomber amoureuse avant ton entrée à l'université.

Le souvenir de la douleur que j'ai ressentie lorsque j'ai découvert mon ex dans les douches avec une autre fille revient me percuter. Je me rappelle ces nombreuses heures enfermée dans ma chambre, mes larmes, mon cœur brisé. Pour rien au monde je ne veux revivre ça.

– Non… soufflé-je.

Alex se fige. Mon sang qui s'était embrasé se glace.

– Je ne peux pas faire ça, reprends-je.

– Faire quoi ? m'interroge-t-il.

J'ai envie de pleurer. Je me déteste ! Et je déteste Jack de m'avoir fait tant de mal, de m'avoir dégoûtée des sentiments. D'un mouvement sur le côté, je m'écarte d'Alex et bredouille :

– Je suis désolée, je… je dois y aller.

Mais, parce que je ne suis pas assez cruelle pour partir sans donner d'explication, j'ajoute :

– Ce n'est pas ta faute. C'est juste qu'il faut… que ça reste un jeu.

Sur ce, je file à toute allure dans le couloir, la gorge nouée.

CHAPITRE 17

ALEX

M.

Je t'ai fait face à nouveau. J'ai attendu que tu me prennes dans tes bras, que tu me dises que je n'aurai plus jamais mal. Tu ne l'as pas fait.

Tu m'as laissé sur la rive.

Comme la dernière fois.

Un jeu. Un putain de jeu à la con. Je savais à quoi m'en tenir en acceptant le contrat de Cassie concernant son faux couple. Qu'est-ce qui me prend d'envisager de me reposer sur elle pour de vrai ? De la laisser entrer dans ma tête pour voir si elle arrivera à me retaper ? Je la regarde disparaître à l'angle d'un couloir, en proie à la honte d'avoir été rejeté et… à un sentiment bien plus sombre. Plus destructeur. Celui-là, ce n'est pas Cassie qui l'a provoqué, c'est Jack. Quand je l'ai vu s'en prendre à la cheerleader, mon sang n'a fait qu'un tour. Je n'ai pas résisté au besoin de la défendre. Mais alors, quand cet enfoiré a parlé de ma mère…

Mes mâchoires se contractent, mes poings aussi. Je lutte contre l'envie de retrouver le footeux et de lui infliger la correction qu'il mérite. Au lieu de ça, j'ouvre à nouveau la sortie de secours et m'enfonce au cœur de l'hiver. Je m'en carre de sécher les cours. Si je reste une minute de plus dans ce lycée, je vais commettre un meurtre.

Je rejoins la grille de l'établissement juste avant qu'un surveillant la ferme. Je me glisse dans la rue et ne me retourne pas lorsqu'il m'interpelle :

– Hé, toi !

Je me mets à courir. Pour tenter d'échapper à ma rage, d'effacer le visage triste de ma mère derrière mes paupières. Je ressens sa désapprobation comme si elle était encore en vie.

Mais elle ne l'est plus. Elle m'a abandonné, alors elle n'a pas le droit de me hanter comme ça ! Putain, personne ne peut comprendre ce qui se passe dans ma tête.

J'ai la poitrine en feu, mais l'image de ma mère est toujours là, vivace. Tant pis, j'accepte de me coltiner sa déception. De toute façon, je l'ai toujours déçue, à commencer par le jour où je suis entré chez les Red Birds. Pourquoi la situation changerait-elle maintenant ?

Je me prends des flocons de neige dans la tronche. J'ignore si mon visage est trempé à cause d'eux ou à cause des larmes. À vrai dire, je m'en fous.

À bout de forces, je m'arrête. J'ai du mal à respirer, chaque battement de cœur menace de faire exploser ma cage thoracique. Ma blessure s'est réveillée, les élancements me filent la gerbe. Je continue pourtant de marcher jusqu'à atteindre le centre-ville. Je m'arrête devant le salon de tatouages d'Ash. Le biker n'est pas visible, sans doute reçoit-il d'un client à l'arrière. Son employé est occupé à renseigner quelqu'un. Je fais volte-face pour observer la fleuristerie où travaille Heden. Les éclairages colorés me propulsent des années en arrière, quand ma mère et moi décorions ensemble notre maison pour Noël.

J'ai à la fois froid et chaud. D'elles-mêmes, mes jambes me conduisent à l'intérieur de la boutique. Le parfum floral ambiant me calme un peu. Mes doigts se contractent à intervalle régulier, je peine à reprendre ma respiration.

– Allez, une heure ou deux, entends-je.

Je tourne à l'angle d'un étalage et découvre Gun, le vice-président des Styx Riders, en discussion avec une nana aux cheveux roses. La sœur d'Ash, sans doute.

– J'ai un vrai métier, moi, lance-t-elle en rougissant. Je ne peux pas me permettre de faire ce que je veux. Tu n'as pas d'enquête à mener, d'ailleurs, monsieur le détective privé ?

Gun se marre, se penche sur le comptoir et lui touche la joue. Elle rougit de plus belle. Puis elle m'aperçoit, s'écarte et me salue :

– Bonjour, toi. Tu n'as pas l'air d'être ici pour acheter des fleurs.

Sans blague ? J'ai la gueule d'un type qui vient de se manger une autre balle. Mon reflet dans le miroir près de la caisse m'arrache une grimace.

Gun m'observe en silence, les sourcils légèrement froncés. Je ne le connais que très peu, on a échangé à peine quelques mots quand j'ai aidé les Styx Riders à doubler Crayson il y a quelques mois.

– J'ai l'air de quoi, alors ? demandé-je.

– D'un braqueur, me répond Gun du tac au tac.

Je détaille le vice-président. Sa bouche sourit… mais pas ses yeux.

– Mauvaise pioche, répliqué-je. Heden est là ?

D'un mouvement du pouce, la sœur d'Ash désigne l'arrière-boutique.

– Vas-y, me dit-elle. Tu es sûr que tu vas bien ?

Je me contente de hocher la tête.

Je retrouve mon Amérindienne préférée en pleine création florale. Elle porte une robe malgré la saison, et tout chez elle respire la bonne humeur. Je la surprends à murmurer des paroles incompréhensibles, comme si elle s'adressait à ses bouquets.

– Salut, lui lancé-je.

Elle lève la tête, surprise. Lorsqu'elle me reconnaît, son sourire s'élargit. Elle contourne la table et me prend dans ses bras.

– Alex, je suis trop contente de te voir !

Elle s'éloigne, m'examine, soupire, embraye :

– Qu'est-ce qui ne va pas ? Viens t'asseoir, je t'apporte un thé.

Je m'affale dans un fauteuil confortable, les yeux rivés sur le portrait du roi des enfers qui s'étale sur le mur. Hadès a les mêmes yeux qu'Ash. C'est bien un truc qui ressemble au sergent d'armes de se propulser au rang de divinité infernale. Heden est sa Perséphone, alors ?

Je laisse mon amie me servir un thé imbuvable que je ne n'avalerai pas. Je suis ici parce que je voulais trouver de la lumière dans mes ténèbres. Heden a traversé la même épreuve que moi en perdant sa mère il y a quelques années et je me dis que, peut-être, elle sera à même de m'éclairer.

– Qu'est-ce qui s'est passé ? me demande-t-elle.

Je me perds dans les yeux sombres de mon amie pour y trouver un refuge. Je n'y arrive pas.

Pas cette fois.

– Je n'en sais rien, commencé-je. Il y a cette fille… et ce mec aussi, un fils de pute que je rêve d'écraser. Il y a aussi…

Les cauchemars, l'alcool, ma colère, ma culpabilité.

J'ouvre la bouche à nouveau, la referme. Heden me parle, mais je n'entends pas ce qu'elle me dit. J'ai froid tout à coup, et je tremble.

Qu'est-ce que je fous ici, merde ?

– Alex…

Je me lève en sursaut, les yeux remplis de larmes incontrôlables. Comme toute mon existence en ce moment.

– Désolé, Heden, je…

Il faut que je parte. Que je trouve un autre endroit où me réfugier.

Comme s'il en existait un…

J'ai été con de penser que rendre visite à mon amie pourrait me préserver de mon passé, de mes actes. Rien ne pourra me sauver du monstre que je suis. Ni Heden, ni Ash, ni même Cassie.

Sans attendre, je pose ma tasse sur la table, essaie de m'excuser sans y parvenir, et quitte l'arrière-boutique.

– Attends, Alex ! tente de me retenir Heden.

– Je te téléphone, lui lancé-je.

Quand je sors de la fleuristerie, je remarque qu'Ash a terminé de tatouer son client et qu'il le salue sur le pas de la porte. Il neige encore, plus fort que tout à l'heure. Je m'arrête, comprenant d'instinct ce qui va suivre.

– Qu'est-ce que tu fous là, Alex ? m'interpelle le sergent d'armes. Tu n'es pas censé être en cours ?

– Comme si ça avait de l'importance, répliqué-je. Laisse tomber.

Je m'éloigne aussi vite que possible, les mains dans les poches de mon blouson. Je sais exactement où je vais, et ça me tue à petit feu.

Les pas d'Ash résonnent dans mon dos, lourds, assurés. Il me rejoint jusqu'à se placer à ma hauteur.

– Tu veux parler ? me demande-t-il.

– Non.

– Alors pourquoi tu es venu ?

J'expulse un rire sans joie.

– Aucune idée, réponds-je. Tu peux retourner bosser.

– Alex.

Il pose une main sur mon épaule pour me forcer à m'arrêter. Je ne peux m'empêcher de sauter en arrière pour lui faire face.

– Putain, c'est bon ! grondé-je. Qu'est-ce que ça peut bien te faire ? C'est toi qui m'as envoyé chier devant le *Purgatoire*, non ? Qui m'as dit que je n'étais pas un Styx Rider ? Alors lâche l'affaire !

– Ne mélange pas tout, gamin. Tu n'es pas un membre du club, mais ça n'empêche pas qu'on soit potes.

Tu parles ! Ce n'est pas suffisant. Je secoue la tête, ravale la salve de gros mots qui brûle ma langue.

– Te donne pas tant de mal, Ash.

J'aurais voulu mettre plus de hargne dans mes paroles. À la place, je parais juste triste, et cela allume une étincelle de pitié dans les yeux du biker.

– Arrête tes conneries… me souffle-t-il.

– Non, le coupé-je. Tu as raison, en fait. Ça me paraît évident que je ne serai jamais un Styx Rider. Je suis juste un mec paumé qui n'a pas vraiment d'avenir. Qu'on m'envoie à l'école ou qu'on me fasse bosser dans un garage n'y changera rien. Je ne mérite pas ces putains de chances, et vous le savez aussi bien que moi.

À nouveau, les larmes coulent sur mes joues. Je ne prends pas la peine de les essuyer.

– Tu déformes ce que je t'ai dit, m'assure Ash.

Il avance d'un pas. À cet instant, sa ressemblance avec l'Hadès de la fleuristerie est frappante.

J'aimerais qu'il gouverne les Enfers. Que, dans un monde où le surnaturel existe, il me dise pourquoi je n'ai pas pu traverser ce putain de Styx pour rejoindre ma mère !

– Viens dans mon salon, faut qu'on parle de ce que tu as, me dit-il.

– Non…

– Allez, Alex. Dis-moi ce qui cloche. C'est lié à ta tante ?

Il ne pige rien.

– Parle-moi, m'ordonne-t-il. Fais-moi confiance.

– J'ai juste besoin…

... *d'effacer mes souvenirs.*

– Faut que j'y aille, lâché-je. Je n'ai pas envie qu'on se dispute. Laisse-moi, OK ?

Sur ce, je me remets à courir. Les minutes s'étirent, j'ai toujours mal à en crever. Physiquement, émotionnellement. Finalement, je m'arrête devant le cimetière et m'appuie contre ses barreaux. Étrange comme mes pas me mènent toujours au même endroit quand je suis paumé…

Je reste planté là, sur le trottoir, comme un con. J'observe l'océan de pierres tombales que la neige recouvre peu à peu. Le silence, l'immobilité des lieux me glacent. Mes larmes ne coulent plus ;

pourtant, à l'intérieur, je n'ai jamais arrêté de pleurer. La souffrance reste. Elle me laboure le ventre autant que les regrets.

Je suis incapable de bouger. Je n'arrive toujours pas à franchir les grilles du cimetière et, en même temps, je ne parviens pas à m'en éloigner. Un truc me retient ici. Le même qui me propulse toutes les nuits au royaume des morts.

J'ignore si ça fait dix minutes ou trois heures que je suis ici quand une voiture se gare sur le trottoir. Je ne me retourne pas. Je m'en fous de qui vient me chercher. Je m'en foutrais même si c'était la mort.

– Alex.

La voix d'Amaria me fait soupirer. Elle se place à côté de moi, les mains sur les hanches, l'air mécontente. Je lui décoche à peine un coup d'œil. J'ignore à quoi elle s'attendait mais, bientôt, son visage s'adoucit.

– Le lycée m'a appelée pour me prévenir que tu séchais les cours, me dit-elle.

– Comment tu m'as retrouvé ? répliqué-je.

– Je suis flic, je te rappelle. Qu'est-ce que tu fais ici ?

– J'attends…

Qu'on me rende ma mère ? Qu'on m'apporte des réponses ? Qu'on me soulage de mes émotions ?

– Il s'est passé quelque chose au lycée, devine ma tante.

– Ouais. Mais rien à voir avec ma présence ici.

Ou alors, ça a tout à voir ? J'ai commencé à me sentir réellement mal quand Cassie m'a rejeté. Avant ça, j'étais juste énervé contre Ducon.

– Un problème avec ta petite amie ? insiste Amaria.

Je m'agenouille, la tête entre deux barreaux, parce que je n'arrive plus à rester debout.

– Je n'ai pas envie d'en parler, soufflé-je.

– Très bien, alors tu as envie de quoi ? Tu veux aller rendre visite à ta mère ?

Ma tante pose une main dans mon dos, me caresse doucement. Je ne mérite pas qu'elle soit aussi gentille avec moi.

– Non, je vais retourner au lycée, décidé-je. Tu peux m'y conduire ?

***

– Ça va, Alex ?

En dehors du fait que je viens de me péter la main avec une clé à molette ? Qu'une migraine me tord le cerveau ? Que je tente de trouver une justification à la fuite de Cassie ce matin et que ça me bouffe de l'intérieur ? Parfait.

Putain de bordel de merde !

Le coup de pied que je décoche dans un démonte-pneu l'envoie valser contre le mur.

– J'imagine que non, ricane Snack. Tu veux en parler ?

– Non.

– Tu es sûr ? Ça aide souvent de dire ce qu'on a sur le cœur. Crois-en un prospect qui se mange la merde des Styx Riders à longueur de temps.

Déjà, je voudrais comprendre Cassie. Elle se comporte avec moi comme si elle voulait qu'on devienne plus que potes, et la seconde d'après elle prend les jambes à son cou. En même temps, qu'est-ce qu'une meuf comme elle foutrait avec un gars comme moi ?

Mais, au lieu de parler d'elle à Snack, je profite qu'il fasse allusion au club pour lui demander :

– Tu regrettes, des fois ?

– D'être un Styx Rider ? Putain, non, jamais. OK, il arrive que j'en aie marre qu'ils me refilent toutes les tâches chiantes, mais dans l'ensemble ça va. Ce n'est qu'un mauvais moment à passer. Quand j'aurai le *cut* officiel, tout ça, ce sera derrière moi. Et si je ne tiens pas le coup maintenant, comment est-ce que je garderai le cap plus tard ?

Je hoche la tête, ramasse le démonte-pneu et m'appuie contre le mur en béton de l'atelier. Il fait tellement froid que je ne sens plus mes bouts de doigts.

– Ouais, j'imagine, lâché-je.

– Je sais ce qui s'est passé l'autre soir au *Purgatoire*, m'apprend Snack. Bradley t'a remonté les bretelles, c'est ça ? Faut pas t'en faire. Ça arrive à des tas de mecs du club.

– Sauf que je n'en fais pas partie.

– Du coup, tu vas continuer à te morfondre parce qu'on ne t'accueille pas à bras ouverts et à grand renfort de câlins ? Putain, Alex, je te croyais plus malin que ça. C'est un club de bikers, pas de bridge.

– Tu as fait quoi pour être accepté ?

Snack se redresse, passe une main sur son front, puis éclate de rire.

– J'ai galéré comme tu n'as pas idée, me répond-il. Tu as remarqué qu'il y avait peu de prospects chez les Styx Riders ? On est trois, en fait. On a dû prouver qu'on en avait dans le froc. Et je ne te parle pas d'une lettre de motivation.

Il marque une pause, puis ajoute :

– Tiens le coup. C'est le seul conseil que je peux te donner.

Alors là, je ne compte pas baisser les bras. Je deviendrai prospect. Ensuite, un membre officiel du club. Voilà la promesse que je me fais à cet instant précis, alors que la porte du bureau s'ouvre à l'autre bout du garage.

– Snack, rapplique ! s'écrie Gold.

– J'arrive, chef, lui renvoie le prospect. Tiens, tu peux continuer, Alex ? Il suffit de remplacer le liquide de frein, comme je t'ai montré la dernière fois. Si besoin, attends-moi. Ne fais rien sans être sûr de toi.

J'attrape la clé à œil et un chiffon.

– Au pire, je téléphone à Heden, elle m'expliquera, dis-je.

– C'est clair, se marre mon collègue. Bon, à tout de suite.

Il s'éloigne à grands pas et je me retrouve seul dans l'atelier. Il est presque 20 heures : je me surprends à tourner mon regard vers l'entrée dans l'espoir de voir Cassie apparaître.

Mais ce n'est pas elle qui entre dans le garage. Ce sont deux mecs à la mine patibulaire. Ils portent des vestes en cuir, mais pas celles des Styx Riders. Ils n'ont pas fait cinq mètres que je reconnais l'un d'eux pour l'avoir vu trafiquer avec Crayson. Rodz… Un grand brun avec les cheveux ramenés en arrière. Sous son blouson, il porte une chemise et une cravate à moitié défaite. Celui qui l'accompagne, un gros chauve aux yeux dissimulés par des lunettes de soleil, c'est son chauffeur.

– Pas mal, l'atelier ! s'exclame-t-il.

Je reste immobile.

– Je voudrais parler au patron, enchaîne Rodz d'une voix autoritaire. Il est là ?

– Pourquoi ?

– Ça ne te regarde pas, petit. Sois gentil et va chercher Gold.

– Pourquoi ?

Un sourire féroce étire les lèvres de Rodz, mais il ne remonte pas jusqu'à ses yeux. Il fait mine de poser le poing sur sa hanche, dévoilant un flingue. Alors quoi ? Il compte me filer la frousse ? Il ne me tirera pas dessus juste parce que je ne lui ai pas dit où se trouvait Gold.

Du moins, je l'espère.

Le seul truc dont je suis certain, c'est que son acolyte et lui n'ont rien à faire ici.

– Tu es courageux, gamin, commente-t-il.

– Je ne suis pas un gamin. Foutez le camp.

– Ah ouais ? s'amuse-t-il. Je viens peut-être pour faire réparer ma moto. Il faut apprendre à mieux parler aux clients, vous risquez d'en perdre si tu n'apprends pas la politesse.

Je vais la lui enfoncer dans la gorge, ma politesse, il ne va rien comprendre.

– Vous n'avez pas l'air d'un motard, déclaré-je.

– Présomptueux.

– Gold est occupé.

– Dis-lui que Rodz l'attend, on s'est déjà croisés une ou deux fois. Il sait qui je suis.

Je balance mon chiffon par terre, mais pas le démonte-pneu. Mon flingue me manque. Avant, je l'emportais partout où j'allais. Depuis que je cohabite avec ma tante, adieu les armes. Cela dit, une bonne barre en métal dans les mâchoires, ça fait des dégâts aussi.

– Fini de jouer, décrète Rodz en sortant son neuf millimètres. Où est Gold ? Tu devrais te montrer coopératif, petit, c'est dans ton intérêt.

À l'instant où il braque son pistolet sur moi, une sueur froide dévale mon dos et une douleur brutale se réveille au niveau de mon torse. Pourtant, je reste droit, un sourire aux lèvres.

– Il est juste derrière toi, gronde mon patron.

Le visage du gangster se décompose pendant une fraction de seconde, puis il se retourne avec lenteur. Il vaut mieux, puisque le canon scié d'un fusil à pompe le menace.

– Gold ! s'exclame Rodz. Quelle froide soirée, tu ne trouves pas ?

Mes jambes refusent de bouger. Mon sang vient de se solidifier dans mes veines, et j'ai l'impression que mes poumons brassent du métal.

– Qu'est-ce que tu fous ici ? gronde mon patron.

– Allons, inutile de pointer ça sur moi, lance le gangster en rangeant son arme. Si on parlait ?

Le Styx Rider ne bronche pas. À côté de lui, Snack tient en joue le chauffeur aux lunettes de soleil.

– Je t'écoute, déclare Gold.

– Pas devant les enfants, glousse Rodz.

– Je. T'écoute.

– Tu es au courant que je tiens une concession un peu plus loin ? Je croyais que ton garage ne devait pas faire d'ombre à mon commerce.

Gold ne frémit même pas. Avec une maîtrise optimale, il continue de tenir sa cible en respect. Sauf que, s'il tire, je me prends la balle aussi. Je suis trop près de cette enflure de gangster.

Il suffirait que je me décale d'un pas pour me mettre en sécurité. Un pas minuscule. Pourquoi je n'y arrive pas, merde ?

– Faut croire que le gens préfèrent venir chez moi, lâche mon patron en faisant un léger mouvement du menton vers la gauche, à mon attention.

Pendant une fraction de seconde, mon regard croise le sien. Si seulement mon corps répondait aux ordres donnés par mon cerveau… J'ai de plus en plus de mal à respirer. Mes doigts tremblent tellement que je dois les plaquer contre mes hanches.

– Je souhaite qu'on mette en place un petit arrangement, si tu veux bien, commence Rodz. Histoire qu'on évite les… accidents.

Son coude percute une bouteille d'huile ouverte, qui tombe et répand son contenu par terre.

– Oups ! Je suis tellement maladroit.

Sérieusement, il veut jouer à ça ? Est-ce qu'il a conscience de s'attaquer aux Styx Riders dans leur globalité ?

– Si tu foutais le camp, Rodz ? suggère Gold.

Un mouvement à l'entrée du garage attire mon regard. Mon cœur accélère lorsque je vois Cassie débarquer. Comme à son habitude, elle dépose son sac à main dans le bureau de son frère. Ce dernier perçoit sa présence, lui aussi. Ses lèvres se retroussent, et il plante ses yeux dans les miens sans plus les détourner. Je peux entendre les mots qu'il me hurle silencieusement.

Décale-toi, Alex !

Le froid dans mes membres reflue, je sens à nouveau mes pieds. Savoir Cassie en danger m'aiguillonne. Enfin, je fais un pas sur le côté.

Le chauffeur de Rodz esquisse un mouvement dans ma direction mais, d'un grognement, Snack lui rappelle qu'il n'est pas en position de force. Sans attendre, je m'élance à travers le garage.

– Alex, justement, je voulais te voir, s'exclame la cheerleader. Il faut que je t'explique…

Avant qu'elle puisse terminer sa phrase, je l'attrape par le poignet et l'attire dehors, loin des armes.

– Hé, attends ! proteste-t-elle. Alex !

Elle me suit malgré elle sous la neige jusqu'à ce qu'on atteigne le côté du bâtiment. Je m'arrête seulement lorsque je suis certain qu'elle ne risque plus rien. D'un geste brusque, elle se dégage de ma poigne et fait un pas en arrière.

– Qu'est-ce qui ne va pas chez toi ? gronde-t-elle.

Des tas de trucs.

Mais cette réponse n'est pas appropriée dans l'immédiat.

– Je voulais juste… te parler, dis-je.

– Me parler ? Dehors ? Derrière le garage ? Dans le froid ?

Agacée, Cassie attend mes explications. Sauf que je me vois mal lui balancer que des gangsters se la jouent suicidaires à l'intérieur.

– Reste avec moi, lui demandé-je.

– Faut que je voie mon frangin, j'ai un truc à lui dire, réplique-t-elle. J'en ai pour une minute.

Je panique, et rattrape sa main. Elle se retourne.

– Je suis désolé, maugréé-je.

– De quoi ?

De tout foutre en l'air.

– De briser ta règle.

– Ma règle ?

À cet instant, je saisis son visage entre mes mains et plaque ma bouche contre la sienne.

Au début, Cassie reste figée, trop surprise pour réagir. Puis, alors que je m'attends à ce qu'elle me repousse, sa langue se mêle à la mienne dans une danse pleine de passion. Son corps s'affaisse contre le mien, ses bras entourent mon cou, notre baiser devient fougueux.

Une certitude s'empare de moi : j'ai merdé.

À la base, je voulais juste gagner du temps pour permettre à Gold et Snack de gérer la situation. J'aurais tout aussi bien pu assommer Cassie. Son frère m'en aurait voulu, mais ça m'aurait évité un tas d'emmerdes.

Cassie gémit. Le son se répercute jusqu'à dans mon âme, réveille mes neurones grillés. Je suis en train de rouler une pelle à la sœur de mon boss ! Je tente de m'éloigner, de reprendre pied dans la réalité. J'imagine déjà Gold en train de m'égorger, et il aurait foutrement raison !

Finalement, c'est la cheerleader recule.

Et elle me flanque une baffe d'anthologie.

– Non, mais je rêve ! s'exclame-t-elle. On n'embrasse pas les filles comme ça !

– On les embrasse comment, alors ? ricané-je en me massant la joue.

Cassie reste silencieuse, surprise par ma question. Je vois bien dans ses yeux qu'elle a apprécié notre baiser autant que moi. Son visage a rougi, et ce n'est pas à cause du froid.

– Tu n'es pas croyable ! reprend-elle après quelques secondes. Pourquoi tu as fait ça ?

– Parce que j'en ai eu envie dès l'instant où je t'ai vue ?

Sa bouche se referme aussitôt, ses talons se tournent. Elle s'élance vers l'entrée du garage. Je tente de la rattraper, mais elle court vite, la vache !

À mon grand soulagement, lorsque nous déboulons dans l'atelier, seuls Gold et Snack s'y trouvent.

– Il me faut un *latte* ! leur annonce Cassie. Et une clé à molette. Pourquoi les mecs s'évertuent à toujours tout gâcher ? Vous me saoulez, bordel !

Elle attrape son sac, puis peste de plus belle :

– Allez au diable !

La seconde d'après, elle traverse la rue et s'engouffre dans le *Starbucks*. Gold et Snack me fixent du regard, décontenancés.

– Qu'est-ce que tu lui as fait ? m'interroge mon patron.

– Il voulait quoi, Rodz ? lui demandé-je en retour.

– Rien du tout. C'est arrangé.

– Je le connais, ce mec, indiqué-je. À l'époque où j'étais un Red Bird, le gang faisait affaire avec lui. On lui refourguait certains des trucs qu'on volait.

Un jour, Crayson a voulu le rouler sur une vente de drogue. Le lendemain, l'entrepôt où on stockait le plus gros de notre matériel a brûlé. Il ne lâchera rien, ce gars. Je ne suis pas un Styx Rider, mais si j'étais vous je conseillerais au président d'aller rendre une visite à ce blaireau sur son territoire, du côté de Garden Sugar, histoire de le dissuader de jouer au con.

À mon tour, je saisis mon sac à dos, prêt à quitter le garage. Gold et Snack échangent un regard, puis mon patron me retient :

– Alex, attends.

– Quoi ?

J'ai une furieuse envie de rentrer chez ma tante, d'oublier Rodz, d'oublier Cassie, d'oublier ce putain de baiser plus qu'agréable. Malgré tout, je prends mon mal en patience, attendant la question de Gold.

– Garden Sugar, tu es sûr ? s'étonne-t-il. La plupart des commerces que gère ce type sont situés à l'opposé.

– Ouais, mais son QG est ailleurs.

– Tu pourrais nous montrer où ?

Je pourrais, c'est clair. Mais…

– Désolé, les mecs, dis-je. Je suis instable, je vous rappelle. Et je ne suis pas un Styx Rider. Je vous laisse dénicher sa planque comme des grands.

Sur ce, je quitte le garage.

CHAPITRE 18

CASSIE

J'ai encore le goût des lèvres d'Alex sur ma bouche. Elles étaient si douces, en totale contradiction avec la fureur et la tristesse qui l'habitent…

Je sens ces émotions sinistres le déchirer à mesure que nous nous rapprochons. Elles s'enflamment en lui, durcissant son regard. Pourtant, il m'a embrassée sans la moindre colère. Comme s'il en avait besoin. Même si je sais que ce n'est pas parce qu'il éprouve des sentiments pour moi, je dois avouer y avoir pris plaisir. Et ça m'énerve. Mes pensées s'éparpillent, je ne maîtrise plus rien. Je déteste ça…

Le cheerleading me permet d'avoir tout sous contrôle : du moindre pas de danse à la plus dangereuse des voltiges. Mais là… je me sens tomber dans le vide sans savoir quand je retoucherai le sol.

Je bois une énième gorgée de *latte*, le regard perdu dans le vide. Quand Snack dépose devant moi un plateau contenant deux boissons chaudes avec de la crème fouettée et des muffins, un sourire étire mes lèvres.

– Un jour, je t'épouserai, lui dis-je.

– Mon cœur appartient déjà à quelqu'un, réplique-t-il.

– Sérieusement, tu as une petite amie ?

– Je parle de ma chienne, Haris. C'est quoi, cette tronche ? Je croyais qu'en entrant dans un *Starbucks* il fallait sourire. Ce n'est pas l'une de tes règles ?

Le prospect se laisse tomber sur le fauteuil de cuir en face du mien.

– Je souris ! protesté-je.

– Tu mens, surtout. Raconte-moi ce qui ne va pas. Je t'écoute.

Mon attention dérive vers la vitrine, en travers de laquelle scintille une guirlande lumineuse. Juste derrière, le garage plongé dans l'obscurité se distingue dans la nuit. Il semble vide. Gold et Alex ont dû partir pendant que je ressassais mes pensées.

Snack porte son gobelet de *latte* noisette à ses lèvres. Il pousse un soupir de jouissance, ses épaules se détendent, ses paupières se ferment et son visage s'illumine.

– C'est pile ce qu'il me fallait, putain, lâche-t-il.

– Je vois ça.

Quand il ouvre à nouveau les yeux, il les plonge dans les miens. Toute trace d'humour a disparu de son regard.

– Bon, parle-moi, insiste-t-il. Je veux tout savoir. C'est un mec qui t'a foutue dans cet état ? Comment il s'appelle déjà, l'autre… ton ex ?

– Jack, réponds-je sans réfléchir.

– Jack, ouais. Il te cause des ennuis ? Tu veux que je passe le voir pour lui rappeler qu'on ne touche pas à la famille ?

Chez les Styx Riders, si l'un de tes proches fait partie du club, alors toi aussi. Les membres du MC te défendront si tu as le moindre problème. J'aime le sentiment de sécurité que cela me procure. J'évite cependant d'en parler au lycée. Les gros bonshommes tout en muscles et en vestes de cuir ont tendance à terrifier les gens.

Cela dit, pour une fois, remettre Jack à sa place me tente bien. Sauf qu'avant cela, je veux attendre d'avoir reçu ma lettre d'admission à l'université de Chicago.

– Il continue à me tourner autour, en effet, reprends-je. Mais inutile de rappliquer sur ta Harley, je gère.

Snack affiche un air déçu.

– Tu es sûre ? soupire-t-il. Même pas un peu ?

– Même pas un peu, pouffé-je.

Le silence se fait entre nous. Je croque dans mon muffin au chocolat afin de trouver le courage d'en venir au sujet qui me préoccupe réellement.

– En fait, ça concerne Alex, lâché-je une fois que j'ai avalé mon morceau de gâteau.

– Je le savais ! s'exclame Snack. Votre faux couple bat de l'aile ?

Je grimace, sans savoir comment poursuivre.

– Oui, bredouillé-je. Enfin, non, notre faux couple se porte bien… je crois. Ou alors pas du tout ?

Snack se marre.

– Va falloir te décider. Bonne ou mauvaise idée, le faux couple ?

– Je ne sais pas. Alex m'a… embrassée, tout à l'heure.

Mon ami hausse un sourcil.

– Verdict ?

– C'était… super, soupiré-je. N'en parle pas à Gold, surtout !

– Parce que tu crois qu'il s'opposera à ce que tu sortes avec Alex ?

Mon frère le trouve instable. Et c'est vrai que mon faux petit ami ne va pas bien. Mais là n'est pas la question.

– Je ne sors pas avec lui. Je refuse d'envisager de le faire. Pas après Jack. J'ai trop souffert.

Une boule dans la gorge, je ferme la bouche. J'ai parlé beaucoup trop fort ; la serveuse derrière son comptoir me décoche un regard surpris. Une chance qu'il n'y ait quasiment plus de clients dans le café.

– Je vois le délire, commente Snack. Tu as aimé qu'il te roule une pelle.

– Quoi ?

– Tu te prends trop la tête, Cassie. Tu ne serais pas dans cet état si tu acceptais et que tu passais à autre chose.

Je pose mon café, les sourcils froncés.

– Tu veux que je fasse comme s'il ne s'était rien passé ?

– Bingo. Tu imagines l'état de notre cerveau si on se prenait la tête dès qu'on embrassait une meuf, nous les bikers ?

Ça, oui, je l'imagine parfaitement.

– Tu as sans doute raison, concédé-je.

Soyons honnête : il y a peu de chances pour qu'Alex accorde de l'importance à ce baiser. Je ferais mieux de l'oublier…

Je me lève, attrape mes affaires et embrasse Snack sur la joue.

– Merci, lui dis-je.

– Avec plaisir…

Je commence à m'éloigner, mais il me retient :

– Cassie ?

– Oui ?

– Ton parfum, il est à la vanille ?

Je hoche la tête. Aussi loin que remontent mes souvenirs, cette odeur m'a toujours apaisée.

– En effet. Pourquoi ?

Un sourire flotte sur les lèvres de mon ami.

– Comme ça. Passe une bonne soirée, Cassie.

Perplexe, je quitte le *Starbucks*. Malgré mes bonnes résolutions, en rentrant chez moi je songe encore au baiser qu'Alex et moi avons partagé.

Ça me mine tellement que je manque d'emboutir deux voitures à l'arrêt à un feu rouge. Je me sermonne en me répétant encore et encore de ne plus me prendre la tête avec ça.

Mon frère n'est pas là lorsque j'arrive chez nous. Je prépare donc le dîner en l'attendant. Pendant la cuisson, je me pose sur le canapé, devant la télévision. Les pubs défilent, sans intérêt, suivies d'une émission censée être drôle. Au moins, ça m'occupe le cerveau…

Gold rentre une heure plus tard, l'air fatigué et tendu. Il balance les clés de sa Harley sur la table et se laisse tomber sur une chaise en soupirant.

– Dure journée ? lui demandé-je.

Je me place derrière lui pour lui masser les épaules. Elles sont si crispées que j'en ai mal pour lui.

– J'ai dû régler un truc avec le président en sortant du garage, me dit-il. Tu as discuté avec Alex depuis la dernière fois que tu l'as vu ?

Pourquoi est-ce que tout le monde s'évertue à me parler de lui ?

– Non. Pourquoi ?

– Je veux m'assurer qu'il va bien, mais il ne répond pas à mes SMS.

– Je peux lui téléphoner après le dîner, proposé-je. Il répondra peut-être si c'est moi qui l'appelle.

On passe la demi-heure suivante à savourer mon poulet pas assez cuit et mes pâtes collantes. Contrairement à Gold, je ne suis pas un as des fourneaux… Je suis bien meilleure en gymnastique et en danse.

Après ça, je monte dans ma chambre, déverse le contenu de mon sac de cours sur mon lit et attrape mon portable pour appeler Alex. J'espère qu'il répondra. Mon frère s'inquiète vraiment pour lui et j'ai peut-être réagi de façon un peu excessive tout à l'heure.

Les tonalités résonnent l'une après l'autre. J'en compte cinq. Non, six. Je suis à deux doigts de raccrocher quand j'entends :

– Cassie. Quoi de neuf ?

– Je te réveille ?

– J'aimerais bien.

Je note immédiatement à quel point la voix d'Alex est pâteuse.

– Tu es ivre ? lui demandé-je.

– Peut-être bien, ouais… me renvoie-t-il. Qu'est-ce que je peux faire pour toi ? Fais gaffe quand même, parce que, comme tu l'as si bien fait remarquer… j'ai tendance à tout gâcher. Même ma propre existence, c'est pour dire.

Je laisse passer quelques secondes pendant lesquelles je me torture les méninges. Dois-je laisser couler ou chercher à savoir ce qui ne va pas ?

Et s'il refuse de me parler ? Si ça empire la situation ?

– Pourquoi t'infliges-tu cela, Alex ? finis-je par murmurer.

Il ne répond pas. En fait, il garde le silence si longtemps que je pourrais presque croire qu'il a raccroché.

– Alex, tu es là ? insisté-je.

– Je suis là, Cassie. Je suis encore là… et tu veux savoir ? C'est ça, le putain de problème !

Tant de tristesse transpire dans sa voix… Il éclate de rire, mais c'est comme s'il éclatait en sanglots. J'en ai l'estomac retourné.

– Alex…

– Pourquoi, Cassie ? me coupe-t-il.

– Pourquoi quoi ?

– Pourquoi… suis-je là ? Pourquoi n'ai-je pas traversé le fleuve ? Pourquoi Charon n'a-t-il pas voulu de moi ? Pourquoi dois-je vivre tous les jours avec la conscience… laminée, hein ?

Cette fois, il pleure. J'entends un tintement de verre, puis Alex se met à tousser, comme s'il s'étouffait avec ses paroles. Ou sa peine. Son mal-être me noue la gorge. Je ne sais pas quoi faire pour l'aider, quoi dire…

– Moi non plus, je n'ai pas traversé le fleuve, soufflé-je sans savoir si cela l'aidera. Tout simplement parce que ce n'était pas mon heure. Ce n'était pas ton heure non plus, Alex.

– La Terre mérite de t'avoir encore, réplique-t-il. Mais pas moi, Cassie.

– Pourquoi ?

Il déglutit, renifle, prend une grande inspiration, puis m'avoue :

– J'ai fait un truc terrible.

– De quoi tu parles ?

Un silence s'étire, lourd, étouffant. Alex finit par m'annoncer :

– Je raccroche.

– Non, attends, le retiens-je. Dis-moi où tu es. Je te rejoins.

Encore ce silence.

– Alex ?

– Dans un bar irlandais, près du garage.

Sur ce, il met fin à l'appel. Je tente de le joindre à nouveau, mais je tombe sur sa messagerie.

Je ne pense pas qu'il soit au bord du suicide. Il n'empêche qu'il a besoin d'aide, de soutien. Je quitte la chambre, dévale l'escalier et rejoins mon frère dans la cuisine.

– Je viens d'avoir Alex, lui annoncé-je.

– C'est une bonne nouvelle.

Je prends appui contre le frigidaire, encore bouleversée par la conversation que je viens d'avoir.

– Il… il n'allait pas bien, dis-je. Il avait bu et il continuait de boire. Tu vois, je pensais qu'il était juste triste, au début. Quand on s'est rencontrés, il suintait la peine. Mais je crois que son état dissimule une émotion pire encore.

Un sourire dénué de joie étire les lèvres de Gold. Son regard se pose sur moi et, pendant un instant, je revois cette lueur qui habitait ses yeux quand il a quitté l'armée.

– La culpabilité, devine-t-il. Je l'ai sentie chez lui dès notre première conversation.

J'attrape ma veste posée sur une chaise.

– Je vais le voir, déclaré-je. Il m'a dit avoir fait quelque chose de terrible.

– Laissons-lui le temps de nous faire confiance, réplique mon frère. Dans l'immédiat, Alex est paumé, il cherche une voie. On lui en montre une, il l'empruntera quand il sera prêt.

– Les Styx Riders ?

– Ouais. Toi aussi, reste près de lui. Il ne faut pas qu'il sombre. Si tu le trouves, ne prends pas de risques. Appelle-moi en cas de problème.

Gold aussi a l'air d'en baver. Un truc ne tourne pas rond, ça concerne le club et ça le bouffe. Mais je sais qu'il ne me donnera aucune explication si je l'interroge.

– Je reviens tout de suite, dis-je en quittant la pièce.

Il me faut vingt minutes pour trouver le bar dont me parlait Alex. À l'intérieur, tout paraît d'une autre époque, presque insalubre… Les murs sont couverts de graffitis, autant que les parois des cabines de toilettes au lycée. Quelques vieilles affiches sont punaisées çà et là, et les tables en bois sont marquées par les éraflures. Toutefois, l'homme derrière le comptoir m'accueille avec bonne humeur. Il n'a pas l'air de se préoccuper de mon âge. Je hoche le menton pour répondre à son salut, puis balaie la salle du regard. Je remarque quelques têtes tournées dans ma direction, sans trouver celle d'Alex. Il n'est pas parti, j'espère ?

– Bonjour, dis-je au barman. Je cherche un garçon d'à peu près mon âge, les cheveux et les yeux noirs, couvert de tatouages. À mon avis, il a beaucoup bu.

L'homme me désigne le fond de l'établissement.

– Par là. Embarque-le, il n'est pas en état de conduire.

Je m'avance dans la direction désignée par le type et trouve enfin Alex, les jambes étendues sur un banc, la tête appuyée contre le mur, les yeux fermés. Son portable éteint est posé sur la table à côté d'un verre encore plein.

– Alex ?

Dans un premier temps, il ne réagit pas. Puis il ouvre des yeux vitreux et les pose sur moi. Ils brillent non pas à cause de l'alcool, mais des larmes. Ses sourcils se froncent et il ouvre la bouche… pour la refermer immédiatement. Je songe à l'insulter pour s'être saoulé de la sorte. Il mérite des baffes. Mais, avant que je puisse tourner ça de façon presque diplomate, il soupire :

– Vas-y, dis-le. Je crains à mort, putain.

Je m'installe devant lui en écartant son verre. Il ne m'en empêche pas. Je le tourne entre mes doigts, cherchant quels mots utiliser. On ne frappe pas dans un miroir déjà brisé dans l'espoir de le réparer, n'est-ce pas ?

– Pourquoi fais-tu ça ? finis-je par lâcher.

– Parce que… je n'ai rien trouvé d'autre pour calmer les tremblements.

Il a murmuré ces quelques mots. Tant de désespoir filtre dans sa voix… J'en ai le ventre en vrac.

– Quels tremblements ?

– Ceux qui me prennent parfois quand… je repense au moment où je me suis fait tirer dessus.

– Tu… tu peux me raconter ce qui s'est passé ?

Peut-être que cela me permettra de comprendre ce qui le tourmente autant ?

Il accroche mon regard. Autour de ses iris sombres, le blanc de ses yeux est injecté de sang.

– Tu t'inquiètes ? me demande-t-il.

– Bien sûr !

– Pourquoi ?

Surprise, je marque un temps d'arrêt, puis lui réponds :

– Parce qu'on est amis.

Il éclate d'un rire plein de morgue.

– Amis… Ouais, on est ce que tu veux, Cassie. Ce que tu veux.

Puis il se tait pendant trente longues secondes. Avant d'ouvrir les vannes.

Il me raconte comment son ex-chef de gang s'en est pris à Heden et à lui. Comment il est passé à deux doigts de la mort, comment Ash l'a sauvé. Comment il s'est réveillé du coma sans personne contre qui se reposer. Pleurer. Se lamenter. Comment cette nuit terrible le hante toujours.

J'hésite à le rejoindre sur le banc pour le serrer contre moi. À la place, j'attrape sa main.

– Tu m'as demandé pourquoi tu n'étais pas mort, tout à l'heure, lui soufflé-je lorsqu'il se tait. Tu regrettes d'être en vie ?

– Ça m'arrive, m'avoue-t-il sans oser lever les yeux vers moi. Quand j'étouffe dans les ténèbres.

Je ne sais pas quoi répondre à ça. Je conseillerais bien à Alex de consulter un professionnel, mais ce n'est pas ce qu'il a envie d'entendre. Je suis certaine qu'on le lui a déjà proposé.

– Pourquoi ? insisté-je plutôt. Dis-moi ce qui te pèse autant.

J'ai le sentiment qu'il ne m'a pas tout dit. Des regrets lui dévorent l'âme, et ils ne sont pas seulement liés à l'agression qu'il a subie.

– Je peux tout entendre, tu sais, reprends-je face à son silence.

– Impossible.

– Mon frère est un biker, je te rappelle.

Alex se contente de me dévisager, les yeux brillants.

– Tu te souviens de ce que tu m'as demandé dans la bibliothèque ? lui glissé-je. Quand tu regardais Aphrodite ?

– Oui.

– Tu veux toujours savoir si je pense que les actes violents commis par amour peuvent être pardonnés ?

Il se redresse, l'air soudain très intéressé.

– Je crois que oui, Alex, lui dis-je. Dès lors qu'ils n'ont pas été inspirés par de mauvaises intentions. On commet tous des erreurs. Est-ce que c'est ton cas ? Est-ce que tu as commis une erreur ?

– Je n'en sais rien du tout, murmure-t-il en s'affaissant à nouveau contre le mur.

– Et c'est ça qui te met dans cet état ? De ne pas savoir ?

On dirait qu'il hésite à me répondre. Son trouble dure une fraction de seconde, puis il secoue la tête.

– On s'en va, lance-t-il.

Je hoche la tête, déçue. J'ai envie de l'aider, sans savoir comment faire. S'il ne me parle pas, on restera au point mort…

Je me lève et attends qu'il me rejoigne, remarquant qu'il se déplace avec une aisance étonnante pour un mec qui vient de se noyer dans l'alcool. Bon, d'accord, il tangue un peu. Alors que nous nous dirigeons vers la porte du bar, il s'appuie même sur moi.

Dehors, l'hiver nous accueille avec son froid mordant. Alex prend une grande inspiration, ferme les paupières, les rouvre… Nous nous tenons très près l'un de l'autre. Je me souviens de son baiser, de la fougue avec laquelle il m'a embrassée, de celle qu'il a allumée en moi. Je me détourne, les joues rouges.

– Attends, je t'aide, lui dis-je. Tu peux me rappeler où tu habites ?

Il s'échoue bien sagement sur mon siège passager en me donnant l'adresse de sa tante. Je démarre ; pendant longtemps, il ne parle pas. Son silence est pesant. J'ai envie qu'il m'assure qu'il ira bien. Parce que j'ai *envie* qu'il aille bien. Son état me fait mal au cœur, et je me sens si impuissante face à lui !

Soudain, il lâche :

– Après tout ce que je t'ai fait, tu devrais me détester. Pourquoi reviens-tu toujours à la charge, Cassie ?

Je ne le déteste pas. Je trouve juste que, parfois, il se comporte comme un con.

– Pourquoi ne devrais-je pas le faire ? lui renvoyé-je.

– Parce que… je n'ai pas envie de te détruire.

– Me détruire ?

J'attends qu'il me livre le fond de sa pensée, mais, au bout d'un moment, je me rends compte qu'il s'est endormi. J'arrive devant la maison illuminée de sa tante. Là, je descends de la voiture puis file toquer à la porte. Une femme dans la quarantaine m'ouvre. Je devine l'inquiétude sur son visage. Je lui souris poliment et lui explique rapidement la situation, avant de la conduire jusqu'à son neveu.

– Il a passé une mauvaise journée, je crois, avoué-je en la voyant le soulever, une main autour de sa taille et un bras par-dessus son épaule.

– Tu es Cassie, c'est ça ?

Elle doit faire beaucoup de sport, parce qu'elle n'a même pas besoin de mon aide.

– Oui.

– Merci de l’avoir ramené.

– De rien.

Alex se réveille à ce instant. À ma grande surprise, il se tourne vers moi, attrape un papier dans la poche de son jean et me le tend.

– Donne ça à Gold, me demande-t-il. Merci de… ne pas me détester.

Sur ce, sa tante et lui rentrent dans la maison. Curieuse, je déplie la feuille sous un lampadaire et lis l’adresse écrite dessus. Elle est suivie d’une note.

QG Rodz.

CHAPITRE 19

ALEX

M.
Mes mots, les reçois-tu ?
Je crève à petit feu, ça devient trop dur.
Je n'y arriverai pas…

Je me réveille les larmes aux yeux. L'image de ma mère disparaît lentement de mon esprit. J'ai envie qu'elle reste, pourtant. Qu'elle me guide. À mesure qu'elle s'efface, une putain de boule enfle dans ma gorge. J'enfonce la tête dans mon oreiller pour étouffer un sanglot. Les larmes m'échappent. J'ai tant besoin d'expulser ces ténèbres qui me rongent de l'intérieur comme un cancer à la con !

Comme son cancer, qui l'a emportée trop vite.

Qui m'a forcé à commettre l'impardonnable.

Tu te goures, Cassie. Certains péchés ne peuvent être pardonnés.

Je reste là, comme un abruti, à espérer être emporté par l'asphyxie. Ce serait si simple, merde. Que tout s'arrête. Ne plus rien ressentir. Ni la culpabilité ni l'envie de me jeter sous un train.

Je compte jusqu'à cent pour me forcer à me calmer. Une fois que je suis sûr de ne plus chialer, je file sous la douche. L'eau chaude réussit à peine à me faire émerger. Ma bouche pâteuse réclame à boire, chaque mouvement de tête envoie des décharges derrière mes yeux.

Pendant dix bonnes minutes, je me brosse les dents. Je suis déjà en retard pour le lycée, de toute façon. Les gencives en feu, l'humeur massacrante, je descends au rez-de-chaussée. J'y découvre Amaria installée sur sa chaise habituelle, concentrée sur son journal, un café à la main.

C'est mauvais signe.

À cette heure-ci, elle est censée être au travail.

– Quelle ne fut pas ma surprise quand ton amie Cassie t'a ramené à la maison hier, lâche-t-elle.

À mon tour, je m'assois pour attraper la cafetière et le mug de Rob, abandonné sur la table. Je le remplis et avale la boisson chaude en quelques gorgées, histoire de me réveiller. Je ne réponds rien à ma tante, parce que je n'ai rien à répondre.

– Tu bois, Alex, m'assène-t-elle.

Elle patiente. Je reste silencieux, les yeux rivés sur les canards imprimés sur la tasse.

– Depuis combien de temps ? insiste-t-elle. Alex, réponds-moi !

Quand il devient évident que je ne desserrerai pas les lèvres, elle pousse un soupir.

– Il faut que tu me parles.

Tout le monde me fait chier à vouloir parler, merde ! Comme si ça pouvait arranger quoi que ce soit !

– Pourquoi fais-tu ça, Alex ?

Pour tenter d'échapper à mon existence de merde ? Pour trouver le sommeil ? Pour arrêter de me torturer l'esprit avec des questions sans réponse ?

– Je vais en cours, décidé-je.

– Attends. Nous n'avons pas terminé.

– Ah ouais ? Qu'est-ce que tu comptes ajouter ? Me dire que je bousille ma santé ? Mon avenir ? Mon moral ? Tu crois que j'ignore tout ça ? Vas-y, punis-moi, qu'on en finisse.

– Tu ne vas pas t'en tirer à si bon compte, jeune homme.

J'écarte les bras.

– Vas-y. Prends mon téléphone.

Je claque l'objet sur la table et poursuis :

– Tu veux m'enlever Betty ? De toute façon, je ne peux même pas la conduire. Cette souffrance de merde ne passe pas ! Elle reste là, dans ma poitrine ! Je n'ai plus rien à perdre. Prends ce que tu veux.

Les larmes brûlent mes yeux ; je suis incapable de les contenir, encore une fois. Je suis trop épuisé pour ça. Trop… tout.

Amaria reste immobile, les yeux grands ouverts. Qu'est-ce qu'elle attend ? Pourquoi ne réagit-elle pas ?

– Tu as besoin d'aide, Alex, constate-t-elle.

– Non.

– Si, et tu le sais très bien. Tu dois voir un spécialiste.

Mon poing s'écrase sur la table. La douleur physique, bien moins puissante que celle qui me broie le cœur, remonte dans mon poignet.

– J'ai juste besoin d'elle ! m'emporté-je. Besoin qu'elle m'apparaisse enfin, qu'elle me dise que j'ai fait le bon choix ! Qu'elle éteigne cet incendie dans mes organes. Mais elle ne le fera pas. Les morts ne reviennent pas, bordel !

Un goût de sang envahit ma bouche. Il faut que je me barre d'ici.

– Restez tous loin de moi, terminé-je. J'ai besoin de respirer. Et si jamais tu te poses la question : oui, je compte réellement me rendre au lycée. Sauf si tu as l'intention de m'empêcher d'aller au garage ce soir. C'est le cas ?

Mon cœur tambourine dans mes tempes, j'ai envie de gerber et j'ai mal au ventre. Dans l'attente de la réponse de ma tante, je reste figé.

– Tu as un contrat de travail, je ne peux pas t'interdire de bosser, soupire-t-elle.

Le soulagement me submerge. On peut me retirer tout, mais pas ça. Pas les Styx Riders.

– En revanche, plus de sorties, poursuit Amaria. Tu rentres dès que tu as terminé tes heures.

Avec un haussement d'épaules, je quitte la maison. En dehors de Cassie, je n'ai pas d'amis au lycée. Personne qui puisse me persuader de glander dans les rues le soir. D'ailleurs, je me demande ce que la cheerleader pense de moi. De ce que je deviens. J'aimerais oublier la peine dans ses yeux quand elle m'a regardé, hier soir, au bar. Effacer cette image, parce que ce n'est pas ce que j'ai envie de lui inspirer.

Qu'est-ce qui m'arrive ? J'ai le sentiment de tomber dans un vide infini. Je rêve du moment où je me fracasserai par terre pour ne plus rien ressentir.

C'est en broyant du noir que j'atteins le lycée. Je franchis les hautes grilles noires en fer forgé et remonte l'allée jusqu'au bâtiment principal. Alors que je m'apprête à y entrer, l'une des pom-pom-girls en sort et me rentre dedans. Je dois me retenir pour ne pas la plaquer contre le mur en représailles. Depuis ce matin, j'ai mal à en crever.

– Désolée ! s'exclame-t-elle. Oh, Alex ! Je ne t'avais pas reconnu !

C'est qui, cette meuf ? Ah ouais, la fille qui se présente aux élections des élèves. Elle porte le nom d'une pierre précieuse. Trop mal au crâne pour me rappeler laquelle.

– Qu'est-ce que tu fous ? grogné-je.

– Cassie a fait une chute à l'entraînement, m'apprend-elle en me montrant les pains de glace qu'elle tient à la main.

Merde.

– Elle va bien ?

– Elle a mal à la cheville, mais je ne crois pas qu'elle soit cassée. Il faut que j'y aille.

Déjà, la brune file à toute allure à travers la pelouse verglacée. Sans réfléchir, je lui emboîte le pas.

Courir me donne l'impression de ramper dans des barbelés. Je souffle comme un bœuf en arrivant au stade. Je me dirige vers Cassie, laquelle est entourée de sa bande de copines. Lorsque j'arrive à leur hauteur, je l'entends sangloter. Une colère venue de nulle part m'assaille et je me crée un passage pour atteindre la blondinette. Penché sur elle, le coach tâte sa cheville. Du coin de l'œil, je remarque plusieurs joueurs de foot non loin de là, dont Ducon.

– Hé, ça va ? dis-je me m'agenouillant devant Cassie. Qu'est-ce qui s'est passé ?

Instinctivement, je lui prends la main. À ma grande surprise, elle ne la retire pas. Ses doigts pressent les miens, je les sens trembler.

– Qui êtes-vous ? s'indigne le coach.

– Son copain, réponds-je.

Cassie plonge ses yeux rougis dans les miens. Ses larmes dégoulinent, elles me rendent malade.

– Alex ? Tu vas bien ? s'inquiète-t-elle.

Sérieusement, elle me demande ça alors qu'elle a l'air de souffrir comme jamais ?

– Ouais, ne te préoccupe pas moi. Qu'est-ce qui s'est passé ? répété-je.

– Je me suis pris un ballon.

Une nana rousse se plante devant Jack et l'accuse :

– Tu l'as fait exprès !

– Ça va, un tir raté, ça arrive, ricane-t-il.

– Elle était au sommet de la pyramide, me précise la brune qui a apporté les pains de glace. Elle a été déséquilibrée et elle est tombée.

Je libère la main de Cassie, qui indique au coach l'endroit précis où elle a mal. La rousse se dispute toujours avec Ducon, qui arbore un sourire insolent.

– Hé, Jack ! l'interpellé-je.

Son sourire fane sur ses lèvres à mon approche. Il décroise les bras, prêt à se défendre. Mais, s'il mérite que je lui en colle une, je suis réaliste. Si je le frappe maintenant, ça me retombera dessus. Trop de témoins… Au lieu de ça, je me plante devant lui, le saisis par le col de sa veste et lui crache :

– Tu vas salement le regretter.

Il se tend et réplique :

– Tu me menaces ?

Ce qu'il lit dans mes yeux efface son air bravache. Je le lâche et retourne auprès de Cassie. Le coach annonce qu'il va la porter pour l'emmener au local de secours, au bout du terrain. L'idée qu'il pose les mains sur elle me file la nausée.

– Je vais le faire, annoncé-je.

Cassie opine et passe ses bras autour de mon cou alors que je glisse l'un des miens sous ses genoux. Je la soulève sans problème, tout à coup bercé par son parfum. J'aime la tenir contre moi, la sentir si proche. J'aime l'effet qu'elle produit sur mon corps et mon esprit. Cette paix intérieure qu'elle me procure.

Son visage s'enfonce dans mon cou. Ce contact m'enflamme de la tête aux pieds. Je resserre ma prise, le cœur en vrac.

Cette fois, rien à voir avec les émotions négatives qui m'habitent la plupart du temps.

– Le coach va appeler Gold, t'inquiète pas, dis-je.

– Et si je ne pouvais plus danser ? couine Cassie. Si ma blessure est trop grave pour que je puisse espérer passer pro ?

Sa détresse me serre le cœur.

– Ta cheville est foulée, pas cassée, la rassuré-je. Tu pourras reprendre l'entraînement dans quelques jours.

Son étreinte se resserre. Elle renifle, sans prendre conscience que ses lèvres frôlent ma peau et que ça me fait l'effet d'une foutue décharge électrique.

– Je suis désolé, Cassie, lui murmuré-je, profitant de notre intimité soudaine. Pour hier. Pour t'avoir embrassée et pour tout le reste.

Dans le fond, la seule chose que je regrette, c'est de l'avoir fait flipper. Notre baiser m'a donné un coup de fouet. Il m'a rappelé que, parmi toute la merde que je traverse en ce moment, des instants de bonheur fugace sont encore à ma portée. Et j'avais besoin de ça, besoin de me souvenir que la chaleur humaine possède le pouvoir de chasser la noirceur. Que le manque peut parfois être comblé sans qu'on s'y attende.

Cassie relève la tête et m'observe d'une façon étrange. Je n'arrive pas à lire dans ses pensées. Ressent-elle la même attraction que moi ?

– Ne recommence plus, me demande-t-elle. S'il te plaît. Les règles ne doivent pas être brisées. D'accord ?

Sa supplication me ramène tout droit sur Terre.

À quoi m'attendais-je ? À ce qu'elle éprouve un truc pour moi ?

Putain !

Je hoche la tête en ignorant la déception qui me prend aux tripes.

Finalement, je préfère me raccrocher aux sentiments que je connais.

Même s'ils me précipitent dans un abîme sans fond.

CHAPITRE 20

CASSIE

Devenir cheerleader professionnelle est un objectif, pas un rêve. Les rêves s'estompent ; les objectifs, eux, repoussent nos limites.

Depuis que j'ai six ans, la danse imprègne chacun de mes pas. Le semestre prochain sera décisif pour moi : les recruteurs se pointeront aux matchs et, si je veux les impressionner, je ne dois faire preuve d'aucune faiblesse.

Me casser quelque chose maintenant, c'est ma hantise.

Jack le sait. Pourtant, il m'a visée avec son fichu ballon.

Et maintenant, crispée dans les bras d'Alex, je prie de toutes mes forces pour ne pas devoir abandonner le cheerleading.

– Ne t'inquiète pas, me glisse Ruby, quelque part sur ma gauche. Regarde, je me suis foulé la cheville et ça va…

Non, Ruby, ça ne va pas. Tu maîtrises à nouveau les flips, mais, dans le monde professionnel, on te demande bien plus. On t'oblige à voler, à flotter dans les airs. Ça va pour toi, Ruby, parce que tu désires intégrer une fac de lettres.

Je me retiens de lui balancer ces horreurs à la figure. À la place, je me cramponne un peu plus aux larges épaules d'Alex, et tente de bouger mon pied droit. Les éclairs de souffrance qui traversent ma jambe font redoubler les larmes.

Je suis si en colère contre Jack ! Il me donne envie de lui casser les côtes, de lui lacérer le visage, de lui arracher son fichu sourire condescendant.

– Détends-toi, me conseille Alex.

Le ton de sa voix a changé. Il est devenu plus froid, plus distant. Ça ne vient tout de même pas de mes dernières paroles sur les règles à ne pas transgresser ? J'avais besoin de les lui rappeler ! Pour m'obliger à m'en souvenir aussi. Est-ce cruel de ma part de refuser de souffrir à nouveau ?

– Moi aussi je suis désolée, Alex, murmuré-je au moment où nous arrivons devant l'infirmerie.

D'un coup de pied, il ouvre la porte.

– À propos de quoi ? me demande-t-il en me posant sur la banquette molletonnée.

D'avoir peur de lui offrir ma confiance, de m'ouvrir à lui, de rendre notre histoire concrète.

Ses iris sombres crochètent les miens, refusant de les lâcher. Il a cette capacité à scanner les gens, à pénétrer leur âme sans invitation…

Il n'est pas rare que les personnes adeptes du silence développent un sens de l'observation hors du commun. Mon frère le possède, mais, le sien, il l'a aiguisé à l'armée. Chez Alex, c'est inné.

Le coach nous rejoint, me parle, mais je ne comprends pas un mot de ce qu'il me dit. En revanche, ceux que me murmure mon faux petit ami impriment ma conscience :

– Tu t'en veux de t'être offusquée quand je t'ai embrassée ? Ne t'inquiète pas. Cette baffe, je la méritais. Les mecs comme moi, il faut les remettre à leur place.

– Que veux-tu dire par « les mecs comme toi » ?

Un sourire triste étire les lèvres d'Alex.

– Gold va arriver, lâche-t-il. À plus, Cassie.

– Attends !

J'attrape ses doigts, les presse entre les miens. Le voir partir me serre le ventre, j'ai encore besoin de lui pour me nourrir de sa présence, de sa force. Mais il se soustrait à mon contact, enfonçant ses mains dans ses poches.

– Je dois y aller, déclare-t-il. Je suis en retard.

L'infirmière du lycée arrive dans la foulée. Je devrais rester concentrée sur ma cheville, sur mes plans d'avenir, mais Alex inonde mes pensées.

Qu'est-ce que j'ai fait ?

– Ce n'est pas cassé, affirme la soignante après avoir examiné mon pied. Tu devrais éviter de t'entraîner pendant une semaine, mais rien de dramatique. Quelqu'un peut t'emmener aux urgences ?

– Mon frère. Il va arriver, je crois…

Mon portable étant dans le vestiaire, j'espère que le coach l'a prévenu. Dans le doute, je demande à utiliser le téléphone fixe du local de secours. Mes doigts enfoncent les touches sans hésitation. Gold m'a fait apprendre par cœur les numéros de téléphone de tous les membres de notre famille et de mes amies les plus proches. Ça peut servir, la preuve !

Lorsqu'il décroche, il m'apprend que le lycée vient de l'appeler et qu'il est déjà en route. Quinze minutes plus tard, il apparaît dans l'encadrement de la porte. L'infirmière couine un vague « bonjour ». Je ne peux pas lui en vouloir d'être impressionnée. Tous les gens le sont. Ceux qui prétendent le contraire mentent ou arborent eux aussi une carrure hors normes.

Il signe une décharge, puis m'aide à me relever pour rejoindre le parking. Quelques lycéens assistent à l'entraînement des footballeurs, d'autres matent les cheerleaders. Enfin, en hiver, il n'y a pas grand-chose à mater, on porte un manteau et des collants opaques – il fait froid, quand même.

Je me surprends à chercher Alex du regard. Que faisait-il au stade ? Il aurait dû se trouver en cours. Ou dans son lit, au vu de la murge qu'il s'est mise hier.

Ce mec m'étonnera toujours.

– Comment c'est arrivé ? me demande mon frère.

– Un accident, réponds-je.

Si je lui avoue que Jack m'a visée volontairement avec son ballon, cette enflure se prendra une balle entre les deux yeux…

– Tu es sûre ? insiste-t-il.

– Oui. Passons par les vestiaires, je vais récupérer mes affaires.

La plupart des filles terminent leurs étirements sur le terrain. Seule Ruby m'attend à l'intérieur. En me voyant, elle me décoche un large sourire et s'exclame :

– Je suis contente que tu ailles bien !

– J'ai une entorse, rien de grave, lui dis-je. Tu avais raison.

Ses yeux pétillants se posent sur mon frère, et elle lui lance :

– Salut, Gold !

Il lui répond avec un hochement de tête :

– Ruby.

– Comment tu vas ?

– Ça roule.

– Je me suis toujours demandé pourquoi on t'appelait Gold.

– Ah ouais ?

Je les laisse se dépatouiller avec cette conversation étrange et clopine jusqu'à mon casier pour y prendre mes affaires.

– Oui, déclare Ruby. Bon, je dois y retourner. On se bipe, Cassie !

– Pas de problème, à demain.

Mon frangin attrape mon sac de sport, les sourcils froncés.

– Quoi ? lui lancé-je.

– Elle ne vient pas de me demander d'où venait mon surnom ? Pourquoi elle se barre avant même que je lui réponde d'aller se faire voir ?

Je lui envoie mon coude dans les côtes. Il ne bronche pas.

– Elle ne t'a rien demandé du tout, soupiré-je. Ce n'était pas une question. Tu me portes jusqu'à la voiture ?

En grand frère parfait, Gold me prend sur son dos, et nous démarrons bientôt en direction de l'hôpital. J'y passe une grande partie de la journée, mais j'en sors avec une ordonnance et une attelle. Mon frangin me ramène ensuite à la maison et insiste pour rester avec moi… et pour savoir comment je suis tombée, aussi. Il n'en démord pas : « J'ai glissé » n'est visiblement pas la réponse qu'il souhaite entendre.

– Si j'apprends que ton ex y est pour quelque chose, je le tue, prévient-il.

Il ne bluffe pas. C'est bien pour ça que je lui cache la vérité.

La vibration de mon téléphone dans ma main me permet d'échapper à son interrogatoire.

Vive la technologie !

Ça va ?

Le SMS vient d'Alex. Je lui réponds :

Oui. Pas de cheerleading
pendant deux semaines,
voire plus si j'ai encore mal.
Le show du prochain match
va me passer sous le nez.

Rien que d'y penser, mon moral retombe dans mes chaussettes.

Je suis puni, m'envoie mon faux petit ami.

Ah ?

Se bourrer la gueule dans un bar en pleine nuit quand on n'est pas majeur et qu'on vit avec une flic, ça prête à conséquences.

Au moins, il ne croupit pas en garde à vue.

Sinon, je serais passé chez toi, ajoute-t-il.

Ça me fait plaisir qu'il me le dise.

Même si je t'ai déçu ? lui envoyé-je.

J'intercepte alors le regard de Gold. Mon air rêveur disparaît, et je me mets à rougir.

– Tu parles avec Alex ? me demande mon frère.

– Il m'a aidée tout à l'heure, me justifié-je. Il m'a portée jusqu'à l'infirmerie.

– Cette histoire de faux couple…

Je tique et enfonce mon téléphone dans la ceinture de mon pyjama.

– Ça va, prétends-je. Ce n'est rien d'autre qu'un stratagème pour éloigner Jack.

Gold ne me croit pas, ça se voit. Heureusement, il se retient de dire quoi que ce soit et se concentre sur la télévision.

Un bon point pour lui.

J'attends d'être installée sur le canapé pour lire la réponse d'Alex.

Oui.

La certitude d'avoir merdé m'arrache une grimace. Je n'aurais pas dû lui rappeler mes règles, ce matin. Pourtant, je n'arrive pas à lâcher prise. À envisager une vraie relation avec Alex. Pas parce qu'il ne le mérite pas, mais parce que la peur étrangle mes émotions.

Merci à toi de ne pas me détester, dans ce cas, tapé-je.

Parce que tu n'as pas envie de prendre de risque ? me renvoie-t-il. Arrête. Au moins, les choses sont claires entre nous.

Alors pourquoi ai-je ce pincement dans la poitrine ?

– Je monte me coucher, annoncé-je. Bonne nuit, Gold.

Je clopine jusqu'au couloir ; toutefois, au moment où j'atteins l'escalier, je m'arrête.

– Il y a un truc qui me chiffonne, lancé-je en me retournant.

– Quoi ?

Mon frère ne quitte pas l'écran des yeux, mais je sais qu'il m'écoute attentivement.

– C'était quoi, cette adresse qu'Alex m'a chargée de te transmettre ? demandé-je.

– Ça concerne le club.

– Tu la lui as réclamée ?

Gold secoue la tête en poussant un long soupir. Il a l'air claqué.

– Non, mais ça va nous servir, déclare-t-il.

– Ça ne vaut pas un blouson de prospect en échange ?

Amusé, mon frangin secoue la tête.

– Va te coucher, Cassiopée.

Au moins, j'aurai essayé.

CHAPITRE 21

ALEX

M.

Réapprendre à vivre me semble tellement impossible.

– Alex ?

Je reste concentré sur le visage gravé sur ma peau. J'ai le bras en feu, presque autant que le palpitant. Comment la beauté peut-elle faire aussi mal ?

J'imaginais qu'immortaliser les traits de ma mère sur moi me libérerait. Que ça rendrait les choses plus faciles. J'avais tort. Je souffre toujours autant. Lorsque je me lève le matin. Lorsque je dois continuer à faire semblant que toute cette merde n'est pas en train de me tuer. Lorsque des émotions contradictoires se heurtent dans mon crâne.

Ash fait claquer ses doigts devant mon visage.

– Ça te va ? me demande-t-il dès que je le regarde.

– Ouais, c'est parfait.

– Je te prends un autre rendez-vous pour samedi.

Je hoche la tête, baisse la manche de mon sweat sur mon bras et saute du siège sur lequel j'étais installé en lâchant :

– Merci.

– Ne me remercie pas, me rétorque le biker. Explique-moi plutôt ce qui ne va pas.

Sérieusement, il va s'y mettre lui aussi ? Je serre les dents et me dirige vers la porte. La seconde d'après, Ash se déplace de façon à me barrer le passage. Je fais mine d'observer les fresques sur les murs. Elles représentent les Enfers. Je reconnais Cerbère et Perséphone, l'épouse d'Hadès. Elle ressemble à Heden à s'y méprendre.

– Laisse-moi passer, grogné-je.

– Putain, gamin ! réplique Ash. Tu te déchires la gueule !

– Qu'est-ce que ça peut bien te faire ? Que je sache, je ne suis pas un Styx Rider.

– C'est vrai, mais tu es mon ami. Je ne compte pas te laisser t'autodétruire, pigé ?

Pendant un instant, on se dévisage en silence. Je sais que je m'enfonce de plus en plus, que j'ai un comportement dangereux. Mais je n'y peux rien. Personne n'y peut rien.

– Toutes les nuits, je revis le même cauchemar, avoué-je. Je suis sur la rive du Styx et Charon se dresse devant moi. Je lui demande de m'emmener, il refuse. Pourtant, ma mère est là, dans sa barque…

si proche, et si loin à la fois. Elle est toujours là ! Mais elle ne me regarde pas, elle ne m'entend pas non plus. Alors tu comptes faire quoi, Ash ? Tu as un putain de remède miracle pour ça ? Pour m'empêcher de…

De culpabiliser, de rager, de pleurer à en avoir les yeux explosés ?

– Laisse-moi essayer de t'aider, gamin… souffle le tatoueur.

– Tu n'y parviendras pas ! Ni toi ni aucun Styx Rider !

Ash tique, et retrousse les lèvres avec agacement.

– Commence par arrêter de picoler, assène-t-il. Et viens me voir plus souvent, pour qu'on cause.

Si seulement il suffisait de raconter mes troubles à mon ami pour que ces derniers s'effacent...

Je hoche la tête sans rien dire, surtout pour que le biker dégage enfin le passage. Ce qu'il fait.

– À plus, lui lancé-je en le dépassant.

– Ouais, à plus…

Même si je lui tourne le dos, je devine son regard brûlant posé sur moi. J'enfonce les mains dans les poches de ma veste, crispé.

Je sors du salon de tatouage, mais je me sens à peine moins observé.

Parce que je sais que ma mère est là, qu'elle me regarde en permanence. Je sais aussi que je la déçois et ça me bousille de l'intérieur, merde !

***

Je décide de sortir Betty du garage au début de la semaine suivante pour essayer de la monter. L'enfourcher m'aidera à reprendre pied avec la réalité, à ne pas m'enfoncer dans mes pensées de plus en plus obscures. En tout cas, je l'espère. Et puis, la moto me détournera peut-être de l'alcool, qui sait ? Parce que ma tante a pris la décision de me faire souffler dans un éthylotest chaque matin avant que je parte en cours et chaque soir lorsque je reviens du garage. Je me plie à sa demande sans broncher. Pour l'instant, je n'ai pas replongé. Dans le fond, je sais que ce n'est que de la poudre aux yeux. J'ai un vrai problème, et je dois le résoudre. Mais je n'ai pas encore trouvé comment... Une seule chose est sûre : la parlote entre potes n'y changera rien.

Une fois perché sur la selle de Betty, au lieu de partir pour le lycée, je fais un détour pour passer devant chez Cassie. Je n'ai pas arrêté de penser à elle ce week-end. Elle a un étrange pouvoir sur moi, celui de me faire oublier pour un temps mes émotions destructrices. Quand je suis avec elle, j'arrive à me comporter à peu près normalement. À ne pas trop réfléchir. Son éternelle joie de vivre touche mon âme, c'en est déroutant. Elle me fait du bien. J'aimerais que nous puissions approfondir notre lien, qu'elle accepte de débuter une relation amoureuse avec moi. Mais est-ce que son refus m'étonne ? Bien sûr que non. Je reste assez lucide pour avoir conscience que je ne lui apporterais rien de bon.

Je m'arrête devant chez elle, puis fais gronder le moteur afin d'attirer son attention. Puisqu'elle ne peut pas conduire à cause de sa cheville foulée, je passe la prendre. Autant joindre l'utile à l'agréable.

Elle sort sous le porche, l'air soucieuse. Quand elle me reconnaît, un large sourire éclaire son visage et me frappe avec une violence inouïe.

– Alex ! s'exclame-t-elle.

– Je profite que tu ne te lèves plus à quatre heures du matin pour jouer les chauffeurs, lui envoyé-je. Ça te dit ?

Elle s'approche de moi en boitant, entravée par son attelle, et rétorque :

– Le bus arrive dans quelques minutes.

– Ouais, mais Betty chlingue moins, argumenté-je.

– La voilà donc, la fameuse Betty !

Cassie s'arrête près de moi pour observer la moto. Elle en frôle la selle avec envie, les yeux brillants.

– Pas mal, hein ? lui lancé-je.

– Elle est magnifique !

– Alors, ça te tente ?

– Tu es en état de conduire ?

– Je suis sobre.

– Je te parle de ton état général.

– Je vais bien. Tu montes ?

La cheerleader hésite. Je comprends que notre « discussion » de vendredi lui trotte encore dans la tête.

– Je te propose ça en toute amitié, précisé-je.

– Tant qu'on parle de ça…

Le visage de Cassie vire au rouge. Je hausse un sourcil et lui demande :

– Tu comptes me rouler une pelle ?

– Non. Pourquoi, tu…

– Alors je préfère éviter d'aborder le sujet, la coupé-je. Monte.

Elle s'exécute. Ses bras entourent ma taille, ses mains se plaquent contre mes abdos. Bordel, je ne m'attendais pas à ce que ce soit aussi agréable ! Incapable de dissimuler mon sourire, je me mets en route en me jurant de passer prendre la cheerleader chaque fois que je le pourrai.

Dès que nous arrivons sur le parking du lycée, je reconnais Jack au sein d'un groupe de footeux. Sa mâchoire se décroche, ses yeux s'écarquillent. Et encore, il n'a rien vu. J'ai remarqué le comportement de Cassie lorsqu'il est dans les parages. Je devine sa peine et sa colère mêlées, et je me dis que c'est pour cette raison qu'elle ne veut rien de moi. Parce qu'elle pense que je lui ferai la même chose…

Cela n'arrivera jamais. Je serais fou de déconner autant avec elle… Toute cette histoire me donne encore plus envie de m'en prendre à Ducon.

Cassie descend de la moto une fois que nous sommes garés, et me rend le casque que je lui ai prêté avec un sourire.

– Merci, Alex, me dit-elle.

– C'est bon. Je peux venir te chercher tous les jours jusqu'à ce que ta cheville soit guérie, ça te va ?

– Bien sûr, répond-elle en rougissant.

Je m'exécute chacun des jours qui suivent. Nos camarades du lycée s'habituent à nous voir débarquer ensemble, et la crédibilité de notre faux couple devient aussi solide que de l'acier, même si le midi on mange séparément. Cassie reste avec ses copines tandis que moi, je lis en surveillant du coin de l'œil les mecs qui gravitent autour d'elle. Jack, en particulier. Je le regarde rager, se morfondre dans sa défaite.

En fin de semaine, je trouve comment me venger de lui. Un soir, pendant qu'il est à l'entraînement, je m'attarde sur le parking jusqu'à ce qu'il soit désert, puis je m'approche de la splendide Ford Mustang noire de Ducon. L'envie d'y mettre le feu me titille, mais j'ai une idée plus intéressante encore. Ce bijou de collection vaut au moins 50 000 dollars, et je sais que Jack y tient comme à la prunelle de ses yeux… Je sors mon téléphone et prends autant de photos que possible. Ça me servira si jamais il me saoule trop et que je décide de trouver un acheteur pour son bébé. Là d'où je viens, ça se bouscule au portillon !

Alors que je finis d'immortaliser les jantes impeccables de la voiture, je reçois un SMS de Gold. Un mot, un seul.

Retard.

Mon patron dans toute sa splendeur ! J'enfourche Betty et me mets en route. Pour la millième fois, je me demande si l'adresse que j'ai donnée aux Styx Riders les a menés jusqu'au QG de Rodz. Gold ne me tient pas au courant, Snack non plus ; quant à Ash, ce n'est même pas la peine d'y penser.

Je prends mon mal en patience, même si ça me saoule. Ils finiront bien par me parler… j'espère.

Une fois arrivé à l'atelier, je m'habille et me mets à bricoler avec Snack en silence. Au bout de dix minutes, Gold m'appelle dans son bureau. Je n'en suis pas étonné : après tout, je conduis sa sœur au lycée chaque matin en moto sans qu'il m'ait donné son aval…

Je pose mes outils et me traîne jusqu'à la petite pièce vitrée. Installé dans son siège, le visage impassible, le biker me lance :

– Habille-toi. Tu viens avec moi.

Alors là, je ne m'y attendais pas.

– Où ? demandé-je.

– Chez un client. Je dois lui rapporter sa bécane.

– Un Styx Rider ?

Gold ne me répond pas. Il quitte le bureau, charge la moto dans une camionnette, puis m'ordonne de monter sur le siège passager. Nous démarrons et, bientôt, nous quittons la ville.

Peut-être qu'il veut me buter et cacher mon corps ?

Il sort soudain de son mutisme pour m'interroger :

– Depuis combien de temps n'as-tu pas dormi ?

Une éternité.

– Qu'est-ce que ça peut te faire ? lui renvoyé-je.

– Le corps et le cerveau humains ont besoin de sommeil pour se reconstruire, me répond-il. Tu ne guériras pas si tu ne pionces pas, Alex. Mais un truc t'en empêche. Tu veux m'en parler ?

La bile remonte dans ma gorge.

– Non.

– Je m'en doutais.

– Tu comptes me torturer pour me forcer à tout t'avouer ? ricané-je. Parce que niveau douleur, j'en connais un rayon. Je crois même que je m'y habitue.

Ma remarque tire à Gold un rire acerbe.

– Tu as raison : on s'habitue à la douleur, dit-il. Mais certaines émotions te bouffent de l'intérieur, t'empêchent d'évoluer, parce qu'elles grandissent chaque jour que Dieu fait.

Putain, voilà que je vais me taper un sermon à la con ! À moins de sauter en marche, je ne pourrai pas y échapper, alors je pousse un soupir et pose ma tête contre la vitre.

– Qu'est-ce que tu as fait, Alex ? lâche Gold. De quoi es-tu coupable ?

Je me tords les doigts jusqu'à ce qu'ils blanchissent tant les mots me brûlent la gorge.

– Je pensais prendre la bonne décision, parviens-je à articuler. Je me suis gouré.

– C'est rattrapable ? s'enquiert mon patron.

– Non.

– Alors tu vas devoir vivre avec ça.

Sauf que je ne vis plus. Je survis. Et, à l'intérieur, je meurs.

– Comme si tu avais la moindre idée de ce que je peux ressentir… grogné-je.

Gold me lance un regard où se lisent la surprise et la dureté. Dans la foulée, il pile net et fait demi-tour sur la route de campagne couverte de neige. Nous manquons de voler dans le décor.

– Qu'est-ce que tu fous ? paniqué-je.

– On marque un arrêt. On en aura pour dix minutes grand max.

Le biker ne me donne pas plus de détails.

Après quelques instants, nous pénétrons à nouveau dans les rues de Black Lake. Quand je reconnais les grilles du cimetière, mes muscles se tendent. Ce lieu me terrifie…

– Descends, m'ordonne Gold après s'être garé devant l'entrée sud du cimetière.

Déjà, il en franchit le portail. Mais il ne prend pas la direction de la section où est enterrée ma mère. Je me fais violence et lui emboîte le pas, curieux. Nous rejoignons un carré réservé aux soldats de l'armée américaine. Mon patron s'arrête devant la pierre tombale d'un mec qui s'appelait Bruce Tiger. Mort à l'âge de vingt-quatre ans. J'enfonce les mains dans mes poches sans comprendre pourquoi nous nous trouvons ici.

– Je te présente Bruce, lâche Gold. Il faisait partie de mon unité.

Le corps engourdi par le froid, je me tasse sur moi-même en attendant la suite. Je n'ai que deux objectifs : me taire et me barrer d'ici. Le premier facilitera le second.

– Un jour, après sept putain de mois passés à suer sous l'uniforme, Bruce a voulu profiter d'une permission pour trouver un cadeau d'anniversaire pour sa frangine, poursuit le Styx Rider. Il m'a demandé de l'accompagner. Bien sûr, j'ai dit oui. On avait noué sur le terrain le genre de lien qui est impossible à briser, tu vois ? On s'est rendus tous les deux dans une bijouterie de Miami, là où on passait notre permission. Bruce a choisi un bracelet, une véritable merveille qui allait bouffer toutes ses économies. Mais il n'en avait rien à foutre du prix. Il voulait juste faire plaisir à la gamine en débarquant chez leurs parents pile le jour de son anniversaire. Nous étions détendus, persuadés d'avoir laissé la violence qui nous collait à la peau derrière nous. Nous étions au pays, qu'est-ce qui pouvait nous arriver ?

Gold secoue la tête.

– Putain de naïfs… soupire-t-il. En moins d'une seconde, tout a basculé. Des mecs cagoulés ont débarqué, armés jusqu'aux dents. Les clients se sont mis à crier. Bruce et moi, on s'est retrouvés plongés en enfer. Nos réflexes de soldat ont pris le dessus. Nous nous sommes mis à couvert pour évaluer la situation, les sens aux aguets. Une seule chose comptait : éliminer les tireurs avant qu'ils ne blessent quelqu'un, tout en restant en vie. Ces enfoirés étaient quatre, et plutôt bien organisés. Mais, Bruce et moi, on avait survécu à bien pire. Ce n'était pas pareil pour les civils. Ils chialaient, hurlaient, suppliaient. Les enfoirés braillaient, de moins en moins patients. Les choses ont dégénéré quand le gérant a refusé d'ouvrir les vitrines. L'un des braqueurs a chopé un môme puis posé un flingue sur sa tempe. Le gamin est resté parfaitement silencieux, c'était perturbant. Il ne pleurait pas, ne trahissait aucune peur. Il s'est contenté de rester immobile, comme s'il ne voyait pas le carnage. Illico, Bruce et moi, on a vu rouge. Nos regards se sont croisés. On allait sauver le gosse, on se l'est promis sans même ouvrir la bouche. Après tout, on était formés pour ça, pour gérer les situations de crise. On a sorti nos flingues, la situation est partie en couilles. On a descendu un premier braqueur, puis un deuxième. Le gosse ne bougeait toujours pas…

Au fur et à mesure que Gold parle, les images défilent dans mon esprit, me frappant en plein dans l'estomac.

– Je t'épargne les secondes qui se sont écoulées ensuite, poursuit-il. Ça tirait dans tous les coins, ça rechargeait, ça tirait encore. Bientôt, il n'est plus resté qu'un braqueur, celui qui tenait l'enfant comme un bouclier. Entre temps, le gamin avait fini par comprendre ce qui lui arrivait, il avait fondu en larmes entre les bras de ce mec qui le secouait comme une poupée de chiffon.

Gold s'arrête un instant. Quand il reprend, sa voix suinte d'une douleur infinie.

– Bruce s'est jeté sur eux. À cet instant, je me suis rendu compte que parmi les clients se cachait un autre tireur et qu'il s'apprêtait à faire le ménage du côté des témoins. Deux choix s'offraient à moi : sauver les civils ou couvrir mon binôme. En vérité, ma décision était déjà prise. Nous étions des putains de soldats ; notre mission, c'était de protéger le plus grand nombre. Alors c'est ce que j'ai fait. J'ai tiré dans la tête du faux client au moment où l'autre braqueur faisait feu. Bruce s'est pris la balle en plein dans la poitrine et… tout est redevenu silencieux. Le gamin allait bien, les civils aussi. Mais pas mon pote.

À présent, je regrette d'avoir balancé au biker qu'il ne connaissait rien à la culpabilité, parce que je comprends qu'il vit avec depuis un bail.

– Je me lève chaque matin en me demandant si la situation aurait pu se terminer autrement, termine-t-il. Si j'avais remarqué le braqueur caché parmi les clients, j'aurais pu gérer avant ! C'était mon job, putain ! Et Bruce vivrait encore. J'imagine mille scénarios dans lesquels l'issue est différente, et je demande pardon à mon frangin. Pendant des semaines, je n'ai pas réussi à dormir, parce qu'à chaque fois que je fermais les yeux je voyais mon binôme allongé là, sur le sol. Je l'entendais : il me suppliait, il m'ordonnait de le sauver.

Ce que Gold me raconte trouve en moi une résonnance bien trop familière… Je me mords la langue tandis qu'il ajoute :

– Tu sais ce dont j'ai pris conscience, un jour ? Que la voix n'appartenait pas à Bruce. C'était juste celle de ma conscience, qui s'en voulait.

Les poings serrés, les doigts gelés, le ventre contracté, je demande :

– Comment as-tu réussi à passer au-dessus de ça ?

– En acceptant que, même avec la meilleure volonté du monde, il y a des choses qu'on ne peut pas changer. Parce qu'on n'est pas des dieux, petit, on est humains.

– Comment on accepte un truc pareil ?

Ma gorge se noue, j'ai envie de chialer.

– Parler de ce qui t'est arrivé te fait parfois comprendre que ça n'aurait pas pu se passer autrement, affirme Gold. Et, surtout, ça te fait réaliser qu'on ne peut pas retourner en arrière. Alors dis-moi, Alex : de quoi portes-tu la culpabilité ?

D'avoir mis un terme à la souffrance de la femme de ma vie, sans me douter que ma propre douleur deviendrait insupportable.

À moins que je ne me leurre ? Que, dans le fond, je savais que ça me détruirait ? La vérité, c'est que je préférais mille fois affronter ma souffrance que l'agonie de ma mère.

– Qu'est-ce que tu regrettes ? insiste Gold.

– De ne pas être un dieu.

Il ne demande pas plus de détails. Il tapote mon épaule, puis retourne vers la camionnette.

***

Je n'en peux déjà plus du lycée ! Surtout qu'un match de foot a lieu demain et que les lycéens ne parlent que de ça dans les couloirs. Ducon se pavane partout, au centre de l'attention, et je déteste ça.

Arrivé au garage, je me mets au travail malgré la migraine qui me lamine le crâne. Je dois me libérer l'esprit… Je sors mon portable pour envoyer un message à Heden :

Salut, on peut se voir au Purgatoire,
ce soir ? Besoin de parler.

La réponse de la fleuriste arrive presque immédiatement.

Bien sûr !

Sur ce, je me plonge dans mes tâches au garage jusqu'à l'heure de la fermeture. Je toque alors contre la porte du bureau de Gold et lui demande, plein d'espoir :

– Tu vas au *Purgatoire* ?

Il hoche la tête.

– Je peux venir ? enchaîné-je.

– Tu es puni, non ?

Cassie lui a dit ? Merde, la honte ! Mes épaules s'affaissent. J'avais tellement besoin d'une échappatoire ce soir ! De ne plus penser, de m'oublier… Et pas forcément dans l'alcool ! Juste au contact des mecs du club, de leur chaleur.

Comme si Gold avait compris à quel point ce break m'est nécessaire, il propose :

– Je peux prétendre auprès de ta tante que j'ai besoin de toi un peu plus longtemps aujourd'hui. À la condition que tu ne touches pas un verre.

Le soulagement me submerge. Je suis prêt à accepter tout ce qu'il veut !

– Ça marche, dis-je.

– Je vais lui téléphoner.

Il s'exécute devant moi, disant à Amaria que Betty a un problème et qu'on compte la réparer dans la soirée. Elle paraît gober l'histoire.

Quelques minutes plus tard, j'enfourche ma bécane et Gold la sienne. La neige ne tombe plus, le froid semble même plus doux que d'habitude.

J'ai à peine mis mon casque que Cassie apparaît sur le trottoir d'en face, devant le *Starbucks*. Eh merde ! J'espérais l'éviter ce soir. Pas parce que je suis en rogne, mais parce que plus les jours s'écoulent plus elle prend de la place dans mon cœur. J'aime ressentir autre chose que de la douleur, mais son amitié ne me suffit plus. Les dés sont jetés, mes sentiments pour elle se transforment. Et je ne peux rien y faire. Ça me les brise !

– Vous allez où ? demande-t-elle en nous rejoignant, une moue curieuse sur les lèvres.

– Au *Purgatoire*, lui répond son frère. Tu ne devais pas passer la soirée avec ta pote Ruby ?

Cassie grimace. Je me détourne, histoire de ne pas croiser ses yeux verts hypnotiques. J'enfile mon casque et m'accroche aux poignées de ma Harley.

– Elle a annulé, dit la cheerleader. Je peux venir avec vous ?

Gold se marre. Je me tends.

– Au bar ? ricane le biker. Tu rigoles, j'espère ?

– Oh, allez, juste une fois ! insiste Cassie. Alex y va, lui, et il n'est même pas majeur.

– J'ai rendez-vous avec une meuf, mens-je avec aplomb. Je pense que si tu traînes dans mes jambes, ça ne lui plaira pas.

La blonde m'observe avec un mélange de surprise et de déception. Gold me décoche un regard impassible, puis m'abandonne sur le trottoir. J'ai compris le message : c'est à moi de gérer. J'aurais dû la boucler ! Fait chier.

Je reste immobile, le cul posé sur Betty. Il fait plus froid soudainement.

– Oh, d'accord, souffle Cassie.

Sa foutue tristesse m'arrache un ricanement.

– On est amis, tu te rappelles ? asséné-je.

– Je sais. C'est juste que… je ne pensais pas que…

– C'est quoi ton problème ?

Surprise, elle se tait. OK, à la base, je ne voulais pas faire preuve d'autant de froideur…

– Rien, tu fais ce que tu veux, réplique-t-elle en fronçant les sourcils.

– Encore heureux ! Je parle pas de ça. Ton expression, la douleur que je viens d'y voir. C'est quoi ?

Le visage de Cassie se tord, tout comme mon cœur. Je pourrais faire demi-tour, me contenter de la planter là. Mais je veux savoir ce qui se trame dans sa caboche.

– De la surprise, prétend-elle.

– Tu mens.

Des larmes se mettent à couler sur ses joues. Bordel, à quoi je joue ? Pourquoi ne puis-je pas m'empêcher de faire du mal aux gens que j'aime ?

– C'est vrai, avoue Cassie. En fait, je n'aime pas l'idée que tu puisses t'attacher à une autre fille.

Enfin, nous y voilà !

– Pourquoi ? enchaîné-je.

– Parce que…

Elle hésite, prend une grande inspiration, puis éclate :

– Le soir où j'ai vu Jack avec cette autre nana, dans le vestiaire, j'ai cru mourir ! J'ai mis des jours à sortir la tête de l'eau. Et maintenant, j'ai du mal à faire confiance aux autres. À me dire que ça n'arrivera plus, que cette tromperie était un cas isolé. Si je pouvais contrôler ça, Alex, je le ferais. Je te jure.

À présent, je comprends ses réticences. Comment l'en blâmer ? On a chacun nos propres monstres à combattre.

– Tu vois, lancé-je, ce n'était pas si difficile, hein ? Pour info, je n'ai pas de rencard ce soir. Je vais juste parler avec Heden. Et puisqu'on en est aux confidences… Je ne suis pas Jack, pigé ?

Avant que Cassie puisse répondre, je démarre en trombe. J'ignore sur quelle voie je m'engage, ce que je suis en train de foutre avec mes propres émotions… mais un truc est sûr : la blondinette m'empêche de sombrer. Alors, je me dois de la seconder, même si parfois je ne comprends pas tout ce qui se passe dans sa tête.

Je rejoins Gold au bout de la rue. Rouler en sa compagnie me donne la sensation d'être complet, de ne plus être à la ramasse. Je souris comme un con quand nous arrivons au *Purgatoire*, et encore plus lorsque je croise le regard de mon Amérindienne préférée. Toujours aussi lumineuse, elle prend un verre avec une femme blonde.

En peu de temps, elle est devenue ma meilleure amie, ma confidente. Ça fait sacrément du bien !

À ma grande surprise, Gold m'emboîte le pas. Nous saluons Heden puis il lance à sa compagne :

– Vanessa. Quoi de neuf ?

– Je t'ai déjà dit de m'appeler Van !

– Les prénoms ne sont pas faits pour être abrégés, gronde-t-il.

– Si tu insistes… Tu sais que tu manques à Lady ?

– Dis-lui bonjour de ma part. Bref, je vous laisse… et pas d'alcool pour Alex.

Il va me materner ? Vraiment ?

Devant mon regard blasé, Gold éclate de rire, passe une main dans mes cheveux, puis s'en va. Van lui emboîte le pas, visiblement décidée à poursuivre leur discussion. Heden les suit des yeux avant de me demander :

– Tu t'entends bien avec lui ?

– Oui, ça va, réponds-je.

Le biker et moi trimballons de sacrés boulets à nos chevilles. Mine de rien, ça rapproche.

Heden m'observe, pensive. Je brise le silence pour lui souffler :

– Je peux te poser une question sans que tu cherches à savoir pourquoi ? Je voudrais juste… une réponse.

Avec un air grave, la fleuriste hoche la tête. Je poursuis :

– Si tu avais été en âge de comprendre la situation quand ta mère est tombée malade, et si sur la fin elle t'avait demandé d'abréger ses souffrances… tu l'aurais fait ?

Heden a vu sa mère devenir l'ombre d'elle-même, dévorée par la maladie. Elle sait ce que j'ai traversé, parce qu'elle l'a vécu elle aussi…

Plusieurs secondes s'écoulent. Elle fronce les sourcils puis fait remarquer :

– C’est plutôt soudain, comme question. Aucune autre option ne s’offre à moi ?

– Aucune. Rien ne la soulage, tu l’entends pleurer toutes les nuits parce qu’elle a mal. Est-ce que tu l’aurais fait, Heden ?

Ma gorge se serre. Un nouveau silence s’étend entre nous, l’un des plus longs de ma vie. Je crains la réponse de mon amie autant que je l’attends. Parce qu’elle pourrait m’achever.

– Sûrement, oui, finit-elle par affirmer.

Une puissante vague de soulagement me submerge. Elle ne balaie pas mes fantômes, mes démons, encore moins la culpabilité. Elle les rend juste supportables… pour ce soir.

CHAPITRE 22

CASSIE

Les entorses, ça craint. Malgré tous mes efforts pour remettre ma cheville en état, je n'y suis pas parvenue avant le match de ce soir. Une chance que ce soit un affrontement amical, aucun recruteur n'y assistera. Une euphorie palpable règne tout de même dans le lycée : les cheerleaders parlent de la *flash mob*, distribuent des muffins, et moi je me rends utile en placardant des affiches sur chaque centimètre carré de mur disponible. Raison pour laquelle j'arrive en retard à la plupart de mes cours, y compris celui de Mme Smog. À mon entrée, un silence de mort règne sur la classe.

– Excusez-moi, j'aidais le coach Herold à régler les derniers détails pour le match et la représentation des filles, dis-je.

– Va t'asseoir, Cassie, me répond la prof.

Je me fais toute petite, lui adresse un sourire désolé, puis file m'installer en clopinant. Penché sur sa table, Alex tourne la tête vers moi et me sourit. Même s'il reste beau à tomber, son état me file la chair de poule. Ses cernes, cette tristesse dans ses yeux…

– Alors, on joue la rebelle ? me glisse-t-il à voix basse.

– Tu seras là, ce soir ? me contenté-je de lui renvoyer. Tu peux à nouveau sortir ?

– Ma tante me laisse assister au match. Visiblement, elle y voit une importance sociale qui m'échappe. Elle m'oblige presque à y aller. En fait, ça doit être une extension de ma punition.

Je lève les yeux au ciel alors que retentit un bruit de gorge du côté du bureau. Mme Smog nous observe, les sourcils levés si haut qu'ils disparaissent sous son chapeau à plumes. Je me concentre sur le cours, et attends la sonnerie pour insister auprès d'Alex :

– Tu devrais vraiment venir au match. C'est cool.

D'un geste naturel, presque tendre, il attrape mon sac pour le jeter sur son épaule. Je clopine à côté de lui tandis qu'il réplique :

– Je viens si tu viens aussi.

– J'ai été réquisitionnée par ma capitaine, lui apprends-je. À défaut de me trémousser, je vais offrir des muffins et récolter des dons.

Alex se marre.

– Allez, ne tire pas la tronche, me lance-t-il. Tu retires ton attelle la semaine prochaine, c'est ça ?

– Oui.

– Alors tu pourras à nouveau te trémousser comme tu l'entends. En attendant, si jamais tu veux sautiller sur mes genoux, je n'y vois pas d'inconvénient. Il faut entretenir la flamme de notre faux couple.

Notre faux couple. Les mots sont tellement étranges dans sa bouche… et dans ma tête aussi. Quand il m'a avoué avoir rendez-vous avec une fille, il y a quelques jours, devant le garage, mon cœur a raté un battement. La déception m'a envahie. La peur, aussi. Celle de le perdre, de le voir s'éloigner de moi…

Perdue dans mes pensées, je ne le vois pas se placer brusquement devant moi. Je lui tombe dans les bras, déséquilibrée, puis m'exclame :

– Qu'est-ce que tu fiches, Alex ?

Ses lèvres se retroussent, son regard pétille. J'aime voir des étoiles dans ses yeux habituellement éteints.

– À quoi tu penses ? me demande-t-il. Là, tout de suite.

À nous. À lui. À cette chaleur qu'il réveille dans mon corps quand nous sommes si proches.

– Pourquoi veux-tu le savoir ? répliqué-je.

Il lève la main, la tend pour effleurer mon visage, se ravise.

– On y va, toi et moi, décide-t-il.

Waouh, ça ressemblerait presque à une déclaration !

– De toute façon, ajoute-t-il, je ne connais personne d'autre.

– Il faut vraiment que tu te trouves des potes.

– Tu me conseilles qui ?

Je me redresse et regarde autour de moi à la recherche du candidat idéal. Quelqu'un qui aime lire, qui respecterait les longs silences d'Alex et qui manierait l'humour noir. Je raye d'emblée toutes les filles de la liste : je ne laisserai aucune d'elles s'approcher. C'est moi, son amie avec un E. Moi seule.

Deux mains chaudes se posent sur mes épaules et m'obligent à faire volte-face. Alex entoure ma taille, me plaque contre son torse.

– Je plaisantais, déclare-t-il avec sérieux.

– Mais, tu…

– Tu me suffis. J'ai besoin de quelqu'un qui n'est pas envahissant et qui sent bon.

Ses derniers mots me surprennent. Je hausse un sourcil dubitatif face à son petit sourire empli de fierté.

Nous restons là, pressés l'un contre l'autre, au milieu du couloir. Je ne ressens pas le besoin de tourner la tête pour voir si on nous observe : je m'en fiche. Cette proximité me plaît bien.

– OK, alors je suis ton amie ? demandé-je.

– Pourquoi ça ressemble à une question ?

Parce qu'en ta présence je n'arrive plus à réfléchir.

Je hausse les épaules. Le sourire d'Alex s'efface, ses yeux s'attardent sur mes lèvres. Son regard… il me coupe le souffle.

Ridicule !

Le baiser que nous avons échangé derrière le garage ne représentait rien. Comme cette fausse relation amoureuse que nous jouons devant les autres !

Mais j'ai envie qu'il recommence. J'ai envie de ressentir à nouveau cette passion dévorante dans mes veines.

Il est temps de mettre un peu de distance.

Je pose une main sur le torse d'Alex pour me dégager de sa prise. Ses bras me libèrent. Je déteste la sensation de vide qui m'emplit.

– Je dois y aller, décrété-je.

Il se contente de hocher la tête. Je récupère mon sac en vitesse, et file aussi vite que mon attelle me le permet.

À peine ai-je fait quelques mètres que Ruby me bondit dessus. Je marque un arrêt brutal alors qu'elle crochète ma main et m'emmène vers son casier.

– Oh mon Dieu, cette tension ! glapit-elle.

– Quelle tension ?

– Avec Alex ! Tu sais, les filles pensent qu'entre vous deux c'était trop rapide. Que tu t'es jetée tête baissée dans la gueule du loup. Mais quand je te vois avec le loup en question…

Un soupir rêveur franchit les lèvres de ma meilleure amie. Une pointe de culpabilité me pince la poitrine. Je ne peux pas continuer à lui mentir, elle ne le mérite pas…

– Écoute, Ruby, entre Alex et moi, ce n'est pas… sérieux, lui avoué-je.

Elle incline la tête.

– Bien sûr que si ! affirme-t-elle. Je sens ces choses-là. Il n'ira pas voir ailleurs.

– Non, je veux dire… on n'est pas ensemble. On fait semblant pour que Jack cesse de me harceler.

Enfin, un éclair de compréhension passe dans son regard.

– Tu veux dire que ça, là, dit-elle en désignant le couloir du doigt, c'était du cinéma ?

– Oui ?

Encore une fois, ma réponse ressemble à une question… Ruby pouffe.

– Bien sûr que ça n'en était pas, reprend-elle avec assurance. Ça, ma Cassie, c'était de la passion à l'état pur !

Je roule des yeux sans insister. Quand elle pense avoir raison, ma meilleure amie n'en démord pas.

– Bon, tu ne dis rien aux filles, d'accord ? lui demandé-je. On se retrouve ce soir.

Je me dresse sur la pointe des pieds et dépose un baiser sur sa joue avant de m'éloigner.

À la fin de la journée, avant le match, j'aide mon équipe à se préparer dans les vestiaires. Un mélange de joie et d'angoisse flotte dans l'air. L'une des filles se maquille, une autre joue à un jeu sur son téléphone, une troisième s'est isolée dans un coin, un casque sur les oreilles. On a toutes notre « truc » pour nous détendre avant une représentation…

Moi, par exemple, je serre une peluche en forme de grenouille entre mes doigts. Personne ne trouve ça étrange, et cette acceptation mutuelle au sein de l'équipe nous permet d'entretenir une cohésion sans faille.

Quelqu'un frappe à la porte.

– Prêtes ? lance le coach.

– Dans une minute ! annonce Jess.

Et voilà ! Le moment tant attendu. En plus de la chorégraphie de base programmée pour le match, on va dévoiler notre *flash mob* !

Enfin, pas moi.

Et ça me tue. C'était pourtant mon idée ! Là, en y repensant, j'ai une furieuse envie de tuer Jack. Tout est sa faute, bon sang !

– Ça va aller, me rassure Ruby en posant la tête sur mon épaule.

– Oui, c'est juste que…

– Je sais. La prochaine *flash mob*, tu la feras avec nous.

Les filles se placent en file indienne devant la porte, puis sortent d'un même pas. J'attrape mon panier rempli de muffins ainsi que la boîte pour récolter les dons. Prête pour une bonne action !

Dehors, il ne neige pas, mais il fait un froid mordant dont mes collants me protègent à peine. Je me dirige vers les gradins où le public en furie se déchaîne. L'excitation générale dissipe ma tristesse de ne pas pouvoir participer à la *flash mob*. Je vais tout de même passer un bon moment…

Je cherche Alex des yeux, curieuse de savoir s'il est vraiment là, mais je ne le repère pas. Je salue toutes les personnes que je croise sur mon passage et leur rappelle qu'après le match les cheerleaders leur réservent une surprise. Je m'installe ensuite sur le banc réservé aux remplaçantes de l'équipe et aux danseuses de première année. Elles forment entre elles leur propre équipe pour les événements moins importants : les matchs de basket et les tournois de lutte ou d'athlétisme, par exemple. Moi aussi, je suis passée par là… Je leur donne des muffins, puis nous échangeons quelques mots avant que Ruby, Jess et les autres se mettent à danser.

J'ai un pincement au cœur lorsque la musique commence. C'est la première fois que je me retrouve dans l'incapacité d'accompagner mes coéquipières… Les première année s'extasient sur la chorégraphie avec des petits bruits excités. Un jour, elles auront le même niveau que nous. Pour l'instant, leur entraîneuse leur apprend les bases.

Une masse sombre s'échoue soudain à côté de moi, les mains dans les poches.

– Alex ! m'exclamé-je.

La partie inférieure de son visage dissimulée sous son écharpe m'empêche de voir son sourire, mais je le devine à ses pommettes qui se soulèvent.

– On m'a proposé un *after*, après le match, lâche-t-il.

– Qui ça ?

– Je ne sais pas, un mec louche qui fumait un joint. Tu y vas ?

– Non. Gold vient me chercher, on passe la soirée ensemble.

Alex opine, les yeux rivés sur les cheerleaders. Sa présence court-circuite mon cerveau. Je me surprends à espérer qu'il montre un signe de déception. Ça me prouverait qu'il souhaitait que je l'accompagne à cet *after*.

En tant qu'amie, bien sûr.

Sa jambe se décale, touchant la mienne. Le contact envoie une décharge électrique dans mes hanches.

– Dommage, me souffle-t-il.

– Tu voulais que je vienne avec toi ?

Il ricane.

– À une autre fête de lycéens ? Plutôt crever. Je pensais plutôt que je pourrais t'emmener quelque part. Tu m'as fait découvrir la bibliothèque, c'est à mon tour de te montrer un nouveau lieu.

Mon cœur rate un battement. Je bredouille :

– Pas ce soir. Il y a Gold et…

– Je comprends, t'inquiète. Une autre fois, alors.

Je m'attends à ce qu'il se lève et s'en aille. Au lieu de ça, il reste assis à mes côtés, non sans piquer deux muffins dans le panier. Il appuie ses avant-bras sur ses genoux, puis lâche :

– Toute l'énergie que ton équipe dépense pour soutenir Ruby, ça me sidère.

– C'est le rôle des amis de s'entraider, tu ne penses pas ?

Alex pousse un long soupir, puis se masse le front.

– Dans mon ancien gang, il n'y avait pas vraiment de liens entre les membres. Et surtout pas de l'amitié. Je trouve ça… putain, ce que tu fais pour ta pote, c'est dingue !

– Tu n'as jamais eu d'amis ?

À ma grande surprise, l'Hispanique passe un bras sous le mien et cale sa main dans la mienne. Sidérée, je m'apprête à lui demander ce qu'il fait quand je me rends compte que les joueurs de l'équipe de foot sont en train d'entrer sur le terrain. Jack nous fusille du regard. Alex ne baisse pas les yeux. Dès que les gars se sont éloignés, je desserre les doigts, mais mon faux petit ami refuse de me lâcher.

– Maintenant, j'ai Ash et Heden, m'explique-t-il, en réponse à la question que je lui ai posée quelques instants plus tôt. S'ils n'avaient pas été là ces dernières semaines…

Perdre sa mère, c'est une épreuve terrible. Je ne peux même pas prétendre savoir ce qu'Alex ressent. Alors je pose la tête sur son épaule, ne sachant pas quoi dire.

– Moi aussi, je suis là, lui assuré-je. Si jamais tu as envie de parler…

Les muscles de l'Hispanique se tendent. J'ai bien compris qu'avec lui il faut attendre qu'il fasse le premier pas, jamais le contraire. Du coup, j'ajoute :

– Ou autre chose, hein. Ce que tu veux.

– Vraiment ? réplique-t-il avec un air plein de sous-entendus.

Je lève les yeux au ciel.

– On est potes, lui rappelé-je.

Il éclate de rire. Je l'imite, tout en libérant ma main.

– Je dois y aller, déclaré-je en récupérant mon panier. Il faut que je distribue ces muffins avant que tu les manges tous.

– Je t'accompagne.

– Tu es sûr ?

Il hausse les épaules.

– Toi, tu leur dis des trucs gentils, moi, je te talonne en portant les gâteaux. Je n'ai rien de mieux à faire. Si je regarde Ducon courir, je serais bien capable d'entrer sur le terrain pour le frapper. Grouille, on y va.

Je souris, et nous nous mettons au travail. Je m'occupe de rappeler la *flash mob* aux supporters pendant qu'Alex leur fourre des muffins dans la main. Parfois un peu violemment quand il s'agit de mecs qui m'observent avec insistance… Il prend son rôle de faux petit copain très à cœur.

Alors que j'avance dans les gradins, mon attelle accroche un sac. Sans pouvoir me raccrocher à quoi que ce soit, je bascule sur le côté. Avec vivacité, Alex entoure ma taille, me tire à lui et plaque mon dos contre son torse.

– Qu'est-ce que tu fais ? me demande-t-il à voix basse, laissant son souffle caresser mon cou.

Je dois prendre quelques secondes pour que mon palpitant se remette de l'émotion. Pas de la peur, non. De tous ces picotements agréables qui traversent ma colonne vertébrale là où le corps d'Alex touche le mien.

– Je tombe, lui dis-je. Enfin, je tombais. Merci. Tu peux me lâcher ?

Sa bouche frôle le creux de mon cou. À cet instant, notre équipe doit marquer, parce qu'une salve d'applaudissements s'élève. Pourtant, j'entends à peine les gens autour de moi. Je n'ai conscience que des lèvres d'Alex qui s'étirent sur ma peau en un sourire séducteur.

– Je pourrais, oui, me répond-il.

– Alors pourquoi ne le fais-tu pas ?

Son étreinte se resserre imperceptiblement.

– J'aime bien ton parfum, murmure-t-il.

Avant que je puisse réaliser ce qu'il a dit, il me libère.

– Je vais chercher d'autres muffins dans les vestiaires, décrété-je. Je reviens !

Il tente de me rattraper, en vain. Je file déjà aussi vite que mon attelle me le permet.

Je dois m'écarter de lui, ne plus le laisser avoir autant d'impact sur moi. Et pour ça, quoi de mieux que de m'enfuir à toutes jambes ?

CHAPITRE 23

ALEX

M.

Quand vas-tu décider d'arrêter de hanter mes nuits ? J'ai besoin de dormir. De calmer le bordel dans ma tête.

Va-t'en.

La mi-temps a commencé depuis cinq bonnes minutes, et Cassie n'est toujours pas revenue. Qu'est-ce qu'elle fait ? J'aurais dû la suivre, elle s'est peut-être ramassée quelque part sous les gradins. Elle galère, avec son attelle, je le vois bien. Maintenant j'ai l'air fin, planté là avec le panier de muffins et les flyers. À bout de patience, je les donne à une nana occupée à envoyer des textos.

– Tiens, trésor, tu peux me garder ça ? lui lancé-je. Je reviens.

Surprise, elle les attrape davantage par réflexe que par réelle volonté de m'aider. Ça me suffit.

La seconde d'après, je me creuse un passage dans la foule en direction des vestiaires. Quelqu'un me bouscule, je grommelle et manque de lui envoyer mon poing dans la tronche.

En jouant avec les nerfs de la cheerleader, je bousille les miens. Ça m'amuse de la pousser dans ses retranchements, mais mon corps est un peu trop réceptif au sien. Je vais finir par me brûler les ailes, à force. Sans compter que je ne suis pas sûr de pouvoir gérer si elle finit par me céder.

Enfin, tout ça, j'y réfléchirai plus tard. Pour l'instant, je dois juste retrouver Cassie.

J'entre dans le couloir menant au vestiaire en ignorant les coups d'œil des joueurs de foot qui s'y trouvent. L'un d'eux me signale que l'endroit est réservé aux sportifs. Je l'ignore et poursuis mon chemin… avant de m'immobiliser à l'angle du corridor lorsque je vois Cassie en compagnie de Ducon.

– Arrête, Jack ! s'exclame-t-elle. Franchement, j'en ai ma claque !

L'enfoiré a coincé la blondinette contre le mur, plaquant ses mains de chaque côté de son visage. Le langage corporel de ma cheerleader trahit colère et tension, elle semble vouloir s'enfoncer dans les briques pour échapper à son ex. Autour d'eux, les quelques lycéens présents font semblant de ne rien voir.

– Hé, Ducon ! m'écrié-je.

Jack tourne la tête vers moi en même temps que Cassie. La seconde suivante, je le chope par le col de son maillot plein de sueur pour l'écarter de son ex. Mon poing s'écrase sur son nez avant qu'il ne puisse réagir. Le souffle coupé, il tombe à genoux.

– Tu te rappelles quand je t'ai dit de plus te frotter à elle ? grogné-je.

– Alex, arrête ! s'interpose Cassie alors que je m'apprête à envoyer un nouveau coup à Ducon.

Ce mec me dégoûte. Elle n'a pas idée de ce que je rêve de lui faire pour avoir osé la blesser, en lui envoyant son ballon alors qu'elle était en plein enchaînement avec son équipe de cheerleading.

– On s'en va, insiste-t-elle, les yeux écarquillés. Viens, je t'en prie, mon frère va arriver !

Elle attrape ma manche, tente de me tirer vers la sortie. Mais, soudain, Ducon se relève et me précipite au sol en un plaquage parfait. Le temps s'arrête. Je ne vois plus rien. N'entends plus rien. Un sifflement me vrille le crâne, l'oxygène refuse de monter jusqu'à mon cerveau.

Le truc qui me ramène à la réalité, c'est le cri de Cassie. Son angoisse lorsqu'elle hurle mon prénom.

Jack me décoche une mandale. Je bloque son poing en tendant le bras, puis je profite de l'effet de surprise pour lui envoyer le plat de ma main sous le menton. Ses dents claquent, sa tête part en arrière. Ça me laisse le temps de me redresser. Des gars de l'équipe de foot se jettent sur Ducon pour l'empêcher de repasser à l'attaque, d'autres se tiennent prêts à me bondir dessus si jamais je cherche à prolonger la bagarre.

– Stop ! crie Cassie. On s'en va, vite !

Elle saisit mon blouson et m'entraîne à sa suite. Je me laisse faire, même si chaque pas me fait un mal de chien et que ma vision est trouble à cause de la sueur sur mon visage. Ma blessure au thorax a dû se rouvrir… Je crois que mon cerveau vient de se mettre en pilotage automatique.

Nous arrivons sur le parking sans que je sache trop comment.

– Attends ! finis-je par protester. Bordel, arrête-toi deux secondes, Cassie.

J'ai besoin de reprendre mon souffle. Je m'appuie contre un pylône en fermant les yeux. L'air froid me grille les poumons. Je ne serais pas surpris si je me mettais soudain à cracher du feu… Ma cheerleader, essoufflée, se penche sur moi.

– Pourquoi as-tu fait ça ? s'exclame-t-elle, furieuse.

Pour toi.

– Il aurait pu te…

Sa voix se meurt, et elle secoue la tête.

– Tu es tout pâle, Alex, reprend-elle.

Sa main frôle mon visage, me force à ouvrir les paupières. Son image apaise ma souffrance. Elle est inquiète pour moi, au bord des larmes.

– Laisse-moi juste… une minute, soufflé-je.

Je crochète sa main, la serre entre les miennes.

– Tes doigts sont gelés, constate-t-elle.

Son angoisse pour moi me serre le cœur… et je la trouve gratifiante, aussi. Pour la tranquilliser, je change de sujet et demande :

– Tu lui trouvais quoi… à ce trou du cul ?

– Il… il n'était pas comme ça, au début, m'avoue Cassie.

– Tu aimes les footeux ? C'est ton genre de mec ?

– Je n'ai pas de genre.

– Quel connard, ce Jack.

De t'avoir bousillé le cœur. D'avoir été voir ailleurs.

À sa place, je l'aurais chérie. Je lui aurais tout donné…

Je récupère ma main et la lève pour caresser la joue de la blonde avec douceur. J'essaie de graver ses traits dans ma mémoire. Pour m'en souvenir quand notre jeu sera terminé.

Parce que la partie s'arrêtera, j'en suis certain.

– Oui, déclare Cassie, troublée. Il n'aurait pas dû faire ça, mais tu as frappé le premier.

– Je ne parlais pas de la baston.

– Oh. De quoi alors ?

En guise de réponse, je lui souris.

– Laisse tomber, soupiré-je.

– Dis-moi, insiste-t-elle.

Elle se glisse à mes côtés, pose la tête sur mon épaule. Putain, tu parles d'une amitié ! On dirait un vrai petit couple.

– Alex ?

– Mmh ?

Avant qu'elle puisse me dire ce qu'elle a sur le cœur, une voiture apparaît sur le parking et s'arrête juste devant nous. Gold en descend et détaille sa sœur de la tête aux pieds pour déterminer si elle va bien. Puis il me passe au crible.

– Qu'est-ce qui vous est arrivé ? demande-t-il.

– Un type a essayé de me peloter et Alex est intervenu, déclare Cassie.

Gold ne commente pas, mais il redouble d'attention à mon égard. Il s'approche de moi, examine mon visage, mes yeux, puis se concentre sur mon torse. Une chance que mon tee-shirt noir dissimule une partie des dégâts…

Le biker arque un sourcil et fronce le nez. Il a dû sentir le sang…

– Je te conduis à l'hôpital, décrète-t-il.

– Même pas en rêve ! protesté-je.

– À l'hôpital ? glapit Cassie. Pourquoi, Alex ? Tout va bien… n'est-ce pas ?

Elle pleure, soudain terrifiée.

– Laisse-moi regarder, ordonne Gold.

Je le laisse soulever mon tee-shirt. Ça doit être moche, vu le teint blafard que prend la cheerleader. Je me rends compte qu'elle a de nouveau glissé sa main dans la mienne quand ses doigts pressent les miens.

– Tombe pas dans les pommes, lui glissé-je.

– Ta blessure s'est rouverte, annonce Gold.

– Emmène-moi où tu veux, sauf à l'hôpital, lui renvoyé-je. Je n'y retournerai pas.

La mine du biker s'assombrit. Il ne doit pas avoir l'habitude qu'on lui dise non.

– OK, alors on va au *Purgatoire*, décide-t-il.

Il m'aide à m'asseoir sur le siège arrière de la voiture. Cassie s'installe à côté de moi et plaque un pull sur mon torse. L'odeur de vanille qu'il dégage m'apaise.

– Pourquoi ne m'as-tu rien dit ? sanglote-t-elle, la voix brisée.

– Pour éviter ça, lui réponds-je. Ton inquiétude.

La voiture quitte le parking. Derrière la cheerleader, le paysage nocturne défile, mais c'est sur elle que je me concentre.

– Qui est le mec qui t'a fait ça, Cassie ? questionne Gold.

– Aucune importance, il ne recommencera plus, glapit-elle.

Pourquoi veut-elle éviter que son frère apprenne pour Jack ? Ce mec la harcèle !

Je perds le fil de la discussion quand un éclair de souffrance traverse mon corps. Putain de nid de poule à la con !

– Regarde ce qu'il a fait à Alex, entends-je Gold grogner.

Techniquement, ma blessure, je la dois à Crayson. Pas à Jack…

Je grimace. À entendre mon patron, on dirait que je suis la victime. Alors que Ducon a bien morflé aussi, même plus que moi. Enfin, disons que ce serait vrai si je n'étais pas déjà en train de me remettre d'une blessure par balle.

– Cette enflure t'a touchée, et c'est déjà impardonnable, poursuit Gold. Mais en plus il s'en est pris à Alex, qui est sous la protection du club. S'attaquer à lui revient à s'attaquer aux Styx Riders.

Tiens, c'est nouveau, ça.

Un rire secoue mes épaules, avant de m'étouffer. Putain, je douille. Cassie panique, palpe mes bras. Comme si ça pouvait m'aider.

– Alex ? m'appelle-t-elle.

– Tu te fous de moi ? balancé-je à son frère dès que je suis de nouveau en état de parler. Un jour, les Styx m'envoient me faire voir… et le lendemain je suis sous votre protection ?

– On ne t'a pas dit d'aller te faire voir, réplique Gold avec calme.

Enfoiré !

– Appelle Milan, Cassie, ajoute-t-il.

Il lui jette son portable, qu'elle déverrouille avant d'exécuter les ordres sans rechigner. On dirait qu'elle fait ce genre de trucs tous les jours…

– Non, ce n'est pas Gold, indique-t-elle lorsque son interlocuteur décroche. Je suis sa sœur, Cassie… Oui, il conduit. On a besoin de vous au *Purgatoire*…

Elle baisse le téléphone et demande à son frère :

– Milan souhaite savoir si c'est un U1, U2, ou U3.

– U2.

– U2, répète-t-elle. Très bien, merci. On arrive d'ici quelques minutes.

Pour respirer, je dois me concentrer. Inspirer, expirer. Inspirer, expirer. Et recommencer encore et encore, pour éviter d'y passer.

– C'est quoi, les U ? demandé-je d'une voix hachée.

– Ça veut dire « urgence », m'apprend Gold. Cassiopée, préviens Ash aussi.

CHAPITRE 24

CASSIE

Bien. Appeler Ash. Ne pas tomber dans les pommes, garder le contrôle. Tout va bien se passer. Bouge-toi, Cassiopée, tu vas gérer !

Malgré tout ce que je me répète intérieurement, je ne peux empêcher la panique de monter en moi alors que je vois Alex blanchir à vue d'œil. Je sors mon propre téléphone, les doigts tremblants. L'appareil manque de m'échapper tandis que je parcours ma liste de contacts, je le rattrape *in extremis*.

Respire, Cassiopée !

Une main se pose sur la mienne. Celle d'Alex. Il a l'air de gérer la situation mieux que moi. Pourquoi n'est-il pas terrifié ? Je me raccroche à son sourire assuré, les larmes aux yeux.

– Je m'occupe d'appeler Ash, déclare-t-il. File-moi ton portable.

– Non, c'est bon ! Je vais le faire, je vais le faire…

Je trouve enfin le numéro du tatoueur, et lui passe un bref coup de fil pour lui demander de nous rejoindre au *Purgatoire*. Puis je m'enfonce dans mon siège, les bras croisés sur ma poitrine. Nous arriverons au QG des Styx Riders d'ici quelques minutes. Je reconnais la vieille zone commerciale que nous traversons, même si la nuit est tombée. C'est dans ce quartier que je suis allée chercher ma robe pour le bal du lycée à la fin de l'année dernière. Jack était mon cavalier. Il avait sorti le grand jeu : la limousine, le costume, le sourire de tombeur… Juste avant que je parte avec lui, mon frangin m'a pris à part dans le couloir de la maison pour m'ordonner de me méfier. Il n'aimait pas mon ex et pressentait qu'il me ferait du mal.

Son instinct ne le trompait pas. J'aurais dû l'écouter ! On n'en serait pas là aujourd'hui, Alex ne subirait pas le martyre par ma faute…

– Alex, comment tu te sens ? gronde soudain Gold.

L'Hispanique va de plus en plus mal, il a fermé les yeux. Mon frangin l'a remarqué, contrairement à moi. Je ferais une bien piètre infirmière ! Alors que ma panique atteint des sommets, Alex bondit sur son siège.

– Putain, pas la peine de gueuler comme ça !

Soulagée qu'il soit encore conscient, je pose la tête sur son épaule et serre son bras très fort. En réponse, il appuie un index contre ma cuisse.

– Hé ! protesté-je.

– Tu m'étouffes avec tes cheveux, souffle-t-il.

– Oh… désolée.

Je recule, mais il crochète mon poignet et me plaque à nouveau contre lui en murmurant :

– Non, finalement… je te préfère… contre moi.

Ses derniers mots ne sont plus qu'un souffle. La poitrine en vrac, je relève la tête pour le regarder. Il a refermé les paupières, et ne semble plus conscient de ce qui l'entoure.

– Il a perdu connaissance ! glapis-je.

– Vérifie son pouls, m'ordonne Gold.

Je m'exécute. Sous mes doigts, le cœur d'Alex bat. Normalement, je crois. Comment doit battre un cœur normalement ? Voilà que je me pose des questions débiles !

– Cassie… laisse-t-il échapper.

– Je suis là.

Mon frère me lance un coup d'œil scrutateur à travers le rétroviseur, puis lâche :

– On arrive. Il faudra qu'on parle, toi et moi.

CHAPITRE 25

ALEX

M.

Emporte-moi. Je n'en peux plus de faire semblant…

La mort a vraiment un goût de merde. Comme la vie. À gerber, bordel !

J'ouvre les yeux, le corps à moitié anesthésié. Sans rire, je ne sens presque plus mon torse, j'ai juste conscience d'avoir la tête accrochée dessus. Je me redresse avec une grimace. Depuis quand respirer me demande autant d'efforts ? Merde, Ducon ne m'a pas raté. Abruti, mais doué pour les plaquages…

Je balance les jambes hors du lit en observant la pièce dans laquelle je me trouve. Gold a tenu parole, il ne m'a pas emmené à l'hôpital. Au vu des murs nus en béton, sans fenêtre, et du sol glacial, j'ai davantage l'impression d'être en prison. Seul le fait que la lourde porte en acier soit grande ouverte me détrompe.

C'est quoi, cet endroit ?

Une ampoule déverse sa lueur blafarde sur moi. Ma tante se plaint de l'absence de décoration dans ma chambre ? Qu'elle rapplique un peu ici, on va rigoler. D'ailleurs, en parlant d'elle, elle va me buter. Je devais rentrer directement après le match, et là, j'ai bavé dans les grandes largeurs.

Trop crevé pour réfléchir à l'excuse que je lui servirai quand je me retrouverai en face d'elle, j'enfile un tee-shirt propre posé sur une chaise à côté de moi, puis m'apprête à sortir. Mes jambes pèsent une tonne, ma vitesse avoisine celle d'un escargot sous calmants, et je n'ai pas même atteint la porte qu'un mec apparaît dans la pièce. Un toubib, deviné-je à sa blouse blanche. Ses manches relevées jusqu'aux coudes laissent voir ses tatouages colorés ; sur ses bras sont écrits « Styx » et « Riders » en calligraphie gothique. Bon, je ne pense pas m'avancer en estimant qu'il appartient au club. Il s'arrête sur le pas de la porte, surpris de me voir debout. Ou alors, ma gueule ne lui revient pas. La sienne, en tout cas, doit faire tomber beaucoup de petites culottes du côté des infirmières, avec son visage avenant et son sourire de protagoniste de pub pour dentifrice.

– Alex ! me salue-t-il. Je passais voir comment tu allais, justement.

Comme je ne bronche pas ni ne réplique, il continue :

– Je suis Milan, le médecin du club. On m'a appelé au secours ce soir. Sacrée bagarre, dis-moi. Mais la prochaine fois, évite, OK ? Une demi-heure de plus et tu ne t'en sortais pas. Laisse-moi regarder tes…

Il braque une petite lampe dans ma direction, mais je recule, histoire de lui signifier de ne pas m'approcher.

– Je vais bien, affirmé-je.

– Ton corps n'a pas l'air d'accord, réplique le toubib. Tu devrais te reposer. Tu verrais ta tête…

Je grimace. Pourquoi est-ce que tout le monde tient tant à commenter ma face ? Un peu de tact, merde !

– On est où, là ? demandé-je.

– Au bastion. Sous le *Purgatoire*.

J'attrape un verre d'eau posé à côté du lit, à même le sol, puis lâche :

– On dirait une base de l'armée.

– Maintenant que tu l'as vue, on va devoir te tuer.

Ce gars-là, avec son allure d'acteur oscarisé, m'éliminer ? La blague. Malgré ses tatouages, je ne parviens même pas à l'imaginer parmi les Styx Riders.

– Ou alors, ajoute-t-il en se rendant compte que son humour ne m'atteint pas, tu vas devoir entrer dans le club. Peu de non-membres peuvent se vanter d'avoir déjà parcouru ces sous-sols. En dehors de ceux qu'on torture, j'entends. Amène-toi, champion, on t'attend là-haut.

– Cassie ?

– Entre autres.

Si une image ne me quitte pas, c'est celle de la cheerleader. C'est à son visage que je me suis raccroché avant de sombrer dans les ténèbres, et c'est pour elle qu'a été ma première pensée à mon réveil.

Milan me fait signe de le suivre dans le couloir bordé de portes closes en acier et donnant sur un escalier d'une vingtaine de marches. Est-ce que ce sont des cellules que nous longeons ? Ou peut-être est-ce là que les Styx Riders planquent leurs armes. En tout cas, il y a des digicodes partout… Et le toubib a sans doute raison sur un détail : à moins d'intégrer les rangs du MC, je vois mal Bradley Devon me relâcher dans la nature maintenant que j'ai vu tout ça.

Au bout du couloir, je grimpe les marches en serrant les mâchoires. Il y en a dix-neuf, en réalité. Elles me coupent le souffle. Tu parles d'un éclopé ! Il faut que je me remette au sport.

Avant ça, il faut que je guérisse. Et que je retrouve le sommeil.

Sacré programme.

Après être passé par un petit sas, puis avoir franchi une porte en bois, je débouche dans la salle principale du *Purgatoire*, où squattent plusieurs Styx

Riders. Gun, Gold et Snack jouent au billard. Bradley parle au téléphone, derrière le bar. Heden discute avec une nana que j'ai déjà aperçue. La régulière de Reedson Dex, Martia – comme indiqué au dos de son blouson. Mais aucune trace de Cassie.

– Il est quelle heure ? demandé-je au médecin.

– Deux heures et demie du matin.

La cheerleader a dû rentrer chez elle. Normal… Je ne pouvais pas attendre d'elle qu'elle patiente des plombes.

– Alex !

Heden bondit sur ses pieds, mue par un soulagement palpable. Elle saute dans mes bras, prenant toutefois garde à ne pas réveiller la douleur dans mon torse.

– Je vais bien, lui assuré-je.

– Ne me fais plus jamais un truc comme ça ! m'ordonne-t-elle sans cesser de me caresser le dos.

– Juré. Tu me paies un verre ? J'ai besoin d'un bourbon.

Dans la foulée, Ash rapplique et pose une main sur mon épaule.

– Content que tu ailles bien, gamin, dit-il. Mais bordel, arrête de jouer au con, OK ?

En voulant éviter son regard bleu acier, je croise celui de plusieurs autres gars. Certains me sourient avec compassion, d'autres lèvent leur verre ou, a contrario, me tournent le dos en grimaçant. Parmi eux, Bradley Devon se creuse un passage jusqu'à moi.

– Quand je te parlais de démontrer ta valeur, je ne te demandais pas de te bastonner au lycée, me lance-t-il. Même si Cassie nous a raconté que tu l'avais tirée d'un bien mauvais pas. Tiens.

Il me tend une bouteille d'eau. J'en bois plusieurs gorgées, histoire d'essayer de faire disparaître la boule d'angoisse qui m'a chopé à la gorge. En présence du président des Styx Riders, je suis toujours nerveux. Ce mec dégage une force tranquille impressionnante. Et dire que Cassie l'appelle « oncle Bradley »… Moi, j'ose à peine utiliser son prénom.

Repenser à la cheerleader me renvoie à ma déception qu'elle ne soit pas là pour m'accueillir à mon réveil. Machinalement, je balaie une nouvelle fois le *Purgatoire* du regard.

Eh merde ! Elle n'est visible nulle part.

Soudain, comme si quelqu'un là-haut avait eu pitié de ma pauvre carcasse, un hurlement de colère résonne. Je reconnais la voix de ma jolie blondinette. Elle a l'air furieuse. Irrémédiablement attiré, je me dirige vers une porte affublée de la mention « privé ». Entrouverte, elle laisse apparaître la silhouette élancée de Cassie, qui fait face à son frère.

– Tu te moques de moi ! s'exclame-t-elle. C'est Alex !

On crochète mon bras. Je me retourne. Ash m'intime :

– Laisse-les discuter.

Et puis quoi encore ? C'est de moi qu'ils parlent, je ne vais pas rester là sans rien dire ! Je me dégage d'un mouvement trop brusque, qui réveille les élancements dans mon torse.

– Justement, déclare Gold. Faut que tu arrêtes de te foutre de sa gueule. Tu as vu son état ?

– C'est toi qui m'as demandé de me rapprocher de lui, de devenir son amie ! réplique Cassie. Tu voulais savoir ce qu'il cachait !

Ce n'est pas une baffe que je me prends en pleine face. C'est un foutu tsunami ! Une colère sourde grimpe en moi à mesure que je comprends ce que les paroles de la cheerleader signifient.

– Tu crois que tu es devenue son amie ? ricane mon patron.

Je recule d'un pas. Puis d'un deuxième.

Je suis vraiment trop con, bordel ! Comment ai-je osé penser qu'une fille comme Cassie pouvait s'intéresser à moi sans arrière-pensée ? Elle était en mission pour son frère, un point c'est tout !

Mon sang se glace. Froidement, je demande à Ash :

– Ramène-moi.

– Attends, c'est pas ce que tu crois, tente-t-il.

– Ah ouais ? me marré-je. Va te faire foutre, Ash ! Je sais exactement ce que c'est, OK ? Je ne suis pas stupide !

Malgré moi, j'ai hurlé. Le silence s'est fait sur le bar. La porte au panneau « privé » s'ouvre sur Cassie, devenue blême.

– Alex ? m'appelle-t-elle.

Incapable de lui répondre, je grimace. Des tas de gros mots fleurissent sur ma langue, mais je me retiens de les lui balancer à la tronche.

– Reste, je vais t'expliquer ! s'exclame-t-elle en s'accrochant à mon bras.

D'un mouvement vif, je me dégage. Je crève d'envie de balancer mon poing dans la gueule de son frangin, de m'enfiler une bouteille entière pour faire passer la souffrance. Ça prouve que Gold a raison, d'ailleurs, non ? Que je ne suis pas le genre de mec pour une nana comme elle.

Je suis Alex Agora, le merdeux, l'enfoiré, le mec incapable de se contenir. Je n'avais pas le droit d'espérer que Cassie soit réellement attirée par moi.

Du coin de l'œil, je remarque Milan qui s'approche d'Ash. Je le vois murmurer un truc à son oreille, mais je ne parviens pas à l'entendre. En tout cas, ça met le sergent d'armes dans tous ses états, parce qu'ils entreprennent une conversation à voix basse.

Ils parlent de moi. Peut-être même qu'ils se foutent de ma gueule ?

– S'il te plaît, me murmure Heden, on est tous épuisés, d'accord ? Si on parlait de ça demain matin ?

Épuisés ? Oh, elle n'a pas idée !

– Alex… insiste Cassie.

– Arrête.

– Je suis ton amie !

– J'ai dit « arrête » ! hurlé-je. Je suis pas ton ami, je ne le serai jamais ! Tout ce que je voulais, c'était qu'on couche ensemble. Je ne suis pas un mec bien. Barre-toi.

Je me détourne et marche vers la porte. Cassie essaie de me retenir :

– Tu mens ! Je ne te crois pas !

Je m'arrête net.

Je mens ?

– Ah ouais, Cassie ? lancé-je en me retournant. On dirait que tu maîtrises plutôt bien le sujet, toi aussi.

Elle pince les lèvres, les sourcils froncés.

– Je suis désolée, souffle-t-elle.

– Moi aussi.

Sur ce, je quitte le *Purgatoire*. Je suis prêt à marcher jusque chez ma tante, du moment que je m'éloigne de la cheerleader. De ce qu'elle me fait ressentir. Je bouffe déjà assez de merde comme ça sans qu'une nana vienne y ajouter une louche.

– Attends, Alex, je te ramène, m'interpelle Ash dans mon dos.

Là, je ne me sens pas franchement d'humeur à faire de la moto. Mon corps refuse de s'infliger ça… Mais le biker déverrouille une caisse garée sur le côté du bar.

– Elle est à Milan, m'indique-t-il. Monte.

Je m'exécute. Mon état ne me permet pas de jouer les difficiles.

Dans un silence pesant, nous nous engageons sur la route couverte de neige. Je refuse d'être le premier à commenter la situation. Je suis tellement en rogne que je n'arrive pas à desserrer les poings…

C'est seulement quand nous arrivons dans la rue de ma tante qu'Ash ouvre la bouche.

– Ce n'est pas toi en tant que personne qui pose problème à Gold, dit-il.

– Laisse tomber.

– C'est celui que tu deviens, Alex. Tu pues l'alcool quand tu viens bosser, tu te bats, tu te mets en colère pour un oui ou pour un non. En demandant à Cassie de se rapprocher de toi, il espérait que tu te confies à elle.

– Tu le savais ?

Le tatoueur secoue la tête, la mine sombre.

– Non. Mais Gold est mon frangin, je le connais. Il n'aurait jamais monté un plan pareil pour te nuire… et franchement, il a juste demandé à sa sœur de garder un œil sur toi. Aucune obligation pour elle d'accepter. Cassie l'a fait parce qu'elle est une fille bien. Et parce qu'elle a perçu que derrière ton comportement de gros con…

Je tourne la tête, heurté par les paroles du sergent d'armes.

– Ouais, de gros con, insiste-t-il, elle a vu qu'il se cachait un gars bien, également.

Je me mords la langue pour ne pas répliquer.

– Prends du recul, conclut Ash.

Ça, du recul, je vais en prendre... en commençant par m'éloigner de la cheerleader.

Sans rien dire, j'ouvre la portière pour sortir de la voiture. À ce moment, le tatoueur ajoute :

– À un moment, il faudra que tu en parles.

– De quoi ?

– De ce que tu as fait. Et de ce que c'est en train de te faire.

Je reste immobile, les yeux écarquillés.

– Quoi ?

– Ta mère n'est pas morte de façon naturelle, n'est-ce pas ?

Incapable de respirer, je claque la portière avec une violence que je ne contrôle pas.

Il ne sait pas. Putain, il ne peut pas savoir !

Le froid me comprime de l'intérieur alors qu'Ash se remet en route. Perdu dans l'obscurité, je regarde les phares de sa voiture disparaître dans la nuit.

CHAPITRE 26

CASSIE

Gold et moi avons merdé. Je ne vois pas d'autre façon de formuler les choses. La déception dans les yeux d'Alex quand il a surpris ce que je balançais à mon frangin… elle me serre encore le cœur. Je me sens horrible. Ingrate, égoïste et méchante ! Il faut que je rattrape le coup. Pour rien au monde je ne veux laisser croire à Alex que les moments qu'on a partagés tous les deux étaient sans importance à mes yeux.

– Il va me détester, lâché-je.

Mon frère ne me répond pas. Je crois que lui aussi s'en veut, mais sa culpabilité m'importe peu. Tout est sa faute !

– Et c'est à cause de toi, ajouté-je en ôtant mes baskets dans l'entrée de notre maison. Alex a besoin d'aide, il a besoin de sentir qu'on l'apprécie. Je croyais que tu étais le mieux placé pour le comprendre. Comme lui, les Styx Riders t'ont pris dans le club quand tu as traversé une mauvaise passe, si je ne me trompe pas.

Un grognement furieux franchit les lèvres de Gold. Il déteste que je lui rappelle qu'à une époque il se sentait aussi paumé qu'Alex.

– Les Styx Riders l'aideront, déclare-t-il.

– Je le pourrais aussi !

– Pas sans te brûler les ailes. Tu t'es déjà trop impliquée émotionnellement. C'était quoi cette connerie de faux couple, putain ?

Alors c'est ça qui le dérange ?

– On joue ! affirmé-je. Il le sait !

– J'ai vu comment il se comporte avec toi, comment il te regarde, Cassiopée ! Ce n'est plus un jeu, bordel ! Il sortira bousillé de cette histoire, mais ce ne sera pas ma faute. Tu piges, frangine ?

Est-ce que j'ai laissé la situation m'échapper ? Nous échapper ?

– Non, soufflé-je.

– Si.

Dégoûtée et épuisée, je décide de monter dans ma chambre. Mais, avant que j'atteigne le haut de l'escalier, Gold m'arrête :

– On parle de ce qu'il a dit à propos de vouloir coucher avec toi ?

– Il était en colère, et il voulait t'énerver.

– Il a réussi.

Je secoue la tête et pars m'isoler. Je m'écroule sur le lit. Avec le stress accumulé ce soir, je n'ai répondu à aucun des messages de mes amies, inquiètes après la bagarre entre Alex et Jack. Apparemment, la police s'est pointée au lycée.

Ducon a balancé Alex aux flics ? envoyé-je à Ruby.

Ducon ?

Jack, je veux dire.

En attendant la réponse de ma meilleure amie, je me démaquille et ôte mes vêtements. Mon uniforme de cheerleader est taché de sang. Celui d'Alex. Ma gorge se noue à l'idée d'avoir tout gâché avec lui.

J'ai pris le fleuve d'où nul n'est revenu.

Le tatouage sur mon bras attire mon attention. Tout a commencé avec lui. Est-ce que ça va se terminer ainsi, ce soir ? Alors même que je sentais qu'Alex allait mieux ? S'ouvrait plus facilement ?

Je le refuse. Je ne l'abandonnerai pas. Même s'il me déteste.

Ruby répond enfin à mon SMS :

Non. Mais il est bien remonté.
Qu'est-ce qui s'est passé ?

Je te raconte plus tard.
Là, je vais me coucher. Bonne nuit.

Je passe le reste du week-end à réfléchir à la manière dont je pourrais recoller les morceaux avec Alex. Il refuse de répondre à mes messages et mes appels. Peut-être que sa tante lui a confisqué son portable ? D'ailleurs, comment a-t-elle pris le fait qu'il soit rentré à plus de 2 heures du matin ? J'espère qu'il n'a pas été puni davantage. Il n'a pas besoin de ça.

Le lundi, je me plante devant le casier de mon faux petit ami dès mon arrivée au lycée. Il s'ouvre avec un code, mais je ne connais pas assez Alex pour savoir ce qu'il a pu choisir. Mince, me voilà bien avancée ! Réfléchissant à toute allure, je file dans la salle de cours de Mme Smog. Alex s'installe toujours à la même place, tout au fond. Son prénom est gravé dans le bois.

Je dépose ce que je lui ai apporté dans le compartiment sous sa table. Et voilà, je n'ai plus qu'à espérer que ça arrangera la situation.

Mais, quand le cours commence, l'Hispanique n'est toujours pas arrivé. Je reste concentrée sur la porte, nerveuse.

Et si son état s'était aggravé pendant le week-end ? Ash me l'aurait dit, non ?

Soudain, à mon grand soulagement, Alex apparaît. Ses traits sont durs, ses cheveux noirs partent dans tous les sens, ses yeux sombres sondent la salle avec assurance. Mon cœur accélère. Même si mon faux petit ami trahit un épuisement profond, il n'en reste pas moins… attirant.

Je surprends alors le regard que Jack pose sur moi, et je frissonne. Mon ex arbore un pansement blanc sur le nez, il paraît furieux. Les hostilités ne s'arrêteront pas de sitôt…

– Tu es en retard, Alex, commente Mme Smog. On dirait bien que ça devient une habitude chez toi.

Il se contente de hausser les épaules, une main dans les poches, l'autre serrée autour de la lanière de son sac à dos.

– Eh bien, je vous écoute, poursuit la prof. Que s'est-il passé ? Vous ne vous êtes pas réveillé ?

– Il faudrait déjà que je dorme… grogne Alex. Il y a eu un accident sur la route, ma tante pourra vous le confirmer. Vous voulez le numéro de téléphone du commissariat ?

Mme Smog secoue la tête.

– Non, ça ira. Va t'asseoir.

À mesure qu'Alex remonte l'allée centrale, je me décompose. Il regarde tout le monde, sauf moi. Lorsqu'il balance son sac sur la table et se laisse tomber sur la chaise, je me mets à prier intérieurement.

Regarde dans le casier, regarde dans le casier, regarde dans le casier !

Il ne regarde pas. Zut !

– Cassie, concentre-toi, m'intime la prof.

– Désolée, Madame Smog.

Alex ne réagit pas. Adieu les œillades, les sourires en coin. Je n'existe plus pour lui. Ça ne devrait pas me donner autant envie de pleurer, si ?

Le cours dure une éternité. J'ai échoué, Alex n'a pas trouvé son cadeau… La mort dans l'âme, je le regarde se lever et récupérer son sac. Il s'apprête à s'éloigner mais, à la dernière seconde, il passe machinalement la main sous sa table et effleure le livre que j'ai glissé dans le compartiment… Il se fige un instant, puis le récupère et s'éloigne sans un regard pour moi.

C'est déjà ça, j'imagine…

À la fin de la journée, je décide de passer au garage plutôt que de rester regarder l'entraînement de mon équipe. Il faut que je parle à Alex… Je monte dans le premier bus et, pendant toute la durée du trajet, je réfléchis à ce que je vais lui dire. Des bribes de phrases tournent dans ma tête encore et encore au moment où j'arrive à l'atelier.

– Salut, les gars ! lancé-je en pénétrant à l'intérieur.

Flûte ! Alex n'est pas là. Je me dévisse le cou pour voir s'il se tient agenouillé quelque part, mais il reste invisible. Je file dans le bureau de Gold, que je trouve au téléphone.

– Il faut s'occuper de cette histoire avec cette enflure de Rodz, dit-il à son interlocuteur. Ouais, il tourne autour de nous… C'est clair qu'il le regrettera.

Histoire de signaler ma présence, je pose bruyamment mon sac par terre.

– Ça roule, sergent, poursuit mon frère. Ouais, à plus.

Il raccroche et se tourne vers moi.

– C'est qui, Rodz ? lui demandé-je.

– Personne. Qu'est-ce que tu fais là ? Je devais passer te prendre au lycée après l'entraînement de cheerleading.

– Je voulais parler à Alex. Remettre les choses en ordre avec lui.

– Il n'est pas là.

– Je vois ça. Il arrive quand ?

Gold hausse les épaules, les lèvres pincées.

– Je doute qu'il vienne, lâche-t-il.

– Je dois aller le voir !

Déjà, je me tiens prête à partir, déterminée.

– Non, laisse-lui du temps, me conseille mon frère.

Il s'avance vers moi. Je reprends :

– Va le voir, toi, alors ! Explique-lui que ce que tu m'as demandé, ce n'est pas d'arrêter de le côtoyer mais de jouer au faux couple ! Dis-lui, il t'écoutera, tu es un Styx Rider !

Des larmes coulent sur mes joues. Je les essuie, incapable d'ajouter quoi que ce soit. Mon désespoir fait pitié.

– Ça ne changera rien, affirme Gold. Le cœur du problème, c'est lui. La manière dont il se voit. Tant qu'il n'aura pas avoué ce qui le hante, la situation ne s'arrangera pas. Je suis bien placé pour le savoir, comme tu l'as fait remarquer. En attendant, protège-toi. Au moins, tu n'es pas amoureuse de lui… n'est-ce pas ?

Mes jambes refusent de me porter, je m'échoue sur la chaise. Je secoue la tête en signe de dénégation. La main de mon frère frôle mon visage avec douceur.

– Tu en es sûre ? me demande-t-il.

– Certaine, réponds-je. Je ne laisserai plus aucun garçon me briser le cœur ! Plus jamais.

Sur ce, je récupère mon sac et quitte le bureau. Je n'ai pas envie d'un *latte* ou d'un muffin. Je veux juste rentrer chez moi, me perdre dans un film et m'endormir.

Oui, dormir, c'est bien.

CHAPITRE 27

ALEX

M.

Cette nuit, je n'ai pas fermé l'œil. Comme d'habitude, tu me diras.

Mais pour la première fois depuis des lustres, tu n'y étais pour rien...

Tom Sawyer. Le livre posé sur mon bureau me nargue. Du bout des doigts, je caresse sa première page, sur laquelle sont écrits quelques mots au stylo.

Aux héros qui s'élèvent à partir de rien. C.

J'ai senti le regard de la cheerleader posé sur moi tout au long de la journée. Bordel, ça m'a saoulé ! Qu'est-ce qu'elle veut ? Empirer la situation ? Se foutre de ma gueule avec ses copines ? Qu'elle aille se faire voir !

Et son frère avec.

Je les déteste. Ils veulent de l'espace ? Je vais leur en donner. En commençant par arrêter de me pointer au garage. Gold n'a même pas tenté de m'appeler. Il doit se dire qu'un jour de repos ou deux s'imposent après ma petite virée dans les entrailles du *Purgatoire*. Sauf que je ne compte pas retourner travailler. Terminées les conneries, les illusions.

Encore une fois, la discussion entre sa sœur et lui au bar me revient en mémoire. Elle ne cesse de tourner dans mon esprit. De m'étouffer. J'ai la gerbe, putain ! J'ai été trop con de croire qu'on pouvait m'accepter tel que je suis. Je n'y parviens pas moi-même, alors comment espérer qu'il en soit autrement pour les autres ?

Une partie de mon cerveau est persuadée que j'ai fait le bon choix en ordonnant à Cassie de s'éloigner de moi. Mais l'autre douille sévère.

Aux héros qui s'élèvent à partir de rien. C.

J'éclate d'un rire acerbe en relisant la dédicace. Je ne suis pas un héros. Je ne suis pas destiné à m'élever, au contraire. Chaque seconde qui passe m'enfonce un peu plus dans des ténèbres. Je me lève avec l'envie fulgurante d'abattre mon poing sur le mur. À la place, je balance le livre sous mon lit et attrape mes écouteurs. J'ai besoin d'air. J'ai besoin… d'oxygène. Pour échapper à la sensation de crever à petit feu.

Avant de laisser le temps à Amaria de comprendre que je quitte la maison, je me retrouve déjà dehors.

Les flocons de neige m'entourent, frôlant ma peau, me filant des frissons. Je repense alors à ma mère, à ce qu'elle ressentirait si elle était encore là…

Oh, et puis merde ! Elle est partie ! Et c'est ça le problème, justement. Je n'en ai rien à foutre de la déception que je lui causerais !

J'efface mes larmes d'un revers de manche. J'en ai marre de me demander comment elle réagirait. Parce qu'elle ne se tiendra plus jamais devant moi, les poings sur les hanches, le regard désapprobateur. Elle a décidé de foutre le camp, putain !

Je marche jusqu'au garage et en sors Betty en faisant le moins de bruit possible. Je grimpe sur la selle et démarre la bête, prêt à faire face à l'hiver. Rouler par ce temps est suicidaire. Je m'en carre. Tant mieux si je tombe, tant mieux si je fais face à la Faucheuse. On a des comptes à régler, elle et moi… Alors, je prends une grande inspiration et me mets à rouler. Pas trop vite non plus, je ne suis pas complètement con. Mais assez pour manquer de déraper plusieurs fois.

En quelques minutes, j'ai le corps frigorifié. Je ne sens plus mes doigts, mon torse, mon visage. En fait, c'était une idée stupide de sortir me balader… Je m'arrête bientôt sur le bas-côté et prends conscience du lieu devant lequel je me suis garé.

Le cimetière.

Pourquoi faut-il que je me retrouve ici à chaque fois ?

La douleur me prend aux tripes, plus lancinante que jamais. Je repense à ma mère, mais cette fois sans colère. Juste avec une tristesse intarissable qui me broie le ventre. Elle me donne envie d'accélérer brusquement pour me manger le mur d'enceinte du cimetière. Je résiste à cette pulsion, descends de ma bécane et me plante devant le portail ouvert. J'essaie de trouver le courage de le franchir. Sans succès. Je n'en ai plus, de courage. J'ai mis tout celui que j'avais dans cet acte terrible que ma mère m'a forcé à faire.

Tu crois que les actes violents commis par amour peuvent être pardonnés ?

La question que j'ai posée à Cassie me revient en pleine face. Peu importe la réponse de cette traîtresse de cheerleader, moi je sais qu'il n'y a pas de rédemption. C'est quoi le proverbe, déjà ? « L'Enfer est pavé de bonnes intentions » ? C'est exactement ça. Quand je crèverai, je me retrouverai du mauvais côté de la barrière. Seul.

La souffrance dans mon torse décuple. Je sens les larmes geler sur mon visage. Derrière mes paupières fermées, je me retrouve propulsé de nouveau dans la bibliothèque où m'a emmené Cassie, sous le regard d'Aphrodite. Je songe à l'émotion particulière qu'elle représente.

L'amour... Comment peut-on devenir un monstre en son nom ?

Qu'ils aillent tous se faire foutre ! Aphrodite, Cassie, le monde entier ! Ma mère aussi.

Non, pas ma mère.

– Pas toi, soufflé-je en tombant à genoux sur le bitume, les mains autour des barreaux du portail.

Qu'elle me pardonne. Qu'elle me donne la force de me pardonner. Qu'elle me dise que j'ai fait le bon choix. J'en ai besoin…

Un coup de klaxon me tire de mes pensées. Je tourne la tête et découvre la petite voiture grise de Rob. Il revient du travail, engoncé dans un costard affreux. Il me fait de grands gestes.

– Alex, viens, je te ramène ! s'exclame-t-il. Il neige de plus en plus.

C'est vrai, ça. Le vent se lève, les rafales me percutent avec violence. Échouant malgré tout à dissiper la torpeur dans laquelle je nage.

Allez, maman. C'est ton truc la neige, non ? Aide-moi à travers elle.

Je marche jusqu'à Rob comme un robot en fin de vie.

– J'ai Betty, dis-je.

– Je la ferai ramener, on s'en fiche ! Allez, monte, il fait un froid de canard.

Je souris, juste un petit peu. Je grimpe sur le siège passager, parce que j'ai tellement froid que je tremble de tout mon corps.

– Je te dépose au garage ? me demande mon oncle. D'ailleurs, tu devrais déjà y être, non ?

– On rentre, décrété-je.

– D'accord.

Je croise son regard inquiet. Je n'ai pas la force de lui mentir, de prétendre que ça va. Du coup, je me contente du silence en frictionnant mes doigts.

Je suis toujours gelé lorsque nous nous garons devant la maison, malgré le chauffage poussé à fond. Je plonge lentement en hypothermie.

– Alex, est-ce que… ça va ? me demande Rob en ôtant les clés du contact.

J'opine.

– Que faisais-tu devant le cimetière ? Tu souhaitais aller voir ta mère ?

Je me tords les mains. Les larmes menacent de briser mes défenses, je les retiens.

– On s'en fout, grondé-je. Je ne mérite pas de lui faire face, de toute façon.

– Comment ça ?

Elle doit me détester comme je me déteste. J'en suis certain.

Au lieu de donner plus de détails, je sors de la caisse et rentre dans la maison, puis je monte l'escalier, vide d'énergie. J'ai envie de dormir, mais impossible. Charon m'attend… Ou plutôt son silence, son jugement. Alors je me cale derrière mon bureau, j'attrape un livre au hasard et plonge dedans… sans réussir à en déchiffrer ne serait-ce qu'une ligne. Mes doigts tremblent encore. Ma conscience aussi.

Tu crois que les actes violents commis par amour peuvent être pardonnés ?

– Alex, tu ne travailles pas, ce soir ? me demande tout à coup Amaria.

Ma tante marque un temps d'arrêt dans l'encadrement de la porte de ma chambre. Quand je suis rentré à 2 heures du matin samedi, elle s'est mise en colère. J'ai encaissé ses cris, ses reproches. Ils passaient bien au-dessus de ma tête, ne parvenaient pas à trouver un écho dans mon âme déchirée.

C'est mon truc de décevoir les gens. À commencer par moi-même.

– Non, cinglé-je.

– Un souci avec un employé ? Ou ton patron ? Ça concerne les Styx Riders ?

J'aimerais bien, ce serait plus facile à gérer. Mais c'est Cassie qui ne quitte pas mes pensées. Elle rend ma putain d'existence plus compliquée encore.

Je voudrais l'arracher de mon cœur. L'oublier. Ne plus ressentir le goût de la trahison mêlé à celui de ma peine permanente.

– Tu peux m'en parler, tu sais ? insiste ma tante. Je ne suis pas idiote, je me doute que le club trempe dans des trucs louches. Si tu as assisté à un crime…

– Arrête. C'est pas ça !

– D'accord, d'accord, sujet sensible, on en parlera plus tard si tu veux. Tant que tu es là, tu veux m'accompagner au cimetière ? Je comptais aller déposer des fleurs sur la tombe de ta mère.

Un poignard me transperce.

Pourquoi elle me parle d'elle ? Pourquoi maintenant ?

Le visage de ma mère s'imprime sur mes rétines. Je ferme les yeux, encaisse avec difficulté.

Amaria s'approche et pose une main sur mon épaule. Illico, j'ouvre les paupières. Dans le verre d'une grosse bougie à la vanille posée sur le bureau, le reflet de ma tante m'ouvre le cœur. Ma mère semble me regarder, ça me broie les tripes. Sa sœur et elle se ressemblent trop.

Voilà ma punition. Devoir affronter son image en permanence. Me souvenir d'elle, de ce que je lui ai fait !

J'ouvre la bouche pour demander à Amaria de reculer, pour lui hurler de partir. Ça fait trop mal…

– Alex ?

Va-t'en !

– Tu veux discuter un peu ?

Je fonds en larmes. C'est plus fort que moi, incontrôlable. Je cache mon visage entre mes bras, les épaules secouées de sanglots. La douleur dans mon torse revient. Et je n'arrive toujours pas à respirer, merde !

– Alex…

Leurs voix identiques. Leurs caresses également. Je veux arrêter de ressentir ! Comment on fait ça ? Comment ?

– Ça va aller, mon grand. Il était temps que tu craques.

Je saisis sa main de toutes mes forces.

– Je suis désolé ! m'exclamé-je.

– Alex…

– Pardonne-moi, je suis désolé !

De tout ce que j'ai fait. D'être devenu un mec aussi détestable. De me comporter comme un con. De te décevoir.

– Calme-toi, ça va aller.

Comment peut-elle dire ça ? Ça n'ira plus jamais !

Je m'accroche à ma tante comme un naufragé à une bouée de sauvetage, incapable d'arrêter de pleurer. D'étouffer cette obscurité de plus en plus forte. Je m'écroule par terre, sans force, sans repères. Je n'ai plus d'énergie. Le semblant qu'il me restait part avec mes larmes. Mon cerveau en ébullition me fait un mal de chien, mes yeux me brûlent. Je n'arrive plus à alimenter mes poumons, c'est comme si j'étais en train de crever !

Je n'arrive plus à vivre.

Les minutes s'étirent, mais le chagrin et l'angoisse qui m'habitent ne se dissipent pas. Plus rien ne compte, sauf ce visage qui flotte derrière mes paupières. Le sourire de ma mère, qui finira par disparaître avec le temps. Que me restera-t-il après ça ? Des photos ? Ce n'est pas suffisant.

Elle n'avait pas le droit de partir, putain !

– Sa tante… Oui… tout de suite… il va mal… inconsolable… je vous attends.

Mes membres me lâchent. Mes jambes, mes bras, je ne les sens plus. Il n'y a que les foutues larmes !

Je suis désolé. Désolé. Désolé.

Un truc se produit. Je crois que j'ai perdu connaissance. En tout cas, la voix qui retentit à mes oreilles n'est plus celle de ma tante.

– Alex, respire.

Comment ? J'ai oublié.

– Je suis là, gamin.

Ash me serre contre lui, comme il m'a enlacé la nuit où le destin m'a broyé. Il était là, dans son salon de tatouages, à une heure impossible ! Un signe des dieux ? En tout cas, s'il n'avait pas été présent, je me serais jeté d'un pont. J'aurais rejoint ma mère. Pour rester avec elle, veiller sur son âme, m'assurer qu'elle ne ressente plus jamais de souffrance.

Quelle ironie, hein ? Qui la ressent puissance mille, cette putain de souffrance, maintenant ?

– Il faut que tu reprennes le contrôle.

Je me sens comme un gosse. Mais c'est ce que je suis, dans le fond.

– Je suis désolé… croassé-je.

– De quoi ?

– Je l'ai tuée, Ash.

C'est la première fois que je l'avoue à voix haute. Le poids de la réalité m'écrase.

– J'ai tué ma mère… Elle m'a supplié de mettre un terme à sa douleur. Je l'ai tuée. Je suis désolé !

La tristesse que je jugule depuis des jours m'envahit. Me noie. Me brise.

– Je l'ai tuée…

Un souffle, à peine.

Après ça, c'est le noir total.

***

Je me réveille avec la gorge sèche. Je tends la main pour attraper le verre d'eau posé sur ma table de nuit. C'est la première fois que je dors une nuit entière depuis… longtemps. La lumière du jour filtre à travers le rideau et la première pensée qui me vient, c'est que je suis en retard pour le lycée.

La grosse blague.

Je bois l'eau d'une traite, puis balance les jambes en dehors du lit. Je vais bien, physiquement. Trop bien, même, c'est louche.

Qu'est-ce qui s'est passé, déjà ? Pourquoi est-ce que je ne me rappelle plus m'être couché ?

D'un coup, les souvenirs me percutent. Mon refus d'aller bosser au garage, la proposition d'Amaria d'aller au cimetière, mon esprit qui s'est disloqué… et ensuite les pleurs, les excuses, Ash.

Ash ?

À mon avis, je l'ai rêvé. Qu'est-ce qu'il serait venu faire ici, chez ma flicaille de tante ? En tout cas, j'espère que ce n'était pas réel.

Parce que je lui ai dit la vérité.

Une bouffée d'angoisse me saisit, mais bien moins violente que les émotions qui m'agitent depuis des semaines. Je traîne les pieds à travers la chambre et descends au rez-de-chaussée, où je trouve ma tante installée sur une chaise. L'horloge affiche midi quinze et une délicieuse odeur de viande flotte dans l'air. À cet instant, je prends conscience que mon ventre gargouille.

Quand elle se rend compte de ma présence, Amaria se fend d'un immense sourire.

– Alex ! s'exclame-t-elle. Je croyais que tu ne te réveillerais plus.

– Pourquoi ?

Elle se marre et dépose une assiette en plus sur la table. Visiblement, on va déjeuner en tête-à-tête. À cette heure-là, Robert travaille. Mais d'ailleurs, elle devrait être au commissariat… Elle a pris sa journée ?

– Viens manger, m'encourage-t-elle.

Je m'exécute en silence. Je suis largué.

– Tu ne vas pas me reprocher de m'être levé en retard ? finis-je par demander alors qu'elle sort un plat du four.

Elle éclate de rire et réplique :

– Je crois que c'est cuit. On est mercredi, Alex.

Mercredi ? Impossible, hier on était lundi ! Je n'ai pas pu dormir aussi longtemps… si ?

– Tu avais besoin de repos, continue ma tante en me servant à grosses louches. Tu te sens comment ?

– Ça va. Je crois. Dis-moi… Ash est venu ?

Le sourire d'Amaria se crispe, puis elle soupire :

– Tu t'es écroulé d'un coup, je n'arrivais pas à te ramener à la réalité, alors… Ash m'a semblé la meilleure option. C'est à lui que tu t'es raccroché à la mort de ta mère. Je me suis dit que…

Pour la première fois depuis que j'habite chez ma tante, je la vois embarrassée.

– Il est venu, et plutôt vite, termine-t-elle. Tu t'es littéralement effondré, Alex. Après ça, tu ne t'es plus réveillé.

Putain de merde ! Mes doutes s'envolent. J'ai tout dit à Ash. Comment va-t-il réagir ? Est-ce qu'il a prévenu la police ? Le suicide assisté est illégal dans notre État…

– Tu… tu étais là, quand je lui ai parlé ? demandé-je.

Peut-être que si Amaria est aussi attentionnée avec moi c'est parce que, dans dix minutes, la police va débarquer et qu'on va m'emmener ?

– Non, il a voulu rester seul avec toi, me répond-elle. Je crois qu'il a géré cette sale affaire mieux que moi …

– C'est pas ta faute.

Le soulagement décuple mon appétit. Peut-être que personne ne m'arrêtera, finalement. Même si, en vérité, j'ignore si c'est positif ou négatif.

– Je n'aurais pas dû parler de Lucia, ce n'était pas le moment, reprend ma tante.

Ma viande passe de travers, je m'étouffe. Amaria attend que je me remette avant d'ajouter :

– Une amie à toi t'a apporté ceci.

Elle se lève et attrape deux livres posés à côté du micro-ondes. Le premier a pour titre *Sale Temps pour les braves*. Je l'ouvre afin de lire ce que Cassie a écrit sur la première page. Parce que ce cadeau ne peut venir que d'elle.

Victor Hugo a écrit « L'enfer est tout entier dans ce mot : solitude. » Tu m'as demandé à la bibliothèque s'il me restait des souvenirs de mon expérience de mort imminente. Si j'avais vu quelque chose. Je ne t'ai pas menti, je n'ai rien vu. Mais un élément me revient chaque fois que j'y pense. La solitude. Elle était si lancinante, si profonde... Je ne veux plus jamais y faire face.

Tu sais ce que j'ai compris depuis que je te connais ? Tu es resté dans tes enfers. Dans ta solitude.

Et tu peux me détester, mais je te sortirai de là, bouffon.

Un sourire étire mes lèvres. Je ne digère toujours pas que Cassie se soit rapprochée de moi dans le but de renseigner son frangin sur mon état. Mais il n'empêche que ses mots me touchent.

Je m'empare du second livre. *Vol au-dessus d'un nid de coucou.* À l'intérieur, une seule phrase de la cheerleader : « *Sous le plancher, il y a de puissants aimants qui font aller et venir les gens comme des marionnettes.* » Une citation, encore. Quel message dois-je y lire ? Peut-être que je suis taré.

– C'est très gentil, ça vient de ta petite copine ? me demande Amaria.

La déception me percute quand je prends conscience que ce n'est pas le cas. Qu'entre Cassie et moi, il n'y aura jamais rien de sérieux.

– Non, lâché-je. Tu ne vas pas travailler ?

– J'ai pris une semaine de congé pour t'aider à te remettre sur pieds. On pourrait faire un truc ensemble aujourd'hui ? Aller quelque part.

– Pourquoi pas.

Mais avant, je dois m'assurer d'une chose…

– Je dois passer un coup de fil, dis-je, je reviens.

Je grimpe à l'étage, attrape mon téléphone et compose le numéro d'Ash. Il répond dès la deuxième totalité, comme s'il attendait mon appel.

– Tu n'es pas du genre à faire semblant quand tu dors, toi, hein ? se marre-t-il en décrochant.

Tout à coup, je ne sais plus quoi dire. Embrayer ou tourner autour du pot ?

– Alex ? insiste le tatoueur.

– Je suis là, soufflé-je. Tu… ce que je t'ai raconté, dans la piaule…

Il pousse un long soupir, puis déclare :

– Je me doutais qu'un truc te bouffait de l'intérieur. Milan m'a dit que ta mère s'était suicidée, j'ai cru que tu t'en voulais de l'avoir laissée partir… mais je me gourais.

Ma poitrine se comprime, j'appuie mon front contre le verre glacial de ma fenêtre.

– Comment il peut savoir ça ? demandé-je.

– Il est médecin légiste, Alex.

Ma gorge se serre, je suis incapable de répondre quoi que ce soit.

– Si tu m'appelles, c'est pour savoir ce que je pense de ça ou pour t'assurer que je ne dirai rien à personne ? embraye Ash.

Un peu des deux.

Mes yeux s'embuent à nouveau.

– Primo, sache que ça restera entre nous, poursuit le biker. Deuxio, tu te trompes. Il y a une différence entre tuer et libérer quelqu'un de sa souffrance. Je suis bien placé pour le savoir, avec mon rôle au sein du club.

– Mais…

– Il faut du courage pour accéder à une demande comme celle-là, Alex. Pour accepter de libérer sa propre mère des tourments qu'elle subit, en sachant qu'on condamne sa conscience à une torture permanente. Je ne suis pas certain que je parviendrais à le faire si je me retrouvais dans la même situation.

Me voilà encore incapable de parler.

– Elle était malade et elle allait mourir, continue Ash. Arrête de t'en vouloir. Tu as fait le bon choix. Un sacrifice courageux.

J'ai fait le bon choix.

C'est bien ce que vient de dire Ash.

Le bon choix.

Ça sonne comme une formule magique.

– Putain… laissé-je échapper.

– Maintenant, il faut que tu assumes, que tu te relèves, décrète le biker. Je t'y aiderai, Gold et les autres gars aussi.

L'angoisse disparaît au profit d'un truc plus lumineux. De l'espoir ?

– Ils savent ? demandé-je, craintif.

– Non. Je te l'ai dit, tu peux me faire confiance.

Je te fais confiance, Ash. Depuis cet instant où tu as choisi de m'aider au lieu de me tuer, devant le Purgatoire.

– Demain, je veux te voir au garage, annonce-t-il. Si tu n'y es pas, je viendrai te chercher et je t'y traînerai par la peau du cul. Pigé ?

CHAPITRE 28

CASSIE

Mon téléphone reste désespérément silencieux. Aucun message d'Alex, même pour m'ordonner d'aller me faire foutre. Selon les infos que je tiens d'Ash, il s'est réveillé aujourd'hui et demain, il reprendra le cours normal de sa vie. J'espère que dormir l'aura aidé…

Je meurs d'envie de l'appeler pour m'excuser ! Pour lui avouer qu'il me manque, aussi, et lui dire que lorsque je pense à lui mon cœur se tord de tristesse. Quand Gold m'a annoncé qu'il avait craqué lundi soir…

Déjà, j'ai eu peur. Ensuite, la culpabilité m'a rongée de l'intérieur.

Il fallait s'y attendre. L'élastique a cédé, Alex s'est écroulé. Malgré ma peur, je me dis que cela vaut peut-être mieux : au moins, il a cessé d'intério-riser ses émotions jusqu'à ne plus pouvoir respirer.

Et maintenant, je dois recoller les morceaux entre nous…

Après les cours, je laisse les filles à leur entraînement pour filer chez lui. Il habite une petite maison blanche proprette aux volets violets, dans un style à des années-lumière du sien. Je frappe à la porte, nerveuse.

Et si je me trompais ? S'il valait mieux que je lui laisse plus de temps ?

Et s'il me déteste ?

Cette perspective me tétanise. J'ai envie de pleurer rien que d'y penser.

La porte s'ouvre. Je suis presque soulagée de constater que ce n'est pas Alex qui se trouve derrière, mais son oncle – en tout cas, c'est ce que je suppose.

– Bonjour. Que puis-je faire pour vous, jeune fille ? me demande-t-il.

– Bonsoir monsieur, je vous dérange ?

– Oh non, je viens de rentrer.

Allez, Cassie, un peu de courage !

– D'accord, lâché-je. Je suis une amie d'Alex, est-ce qu'il est là ?

L'homme m'adresse un sourire contrit en se grattant le front.

– Il s'est absenté, je suis désolé, m'apprend-il. Tu veux l'attendre ? Il ne devrait pas tarder, et je vais préparer des pancakes. Tu savais qu'il aimait les pancakes ? Quand j'en cuisine le matin, il en dévore toute une montagne.

– Non, merci, réponds-je. Je repasserai.

L'idée d'entrer me plaît bien, mais je suis une froussarde dans l'âme. Je finirais par fuir avant le retour de l'Hispanique, et ce serait pire que mieux.

– Oh, d'accord, souffle l'homme. Tu es la première amie d'Alex que je rencontre. À bientôt.

Je m'apprête à retourner à ma voiture quand il ajoute :

– Tu ne serais pas Cassie ?

– C'est moi.

– Alex m'a parlé de toi, une nuit où il n'arrivait pas à dormir. La cheerleader, c'est ça ?

J'opine. Un truc s'illumine dans les yeux de l'oncle d'Alex.

– Vous sortez ensemble ! s'exclame-t-il.

– Euh… c'est un peu plus compl…

– Et si tu venais dîner à la maison le week-end prochain ? me coupe-t-il. Tu sais, ces derniers jours ont été difficiles pour mon neveu. Ta présence lui fera plaisir, j'en suis sûr.

Moi, j'en suis beaucoup moins certaine. Mais, plutôt que de refuser la proposition de but en blanc, j'hésite. Si je veux arranger la situation avec Alex, un dîner chez lui, dans son environnement familial, pourrait être une bonne idée.

– Très bien, mais ne lui dites rien, finis-je par déclarer. Ce sera une surprise.

Au moins, si Alex ne sait pas que je viens, il ne pourra pas préparer de prétexte pour m'éviter…

– Super ! s'exclame son oncle. À samedi, Cassie.

– À samedi, monsieur.

L'homme se marre.

– Appelle-moi Rob ! Tu aimes les lasagnes ?

Il fronce les sourcils, puis ajoute :

– Je dois t'avouer que c'est le seul plat que je sais cuisiner, en dehors des pancakes.

– Ça ira très bien. Merci, Rob.

Je regagne ma voiture et prends conscience, au moment où je tourne la clé de contact, que mon cœur bat à cent à l'heure. Pourtant, j'arrive à contrôler ma nervosité d'habitude. Alors pourquoi m'assaille-t-elle depuis que j'ai décidé de faire face à Alex ?

Parce que je crains qu'il me rejette. La voilà, la raison. Je n'ai pas envie qu'il brise notre lien fragile. Il est celui à qui j'ai fait visiter la bibliothèque en pleine nuit ; celui qui sait pour l'insistance flippante de Jack ; celui qui accepte de rester parfois très tard avec moi au *Starbucks* afin qu'on puisse lire en silence ; celui qui m'a pris dans ses bras pour me consoler quand je me suis foulé la cheville ; celui qui m'a invitée sur sa Harley sans rechigner. Je partage avec lui des moments uniques, et c'est ce qui fait toute la beauté de notre relation.

Je refuse de renoncer à tout cela.

Je reste assise derrière le volant, incapable de me remettre en route. Je réfléchis trop. À ressasser comme ça, je me fais des films à n'en plus finir…

Bravo, Cassie !

J'en suis là de mes réflexions quand je vois une voiture se garer dans l'allée de garage, devant chez Alex. Je vois ce dernier en descendre, accompagné de sa tante. Ils entrent dans la maison et la porte se referme sur eux.

Avoir aperçu l'Hispanique, même une poignée de secondes, m'envoie des décharges électriques dans la poitrine.

– Je suis une battante, me répété-je. Les battantes ne déclarent pas forfait avant même d'avoir combattu !

Je reste une demi-heure de plus assise là, à tourner et retourner dans ma tête les mots que je pourrais dire à mon ami. Aucun ne me semble transcendant. Tant pis, j'y vais au feeling !

Je prends une grande inspiration, puis descends de la voiture. Mais, après quelques pas, je me fige. Et si j'empirais la situation ? Si Alex voulait vraiment me sortir de sa vie ? Et, surtout, si l'emballement de mon cœur signifiait que je ressens davantage pour lui que de l'amitié ?

Cette dernière question me percute. Ma gorge se noue. Après ma rupture tumultueuse avec Jack, je me suis juré de ne plus prendre de risque avec mes émotions. Mais la perspective de perdre Alex me fait si mal… Peut-être ai-je déjà capitulé.

– Alors, tes enfers, c'était la solitude ? Je pige maintenant pourquoi tu te fous autant de gens dans la poche.

Surprise, je lève les yeux en direction d'une fenêtre éclairée, à l'étage de la maison. Alex s'y tient accoudé et m'observe. Je déglutis et lâche :

– Quoi ?

– « *Mais un élément me revient chaque fois que j'y pense. La solitude. Elle était si lancinante, si profonde... Je ne veux plus jamais y faire face.* » C'est ce que tu as écrit sur la première page de *Sale Temps pour les braves*. C'est ce que tu as ressenti quand tu es morte ?

Voilà, je percute enfin.

Je déteste parler de ma noyade. Ça me terrorise ! Mais, pour Alex, je suis prête à affronter mes peurs.

– Oui, dis-je. J'étais terrifiée par la sensation d'isolement, par l'impression d'avoir été arrachée à jamais aux gens que j'aime. J'ai été soulagée quand je me suis réveillée et que mes parents et Gold étaient à mon chevet.

– Ce n'est pas ce que j'ai ressenti, moi, m'avoue Alex en retour. Attends, je descends.

Il me rejoint sous le porche de la maison et on s'installe tous les deux sur les marches. Je le devine crispé, sur la défensive. J'aimerais pouvoir l'aider mais je ne sais pas comment. La meilleure option reste le silence. Si je ne le laisse pas faire le premier pas, il se refermera à nouveau comme une huître.

– Quand je suis mort, commence-t-il à voix basse en lançant un coup d'œil par-dessus par son épaule, je me suis retrouvé à errer sur une plage de galets semblable à celle qui entoure le lac de Black Lake.

Mais il y avait cette odeur de pourriture, de décomposition. Et sous l'eau dérivaient des cadavres par milliers. Je suis bien conscient que j'ai sans doute imaginé tout ça. Si le Purgatoire ressemble à ça, alors l'humanité est franchement dans la merde…

Sa vision de la mort me rend triste. La plupart des gens racontent avoir aperçu une lumière ou un proche, pas le Styx et des monceaux de corps… Perdu dans ses pensées, Alex ajoute :

– Je n'ai ressenti aucune solitude. J'étais juste… serein, et même joyeux, parce que je savais que ma mère m'attendait sur l'autre rive. Je me foutais de la puanteur, des cris des damnés. Je voulais juste la retrouver, la serrer contre moi. Lui dire que la vie sans elle me tue lentement et qu'une balle dans la poitrine est préférable au manque. Mais je ne suis pas allé de l'autre côté. On m'a ramené parmi les vivants. Tu veux savoir ce qui est pire que mourir ? Revenir.

Je baisse la tête pour dissimuler les larmes sur mes joues. Alex ne va pas bien du tout : il s'enfonce dans l'obscurité sans laisser aux autres la possibilité de le retenir.

– Tu vois, Cassie, j'ai ressenti cette colère envers la vie pendant des jours, déclare-t-il dans un murmure. Mais peu à peu, elle s'est atténuée. Le vide causé par le départ de ma mère a commencé à se combler grâce aux Styx Riders, à ma tante, à Rob, à Heden… Il est toujours là, hein, parce que je suppose qu'elle ne cessera jamais de me manquer. Mais… une partie de moi reste bloquée là-bas, au bord du Styx. J'y suis projeté chaque fois que je ferme les yeux, chaque fois que j'essaie de dormir.

Il se tait. Et moi, je ne sais pas quoi lui dire. Que je suis désolée ? Ça changerait quoi, même si c'est vrai ? Je connais assez Alex pour savoir qu'il n'a pas besoin d'entendre ça.

– C'est ma faute, Cassie. Pendant deux ans, ma mère s'est battue de toutes ses forces contre la maladie, mais celle-ci ne cessait de la dévorer de l'intérieur ! Les médicaments, la chimio, rien n'y faisait. Elle ne se sentait jamais bien. Ou alors, trop rarement. J'ai essayé de l'aider, de la soulager… sans y parvenir. Un jour, elle a arrêté de se soigner.

La voix d'Alex se brise. Avec elle, mon cœur. Il me vient l'idée de lui prendre la main. Je me ravise quand il serre ses bras autour de lui-même.

– Elle ne voulait plus ! ajoute-t-il. Elle n'y arrivait plus. Tenter de la convaincre de se battre ne servait à rien, elle… elle en avait juste marre, tu vois ? De ralentir la voiture alors que le mur était déjà visible. Pour elle, ça n'avait pas de sens. Une nuit, elle…

Les secondes s'égrènent, interminables. Cette discussion va marquer un tournant entre nous, je le sens. Positif ou négatif, je l'ignore encore.

– Elle m'a demandé de lui apporter les médicaments qu'elle ne prenait plus depuis longtemps, reprend-il. Elle m'a dit qu'elle m'aimait et qu'elle n'avait pas le droit de me priver de ma vie. Tu te rends compte, un peu ? Quelle connerie ! Parce que ma vie, c'était elle. Voilà tout. Mais ma mère, Cassie, elle avait cette foutue détermination ! Une fois qu'elle avait une idée en tête, personne ne pouvait la faire changer d'avis. Elle m'a supplié de l'aider à avaler tous les cachets qu'elle avait stockés. À cet instant, j'ai compris deux choses : la première, c'est qu'elle avait ce plan depuis le début. La seconde, qu'elle avait besoin de moi pour l'exécuter. Ma présence lui était nécessaire pour partir en paix. J'ai refusé. Putain, qu'est-ce qui lui prenait, hein ? Je ne voulais pas qu'elle s'en aille ! Qu'elle me laisse seul… Mais au fil des jours sa santé s'est dégradée. Elle souffrait tellement… Elle pleurait jour et nuit, elle me suppliait, encore et encore. « Aide-moi, Alex. » Tu sais quoi ? J'ai fini par céder. Parce que sa souffrance devenait insupportable pour moi, pour elle. Je l'ai aidée à mourir. Elle est partie dans mes bras. Elle est partie à jamais, sans savoir qu'elle me laissait bien pire que le manque ou la peine.

Oh, mon Dieu. Voilà donc d'où vient la culpabilité qui le ronge, le détruit, lui arrache l'envie de vivre…

– Ton frère a raison, Cassie, conclut-il. Tu dois prendre tes distances avec moi. Tu as sûrement développé le syndrome de l'infirmière ou une connerie comme ça. En tout cas, on n'est pas faits pour se côtoyer. Tu mérites tellement mieux…

Ses mots me glacent.

– Non, Alex !

– Si. Merde, regarde-moi ! Je suis un mec brisé, qui pète un câble pour un oui ou pour un non, qui se sent à poil sans son flingue, qui a déjà braqué des maisons et dealé, je suis…

– Un repenti ! m'exclamé-je avec véhémence. Tu as été tout ça, mais tu ne l'es plus !

Il éclate de rire. Le son me foudroie.

– Je vais entrer chez les Styx Riders, même si je dois me couper une couille pour ça, déclare-t-il. Toi, tu vas aller dans une fac de sport et entamer une carrière de malade, parce que tu as un putain de don pour la danse. Nos chemins sont voués à se séparer.

– Je resterai à Black Lake !

Et je le pense vraiment. Du fond de mon âme. Pour la première fois, une relation me paraît plus importante que mes rêves de gloire.

– Pourquoi ferais-tu ça ? me demande Alex d'une voix glaciale.

– Pour toi.

Il ricane en se mettant debout.

– Bordel, Cassie… ne me dis pas que tu ressens un truc pour moi. Que les choses soient claires : tu n'es rien à mes yeux. Une connaissance, à peine. Tu crois que j'ai envie qu'une cheerleader me colle aux basques pour les années à venir ? Je ne suis pas meilleur que Jack. Alors… oublie ces dernières semaines, OK ?

Sur ce, il rentre dans la maison sans un regard en arrière. La lumière au rez-de-chaussée s'éteint, mon cerveau aussi. Ma poitrine se comprime.

Je n'arrive pas à y croire. Il ne peut pas m'avoir balancé des horreurs pareilles, n'est-ce pas ? Il ne peut pas m'abandonner après… après tout ce que nous avons vécu ?

Hébétée, je retourne à ma voiture. Je me laisse tomber derrière le volant, me repasse encore et encore ses mots affreux dans ma tête.

Ils ont le goût terrible d'une rupture. Pourtant, Alex et moi ne sortions pas ensemble.

Dans ce cas, pourquoi ai-je aussi mal ?

CHAPITRE 29

ALEX

M.

Je suis une vraie nuisance pour mes proches. Tu as emporté ce qui faisait de moi quelqu'un de bien.

Est-ce que j'ai envie de vomir ? Oui. Et pas parce que je viens de tout raconter à Cassie avec une facilité déconcertante. Plutôt parce que lui faire mal me démolit. Mais c'était nécessaire. J'ai fini par me faire une raison : qu'on soit amis ou plus… ça finira mal entre nous. On ne vit pas dans le même monde, on n'a pas les mêmes ambitions.

« Je resterai à Black Lake. »

Quand elle m'a balancé ça dans la tronche, j'ai compris. Notre jeu se transforme lentement en réalité.

« Je resterai à Black Lake. »

Alors là, elle peut courir la jolie cheerleader ! Je refuse que quelqu'un d'autre se sacrifie pour moi. Je refuse de forcer cette nana à renoncer à son avenir juste parce qu'elle me fait du bien. Un jour, elle se réveillera et se rendra compte que je n'en valais pas le coup. Ça me brisera, et ça la brisera aussi.

Je me laisse tomber sur le lit, au milieu des romans qu'Amaria m'a offerts. On est allés à la librairie tout à l'heure et elle a tenu à m'acheter tous ceux qui me faisaient envie. Ses efforts me touchent. Peut-être qu'elle se sent coupable, elle aussi ? De ne pas avoir pu aider ma mère, de ne pas avoir réussi à se réconcilier avec elle avant la fin. S'occuper de moi est sans doute une sorte de rédemption pour elle…

Je préfère ça plutôt que de me dire que je suis juste un fardeau à ses yeux.

Je range les livres dans la bibliothèque, à l'exception de ceux que m'a apportés Cassie. Eux, ils restent posés sur ma table de chevet. Je compte bien les découvrir en premier. Pas seulement parce que je me sens coupable pour la manière dont je l'ai traitée ce soir… ou alors si. Aucune idée.

J'ai envie de balancer mon lit par la fenêtre, putain ! Sans doute parce que j'ai compris que je me trompais. Si Cassie faisait semblant d'être mon amie, pourquoi aurait-elle essayé d'arranger la situation entre nous ? Encore une fois, j'ai merdé.

Une soudaine envie de faire de la moto me prend aux tripes. Je laisse tomber le rangement et descends à la cuisine, où mon oncle termine la vaisselle.

– Rob ? l'interpellé-je.

– Oui ?

– Je sais que… j'ai agi comme un con en picolant et en ne rentrant pas de la nuit. Et que je suis puni, aussi. Mais est-ce que vous pourriez m'autoriser à sortir Bettty, demain soir ? Pas longtemps… J'ai juste besoin d'évacuer un peu.

Qu'il me dise oui ou non, j'irai. Je veux juste avoir une chance de me comporter correctement pour une fois.

– Ma foi… tu as réparé la plomberie de la salle de bains, déclare Rob. J'ai aussi remarqué que quelqu'un avait trié tous mes vieux outils dans le garage.

Il faut bien que je m'occupe la nuit quand le sommeil me fuit...

– Tu comptes rendre visite à Cassie ? enchaîne mon oncle.

Entendre son prénom me fait un mal de chien.

– Oui, mens-je.

– D'accord. Dans ce cas, tu reviens à vingt-deux heures tapantes. Je parlerai à Amaria, elle comprendra. C'était bien, votre virée à la librairie ?

– Génial.

– Tu sais ce qu'on devrait faire, aussi ? s'exclame Rob en sautant sur ses pieds. De la moto, ensemble !

Je me retiens de rire et réplique :

– Pour faire de la moto avec moi, il faudrait déjà que tu en aies une ! Et ton permis, aussi.

– Je me suis inscrit pour le passer ! Il y a trois jours.

Oh.

– Amaria le sait ?

– Non, pas encore. Je lui en parlerai en même temps que de l'autorisation de sortie que je t'ai donnée pour demain. Comme ça, ton escapade passera au second plan.

– Tu ne veux pas entrer chez les Styx Riders, rassure-moi ?

– Non, je tiens à mon mariage. Mais ça nous rapprocherait de partager une passion, tous les deux. Et je me rappelle ce que je ressentais quand je faisais de la mobylette quand j'étais plus jeune. Tu en penses quoi ?

Il vient de refaire ma soirée. Définitivement, plus je découvre Rob et plus je le trouve sympa.

– Bonne idée, lui dis-je. On fera de la Harley ensemble.

Ses yeux se mettent à briller comme si je venais de lui annoncer que le père Noël existait vraiment.

– Merci, Alex ! s'exclame-t-il.

– Tu n'as pas vraiment besoin de mon avis pour t'acheter une bécane, tu sais ?

– Oui, mais… je voulais quand même être sûr que ton vieil oncle ne te dérangerait pas. Parfait, viens avec moi, je vais te montrer les motos qui me font envie !

Il m'entraîne de force dans le salon, puis se pose derrière son ordinateur. Pendant plus d'une demi-heure, on squatte le site officiel des Harley-Davidson. Au moment où ma tante nous rejoint, après sa douche, Rob vient de prendre la décision un peu loufoque de se payer une machine de guerre à vingt-cinq mille dollars. Rien que ça !

– Tu pourras demander conseil à tes amis ? me chuchote-t-il. Sur le modèle et tout ça ?

– Ouais, je leur demanderai, réponds-je. Je monte me coucher, bonne nuit.

Étrangement, cette nuit-là, je ne me réveille pas en sueur avec l'envie de pleurer toutes les larmes de mon corps. En fait, je ne me réveille pas.

Au petit matin, j'ouvre les yeux en me demandant ce qui a changé. Il y a juste du vide à l'intérieur de moi, et je trouve ça mille fois plus agréable que la souffrance. C'est plus léger, plus supportable.

Je me redresse dans mon lit et attrape l'un des livres de Cassie. *Les Aventures de Tom Sawyer*. Je préfère m'immerger dedans que de me poser des questions sur moi-même. M'oublier plutôt que de m'affronter, devoir faire face au mec qui a brisé le cœur de la cheerleader hier soir, celui qui a des accès de chagrin si violents qu'il déçoit les gens autour de lui.

« Aux héros qui s'élèvent à partir de rien. »

Je secoue la tête en relisant les quelques mots que la blondinette a écrits sur la première page du roman.

Me prends-tu encore pour le héros de mon histoire, Cassie ? Ou as-tu compris que je détruis mon avenir et celui des autres ? Ton regard sur moi a-t-il changé maintenant que tu sais ce que j'ai fait à ma mère ?

Sans me poser davantage de questions, j'entre dans la tête de ce gamin, Tom. Rapidement, je me rends compte que c'est un môme un peu paumé, qui vit avec sa tante et qui a envie de liberté. Quelle ironie… Je referme le livre avec une étrange sensation. Un goût âcre sur la langue. Soudain, je ne tiens plus en place. J'ai besoin de quitter cette chambre. Alors je m'habille sans bruit puis je descends au garage, d'où je sors Betty. Je la pousse jusqu'au bout de la rue pour ne pas réveiller Amaria et Rob en la démarrant trop tôt, puis fonce sur la route sans savoir où je vais.

Je ne suis pas un putain de héros, merde ! Je suis un ex-gangster. Je suis un mec pitoyable qui a fait des trucs moches dans sa vie pour s'en sortir. Je suis…

Dans mon ancien quartier, comprends-je en ralentissant. Ici, les maisons miteuses s'agglutinent les unes contre les autres, ça pue la misère, la drogue. J'ai un nœud dans l'estomac en reconnaissant certaines habitations, en passant devant un terrain de basket où j'avais l'habitude de dealer pour le compte de Crayson, mon ancien chef. L'argent que je récoltais me permettait d'aider ma mère.

Du moins, jusqu'à ce qu'elle décide de ne plus prendre son traitement.

Non, Cassie, je ne suis pas un héros.

Je m'arrête devant le terrain de basket miteux, parce que je ne sens plus mes doigts ni mon visage. Je fixe du regard les murs couverts de tags salaces. Le vide que je ressentais en me levant a disparu. J'ai à nouveau mal dans la poitrine, et la souffrance me donne envie de m'éclater contre un camion. Parler soulage, il paraît ? Putain, ce sont des conneries !

– T'as de sacrées couilles de te repointer ici après ce que t'as fait.

Je pivote sur ma selle pour découvrir trois mecs en train de me lorgner. Ils se tiennent à quelques mètres de moi, la mine méprisante. Je les identifie illico : ils appartenaient aux Red Birds avant que les Styx Riders ne dissolvent le gang. Je ne les ai pas revus depuis des mois : je n'ai gardé le contact avec aucun des membres du gang après la mort de ma mère. Dans leurs cous, les lettres R.B. sont encore visibles. Les miennes ont été recouvertes par un flocon de neige customisé, grâce à Ash.

– Paraît que tu suces les Styx Riders, maintenant ? ricane Richie, le plus robuste des gars.

– Lâchez-moi, répliqué-je.

– Putain, t'as vendu Crayson !

Cette fois, je descends de Betty, parce que ces connards me tapent sur les nerfs. Je ne suis pas d'humeur à supporter leurs conneries. Qu'ils aillent se faire foutre !

– Crayson tabassait des filles ! craché-je.

Après la descente d'Ash et de ses *enforcers* dans la planque de mon ex-chef, tout le monde s'est barré la queue entre les jambes, y compris ces trois mecs qui me prennent de haut en ce moment même. Et ils osent me faire la morale ?

– Retourne voir tes nouveaux potes, m'envoie Richie. Si on te croise à nouveau ici, on s'occupera de toi.

– Ah oui ? J'aimerais bien voir ça. En parlant de couilles, elles sont où, les vôtres ?

Je me mange un coup de poing en réponse. Je n'en ai rien à carrer. Celui qui m'a frappé ricane, inconscient qu'il vient de réveiller une fureur que je laissais pourrir au fond de moi. Quand il se prend mon casque dans la tempe, il recule sous le choc et tombe sur le côté. Ses deux copains fondent sur moi pour me mettre une raclée. J'en ai le souffle coupé. Je tombe à genoux. Ma vision se brouille, j'ai les mâchoires en compote et une épaule qui me brûle. À travers le sifflement qui me transperce le crâne, j'entends le moteur de plusieurs motos rugir.

Richie m'attrape par le menton pour me forcer à le regarder.

– Tu crois franchement que tes Styx te feront confiance ? rugit-il. T'as trahi ton chef ! Tu ne seras jamais rien à leurs yeux qu'une sale balance ! Va te faire foutre !

Il me crache dessus avant de me lâcher et de s'éloigner avec ses comparses. Il a du mal à tenir sur ses pieds. C'est déjà ça… J'aurais aimé l'amocher un peu plus, quand même.

Je me redresse, enfourche Betty et démarre. Dans la foulée, plusieurs Styx Riders passent dans la rue, mais aucun que je connais.

À 8 heures, je me gare sur le parking du lycée, puis remonte le couloir principal du bâtiment jusqu'à mon casier. J'ai mal au crâne, j'ai envie de vomir et je dois ressembler à un boxeur descendant du ring. Je m'en fous. C'est comme si j'étais gelé à l'intérieur.

J'ignore les coups d'œil surpris. Même lorsque la meilleure amie de Cassie m'interpelle, je reste de marbre.

– Alex, ça va ? Bon sang, qu'est-ce qui s'est passé ?

– Un accrochage avec d'anciens… Bref, on s'en fout, en fait. Tu n'as pas envie de savoir.

La brune s'avance vers moi avec une drôle d'expression.

– Est-ce que tu as… besoin d'aide ? me demande-t-elle. Je veux dire, est-ce que ta famille te fait du mal ? Je connais ça, je vis avec un beau-père qui a ses humeurs. Parfois, il pète un câble.

Je secoue la tête.

– Rien à voir avec ma famille.

– Oh… d'accord. Tiens, prends ça quand même.

Elle me tend un paquet de mouchoirs que j'attrape.

– Merci.

– Essaie de trouver du désinfectant, d'accord ?

Un dernier sourire et elle s'éloigne. Je me concentre à nouveau sur mon casier. Un paquet est scotché dessus. Il dissimule un livre plutôt fin. *Le Magicien d'Oz.* À l'intérieur, Cassie a recopié une citation.

« Vous autres qui avez un cœur, vous pouvez vous en servir pour vous guider et ne jamais nuire à personne. »

En dessous, elle a ajouté :

Qu'il est idiot, ce bûcheron en fer blanc. Ou naïf.

C'est ça, le credo de Cassie ? Soutenir les gens ? Les guider ? Ne pas leur nuire ? Raison de plus pour éviter de rester dans sa vie. Je ne ferais que bousiller ses plans…

J'ouvre mon casier pour y fourrer le livre, mais me ravise et le range finalement dans mon sac avant de me diriger vers ma salle de cours. J'ai droit à des messes basses sur mon passage, mais je fais comme si je ne les entendais pas. Tout au long de la journée, je lis, je fais semblant de prêter attention à ce que disent les professeurs et j'écoute de la musique à m'en péter les tympans. J'évite Cassie et ça marche plutôt bien.

Lorsque, le soir venu, je me rends au garage, Ash m'y attend. Quand il découvre mon visage marqué de coups, il arque un sourcil.

Les paroles de Richie n'ont pas arrêté de tourner dans ma tête. Si ça se trouve, il a raison. Les Styx Riders ne me font pas confiance parce que j'ai vendu mon ancien chef. Ils pensent peut-être que je ferai pareil avec eux ? Est-ce que c'est pour ça qu'ils ne me prennent pas dans le MC ?

– Qu'est-ce qui s'est passé ? me demande le tatoueur.

– Rien du tout, réponds-je. Je n'ai pas envie d'en parler.

– OK… Ne dépose pas ton sac, je t'embarque.

– Où ?

– Tu verras.

– Si tu veux parler de… de ce que j'ai fait à ma mère, c'est hors de question.

Un sourire carnassier étire les lèvres du sergent d'armes.

– Tu veux dire, de l'amour que tu lui portais ? Pas de problème. Rapplique, on sera rentrés dans deux heures.

***

À ma grande surprise, Ash me conduit au *Purgatoire*. J'ai à peine le temps de saluer les gars qui s'y trouvent que, déjà, il m'entraîne vers les sous-sols. Quand on entre dans une pièce tout en longueur, immense, je me demande ce qu'on fout là. Puis, très vite, je remarque les trous qui constellent les murs en béton ainsi que les cibles en carton au loin. De longues barres en acier permettent de les rapprocher ou de les éloigner.

– Les Styx Riders ont leur propre stand de tir ? m'étonné-je.

– Ouais, et des salles pour les entraînements au combat.

Ash fait face à un placard contenant une quantité astronomique de flingues. Il me tend bientôt un Glock, sans savoir que mon sang vient de se figer dans mes veines. Percevant mon hésitation, il demande :

– Tu crois que tu peux y arriver ?

Même si mon bras pèse une tonne, je le soulève et saisis le pistolet.

– Gold m'a parlé de ton traumatisme lié aux armes, reprend le tatoueur.

– C'est pour ça qu'on est là ?

Ash secoue la tête.

– Non, mais ça t'aidera. Comment tu te sens ?

Moins secoué que je le pensais. Tenir entre mes doigts ce qui a failli me tuer – ce qui *m'a* tué – me fait réaliser que ça pèse le même poids qu'avant, que c'est aussi froid et aussi lourd.

À une époque, je ne pouvais pas sortir sans ce truc.

– Ça va, dis-je.

– Tu peux tirer ?

– Oui.

Ash me file un casque antibruit. Puis il m'ordonne :

– Montre-moi ce que tu sais faire.

Il approche une cible ; je tends le bras, prends une inspiration pour faire cesser mes tremblements, puis retire le cran de sécurité. Le premier coup part. La vibration traverse ma main, mon poignet, mon épaule. Malgré le casque, mes oreilles bourdonnent. D'un hochement de tête satisfait, Ash m'incite à continuer. Alors je continue. Il ne commente ni mes impairs ni mes tirs parfaits. Il se contente de me tendre un deuxième chargeur quand le premier est vide, et en profite pour reculer la cible.

Après quatre chargeurs vidés, il m'enlève mon casque et me demande :

– Qui t'a appris à tirer ?

– Crayson, réponds-je. Enfin, ses gars, dans son jardin ou dans les terrains vagues autour de la ville. On shootait des canettes et des bouteilles en verre.

– Tu aurais pu me buter, la première fois qu'on s'est vus.

– Tu en doutais ? Tu croyais que je me baladais avec un pistolet sans savoir m'en servir ?

D'un mouvement de la main, Ash balaie ma remarque.

– OK, pas mal du tout, dit-il. Recommence.

Tir après tir, mes bras finissent par demander forfait. Pourtant, le sergent d'armes continue de me pousser à canarder les silhouettes.

– Pourquoi ? lui lancé-je.

– Tire.

Je tire. Sans réfléchir, sans viser. Je fais de la merde, parce que j'ai le poignet en compote.

– Pourquoi on fait ça, Ash ?

– Parce que je veux savoir un truc. Qu'est-ce qui te fout en rogne ?

Je baisse mon arme, surpris par la question.

– Quoi ?

– Tu as très bien entendu.

Je soupire, puis lâche :

– Je ne suis pas en rogne. Je me sens même plutôt… bien, là.

Détendu.

Un truc me dit que ça ne durera pas.

– Je ne te parle pas de l'instant présent, réplique Ash. Je parle de cette colère au fond de toi, celle qui est presque aussi puissante que ta culpabilité. Ne prétends pas que tu n'en ressens aucune, je sais la reconnaître quand je la vois. Pendant des années, cette garce m'a façonné. Il faut que tu t'en débarrasses avant qu'elle ne te change.

– Tu te trompes.

– Allez, Alex, dis-le.

Au lieu d'envoyer au sergent d'armes une salve de gros mots, j'empoigne le Glock et tire. Les balles touchent la cible. En pleine tête. Mes doigts tremblent, mes jambes s'y mettent aussi. Je savais que cette invitation à la con dissimulait un piège !

Ash me fixe sans ciller, les mains dans les poches.

– Qu'est-ce qui te fout en colère, Alex ? répète-t-il. Dis-le, allez ! Je te jure qu'ensuite tu te sentiras mieux.

– Je ne suis pas en colère !

– Vraiment ?

Je regarde autour de moi, à la recherche d'une échappatoire. La porte me fait de l'œil. À quoi joue le biker, putain ?

– Si tu quittes le stand de tir maintenant, ta demande pour intégrer les Styx Riders sera rejetée, affirme-t-il.

Alors là, s'il m'avait envoyé son poing dans la figure, l'effet aurait été le même.

– Tu te prends pour qui ? sifflé-je en avançant d'un pas.

– Pour ton pote, Alex.

– Les potes ne font pas ça !

– Pas quoi ?

Pousser leurs « amis » dans leurs retranchements, les forcer à parler, à faire face à la putain de réalité quand ils ne le souhaitent pas.

– Utiliser le chantage, par exemple.

– Je ne te fais pas de chantage, réplique Ash. Je te préviens juste que si on n'a pas cette discussion sur-le-champ tu n'entreras pas dans le club.

– Vous ne voulez pas d'un mec qui a trahi son ancien chef de gang. J'ai pigé, ne te fatigue pas. Mais, franchement, arrête de me faire espérer, OK ?

Le tatoueur écarquille les yeux, surpris. Quant à moi, je ravale ma déception et je tente d'étouffer ma colère.

– Qu'est-ce que tu racontes ? me lance Ash.

– Je l'ai fait pour vous ! Pour les Styx Riders, pour les filles que Crayson attaquait…

– Je le sais. On le sait tous.

– Je ne suis pas un traître.

– Écoute, j'ignore qui t'a foutu ces idées en tête, mais oublie-les. Je connais tes qualités, j'en ai parlé à mon paternel. Il a conclu que tu ferais une bonne recrue. Alors considère que tu passes en commission.

Une nouvelle claque mentale vient de me percuter. Je reste immobile, groggy. Ma chance de faire partie du MC se dessine au bout du tunnel. La lumière, celle dont Ash me parlait à son salon de tatouage.

– Qu'est-ce qui te fout en rogne ? insiste-t-il. J'ai besoin de le savoir.

Encore cette question à la con ! Je pensais y échapper.

– Cassie et moi, on s'est pris la tête, finis-je par avouer.

– Ça t'énerve ?

J'essaie d'y réfléchir. Ash empoigne mon tee-shirt et me pousse en arrière.

– Ne cogite pas, réponds, m'ordonne-t-il. Tout de suite !

– Oui, ça m'énerve parce que… parce qu'elle ne mérite pas ça, putain ! D'être traitée comme je l'ai traitée !

Mon dos frappe le mur. Je poursuis malgré tout :

– Ça m'énerve de ressentir des trucs pour elle et de ne pas pouvoir en profiter. Ça m'énerve de vivre avec la certitude que je finirai seul, parce que je briserai la pauvre âme qui s'accrochera à moi. Tu vois ?

Ash mentait. Je ne me sens pas mieux, je me sens juste plus débile ! Comme s'il lisait dans mes pensées, il m'ordonne :

– Maintenant, laisse tomber les conneries, creuse plus profond. Qu'est-ce qui te fout en rogne ?

Je tente de faire un pas en avant, mais il m'adosse à nouveau contre le béton.

– Va te faire foutre, putain, Ash ! protesté-je.

– Qu'est-ce qui te bouffe ?

– Ta gueule !

– À qui tu en veux ? Pourquoi es-tu en colère ?

À cet instant précis, une vitre dont j'ignorais l'existence explose en moi. Les éclats me perforent de l'intérieur, me coupent le souffle. Et soudain, elle est là. La colère. Bouillante, déchirante, douloureuse.

– À ma mère, soufflé-je.

Ash recule, hoche la tête. Les mots s'amoncellent dans ma gorge, gonflent ma langue. Ils veulent sortir.

Merde, ils veulent sortir ? Alors OK !

– J'en veux à sa maladie ! crié-je. À ce qu'elle a fait d'elle, de nous. De moi. Je suis en colère contre moi-même d'avoir accepté d'aider ma mère à se suicider ! Mais qu'est-ce qui m'a pris ? Je l'ai tuée ! Comment peut-on demander à son propre fils de commettre un acte aussi terrible ? Comment peut-on avoir l'égoïsme de ne penser qu'à soi, qu'à sa douleur ? Ouais, je suis en colère ! Parce qu'elle aurait dû rester auprès de moi ! Elle a été la victime, on n'est pas censé en vouloir aux victimes. Juste aux coupables… Alors pourquoi, Ash ? Pourquoi ai-je cette putain de boule de rage dans le ventre quand je pense à elle ? Pourquoi suis-je certain que si je me rends sur sa tombe, je lui dirai des choses que je regretterai tout le reste de ma chienne de vie ? Pourquoi ?

Je me tais, incapable d'ajouter quoi que ce soit. Je viens de cracher tout ce que j'avais à dire et je m'en veux terriblement. Ma mère, la femme de ma vie, ne mérite pas un fils tel que moi ! Elle ne mérite pas ces paroles, ma haine. Elle mérite que l'on honore sa mémoire, parce qu'elle a eu une existence atroce.

– Parce que tu es seul, affirme mon ami.

Seul ? Plus que jamais. Et pour toujours. Je n'étais pas prêt à abandonner ma mère. Pas prêt à son départ, même si je savais qu'il était imminent.

– Je la déteste ! Je me déteste. Je déteste être seul.

Ma poitrine se serre, mais aucune larme n'humidifie mes yeux. Pourtant, à l'intérieur, je me noie. J'ai envie de me flinguer. Ce serait la solution de facilité. L'assurance de faire face à Charon.

D'ailleurs, on en parle, de cette enflure ?

– Mais tu sais qui je déteste le plus ? reprends-je La mort. Parce qu'elle m'a tout pris. Tout ce qu'il y avait de bon en moi.

– Non, Alex, c'est toujours là, affirme Ash. Tu ne le vois plus, c'est tout. Et moi, je suis derrière toi pour te rappeler que tu es un gars bien. Gare à toi si tu prétends le contraire, pigé ?

Il décharge mon arme en ajoutant :

– Il n'y a pas de gestes plus beaux que ceux faits par amour. Même s'ils nous détruisent. Allez, on décolle.

Je reste immobile, les jambes lourdes. Tout ça pour ça ?

– Tu viens ? insiste le tatoueur.

Je ne sens aucun changement opérer en moi. À quoi ça a servi, que je m'ouvre enfin ? En tout cas, j'emboîte le pas à Ash.

Le *Purgatoire* n'est pas ouvert au public, pour l'instant. Je me dirige machinalement vers le comptoir et commande une boisson sans alcool. Je me tiens à ma décision de ne plus boire. Mais ça ne règle pas mes problèmes, au contraire.

Ma rage redescend lentement. Elle s'éloigne, comme une mer qui reflue. Ash a eu du cran de me défier comme il l'a fait alors que j'étais armé. J'aurais pu lui tirer dessus. L'envie ne m'en a pas manqué.

Mais je prends conscience qu'il m'aide. Qu'il m'aide à mettre des mots sur mes troubles et que ça me permet de les canaliser.

– Salut, fiston.

Surpris, je tourne la tête et découvre à côté de moi Bradley Devon, le président des Styx Riders.

– Alors, cette séance de tir ? me demande-t-il.

– Douloureuse. Mais instructive. Ça fait du bien. *Au moral. À l'esprit.*

– Ça aide à évacuer, c'est clair, commente le président. Tu peux venir tirer quand tu veux, préviens juste un des gars pour qu'il reste avec toi.

Je bois une gorgée de ma limonade, touché.

– Je fais partie du club ? l'interrogé-je.

– Non, fiston, mais il n'empêche qu'on peut être ta famille quand même. Tu vas m'écouter quand je te dis qu'on n'accepte personne en dessous de dix-huit ans ?

– Mais…

– Pas de « mais » ! Parle-moi plutôt de Cassie.

J'avale de travers. Bradley éclate de rire.

– Quoi ? lui lancé-je.

– Tu as réussi à arranger la situation ?

– Attendez, c'est elle qui s'est foutue de moi !

Le président soupire.

– Arrête de la jouer *drama*, OK ? Si tu avais pris la peine d'écouter la petite avant de t'enfuir, tu aurais compris que Gold ne parlait pas de votre amitié mais de votre « faux couple ». C'est quoi cette connerie, d'ailleurs ? De mon temps, on sortait ensemble sans faire de chichis.

– Où vous voulez en venir, prés' ?

– M'appelle pas « prés' », je ne suis pas ton président. Je veux en venir à tes sentiments pour elle.

– Quels sentiments ?

Putain, fuir me tente bien. Mais on ne fuit pas quand Bradley Devon vous cause !

– Ceux que tu éprouves pour elle, déclare-t-il. Tu fais exprès de ne pas comprendre ? Ça m'énerve quand les gens se voilent la face, bordel !

– Il n'y a rien de sérieux entre nous.

– La blague. J'ai vu comment ça t'a heurté quand tu as cru comprendre que Cassie s'était foutue de ta gueule… J'ai presque entendu ton palpitant de petit con se briser. Alors que tu ne la connaissais que depuis deux semaines, tu la regardais déjà comme si elle était la créature la plus fascinante de la planète. J'étais là le soir où tu as voulu faire ton malin au *Purgatoire*, rappelle-toi.

Je me tasse sur moi-même en grommelant entre mes dents.

– Dis-lui ce que tu ressens, m'assène Bradley.

– Pourquoi est-ce que je ferais ça ?

– Tu iras mieux si tu te décharges de tout ce qui te trotte dans la tête. Et de tout ce qui se fracasse là-dedans, prétend-il en tapotant son cœur.

– Elle me repoussera.

– Qu'est-ce qui te fait croire une connerie pareille ?

– Comment une nana comme elle pourrait-elle s'attacher à moi ? Regardez-moi, je suis…

Pitoyable.

– En deuil, complète le président à ma place. Et quand c'est le cas, on présente rarement la meilleure facette de nous-mêmes. Alors tu vas me faire le plaisir d'arrêter de te lamenter. Tu n'as plus confiance en toi ? Tu te détestes ? OK, alors laisse aux gars et à Cassie la possibilité de t'aider. Les amis, c'est fait pour ça. Ils te rappellent qui tu es quand tu n'arrives plus à le savoir.

Après ce que j'ai dit à la cheerleader, comment puis-je espérer qu'elle me pardonne ? Je mérite des claques, bordel !

Décidant de ne plus discuter de ma vie amoureuse, je change brutalement de sujet :

– Vous croyez en l'existence de Charon et du Styx ?

Je tourne le regard vers l'écusson cousu sur le *cut* de Bradley. Dessus est représenté le Passeur à qui on doit faire une offrande si on ne veut pas rester coincé sur la rive du fleuve des Enfers. Pile ce que j'ai vécu.

– Les croyances ne se discutent pas, affirme le président.

– Je l'ai vu quand je suis mort, murmuré-je. Il était là, dans sa barque. Il attendait. Vous croyez que c'est parce que je n'avais pas de pièce sur moi qu'il m'a refusé le passage ?

– Tu t'es fait ta propre idée de l'au-delà. Je pige pourquoi on te fascine, tout à coup. Tu as lu Dante ?

Des centaines de fois.

– Oui. Vous me dites que je délire ?

– Non, je ne me le permettrais pas. Je trouve juste ton imaginaire… surprenant pour un gars de ton âge. Parmi les membres du club, certains sont chrétiens, d'autres athées ou musulmans. Tu as bien conscience que tu n'as pas besoin de croire aux mythes grecs pour entrer chez nous ?

Je hoche la tête.

– Je voulais juste m'en assurer, reprend Bradley. Donc, tu as vu Charon.

– Oui.

– Il t'a dit quelque chose ?

Oui, mais je ne suis pas prêt à en dévoiler autant d'un seul coup. Déjà que ces deux derniers jours m'ont coûté énormément en confessions…

– Peu importe, ajoute le président en voyant mon hésitation. Bien, il faut que j'aille voir mon petit-fils. Ne fais pas le con, OK ? Et songe à ce que je t'ai dit à propos de Cassie.

– Pourquoi ça vous intéresse autant, ce qui se passe entre nous ?

– Parce que je l'aime bien, cette petite. Et que je ne laisserai personne lui faire du mal.

Il se lève et attrape son blouson. Alors qu'il s'apprête à partir, je lui lance :

– Merci, prés '.

Il grommelle en s'éloignant, mais je suis presque sûr de le voir sourire en coin.

CHAPITRE 30

CASSIE

Le vendredi, je colle un nouveau livre sur le casier d'Alex. Je sais qu'il l'acceptera, il a pris celui d'hier. En retrait, je patiente jusqu'à ce qu'il arrive à son tour, puis je le regarde décrocher l'ouvrage et lire le mot que je lui ai adressé…

Il sourit.

Génial, mission accomplie ! *Le Lys de Brooklyn* a bien fait son travail.

« *Mon Dieu, faites que je sois quelque chose, à chaque instant de chacune des heures de ma vie* », voilà la citation tirée du livre que j'ai inscrite sur la première page. Parce que, pour vivre pleinement, il faut prendre conscience qu'on existe.

Même s'il en doute, Alex existe. Pour lui-même ; et aussi pour Ash, pour Gold et pour moi. Et ce même si je suis encore en rogne. Les paroles qu'il m'a envoyées en pleine face mercredi soir m'ont blessée. Tellement qu'hier, je lui ai laissé

Le Magicien d'Oz et une citation en rapport avec le cœur, histoire qu'il se sente minable. Mais je l'ai vu, le visage couvert de contusions, et cette nuit j'ai réfléchi longtemps. Alex se sent déjà minable, c'est une âme en peine. Il va mal et se comporte comme un abruti parce qu'il n'arrive pas à faire face à la réalité. À l'époque où Gold a perdu son meilleur ami et qu'il a quitté l'armée, il s'est retrouvé dans une situation similaire. Il a dit et fait des choses qu'il a regrettées par la suite. Un jour, il m'a avoué que le désespoir ressemble à un alien, de ceux qui ont besoin d'hôtes pour survivre. Ils prennent le contrôle, changent le comportement de leurs proies, modifient leur vision du monde.

Oui, le désespoir dévore Alex, mais je ne le laisserai pas faire ! À mort les aliens !

– De l'eau dans le gaz ?

Ruby fixe l'Hispanique, les sourcils froncés.

– Tu te rappelles qu'on ne sort pas ensemble, lui et moi ? répliqué-je.

– Moui. Qu'est-ce qui se passe ?

– Il m'a…

Larguée ? Non, pas vraiment.

– … dit qu'une histoire entre nous ne rimerait à rien, reprends-je. Qu'il était trop brisé pour être ami avec qui que ce soit et que j'avais le syndrome de l'infirmière.

Ma meilleure amie éclate de rire. Sympa ! Devant ma mine vexée, elle lance :

– Alors comme ça, tu veux guérir le mauvais garçon ?

– Alex n'est pas un mauvais garçon !

– Juste guérir le garçon, dans ce cas. Mais, Cassie… tu es certaine que tu veux devenir son amie ?

– Absolument ! Tu as un doute là-dessus ? Franchement, tu crois que je dépenserais autant d'énergie si je ne souhaitais pas me rapprocher de lui ?

Du coin de l'œil, je vois Alex prendre la direction des salles de cours. Je pousse un soupir dès qu'il tourne à l'angle d'un couloir. Il me manque. Même s'il m'énerve, il me manque ! Où est la logique là-dedans ?

– Je ne parlais pas de ça, rétorque Ruby. Tu souhaites juste une amitié entre vous deux ? Pas plus ?

Je marque un temps d'arrêt.

– Pourquoi me demandes-tu ça ?

– Parce que tu le regardes avec des paillettes dans les yeux. Quand il t'approche, tu rougis et quand il te frôle, si tu voyais ton sourire ! Ma vieille, je crois que tu es mordue.

N'importe quoi !

– Je ne rougis pas ! protesté-je.

– Là, par exemple, tes joues sont toutes roses, glousse Ruby. Vous semblez tellement en phase ! Et si un « ami » me touchait comme il te touche, je lui ordonnerais d'arrêter.

– On est… on était faussement en couple ! Il fallait que je prenne sur moi.

– Vraiment ? Ce jeu, peut-être que c'en était un au début. Et quand tes sentiments ont commencé à changer tu t'es cachée derrière pour ne pas prendre de risques. Mais tu as l'air tellement peinée, ma Cassie… Ça fait quoi de ne plus pouvoir te mentir à toi-même ?

Ruby a raison. Bon sang, elle a raison sur toute la ligne ! Mes sentiments pour Alex évoluent de jour en jour. Quand je repense à ses lèvres sur les miennes… je me retiens de pleurer en déglutissant.

– Alors, que ressens-tu pour lui ? me demande ma meilleure amie.

Je hausse les épaules.

– Je crois que… je l'aime bien.

– Je crois aussi. Tu dois laisser Jack derrière toi et donner une chance à Alex. La peur n'écarte pas le danger, tu sais ?

Maintenant, je me sens minable.

– J'ai tout gâché, de toute façon, soupiré-je. Il ne veut plus me parler.

– Tu vas toujours dîner chez lui demain, non ?

Mais oui, le dîner ! Avec tout ça, j'avais oublié que Rob m'avait invitée.

– Profites-en pour régler ça, me conseille Ruby. Dis à Alex que tu le kiffes, parle-lui aussi de tes craintes liées à la manière dont ton histoire avec Jack s'est terminée. S'il te repousse, tu seras fixée. Sinon… prévois des capotes.

Je me marre, même si dans le fond je crève de trouille. Mais mon amie n'a pas tort. Je dois parler à Alex, et vite.

À la pause de midi, la boule d'angoisse dans mon estomac refuse de se dissiper. J'observe l'ex-gangster ; il mange seul, comme toujours. Je trouve ça incroyable qu'il ne se soit fait aucun ami au lycée ! En dehors des Styx Riders, il est socialement hermétique.

– On te retire ton attelle ce soir, c'est ça ? me lance soudain Jess, me tirant de mes réflexions. C'est une super nouvelle, on a hâte que tu reviennes bouger ton petit cul sur le terrain, avec nous.

Je souris en hochant la tête. Moi aussi, j'ai hâte ! Le cheerleading me manque.

– Combien on a récolté lors de la *flash mob*, déjà ? demandé-je.

– Cinq cents dollars, me répond Courtney. On compte les apporter à l'orphelinat la semaine prochaine.

– Surtout, ne prévois rien mardi soir, d'accord ? renchérit Jess. C'est la dernière ligne droite pour Ruby.

L'élection des délégués des élèves aura lieu vendredi prochain. Je croise les doigts pour que ma meilleure amie remporte la majorité des voix.

– Bien sûr, je serai là, promets-je.

Je me concentre à nouveau sur Alex, mais je dois composer avec ma déception quand je constate qu'il n'est plus là…

À la fin de la journée, je boitille jusqu'à l'arrêt de bus le plus proche du lycée pour me rendre à mon rendez-vous chez le médecin. Mes écouteurs dans les oreilles, j'attrape un livre. Je n'en dévore pas autant qu'Alex, mais j'aime beaucoup me perdre dans les mots.

Un caillou rebondit sur le trottoir, devant moi. Je lève la tête et croise le regard de l'Hispanique, assis sur sa moto. Mon cœur rate un battement. Maintenant que j'ai pris conscience… et accepté que je ne ressens pas uniquement de l'amitié pour lui, mon corps me trahit.

Génial.

Les lèvres d'Alex bougent, mais je n'entends rien. Je retire mes écouteurs et il répète :

– Toi, tu ne t'arrêtes jamais, hein ?

– Quoi ?

– Les livres.

Ah. En effet, je compte lui en offrir tous les jours. Ma liste est prête pour les trois mois à venir. J'opine, déterminée, et il secoue la tête en soupirant :

– Putain, Cassie, je t'ai balancé que je voulais juste te baiser ! Et devant ton frère, en plus !

Exact. D'ailleurs, le moment arrivera où mon frangin le prendra entre quatre yeux pour lui faire payer ça. Il attend juste qu'Alex soit émotionnellement plus stable.

– Pas très malin de ta part, commenté-je.

– Je t'ai avoué ce que j'avais fait à ma mère !

– Et qu'est-ce que tu crois ? Que je vais te regarder avec dégoût ? Celui avec lequel tu parles de toi ? Te détester ne forcera pas les autres à te haïr aussi, sache-le.

Il grimace, retire son casque, passe une main dans ses cheveux.

– Ne me dis pas que ça ne te fait rien ! s'exclame-t-il.

– Je ne te dirai pas ce que tu veux entendre.

Il pousse un long soupir, le visage levé vers le ciel.

– Je n'en peux plus, Cassie.

Ma poitrine se serre,

– De quoi ? demandé-je.

– De jouer. Toi, ton sourire, ton énergie… vous me bousillez, OK ? J'adorais profiter de notre proximité. Mais là, je n'en peux plus.

Ma lèvre inférieure tremble, parce que je sens ce qui va suivre.

– Cette histoire de faux couple, j'arrête, déclare Alex.

Je voulais éviter d'avoir à nouveau le cœur brisé ? Raté. J'ai encore plus mal que lorsque j'ai surpris Jack en train de me tromper. À quoi m'attendais-je, exactement ? Jouer signifie perdre ou gagner, mais il y a toujours une fin.

Des larmes s'amassent dans mes yeux, le visage d'Alex devient flou.

– Cassie, tu ne comprends pas, ajoute-t-il.

Si, je comprends.

Mon bus se gare juste derrière l'Hispanique, et le chauffeur lui adresse un coup de klaxon furieux. Pourtant, Alex ne réagit pas, il ne regarde que moi.

Pourquoi ? Pourquoi rend-il ça plus compliqué ?

Sans attendre, je me précipite dans le car pour dissimuler ma détresse.

CHAPITRE 31

ALEX

M.
Avant, les mots me sauvaient.
Aujourd'hui, ils me détruisent.

Merde, je ne comprends pas ce qui vient de se passer. Je comptais dire à Cassie que j'étais prêt à tenter une vraie histoire avec elle. Mais l'expression qu'elle a arborée, la peine qui a déformé ses traits… Elles me flinguent le cœur. J'aurais dû embrayer au lieu d'hésiter comme un con ! Lui avouer *cash* le fond de ma pensée. Quel abruti ! Et maintenant, son bus disparaît déjà au bout de la rue.

J'attrape mon téléphone et tente d'appeler la cheerleader. Pas de chance, je tombe directement sur sa messagerie. Alors je prends la direction du garage en espérant que c'est là qu'elle va. En moto, je me déplace plus vite qu'elle en transports en commun.

– Cassie a l'intention de se pointer ? demandé-je à Gold dès mon arrivée.

Penché sur le moteur d'une Impala, il attrape une clé en me renvoyant :

– Bonjour à toi aussi, gamin.

Il se met à trifouiller l'intérieur de la caisse. Je lui demanderais bien de se grouiller, mais je ne suis pas en position de négocier. J'ai agi comme un enfoiré de première avec lui, je suis même surpris d'être encore en vie.

– J'ai mis fin à notre faux couple, dis-je.

– En voilà une bonne nouvelle.

Je prends mon courage à deux mains. Les poings fermés, je lance :

– Je sais que tu estimes que je ne suis pas fait pour ta sœur et putain, moi aussi. Mais tu vois, je ne peux pas m'empêcher de penser à elle. C'est plus fort que moi ! Elle est la seule qui m'empêche de couler. Je ne le pensais pas, l'autre soir au *Purgatoire*, quand je lui ai dit que je voulais juste la baiser. Je voulais que vous vous sentiez aussi blessés que je l'étais. Et je suis désolé pour ça, boss.

Les secondes s'étirent, interminables. Je finis par ajouter :

– Avec Cassie, je me sens important. Et elle l'est à mes yeux.

– Tu attends quoi de moi, exactement ? réplique mon patron.

Il tient toujours sa clé à molette. Je le devine prêt à me foutre sur la gueule d'un instant à l'autre.

– Ton autorisation, lui réponds-je.

– Pour ?

– Pour sortir avec elle si elle le veut.

Gold éclate de rire.

– Tu me demandes mon autorisation ?

– Oui.

– Pourquoi ? Tu pourrais très bien faire ça sans mon consentement.

J'inspire avant de déclarer :

– Parce qu'Ash et toi, vous vous êtes comportés comme des frangins avec moi. Et j'ai beaucoup de respect pour toi, ça me semble logique de t'en parler.

– Si je te dis non, tu feras quoi ?

– J'attendrai.

– Qu'elle fête ses dix-huit ans ?

– Que tu aies assez d'estime pour moi.

Gold secoue la tête comme si je venais de lui balancer la connerie du siècle. Il me tourne le dos, puis reporte son attention sur l'Impala. Du coin de l'œil, je regarde la porte. J'espère que Cassie la franchira. Qu'elle me laissera m'expliquer.

– Tu as mon autorisation, finit par lâcher mon patron. Maintenant, grouille-toi de te mettre au travail.

C'est peu de dire que je suis soulagé.

Faut qu'on parle, envoyé-je à Cassie.

Pendant deux heures, dans l'attente de sa réponse, je mate mon téléphone et bondis à la moindre notification. Je deviens taré, ma parole ! Mais, depuis que j'ai réalisé l'ampleur de mes sentiments pour la cheerleader, j'ai la sensation qu'ils gonflent en moi.

Dans le fond, je me doute bien que je ne me suis pas mis à la désirer et à l'aimer du jour au lendemain. C'est arrivé petit à petit. D'abord, elle m'a regardé comme aucune nana ne m'avait jamais regardé : avec une douceur profonde, dénuée d'artifices. Elle a déboulé dans ma vie, y ramenant la joie et l'énergie que j'avais perdues, puis notre jeu a démarré. Mes mains se sont égarées sur elle, son corps a agi comme un pansement contre le mien. Sa peau, son parfum, son sourire, ses lèvres… Je ne peux plus m'en passer désormais.

Peut-être que je me goure en m'engageant sur cette voie. Peut-être qu'elle ne mènera nulle part. Mais je dois essayer, car c'est la seule que je ne prends pas à l'aveuglette.

– C'est la vie dont tu me parlais, Charon ? maugréé-je.

– Tu as dit un truc ?

Je me redresse devant Gold et secoue la tête.

– Non, rien. Cassie ne compte pas venir ici ce soir, hein ?

– Elle avait rendez-vous chez le médecin après les cours pour retirer son attelle. Elle avait l'intention de rentrer à la maison juste après.

Mes bras retombent le long de mon corps alors que la déception m'envahit.

– Sois pas aussi pressé, prends ton temps, me conseille le biker.

Qu'il se rassure : je n'avais pas l'intention de sauter sur Cassie pour lui déclarer ma flamme. En fait, je compte même laisser les choses avancer à leur rythme à présent.

C'est plus simple maintenant que j'ai accepté mes sentiments.

***

Le lendemain, je me réveille à 4 heures du matin. Douloureux pour un samedi ! Mais, au moins, cette nuit a été plus supportable que les précédentes. Les cauchemars me guettent. Cependant, des visions se dressent maintenant entre eux et moi. Celles d'Ash en train de me tatouer, de se marrer ou de charger une arme en me donnant des conseils pour m'aider à viser. Celles de Gold, qui ne cesse de me pousser pour que je donne le meilleur de moi-même, de me montrer que quand la vie nous fait tomber on se relève.

Celles de Cassie, aussi.

Surtout celles de Cassie.

Son image repousse les rives du Styx. Pour ne pas me noyer dans le fleuve de cadavres, je plonge dans ses yeux verts. Quand j'ouvre les paupières, son portrait est toujours gravé sur mes rétines. Mon corps ne se révolte plus, je ne transpire plus comme un malade et mon torse me fait moins mal.

Je n'irais pas jusqu'à dire que la douleur a complètement disparu, cependant. J'imagine qu'il faudra du temps pour ça.

En parlant de temps… Cassie refuse toujours de répondre à mes messages. Du coup, mon humeur est morose. Après avoir tourné en rond toute la matinée, je décide d'occuper mon après-midi à dégager la neige de l'allée du garage de ma tante. Résultat des courses : mes bras crient grâce, surtout qu'ils ne se sont pas remis de la séance de tir dans les sous-sols du *Purgatoire*.

– Toujours pas décidé à me dire qui t'a fait ça ? me lance Amaria depuis le porche, en désignant les bleus sur ma figure.

Elle fout sur le tapis la bagarre avec Richie chaque fois qu'elle le peut. Évidemment, je ne compte rien lui raconter. Si elle apprend que j'ai traîné du côté des sales quartiers, elle va m'enfermer en cellule. Je hausse les épaules, elle soupire. Elle me tend une tasse de café. Je la descends d'une traite, ignorant les élancements dans ma gorge, puis déclare :

– Il faut que j'aille prendre une douche.

Sous le jet chaud, mes muscles se détendent, je parviens même à me vider l'esprit. Je reste là un moment, jusqu'à ce que ma mauvaise humeur reprenne le dessus. Encore un truc sur lequel je n'ai pas le contrôle…

Il faut que je parte. N'importe où. Le besoin d'enfourcher Betty et de rouler pendant des heures me démange. Alors j'enfile mes bottes, descends l'escalier, attrape ma veste et tente d'ignorer la bonne odeur de lasagnes qui flotte dans la maison. Rob ne sait cuisiner que ça, du coup il en fait chaque fois qu'il le peut. Comme c'est super bon, personne ne s'en plaint.

Soudain, je m'arrête net en remarquant la doudoune bleue accrochée sur le portemanteau, dans le vestibule. Mon cerveau bugue.

– … je tiens la recette de ma mère. Je peux aussi la décliner de plusieurs façons, avec de la courgette ou du saumon.

– Ça a l'air délicieux. Vous accepteriez de me la donner ? Mon frère adore s'affairer aux fourneaux.

Mes pas me conduisent à la cuisine. Ce que j'y découvre me frappe de plein fouet. Cassie sourit à mon oncle. La lumière du coucher de soleil qui filtre par la fenêtre au-dessus de l'évier souligne ses cheveux dorés. Dans son petit haut vert, ses longues jambes couvertes d'un jean noir, sans maquillage, elle a cette beauté déchirante, capable de rendre fou le plus impassible des mecs.

– Avec plaisir, tu pourras la partager avec lui, lui dit Rob. Donc, il aime cuisiner ? Je croyais qu'il était biker ?

– Il l'est, assure Cassie. Mais il ne se résume pas à ça.

Elle se rend compte de ma présence, et ses iris d'un vert lumineux accrochent les miens. Ses lèvres se pincent.

OK, elle m'en veut. Message reçu.

– Salut, Alex, me lance-t-elle, trop froidement.

– Salut.

Je m'apprête à lui demander ce qu'elle fout là, quand Rob s'exclame :

– Surprise ! Je me suis permis d'inviter ta petite amie à dîner.

– On n'est plus ensemble, annonce Cassie. Alex m'a larguée.

Génial. Qui va passer pour le blaireau de service, maintenant ? L'ambiance générale passe d'amusée à tendue.

– Oh, soupire Amaria en délaissant les couverts qu'elle était en train de disposer sur la table. On l'ignorait. Tu n'es pas obligée de rester, on ne voudrait pas t'embarrasser.

– Je reste, affirme la cheerleader. J'ai promis à Rob de goûter ses lasagnes, et je ne reviens jamais sur une promesse !

Son visage se fend d'un large sourire, malgré la lueur de tristesse dans ses yeux. Elle me donne envie de me fracasser la gueule contre un mur. Je me retiens de dire quoi que ce soit, histoire de ne pas envenimer la situation.

– Tu partais ? me demande Rob.

– Non, réponds-je.

Je balance ma veste sur une chaise en haussant les épaules. Voyons voir comment la situation évolue… Il faudra vraiment que je parle à Cassie, mais, en attendant, tâter le terrain me paraît une bonne idée.

Je m'installe en face d'elle. Elle veut jouer ? Parfait, je suis prêt.

– Parle-nous un peu de toi, l'encourage Amaria. Tu as des projets pour ton avenir ?

– J'aimerais intégrer l'université de Chicago. À terme, je voudrais devenir cheerleader professionnelle.

Elle tourne la tête, plonge son regard dans le mien et m'envoie :

– Et toi, Alex ? Quels sont tes projets pour plus tard ?

– Devenir mécanicien, me trouver une nana à Black Lake et fonder une famille.

Ça n'a pas l'air de lui plaire.

– Ah oui ? Je te voyais plus habiter une ferme en dehors de la ville, avec tes brebis.

– Bonne idée. Ce sont des animaux fascinants. J'hésite aussi à me lancer dans l'élevage de grenouilles. Tu en penses quoi, Cassiopée ?

Elle se redresse avec une grimace. Amaria et Rob échangent un coup d'œil gêné. Je crois qu'ils regrettent ce dîner.

Pas moi.

Même si Cassie a envie de me trucider, sa présence agit sur moi comme un baume.

Mon oncle entreprend de raconter des anecdotes pour détendre l'atmosphère. Peine perdue. La cheerleader lui sourit avec politesse, mais, sous la surface, sa colère est palpable. Après un dessert vite avalé, elle décide de rentrer chez elle. Elle salue les Anson puis enfile son blouson bleu.

Je reste appuyé contre l'encadrement de la porte de la cuisine, incapable de ne pas la mater ; de son côté, elle fait tout pour ne pas me regarder.

– Hé, Cassie, finis-je par lui lancer.

Pour la première fois depuis son arrivée, je lui parle avec sérieux. Mais elle se contente de se pencher et de tirer un livre de son sac.

– Fais-en ce que tu veux, c'est le dernier, me dit-elle. Moi aussi, j'arrête.

Sur ce, elle prend la fuite. Je reste un instant immobile, puis ouvre le bouquin qu'elle m'a apporté.

L'Éveil de Kate Chopin.

Aucun mot écrit sur la première page, mais une clé que je reconnais comme étant un double de celle de la bibliothèque de Black Lake. Je me rappelle alors que Cassie m'a déjà parlé de ce livre, son préféré. L'héroïne s'ennuie dans sa petite vie parfaite, jusqu'à ce qu'un homme trouble sa perception de l'existence et l'éveille à la passion.

Putain, Cassie n'avait rien besoin d'écrire. Tout est dit.

En trombe, je quitte la maison à mon tour.

CHAPITRE 32

CASSIE

C'est l'espoir m'a poussée à me rendre à ce dîner. J'attendais des excuses de la part d'Alex, un premier pas, n'importe quoi pour balayer la tristesse à l'intérieur de moi. Mais, dès qu'il a ouvert la bouche, j'ai compris à sa voix glaciale qu'il ne chercherait pas à arranger la situation. Qu'il ne s'excuserait pas.

Cela dit, c'est ma faute si nous nous retrouvons dans cette situation, non ? Je l'ai repoussé lorsqu'il m'a embrassée, regardée avec des yeux emplis de désir. On ne joue pas avec le feu sans se brûler les ailes. J'ai compris trop tard l'ampleur de mes sentiments pour lui, et j'en paie le prix à présent.

Je serre mon blouson autour de ma taille, assaillie par un froid qui ne vient pas de l'hiver. Cet imbécile a raison : on est trop différents, on ne vient pas du même monde. Un jour, il entrera chez les Styx Riders et trouvera sa régulière parmi les nombreuses nanas qui lui colleront aux basques. Une cheerleader naïve comme moi ne fera pas partie de l'équation…

– Hé, Cassiopée !

Je m'arrête en reconnaissant sa voix. « *Continue*, me souffle ma conscience, *ne rends pas les choses plus difficiles.* » Mais personne à part mon frère ne m'appelle Cassiopée ! Alors je me retourne et lance :

– Je m'appelle Cassie, bon sang ! Et je te préviens, Alex, si tu comptes en rajouter une…

Il ne me laisse pas terminer. Non, il dévore l'espace entre nous, attrape mon visage et fond sur ma bouche. Mes jambes flageolent, menacent de céder sous mon poids. Il me plaque contre lui, une main dans mon dos, l'autre perdue dans mon cou. Mon cerveau tente de se révolter sous l'assaut de son baiser, alors que mon cœur fond. Les sentiments s'entrechoquent dans ma poitrine, mes pensées s'effilochent. Je ne comprends plus. Mais, comme ça ne durera que le temps d'un baiser, j'en profite.

Même si la souffrance qui suivra promet de me faire déchanter.

Je réponds à l'étreinte d'Alex. Ma langue caresse la sienne, mes doigts glissent dans ses cheveux. Là, contre son torse, dans ses bras, j'ai le sentiment que rien ne peut m'arriver. Jack n'existe plus, mes craintes non plus, le monde s'efface.

Quand Alex me libère sans me lâcher, je ferme les yeux. Ce moment m'électrise. J'aimerais qu'il dure une éternité…

Mais la réalité reprend le dessus. Une bourrasque entortille mes cheveux, me gifle.

– Tu te moques de qui ? couiné-je. Je croyais qu'on arrêtait cette histoire de faux couple.

J'aurais aimé mettre plus de hargne dans ma voix. C'est pathétique…

Le pouce d'Alex caresse ma joue. Son corps continue de presser le mien.

– En effet, souffle-t-il.

– À quoi tu joues ?

– À rien, justement. On ne s'amuse plus.

– Mais…

Je recule. Une partie de moi a peur de comprendre ce qu'il veut dire, tandis que l'autre me hurle de fondre dans les bras d'Alex pour ne plus les quitter.

– Mais quoi, Cassie ? reprend-il. Ce n'était pas le message que tu voulais me faire passer en me donnant ce livre, *L'Éveil* ?

Peut-être que si. Ou alors, non. Je ne sais plus…

Tout à coup, son visage s'obscurcit. Il se renferme, et la tendresse dans ses yeux sombres s'estompe. Cela me fait si mal…

J'aime qu'il m'embrasse, qu'il me prenne dans ses bras, qu'il me murmure des mots doux à l'oreille, qu'il me remonte le moral quand je ne vais pas bien. Cependant, j'ai peur du provisoire. De la désillusion. Parce que j'en ai déjà été la victime.

– Tu… tu ressens des choses pour moi ? demandé-je dans un chuchotis.

– Admettons que je te dise oui, me répond-il avec un rictus. C'est quoi la suite ?

La suite ? Je n'y ai pas vraiment pensé. Focalisée sur Jack, je n'ai pas songé une seconde à une véritable histoire avec Alex. Pourtant, l'idée me plaît bien.

– Tu voudrais d'une cheerleader dans tes pattes ? le questionné-je. Tu supporterais que je parte à la fac ? Tu penses qu'on pourrait résister à la distance ?

Les traits de son visage se détendent, et il déclare :

– Je n'en ai foutrement aucune idée. Mais si tu es prête à accepter un mec comme moi dans ta vie, je te jure de tout faire pour que ça marche. Il y a encore un mois, je m'étouffais dans ma propre obscurité. Ça me dévorait… Ça me brûlait. Puis tu es arrivée. Tu as su me redonner l'envie de vivre. C'est tellement facile avec toi, Cassie… Je ne te promets pas que tout roulera à la perfection. Juste de ne jamais te tromper et d'essayer de te rendre fière de moi. Tu mérites le top du top. Je me voile pas la face, un jour tu trouveras mieux et…

Des efforts, des valeurs, de la sincérité. C'est tout ce que je demande. Alex vient de me les offrir. Il se battra pour remonter la pente, parce que c'est ce que font les Styx Riders. Il est né pour entrer dans le club. Oncle Bradley le considère déjà comme son fils, alors qu'il n'a même pas passé le stade de prospect…

Du coup, pour l'empêcher de raconter des conneries concernant ses propres incertitudes, je lui bondis dessus et prends à nouveau possession de sa bouche. Ses mains s'insinuent sous mon blouson et je me retrouve de nouveau plaquée contre lui. Ses lèvres glissent le long de mon menton, s'emparent de mon cou, envoient des décharges électriques dans tout mon corps.

Mon Dieu. L'éveil de mes propres sentiments a le goût de la barbe à papa, du chocolat, de la nourriture mexicaine. Il sent la neige au cœur de l'hiver, le yaourt à la vanille, les pages d'un vieux livre. Et il sonne à mes oreilles comme le chant d'un loup et la voix de Johnny Cash ! Tout un panel de sensations exquises que je ne me souviens pas avoir connues avec Jack.

Je recule, les joues en feu, le ventre rempli de papillons. Est-ce que ça veut dire que maintenant, je peux prendre Alex dans mes bras quand je veux ?

– Viens te promener un peu avec moi, lui proposé-je. Il faut qu'on parle de nos angoisses liées à l'amour, OK ? Parce que si tu as peur de tout foutre en l'air, je suis heureuse de t'annoncer que moi aussi, je risque de commettre des boulettes.

CHAPITRE 33

ALEX

M.

Il se passe un truc. En moi. Là où tu as frappé, où tu as laissé une trace indélébile.

Ça disparaît ?

Certaines nuits, je me réveille en étouffant, la peau couverte de sueur, les nerfs à vif, la gorge sèche. D'autres, je dors si profondément que je n'émerge pas avant le matin. J'ignore ce qui déclenche mes crises d'angoisse ou ce qui les calme. Je ne suis pas prêt à fouiller dans mon âme pour trouver des explications. Trop de bordel, trop de regrets, trop de trucs moches. Je me contente de me raccrocher aux choses positives de mon existence.

À commencer par Cassie.

Bordel, Cassie !

Une semaine. Je sors avec elle depuis une semaine et je me sens tellement chanceux que je me demande quand le revers de la médaille va me revenir en pleine tronche. En attendant, je profite au maximum. On passe autant de temps ensemble que possible en dehors des cours. On se retrouve au *Starbucks* après le garage, on parle de livres, d'elle, des Styx Riders, de son frère, de ses copines. En revanche, quand elle cherche à me faire parler, je me débine. Je ne suis pas prêt, pas encore. Une chance qu'elle comprenne et qu'elle n'insiste pas.

Alors que j'ai réussi à enchaîner deux nuits d'affilée sans cauchemars, je me réveille soudainement avec le crâne explosé par une migraine. Je sors de mon lit et descends au rez-de-chaussée. Dans le salon, Rob fouine sur l'ordinateur, en robe de chambre, ses lunettes sur le nez. Quand il remarque ma présence, il me fait signe d'approcher, tout excité.

– Viens voir, Alex ! Regarde cette merveille !

On dirait que mes insomnies ne le surprennent même plus. Je le rejoins, blasé, et détaille les annonces de motos à vendre qui s'affichent sur l'écran. OK, il compte toujours s'acheter une bécane. Amaria prétend que ça lui passera, mais il a l'air plutôt motivé.

– Tu penses quoi de ce bijou ? me demande-t-il.

Il craque pour une SuperLow de 2011 à dix mille dollars. Neuf, l'engin vaut trois fois plus.

– Pas mal, dis-je.

– Je pense me l'acheter. Elle me plaît beaucoup, je sens une connexion entre elle et moi. Tu sais, je suis de ceux qui estiment que c'est la moto qui choisit son pilote.

Je retiens un rire moqueur.

– Amaria en dit quoi ? lancé-je.

Elle m'a raconté que l'année dernière, Rob s'est mis en tête d'élever des poules pour vendre des œufs au voisinage. Cette idée lui a trotté dans la tête pendant un mois ; ensuite, il est passé à autre chose.

– Elle croit que je bluffe, avoue mon oncle avec une grimace.

Je tapote son épaule avec sollicitude, avant de partir à la cuisine me servir un verre d'eau.

Les nuits où je dors mal, je songe encore à picoler. Mais, puisque je commence enfin à retrouver un rythme du sommeil normal, j'évite. J'ai juré à Ash, Gold et Cassie de ne plus me saouler. Alors, quand la tentation devient trop forte, je me concentre sur ma mère, grâce au portrait sur mon bras. L'imaginer déçue agit comme un électrochoc dans mon esprit.

– Attends, je vais nous préparer un chocolat chaud ! s'exclame Rob. Ça te tente ?

Je hoche la tête. Sa boisson chaude a le don de me propulser en enfance… Pendant qu'il s'affaire à la servir dans deux tasses, il m'avoue que le secret, c'est la cannelle qu'il ajoute. Je me disais bien que, derrière le goût de cacao, il y avait autre chose…

– Comment ça va au lycée ? me questionne-t-il dès qu'il s'est attablé.

J'aime nos discussions nocturnes. Elles me donnent l'impression d'être hors du temps. Je préfère ça à l'errance sur les rives du Styx.

– J'ai des notes correctes, réponds-je.

Pourtant, on ne peut pas dire que je travaille beaucoup… Mais, connaissant mon passif, les profs ne se plaignent pas, même si dans certaines matières je ne dépasse pas la moyenne. Je me tiens à carreau pendant leurs cours, et ça leur suffit. Dans l'ensemble, ils sont plutôt compréhensifs : ils savent que ma scolarité a été interrompue durant le temps que j'ai passé dans le gang de Crayson. Certains m'ont même proposé des cours particuliers, mais je les ai refusés. Je ne me voyais pas les cumuler avec mon boulot à l'atelier.

Il n'y a qu'en littérature que je m'en sors avec les honneurs. Merci aux romans que j'ai ingurgités au fil des années…

De toute façon, que je décroche un diplôme ou pas, je continuerai de bosser au garage. J'ai découvert que je me débrouillais plutôt bien en mécanique et cette voie me convient.

– Et Cassie ? enchaîne Rob avec un petit air innocent.

Ah, ma Cassie…

Je me doutais que mon oncle allait mettre le sujet sur le tapis. J'ai demandé à Amaria si je pouvais partir plus tôt le matin pour emmener ma petite amie à l'entraînement. Elle a accepté. Il faut croire qu'elle est plus conciliante quand je lui demande son avis avant d'agir.

– On est ensemble, avoué-je. Officiellement, je veux dire. Et ça se passe plutôt bien.

– Figure-toi que tu as l'air beaucoup plus détendu depuis quelques jours, réplique Rob. Mais pourquoi ça a l'air de t'étonner ?

Je tapote la table avec nervosité.

– Parce qu'il m'arrive rarement d'avoir droit au bonheur, soufflé-je. Au vrai, je veux dire. Du coup, je m'imagine qu'un truc plus sombre se cache forcément derrière. Ça a toujours été le cas jusque-là.

Mon oncle pousse un long soupir, puis déclare :

– Personne ne sait ce que l'avenir nous réserve. Mais si j'ai un conseil à te donner, c'est celui-ci : laisse-toi porter. Te poser des questions ou te mettre des freins ne t'évitera pas de découvrir ce qui se cache au bout du chemin.

Je réfléchis à ce qu'il vient de me dire. Il a raison : toute ma vie, j'ai essayé de fuir le destin. Mais cette enflure m'a toujours rattrapé…

– Je me laisse porter, répété-je.

– Je sais, confirme Rob. Tu es un battant. Comme ta tante. On est en couple depuis le lycée. Je faisais partie des intellos un peu maigrichons et elle, elle tabassait des mecs au club de lutte. On formait un duo complètement improbable.

– Vous êtes restés ensemble pendant tout ce temps ?

– On ne s'est jamais séparés, si c'est ce que tu me demandes. Ça n'a pas été tous les jours facile, crois-moi. La vie est une compétition permanente. Parfois on gagne, parfois on perd… mais c'est toujours mieux de jouer une partie à deux. En tout cas, c'est ce que je pense.

Leur histoire m'inspire. Me donne de l'espoir. Et l'espoir, c'est ce dont j'ai besoin ces temps-ci.

– Alors vous n'avez jamais rompu, malgré les difficultés ? demandé-je.

– J'ai eu des problèmes d'alcool dans ma jeunesse, me révèle mon oncle. Ça a failli nous détruire tous les deux. Mais Amaria m'a soutenu et, grâce à elle, j'ai arrêté de boire. Les bouteilles que tu as descendues n'étaient pas là pour être consommées. Parfois, quand je vais mal, je les pose au milieu de la table et je les regarde. Ça me rappelle ce que j'ai à perdre, et… la chance que j'ai d'avoir une femme formidable auprès de moi.

Je grimace. Il avait donc remarqué que j'avais vidé ses réserves… Jusqu'à aujourd'hui, il ne m'en avait jamais parlé. Et même ce soir, alors qu'il aborde le sujet, ce n'est pas pour me dire que j'ai merdé. Je le sais déjà, de toute façon.

J'ai le meilleur oncle au monde, j'en suis convaincu à présent.

– Est-ce que tu commences à être heureux ? m'interroge-t-il timidement. Je sais qu'avec la perte de Lucia, ta nouvelle vie, tout ça, c'est une question un peu compliquée, mais…

Il rougit en s'enfonçant dans sa chaise, tandis que je réfléchis à ce que je vais lui répondre. Quelques jours plus tôt, je n'aurais pas hésité. Mais, désormais, des éclaircies se dessinent dans mon obscurité. Des nuances qui m'empêchent d'être catégorique.

– Je vais mieux, finis-je par déclarer.

– Ça me rassure, mon grand. Ça me rassure.

Il me décoche un sourire embarrassé, puis reprend :

– Dis-moi, avec Cassie, tu as déjà… Enfin, ça me gêne un peu, mais ta tante m'a demandé de te parler de, euh… tu sais ?

Le pauvre, il rame. Je le sens prêt à se liquéfier sur place, alors je décide de l'aider :

– Est-ce que j'ai déjà couché avec elle ?

Il cligne les yeux, inspire, puis lâche :

– Je veux juste m'assurer que tu es au point sur la contraception, ce genre de choses…

Un peu tard pour ça.

– Je ne suis plus puceau, Rob, dis-je.

– Ah !

– Et je sais enfiler une capote, alors remets-toi.

Il se marre, toujours embarrassé.

– Il fallait quand même que j'aborde le sujet.

Il a l'air soulagé de ne pas avoir à me faire un topo. Heureusement pour lui, les filles qui gravitaient autour des Red Birds se sont chargées de m'apprendre tout ce que j'avais à savoir sur le sexe. Exercices pratiques inclus.

Rob ne cherche pas à creuser davantage. Il termine son chocolat en vitesse, puis remonte se coucher. Je l'imite quelques minutes plus tard.

***

À 7 heures le lendemain matin, j'attends Cassie devant chez elle, mais c'est Gold que je vois apparaître sur le seuil de leur maison. La nervosité me prend aux tripes, même si je doute qu'il vienne pour me demander de foutre le camp. Il sait pour sa sœur et moi, et il s'abstient de commenter quand elle rapplique au garage pour me sauter dessus. Il se contente de se détourner, alors qu'il crève d'embarras.

– Salut, gamin, me lance-t-il.

– Salut, Gold, répliqué-je. Pour ta gouverne, j'ai pas picolé.

Je prends les devants, parce qu'il arrive qu'il me pose la question avant que j'emmène Cassie. Et lorsque ma tête est tellement à chier qu'elle lui fout de vrais doutes, il utilise un putain d'éthylotest, comme ma tante. À croire qu'ils se sont passé le mot.

– On a vandalisé le garage, cette nuit, m'apprend-il. Le plus gros du matos a été volé, et quelques bécanes en prime.

– Merde.

Un truc du genre devait arriver. Je soupçonne aussitôt Rodz. Le connaissant, il n'a toujours pas digéré que les Styx Riders lui fassent de la concurrence directe de ce côté-là de la ville.

– Ouais, du coup, on ferme pendant quelques jours, enchaîne mon patron. Si tu pouvais éviter de traîner dans le coin avec Cassie, ce serait mieux, OK ? Ça va bouger, et je n'ai pas envie qu'elle se trouve en ligne de mire. Trouve-lui un autre endroit que le *Starbucks* jusqu'à ce que ce soit réglé.

– Tu sais qu'elle va péter un câble, hein ? Ce café, c'est toute sa vie.

– Je te fais confiance pour lui montrer d'autres endroits. Et pour tenir ta langue. Je n'ai pas envie qu'elle s'inquiète.

– C'est Rodz, hein ?

– On n'est sûrs de rien pour l'instant. Profites-en pour te reposer, d'accord ?

Je m'apprête à lui demander plus d'infos quand Cassie déboule avec son sac de sport sur le dos. Son sourire me percute l'âme avec la violence d'un tsunami. Quand elle me regarde ainsi, je me demande comment j'ai pu résister aussi longtemps avant de craquer. Pour elle, pour sa lumière, pour sa capacité à me guider dans l'obscurité.

Elle pose son sac par terre et s'approche de moi. Son parfum à la vanille m'enveloppe, m'enivre. Sa bouche frôle la mienne. OK, cette meuf me fait perdre les pédales ! Je la plaque contre moi alors que ses mains se posent sur mes épaules.

– Que voulait mon frère ? me demande-t-elle.

Lorsque je tourne la tête, je constate qu'il a disparu. Comme Ash, il possède cette capacité de se déplacer avec la discrétion d'un fantôme.

Je replonge mes yeux dans ceux de Cassie, dégage l'une des mèches qui flottent devant son visage et lui réponds :

– Me dire que le garage ferme pour une poignée de jours. Du coup, on pourra se voir plus souvent.

– Il m'a dit qu'il prenait des congés. Tu y crois, toi ?

– Bah, je ne vais pas cracher sur un peu de repos.

– Du coup, tu viens chez moi plus tôt ce soir ?

Visiblement, elle regarde un film avec son frère tous les lundis, depuis des années. J'ai été touché qu'elle m'invite aujourd'hui, surtout que Jack n'a jamais eu cet honneur. En même temps, entre Gold et lui, c'était un peu tendu.

– Ça roule pour moi, dis-je.

– Génial.

Le baiser de ma cheerleader se transforme en étreinte, au point que cela me fait penser à la discussion que j'ai eue avec Rob cette nuit. Pas celle à propos de la bécane qu'il veut s'acheter, bien entendu… Je suis prêt à attendre le temps qu'il faudra avec Cassie, mais si elle s'acharne à se frotter contre moi comme elle le fait à cet instant et à titiller ma langue avec provocation…

– Monte, lui ordonné-je en la repoussant et en lui désignant l'arrière de ma moto.

Surprise, elle recule en clignant des paupières. Pourvu qu'elle ne pense pas à regarder plus bas, parce que mon début d'érection aura du mal à passer inaperçu.

– Ça va ? me demande-t-elle.

En plus, il faut qu'elle me regarde avec ses grands yeux doux…

– Parfaitement, prétends-je. Grimpe, sinon tes copines s'imagineront qu'on s'est envoyés en l'air.

– Oh, tu sais, elles pensent tout le temps au cul.

Sans. Blague.

Elle enfile mon casque, enroule ses bras autour de ma taille et se presse contre moi.

Allez, Alex, arrête de fantasmer, putain !

Je démarre, espérant que le froid de l'hiver me remettra les idées en place.

C'est moi ou ce soir, en attendant que Gold revienne chez lui, ça va être très long ?

CHAPITRE 34

CASSIE

Avec Gold, on a pensé qu'inviter Alex à se joindre à nous pour notre soirée film du lundi lui serait bénéfique. Il a besoin de passer davantage de moments avec de véritables personnes : les personnages de romans ne peuvent pas suffire à lui constituer une vie sociale. J'ai l'impression qu'il va mieux ces derniers temps, cela dit. Déjà, il a l'air moins épuisé. Plus ouvert, aussi. Il a encore beaucoup de difficultés à se livrer, mais ça viendra. En attendant, je lui montre qu'il compte pour moi. Ça ne peut que l'aider !

Je pose mon visage contre son dos musclé et me cramponne à sa veste en cuir. Nous rejoignons le lycée en une poignée de minutes. Malgré l'heure matinale, les voitures des autres cheerleaders sont déjà toutes garées. Je suis en retard, pour ne pas changer ! Je vais devoir accélérer, sinon Jess va me tuer.

Alex observe le parking alors que je me débats pour descendre de sa moto. Je manque de tomber, mais, sans même tourner la tête vers moi, il me rattrape. Ses yeux sont fixés sur les joueurs de foot installés dans les gradins, déterminés à mater l'entraînement de mon équipe. Ils nous envoient parfois des remarques grivoises, et nous n'hésitons pas à leur rendre la pareille. Nous nous entendons plutôt bien avec eux, en réalité, Jack excepté.

– Qu'est-ce qu'il y a ? demandé-je à mon petit ami.

– La voiture de Ducon est là.

En effet, sa Mustang noire rutilante est garée à quelques mètres de nous. D'habitude, ce bouffon ne prend pas la peine de venir supporter les cheerleaders. Une envie de meurtre me traverse l'échine.

– On va l'ignorer, déclaré-je. N'est-ce pas ?

Alex pousse en long soupir en roulant des yeux.

– Grouille-toi de te rendre aux vestiaires, OK ? me dit-il.

Je souris et passe une jambe par-dessus la selle de sa Harley en le forçant à reculer pour que je puisse m'asseoir en face de lui, puis je serre les cuisses autour de sa taille et me rapproche jusqu'à ce qu'il n'y ait plus aucun espace entre nous. Ses mains crochètent mes hanches, les miennes se perdent dans son cou. Mon sang s'échauffe dans mes veines quand sa bouche emprisonne la mienne. Mon souffle se raréfie, je prends le temps de me nourrir de cette affection si particulière. Avec moi,

Alex n'agit pas comme avec les autres. On dirait que sa colère et sa culpabilité diminuent à mon contact, au profit d'un bonheur encore timide.

– J'ai un truc à te demander, souffle-t-il à mon oreille.

– Oui ?

– Les règles que tu avais établies avant qu'on sorte ensemble… elles ne tiennent plus ?

Vu que ses mains ont tendance à se glisser sous mes vêtements lorsque nos baisers s'enflamment, je pensais que la réponse était évidente.

– Non, réponds-je.

Alex déglutit, recule sa tête et me dévisage de la manière la plus sexy possible avant de me glisser :

– Faut vraiment que tu y ailles. Genre, tout de suite.

Il gigote pour s'écarter. Je rougis en comprenant pourquoi il réagit ainsi quand je me trouve si proche de lui. Je suis bête, pourquoi je n'y ai pas pensé avant ?

– Oups, minaudé-je sans bouger d'un poil. Désolée.

Ses dents mordent ma lèvre inférieure et, la seconde d'après, il me fait passer par-dessus la selle pour me déposer à terre.

– Faudra qu'on cause « périmètre de sécurité », toi et moi, déclare-t-il. Très vite.

Il descend à son tour de sa bécane, attrape mon sac, puis passe un bras autour de mes épaules.

– Toi, tu as déjà… commencé-je. Enfin, tu vois, quoi ?

Je ne peux pas être plus explicite, mon visage est déjà en train de cramer.

– Ouais, m'avoue Alex.

– Elle s'appelait comment ?

Il me décoche un coup d'œil, puis arque un sourcil.

– Sérieux, Cassie ?

– Est-ce qu'elle avait déjà eu des aventures avant toi ?

Mon stress parle à ma place. En même temps, si mon corps ne réagissait pas aussi violemment à la présence de mon petit ami, je saurais contrôler ma curiosité.

C'est sa faute.

– Franchement, il ne vaut mieux pas qu'on ait ce genre de conversation, affirme-t-il.

– Pourquoi ?

– Parce que… qu'est-ce que ça peut foutre, hein ? C'est quoi, le fond de ta pensée ?

Une partie de moi flippe à l'idée de décevoir Alex quand on passera à l'acte. Idiot, n'est-ce pas ? Mais je n'arrive pas à m'empêcher d'y penser. Et si je m'y prenais tellement mal qu'il décidait de me larguer ? Ou d'aller voir ailleurs ?

– C'est juste que… bredouillé-je.

– Que ?

OK, je m'enfonce. Il vaut mieux que je me taise. D'un coup, je me dégage de l'étreinte d'Alex et détale en direction du stade. Mais mon petit ami s'élance à ma suite, attrape mon poignet et me force à lui faire face.

– Que quoi, Cassie ? insiste-t-il.

Heureusement, avant que je puisse lui répondre, le coach Herold m'aperçoit et m'interpelle :

– Cassie, bouge-toi, les filles t'attendent sur le terrain !

– J'arrive ! m'exclamé-je. On en reparle plus tard, Alex ?

Ou plus jamais ?

Pendant toute la durée de l'entraînement, mes pensées divaguent, toujours focalisées sur la discussion que je viens d'avoir avec mon copain. Par chance, mes réflexes prennent le relais et je ne commets pas de faute grave sur la choré.

– Tu as déjà couché avec un garçon, n'est-ce pas ? demandé-je à Ruby lorsque nous retournons au vestiaire, bien que je connaisse déjà la réponse.

– Oui, me répond-elle, un peu embarrassée. Avec Conrad, pendant l'été. Tu te souviens de lui ?

Elle l'avait rencontré lors d'une soirée pendant les vacances et ils s'étaient rapprochés plutôt rapidement. Un type arrogant, qui se vantait de faire de grandes études en droit. Je ne l'aimais pas beaucoup, et j'avais raison de me méfier de lui. Leur aventure a duré quelques semaines seulement. Ensuite, il l'a plaquée pour une étudiante plus âgée. Ma pauvre Ruby s'en est remise, mais sur le coup, elle en a été très affectée.

– Et comment as-tu su que tu étais prête à aller plus loin avec lui ? enchaîné-je.

Avec sérieux, ma meilleure amie hausse les épaules et déclare :

– Ça ne s'explique pas, tu le sens, voilà tout. Ton corps t'envoie des signaux que tu ne peux pas ignorer. Dès le moment où tu as envie d'arracher tes fringues, considère-toi prête.

Elle fronce les sourcils, puis ajoute :

– Tu comptes aller plus loin avec Alex, n'est-ce pas ?

– Non, réponds-je. Enfin, je l'ignore encore… Ça me rend nerveuse.

– Bien sûr que ça te rend nerveuse, ma Cassie.

– Tu vois, entre Alex et moi, c'est… incroyable. Il peut paraître hyper froid de l'extérieur, mais en réalité…

– Tu as une relation privilégiée avec lui, je comprends.

– Oui, et je n'ai jamais été aussi sûre de mes sentiments pour un mec.

Ruby et moi attrapons nos sacs et nous dirigeons vers la sortie. Elle me salue et je speede, comme d'habitude, pour rejoindre ma première salle de cours.

À midi, je retrouve les filles à la cafétéria. Une sorte d'euphorie coule dans mes veines depuis que j'ai repris le cheerleading. Ça m'avait tellement manqué ! Mais mon enthousiasme est douché lorsque Jess m'annonce :

– Cassie, Logan m'a chargé de te dire de faire gaffe à Jack. Il devient de plus en plus chelou.

– Je sais, soupiré-je. Il nous observait à l'entraînement le matin, depuis les gradins.

Aussi loin que possible d'Alex, bien entendu.

– Tu devrais demander à Gold de lui rendre visite, propose Ruby. Ça calmerait ses ardeurs.

– Je ne préfère pas, dis-je.

– Pourquoi protèges-tu ce guignol ? s'emporte Courtney.

C'est moi que je protège, en réalité…

– Parce que son père connaît bien le doyen de la fac de Chicago, répond Ruby à ma place. Cassie craint qu'il sabote ses chances d'être admise là-bas.

– Sérieux ? s'exclame notre championne de kick-boxing. C'est pour ça que tu ne veux pas rendre la monnaie de sa pièce à ce bouffon ? Il te fait du chantage ?

Je secoue la tête. Je me sens stupide de craindre que Jack se dresse entre ma fac et moi, sauf que je ne contrôle rien. Je ne peux pas m'empêcher d'avoir peur.

– Je dois y aller, les filles, lâché-je.

Avant qu'elles ne puissent me retenir, je fuis. Je prends la direction du gymnase, un petit bâtiment du côté de l'aile Est. Alex m'a dit qu'il voulait aller y faire un tour ce midi pour voir à quoi ressemble la salle de musculation. Il s'y trouve toujours, à mon grand soulagement. Sa voix me parvient depuis un vestiaire au moment où je passe devant.

– Ouais… un modèle des années 1980… excellent état. En échange, il me faut juste des infos concernant un mec du milieu… ça marche.

Il se tait, et je le vois ranger son téléphone dans sa poche.

De quoi parlait-il ? Et à quel milieu faisait-il référence ?

Il se retourne, m'aperçoit, et son sourire balaie toutes mes interrogations.

– Tu me cherchais ? me demande-t-il, à peine surpris.

– Non, je me balade du côté des vestiaires des mecs pour pécho, répliqué-je. Tu as de la chance, tu es le premier à en sortir.

Ses yeux crochètent les miens, m'embarquent dans leur océan d'obscurité. En moins d'une seconde, il fond sur moi, et ses mains se plaquent sur le mur de chaque côté de mon visage.

CHAPITRE 35

ALEX

M.

Je crois enfin saisir le sens de tes paroles sur le Styx...

Le visage de Cassie est si proche du mien… Ses lèvres me supplient de les dévorer, et son corps m'attire comme un aimant. Tout à coup, elle me décoche un sourire si empreint d'émotions qu'il pourrait me faire perdre pied. En tout cas, il accélère les battements de mon cœur et me coupe le souffle. D'autant que ses doigts viennent d'agripper ma ceinture. Sans crier gare, elle me plaque contre elle et m'embrasse. Je la laisse faire. Son désir me bouleverse, me vide l'esprit. Mes mains glissent sur ses épaules, ses bras. La douceur de sa peau brûle mes doigts, mais c'est si agréable… Je la presse contre moi encore plus fort, avide de sa présence. Quand elle me touche, j'ai le sentiment que ma noirceur recule.

– J'avance dans les livres que tu m'as offerts, déclaré-je en posant mes lèvres contre son cou.

Elle frissonne, puis lâche :

– Ah oui ? Lequel as-tu préféré jusque-là ?

– *Vol au-dessus d'un nid de coucou.* Je le connaissais déjà, mais si je l'ai autant aimé cette fois c'est parce qu'il venait de toi. Et parce qu'il est plein d'espoir, aussi. Un espoir venu de nulle part, qui apparaît quand on s'y attend le moins.

Au vu de ce que je traverse, ce bouquin relatant la lente agonie de patients dans un hôpital psychiatrique m'a parlé. Je trouve que le deuil à un petit air de folie. Il est aussi obscur, aussi menaçant.

– Tu es un peu mon Mac Murphy à moi, glissé-je à Cassie.

– C'est un compliment ? se marre-t-elle.

– Ouais. Tu m'as réappris à ressentir autre chose que la peine et la peur. Si tu savais l'impact que tu as sur moi…

Ses grands yeux verts pleins de lumière et de gentillesse me détaillent tandis qu'elle me souffle :

– Merci, Alex.

Je recule d'un pas, puis lui annonce :

– Je passe te prendre ce soir après l'entraînement.

– Tu n'y assisteras pas ? s'étonne-t-elle. Le garage n'a pas rouvert, pourtant.

J'aime la voir danser, défier les cieux comme si rien ne pouvait se mettre en travers de son chemin. Mais aujourd'hui…

– Je dois régler un truc, lui avoué-je.

– Un truc illégal ?

Je grimace.

– C'est plus compliqué que ça.

– Un truc dangereux ? Tu as le même regard que Gold quand il trempe dans des affaires louches.

– Je dois juste rencontrer un gars de mon passé et lui parler.

– Quel gars ?

– Un pourri qui sait tout ce qu'il y a à savoir sur les autres pourris de la ville, soupiré-je. J'espère qu'il pourra me renseigner sur un mec qui fait chier les Styx Riders ces derniers temps.

– D'accord. Ils savent que tu dois le voir ?

Je secoue la tête. Tout à coup, Cassie semble comprendre.

– C'est pour entrer dans le club ! s'exclame-t-elle. Tu veux les surprendre et leur prouver ta loyauté !

– Oui… Tiens ta langue, OK ? Je n'ai pas envie que Gold ou Ash interviennent.

Les sourcils de ma cheerleader se froncent.

– Je suis sûre que c'est une mission à risque, lance-t-elle. Si tu ne m'attends pas dans les gradins après l'entraînement, je les préviendrai.

– Sérieusement ? Tu ferais ça ?

– Seulement si tu ne reviens pas à temps de ton rendez-vous avec ce mec. Je n'ai pas envie qu'il t'arrive quelque chose, Alex.

Sans crier gare, je m'approche d'elle, la saisis par les hanches et la soulève. Elle pousse un cri surpris.

– Quelle est la pire faute que tu aies commise dans ta vie ? lui demandé-je.

Elle enroule ses jambes autour de ma taille, sans doute par peur de tomber. Sauf que, coincée ainsi entre le mur et moi, il y a peu de risques que ça arrive. Ça a juste le don d'éveiller mes instincts primaires.

– C'est important que tu le saches ? me renvoie-t-elle.

– Histoire que je me sente moins minable face à toi, ouais.

L'espace d'une seconde, un éclair de tristesse traverse son regard, puis elle affirme :

– Il faut que tu reprennes confiance en toi.

– Réponds à ma question.

Elle se mord la lèvre inférieure en s'enfonçant dans les méandres de ses pensées. Je refoule mon envie de l'embrasser. Jamais encore je n'avais ressenti une attraction comme celle-là pour une nana. Du désir, oui, mais pas un attachement émotionnel aussi fort.

Le visage délicat de Cassie vire soudain au rouge.

– C'est ridicule, prétend-elle.

– Tu te débines ?

– Non ! C'est juste que, vraiment, c'est trop bête.

Pour la forcer à parler, je m'appuie un peu plus fort contre elle. Le sang pulse dans ses joues, mais je devine que l'embarras lié à ma question n'y est pour rien, cette fois.

– Je t'écoute, lui dis-je. Je veux connaître ton niveau de criminalité.

– Eh bien, une fois, je voulais aller voir un film d'horreur au cinéma, mais je n'avais pas l'âge requis, m'avoue-t-elle. Alors j'ai payé pour une autre séance, j'ai attendu que le gars de l'accueil arrête de me regarder et je suis quand même allée voir le film d'horreur.

– Bordel, je sors avec une arnaqueuse !

– Arrête de te moquer, OK ? Retournons en cours, plutôt. Tu me libères ?

– Seulement parce que j'y suis obligé.

Je la lâche, et elle retombe sur ses pieds. Elle rejoint le couloir ; je lui emboîte le pas, les mains dans les poches, un sourire aux lèvres.

Brusquement, elle s'arrête avec un petit jappement. Je regarde autour de nous, à la recherche de ce qui vient de lui faire peur, lorsqu'elle débite :

– Une fois, j'ai flanqué un coup de pied à un mec qui tentait de harceler sexuellement Ruby lors d'une soirée bowling !

– Quoi ?

– J'y ai été tellement fort qu'il est tombé à genoux, on a eu le temps de retourner à notre voiture avant qu'il se relève. Voilà le pire truc que j'ai fait. J'ai peut-être castré un gars !

Je me retiens d'éclater de rire.

– C'est pas une faute, c'est un service rendu à la communauté, dis-je. Avec un peu de chance, ce merdeux ne recommencera pas.

– Tu… tu as raison, bégaie Cassie en écarquillant les yeux. Un service rendu à la communauté !

– On aurait dû te décerner un prix. Je t'offrirai une médaille, si tu veux. En attendant, amène-toi, ça va sonner.

Quelques minutes plus tard, nous nous séparons pour rejoindre nos salles respectives, et je tente tant bien que mal de me concentrer sur mon cours de maths.

Un peu avant la fin de l'après-midi, je reçois un SMS d'un numéro privé. Un simple « OK ». Le signal de la part de Trent : il m'attend dans l'heure. Je lève la main pour demander à mon prof si je peux aller aux toilettes, rassemble mes affaires, puis quitte le bahut.

Betty lancée à vive allure, je traverse la ville pour m'engouffrer dans les quartiers les plus défavorisés de la ville. Ça sent la peine, le désordre, les gangs. Les maisons miteuses défilent le long des rues crasseuses. À une époque, je me réfugiais par ici pour échapper aux forces de l'ordre. Quand certaines missions données par Crayson l'exigeaient, je me faisais oublier en me planquant dans le coin. Ça angoissait ma mère : ne me voyant pas rentrer, elle imaginait les pires scénarios.

Putain, parfois, j'étais le pire fils qui puisse exister.

Trent tient un garage dans un cul-de-sac. On trouve dans son atelier toutes les pièces possibles… à condition d'appeler avant et de laisser à ses gars le temps de les voler sur d'autres voitures.

Il y a quelques années, ce mec faisait la loi par ici. Il avait à son service les pires monstres des bas-fonds. Et puis, un jour, il a eu une fille et il a arrêté les histoires de gangs. Mais il continue de mener quelques petits trafics, notamment d'informations. J'ai eu l'occasion de le rencontrer plusieurs fois quand j'appartenais encore aux Red Birds. La Mustang de Ducon ne sera pas le premier véhicule que je lui filerai…

Je descends de ma moto sous l'œil attentif des molosses postés devant l'entrée du garage. La nuit commence à tomber ; ça me rappelle que les loups sortent de leur tanière à cette heure-là. Les mains en l'air, je me poste devant les gars et annonce :

– Trent m'attend, j'ai rendez-vous avec lui. Dites-lui qu'Alex Agora est arrivé.

Un barbu à qui il manque un œil grogne :

– Premier bureau sur la gauche. Tu ne vas pas plus loin.

J'opine, puis remonte un couloir tapissé de posters sur lesquels s'étalent des meufs à poils. Ça pue l'huile de moteur, le brûlé et l'illégalité.

Je m'arrête devant la première porte ouverte. La pièce de taille respectable que je découvre n'a pas de fenêtre, et il y flotte une odeur de vieille clope dégueulasse. Assis devant un PC, Trent écarte le cigare qu'il fumait et m'ouvre les bras.

– Alex Agora, je t'attendais. Tu sais ce qu'on dit sur toi ?

Droit au but, comme toujours.

– Non.

– Que tu es sous la protection des Styx Riders. C'est une sacrée promotion, mon gars. Rien à voir avec le gang de Crayson, n'est-ce pas ?

Je sais ce que cette enflure cherche à faire : me soutirer des infos l'air de rien. Dommage pour lui, je ne compte pas en lâcher.

– Je suis ici pour Rodz, dis-je. J'ai des images de la voiture, comme convenu.

Je m'avance et lui fourre mon téléphone sous le nez. Les photos de la Mustang de Jack que j'ai prises il y a quelques jours s'étalent sur l'écran.

Dans la foulée, je me prends une bouffée de fumée de cigare dans la gueule. Il faudra que j'aille prendre une douche avant d'aller chercher Cassie si je veux éviter de la dégoûter.

Trent fait défiler les clichés. Quand je lui dis que la voiture appartient à un mec de mon âge, il grommelle une phrase du genre « on ne devrait pas donner des bijoux de ce genre à des gosses ! »

– Tu as raison, elle m'intéresse, finit-il par admettre. Tu veux quoi comme info en échange ?

– N'importe quoi contre Rodz.

Un sourire étire les lèvres de la crapule.

– Rodz, hein ? répète-t-il.

– Ouais.

Un passif les lie tous les deux. J'ai entendu dire qu'ils se détestaient. J'essaie d'en profiter…

– Tu es pas là au nom des Styx Riders, si ? s'enquiert-il.

Je reste soigneusement impassible.

– Marché conclu ou pas ? demandé-je.

Trent me tend une grosse main, que je m'empresse de serrer.

– J'aurai de quoi te satisfaire dans deux jours, annonce-t-il. Ramène-moi la voiture mercredi à minuit.

Ça s'est plutôt bien passé ! Je sors du bureau, content de l'entrevue. Mon nouveau partenaire en affaires m'escorte jusqu'à ma moto. Alors que je remonte dessus, il me glisse :

– J'ai appris pour ta mère. Mes condoléances.

Je me crispe. Je me doute bien qu'en réalité Trent n'éprouve aucune compassion pour moi. Il utilise tout ce qu'il peut contre les autres afin de se foutre en sécurité, c'est tout.

Une brusque envie de vomir me retourne l'estomac, et mes poings me démangent. Mais je me retiens de les envoyer dans la tête de ce type. Il ne vaut mieux pas que je joue avec le feu…

Pour toute réponse, je me contente d'un hochement de tête, puis je mets les voiles en vitesse.

CHAPITRE 36

CASSIE

– Tu n'étais pas concentrée aujourd'hui, me reproche Jess.

En effet, j'ai enchaîné les boulettes sur toute la durée de l'entraînement. Mes pensées dérivaient constamment vers Alex. Mes yeux ne cessaient de le chercher dans les gradins, sans jamais le trouver. Forcément, mon niveau de stress n'a fait qu'augmenter.

Heureusement, vers la fin d'une danse qu'on a dû recommencer six fois par ma faute, il est apparu au sommet des gradins.

– Oui, désolée, j'étais un peu ailleurs, m'excusé-je auprès de ma capitaine.

– Tu veux en parler ? me propose-t-elle.

Quand je secoue la tête, elle enchaîne :

– C'est à cause de Jack ? J'ai mis Logan sur le coup, il essaie de savoir si cette enflure compte réellement s'interposer entre toi et la fac dont tu rêves.

Un frisson me parcourt. Si mon ex comprend pourquoi il a encore autant d'impact sur moi, il en profitera, j'en suis certaine…

– Merci, Jess, me contenté-je de lancer pour éviter d'envenimer la situation. À demain.

Comme d'habitude, Alex m'attend sur le parking, appuyé nonchalamment contre sa moto.

– Alors, ce tête-à-tête avec le type louche ? lui demandé-je.

Au lieu de répondre, il saisit mon visage et m'embrasse à m'en couper le souffle. Je manque d'en tomber à la renverse, mais son bras autour de ma taille me maintient contre lui.

– Impec', me répond-il lorsqu'il s'éloigne de moi.

– Tu ne m'en diras pas plus ?

– Non. Allez, grimpe.

Le trajet jusque chez moi suffit à me geler jusqu'aux os. La température baisse de jour en jour… Bientôt, rouler à moto deviendra difficile, Alex devra opter pour une voiture. D'ailleurs, pendant que je pose mon sac de cours sur une chaise, il m'explique qu'il compte s'en acheter une avec l'argent qu'il gagne au garage. Un 4 x 4, rien de moins !

– Pourquoi un 4 x 4 ? l'interrogé-je.

– Pour t'emmener dans les montagnes, c'est toujours plus facile avec un tout-terrain.

Il a lâché ces quelques mots avec indolence, tout en pianotant sur son téléphone. Il ne s'en rend pas compte, mais ses paroles me touchent. Il pourrait s'acheter n'importe quelle voiture – et même une sportive s'il demande l'aide des Styx Riders –, mais il préfère en choisir une fonctionnelle juste pour qu'on puisse se balader ensemble.

– On pourrait prendre la mienne, lui suggéré-je.

– Pour nous retrouver coincés au milieu de nulle part ? Même pas en rêve.

Je roule des yeux, même si j'admets volontiers que ma petite voiture en baverait sur les routes de montagne autour de Black Lake. Je n'insiste pas et sors mes cours pour me mettre à mes devoirs. Alex ne m'imite pas : il préfère se plonger dans l'un des livres que je lui ai offerts.

– Tu n'as pas envie d'aller à la fac ? lui demandé-je.

Il relève les yeux vers moi avant de me répondre :

– Pas vraiment. Pourquoi ? Tu veux que je t'accompagne à Chicago ?

– Même si tu le voulais, tu ne le pourrais pas, lui fais-je remarquer. Si tu entres chez les Styx Riders, tu devras rester à Black Lake, ils n'ont pas de chapitre ailleurs. Mais bon, je m'en fiche si tu ne vas pas à l'université puisque je reviendrai souvent ici pendant mes études.

Ça m'effraie quand même. De partir aussi loin, alors qu'Alex resterait derrière moi.

Comme s'il lisait dans mes pensées ou tout simplement sur mon visage, il déclare :

– J'ai bien conscience que si tu deviens cheerleader professionnelle, tu devras parcourir le pays. Mais je m'en fous, Cassie. Je serai toujours là chaque fois que tu reviendras. J'attendrai que tu te poses et ensuite, je t'offrirai la meilleure vie possible.

Une émotion intense me submerge. Alex prétend galérer avec l'espoir, mais il ne se rend pas compte qu'il en donne aux gens autour de lui. Par sa gentillesse, sa loyauté, sa bonté.

Alors que je papillonne des paupières comme une idiote, il se lève et décide :

– Je choisis le film.

Le temps de ranger mes affaires, et je le rejoins sur le canapé.

– Je t'ai menti, avoué-je en me laissant tomber à côté de lui.

Alex a fermé les volets et éteint la lumière, ce qui ne me permet pas de voir sa réaction. Cela dit, je devine son regard brûlant sur ma peau. À peine ai-je ouvert la bouche pour continuer qu'il m'attrape par le bras, bascule en position allongée et me presse contre son torse. D'abord surprise, je laisse mes muscles se détendre au rythme de sa respiration et des battements réguliers de son cœur.

– Alors comme ça, tu as menti ? ricane-t-il. À quel sujet ?

Zut, je suis sûre qu'il m'a grillée en train d'inspirer son odeur. Je reprends contenance et veille à ne pas appuyer sur sa blessure lorsque je lève la tête dans sa direction.

– Le pire truc que j'ai fait, lui dis-je.

Ses doigts caressent mon dos, sous mon tee-shirt. Ils m'effleurent à peine, pourtant je sens une chaleur intense m'envahir.

– Donc, ce n'est pas resquiller au ciné ou castrer ce mec au bowling ?

– Non. C'est sortir avec Jack. Je l'ai laissé avoir de l'emprise émotionnelle sur moi, je l'ai laissé entrer dans ma tête… La voilà, la décision la plus stupide de ma vie.

Les muscles d'Alex se contractent. Un gars hurle de terreur à la télé, mais ni mon copain ni moi ne suivons le film.

– Je n'ai aucun autre regret que celui-ci, conclus-je.

– Il continue à te poser des problèmes ?

– Son père connaît des gens qui peuvent m'envoyer dans une fac en Alaska… Jack m'a avoué qu'il avait déjà fait sauter l'admission d'un mec qu'il détestait en utilisant cette méthode.

Ma gorge se serre.

– Tu flippes à l'idée qu'il fasse jouer ses relations à la con ? s'emporte Alex. Mais putain, Cassie, ton frère est un Styx Rider !

Ruby me rabâche la même chose. Comme si ça pouvait changer quoi que ce soit…

– Et alors ? rétorqué-je. Ce ne sont pas des dieux ! Ils n'ont aucune influence en dehors de cette ville.

Je savais qu'Alex ne comprendrait pas. Les gens ne se rendent pas compte de l'impact que peut avoir un manipulateur comme Jack sur une victime !

Je ravale ma déception en reportant mon attention sur la télé. Une poignée de secondes s'écoulent, puis mon petit ami souffle :

– Hé, Cassie, regarde-moi.

Pour ne pas plomber l'ambiance, je m'exécute. Alex passe un doigt sous mon menton, se penche et m'embrasse. Sa bouche agit sur moi comme un calmant. Ma tension disparaît, ma colère avec.

– Je le tue quand tu veux, déclare-t-il en me libérant.

J'enfouis mon visage dans son cou sans réagir. Il laisse passer quelques secondes, puis me glisse :

– Merci.

– De quoi ?

– De ne pas m'avoir demandé quelle est la pire chose que j'ai faite.

Je connais déjà la réponse. Ce que sa mère a exigé de lui le hante toujours ; ce sera le cas pour le restant de sa vie. J'ignore combien de temps durera notre histoire, mais je lui rappellerai que c'est un mec bien à chaque fois qu'il l'oubliera. Quand ses démons remonteront à la surface, je les combattrai avec lui.

– Alex, on peut en parler ? lui suggéré-je.

Il hoche la tête, les dents serrées. Je me doute que, pour lui, c'est une épreuve.

– Tu regrettes d'avoir abrégé ses souffrances ? lui demandé-je.

– Non. Je regrette que ce soit moi qui aie dû la libérer.

La douleur transpire dans sa voix, dans son immobilité soudaine, dans ses yeux qui luisent dans l'obscurité.

– Ça m'a… brisé, Cassie, poursuit-il. À l'intérieur, je le sens, c'est comme du verre qui écorche mon esprit. Je me sens mieux seulement quand je ne suis pas seul.

Il se tait, et je devine qu'il n'en dira pas plus. Pour la première fois, il s'est confié à moi sans aucune rage dans la voix. Sans aucune émotion, en réalité. J'ignore si c'est un signe de guérison ou non.

– Et ton père ? le questionné-je.

– Il est parti quand j'étais môme. Il ne me manque pas. Il vaut mieux qu'il reste anonyme, d'ailleurs. Parce que j'ai une foutue envie de meurtre quand je pense à lui. Parle-moi plutôt de tes parents, toi.

À nouveau, sa main s'insinue sous mon tee-shirt et caresse ma colonne vertébrale. Je ferme les yeux. Dans les bras d'Alex, le temps s'arrête. J'aimerais y rester pour toujours.

– Ma mère s'appelle Sasha et mon père, Dick, dis-je. Ils se sont rencontrés à l'armée et depuis, ils ne se quittent plus. Actuellement, ils sont en mission en Afghanistan. Je ne les vois pas très souvent.

– Ils te manquent ?

– Oui, mais j'ai Gold.

Je me tais, et Alex et moi restons silencieux un long moment. Son pouce frôle ma hanche. Je ne suis pas sûre qu'il se rende compte de l'effet que ça me fait. Ma retenue s'étiole peu à peu. Son geste est tendre, sans arrière-pensée, pourtant mon corps entier frémit.

Alex bouleverse mes pensées, mon quotidien, me fait ressentir des choses que je n'ai jamais éprouvées pour Jack. Il court-circuite mon cerveau, bousille mes nerfs, et fait naître en moi une douleur douce-amère qui me fait perdre la tête.

N'y tenant plus d'ignorer la brûlure agréable dans mon corps, je passe à l'attaque. Avec gaucherie, je remonte mes jambes de chaque côté de ses hanches, écrase ma bouche sur la sienne. Alex inspire, immobile, puis ses bras se referment autour de moi. Je me colle plus près, savoure le grondement qu'il pousse contre mes lèvres. C'est bon. Assez pour me faire oublier que Gold est sur le point de débarquer.

Alex se redresse, attrape mes hanches et me plaque davantage contre lui. Désireuse de sentir sa peau, je lui enlève son tee-shirt.

– Cassie…

À bout de souffle, mon petit ami me dévisage. L'étincelle dans son regard emballe les battements de mon cœur. J'en veux plus.

– On devrait arrêter… chuchote-t-il.

Il a sûrement raison. Mais allez expliquer ça à mes mains ! Commandées par une partie de mon cerveau dont j'ai perdu le contrôle, elles se posent sur le torse du futur Styx Rider. La vision de ses abdos parfaits soulignés par la ligne de poils sombres sous son nombril renforce mon envie d'aller plus loin. Sa peau tatouée est une véritable œuvre d'art qui appelle mes doigts. Il est magnifique. Sexy. À croquer. Sa blessure ne l'enlaidit pas, au contraire. Elle renforce son côté dangereux et insoumis.

– Cassie, stop…

En contradiction avec ses paroles, ses yeux me supplient de continuer. Sauf que si je veux éviter un bain de sang quand Gold rentrera, il vaut mieux que je me reprenne, et vite. Mon biker de frangin aime beaucoup Alex, mais pas assez pour sabrer le champagne s'il nous retrouve en pleine partie de jambes en l'air sur son canapé.

Je pousse un soupir à fendre l'âme et quitte les hanches de mon copain. Privée de sa chaleur, je me sens gourde. Je viens de lui sauter dessus, merde !

– Désolée, murmuré-je.

Qu'on soit clairs : je ne le suis absolument pas. Alex le devine : il se marre, remet son tee-shirt et dépose dans mon cou un baiser aussi léger qu'une caresse.

Ça n'arrange pas mon état.

– Il vaut mieux qu'on ne se touche pas pendant une demi-heure, le préviens-je.

– Ah oui ? se moque-t-il.

Mais il respecte la consigne, parce que, dans le fond, je sais que mes mains sur son corps ne le laissent pas indifférent.

Deux minutes plus tard, la porte d'entrée s'ouvre sur Gold. Comme tous les soirs ces derniers temps, il a l'air épuisé. Que fait-il au club pour finir dans un tel état ?

– Je vais préparer de quoi manger, les jeunes, lance-t-il. Alex, cinquante centimètres minimum entre ma frangine et toi quand je suis avec vous. Recule.

Il peut difficilement s'exécuter, puisqu'il est coincé contre le bras du canapé. Je me sacrifie donc pour la cause en roulant des yeux.

Mon frère n'est franchement pas marrant !

Mais il faut dire que les rares fois où il amène une copine à la maison, il ne la bécote jamais devant moi. Et, franchement… ce n'est pas plus mal.

CHAPITRE 37

ALEX

M.

Le bien et le mal forment un étrange concept. Il arrive que je ne les différencie plus. Leurs couleurs et leurs parfums se mélangent.

Et j'oublie. Et je meurs.

Dissimulé derrière un petit bosquet, je me les gèle depuis une éternité. Il fait nuit noire, le verglas menace de me congeler vivant et Ducon ne se décide toujours pas à rentrer chez lui ! Dans une heure, j'ai rendez-vous avec Trent pour lui apporter la Mustang. Mon plan va capoter, à ce rythme-là…

Je réfléchis déjà à une solution de repli quand des phares crèvent l'obscurité et que la voiture de collection se gare dans l'allée. Parfait ! Le blaireau est là. Visiblement, il a de la compagnie : une charmante blondinette ouvre la porte côté passager et s'extirpe du véhicule.

Sous le projecteur qui illumine l'avant de la maison, je vois Jack descendre à son tour. La présence de la meuf complique la situation, mais tant pis. Impossible de reculer à présent.

Armé d'une batte de base-ball, ma capuche rabattue sur ma tête et un foulard dissimulant la partie inférieure de mon visage, je traverse la route. Je ne pensais plus avoir à rôder la nuit dans la panoplie du parfait petit gangster, mais aux grands maux, les grands remèdes.

Que ma mère me pardonne.

C'est la dernière fois, promis.

– Grouille-toi, Nancy, je me les pèle ! râle Ducon.

– Une minute, doudou, je prends mon sac.

Aussi discret qu'une ombre, je contourne la voiture. Jack cherche la bonne clé sur son trousseau pour ouvrir la porte d'entrée, tandis que la nana farfouille dans l'habitacle de la Mustang.

– On s'en fout de ton sac, tu n'en auras pas besoin ce soir ! s'impatiente le footeux.

Je me dresse dans son dos et lui tapote l'épaule.

– Hé, trouduc, on t'a déjà dit que c'était pas une façon de parler aux meufs ?

Surpris, il m'observe avec de grands yeux écarquillés. Avant qu'il puisse réagir, je lui enfonce ma batte de base-ball dans le bide. Sous la violence du choc, il se plie en deux, le souffle coupé. La seconde d'après, mon poing percute son visage. Il s'écroule en arrière. Je chope ses clés, me précipite vers la Mustang, la déverrouille et saute derrière le volant.

Je me retrouve nez à nez avec la fille, toujours en train de fouiller le côté passager.

– Il est là, voilà, encore une seconde… je l'ai ! s'exclame-t-elle en relevant la tête.

Son sourire fane sur ses lèvres à l'instant où elle croise mon regard.

– Dégage, lui ordonné-je.

Elle recule en trébuchant et en se mettant à crier. Bordel, elle va rameuter les flics ! Je démarre, quitte l'allée en marche arrière, me penche pour fermer la portière encore ouverte, puis appuie sur l'accélérateur.

Sur le chemin du garage de Trent, je prie pour ne pas me faire arrêter. Mais, à cette heure-là, la police de Black Lake a visiblement mieux à faire que de me rechercher, puisque j'arrive à destination sans encombre. Pourtant, mon cœur bat la chamade, l'adrénaline fait pulser mon sang et mes mains tremblent. Dire que je m'étais juré de ne plus faire des trucs aussi cons !

La gorge nouée, je gare la Mustang devant l'atelier. Les malabars de Trent squattent encore devant, prêts à dégainer.

Je sors de la caisse, les clés en main et l'air faussement assuré.

– Salut, les gars, lancé-je aux mecs armés. Votre boss m'attend.

Ils doivent le savoir, parce qu'aucun d'eux ne m'empêche de m'enfoncer dans le bâtiment. Ça pue toujours autant l'essence et la clope, ici…

Je m'arrête dans l'encadrement de la porte du bureau de Trent. Ce dernier compte un tas de billets éparpillés devant lui.

– Je ne pensais pas que tu viendrais, petit, lance-t-il.

Je ne relève pas le surnom, même si ça commence franchement à m'énerver qu'on m'appelle ainsi.

– La voiture est en face, dis-je.

– Mes gars m'ont prévenu, annonce Trent en désignant un talkie-walkie posé près de lui. Une belle bête, comme tu me l'avais promis. Amène-toi, on va la voir.

Je l'accompagne dehors alors que la neige commence à tomber. Ma mère avait raison : si on ignore le froid, l'hiver vaut le coup.

Trent fait le tour de la Mustang et l'observe sous toutes les coutures. Il hoche la tête au fil de son inspection. Il va me prendre la voiture, c'est une certitude. Ce genre de bagnoles ne court pas les rues.

– OK, ça me va, finit-il par lâcher.

Un petit air satisfait sur le visage, il sort un carnet de sa poche, en déchire une page puis me la file.

– Voilà l'adresse d'une des planques de Rodz, déclare-t-il. Il paraît qu'il cache une certaine quantité de drogue là-bas. Fais-moi plaisir et crame tout ça.

– Pourquoi n'y avez-vous pas envoyé vos propres hommes ? demandé-je, curieux.

– Parce que mon truc, c'est la vente d'informations. Pas l'action. Maintenant, tu ferais mieux de t'en aller.

Je m'exécute en fourrant le papier dans ma poche. Sous les flocons de plus en plus nombreux, je me mets à courir. Cependant, après quelques centaines de mètres, mon souffle se fait court. Il faut vraiment que je récupère l'endurance que j'avais avant ma blessure. J'ai tant perdu, putain ! Tout ça à cause d'une foutue balle.

Je sors mon téléphone une fois éloigné des quartiers les plus chauds. Sous un abribus à moitié tagué, j'appelle Cassie. À mon grand soulagement, elle répond, malgré l'heure tardive.

– Alex ?

Elle a toujours cette inquiétude dans la voix quand je la contacte au beau milieu de la nuit. Parce que, oui, ça arrive souvent. L'entendre apaise mes pensées, éloigne mes insomnies. De manière générale, je dors mieux depuis qu'on est ensemble. Me rappeler la douceur de sa peau sous mes doigts même quand elle n'est pas là m'aide déjà beaucoup.

Mais là, je l'appelle pour une tout autre affaire.

– J'ai dit à ma tante que je dormais chez toi, cette nuit, lui annoncé-je.

Elle reste silencieuse. Je la devine surprise.

– Vraiment ? finit-elle par s'étonner.

– Ouais. Longue histoire. Bref, j'ai besoin que tu passes me prendre à la lisière des quartiers nord. Tu connais Washington Avenue ?

– Les quartiers nord ? Qu'est-ce que tu fiches là-bas ?

– Ce serait trop long de t'expliquer.

Cassie pousse un soupir, puis lâche :

– Gold n'est pas encore rentré du *Purgatoire*. J'arrive.

Aucune hésitation. Je ne mérite pas cette nana, ma parole ! Je raccroche, lui envoie ma localisation par SMS et l'attends. Une demi-heure plus tard, sa voiture se gare devant moi. Avant que je ne puisse esquisser un geste pour la rejoindre, elle en jaillit et me saute dessus.

Ça ne fait qu'une poignée d'heures qu'on ne s'est pas vus, pourtant on dirait que je suis parti pendant un mois. Cassie plaque sa bouche contre la mienne avec voracité. Comme à chaque fois que je suis avec elle, je laisse mes pensées me déserter, mes troubles s'estomper. Ne restent que sa chaleur, ses mains dans mes cheveux, son corps pressé contre le mien.

Putain.

Je la lâche d'un seul coup et recule de plusieurs pas.

– Qu'est-ce que tu fiches ici ? me demande-t-elle.

– Un truc à régler, lui réponds-je. Une connaissance m'a filé ça.

Je sors l'adresse de ma poche pour la lui tendre.

– Qu'est-ce que c'est ?

– Rodz, un gros bonnet, menace le garage de ton frère, et souhaite déclarer la guerre aux Styx Riders.

À cette adresse, je devrais trouver de quoi aider Bradley à le coincer.

Cassie écarquille les yeux.

– Tu vas y aller ? m'interroge-t-elle.

– Oui, et j'ai besoin de ta voiture. Je te ramène chez toi avant, et promis, tu la trouveras garée devant ta maison demain matin.

– Hors de question, je viens avec toi.

– C'est trop dangereux.

– Je resterai dans la voiture !

– Ton frère va me tuer.

– On ne lui dira pas. Allez, Alex, je pourrais t'aider !

– Je ne sais pas sur quoi on va tomber là-bas. Ne me force pas à t'enfermer dans le coffre, Cassie. J'y vais tout seul.

Les bras croisés sur sa poitrine, elle me défie avec un sourire arrogant.

– Je ne resterai pas sans rien faire pendant que tu prends des risques, affirme-t-elle. Je peux au moins faire le guet, non ? Tu en auras bien besoin.

Pour le coup, elle n'a pas tort. Mais je ne peux pas la mettre en danger. C'est déjà une décision folle de me rendre seul chez Rodz pour impressionner les Styx Riders ; emmener Cassie serait complètement inconscient.

– Non, tu rentres chez toi, décrété-je.

– Alex !

– Putain, tu te rends compte de ce que tu me demandes ? Ce mec est un tueur, pas un petit lycéen minable qui cherche à te faire peur. On joue dans la catégorie au-dessus.

Les lèvres pincées, Cassie croise les bras sur sa poitrine.

– Je veux t'aider, déclare-t-elle.

– Je n'ai pas besoin de toi.

– Alors j'appelle Gold et je lui dis ce que tu as l'intention de faire.

Ça, c'est un coup bas.

– Je resterai dans la voiture, plaide-t-elle. En sécurité. C'est promis !

Si elle prévient les Styx Riders de mon intention de la jouer solo, mon plan tombe à l'eau. Je vais me retrouver à l'arrière d'une moto avant de comprendre ce qui m'arrive et je me prendrai un savon au lieu des félicitations que j'attends.

– Tu ne bougeras pas ? demandé-je, méfiant.

Ses yeux s'éclairent.

– Promis.

– Tu feras ce que je te dis ?

– Absolument !

Avant même que je n'ajoute quoi que ce soit, elle comprend que j'ai cédé.

– Génial, je conduis ! s'exclame-t-elle.

– Alors là, tu rêves.

Je lui arrache les clés de sa voiture des mains pendant qu'elle se marre.

L'odeur de vanille me frappe de plein fouet dès que j'entre dans l'habitacle. Je ferme les yeux, inspire. Quelle que soit l'issue de ma relation avec

Cassie, ce parfum me suivra à jamais. Parce qu'il contribue à me ramener à la réalité, à remettre de l'ordre dans mes pensées.

Je tape l'adresse donnée par Trent dans le GPS et on décolle. Pendant de longues minutes, nous roulons dans un quasi-silence. Notre expédition risque de s'avérer dangereuse, je le sais et Cassie aussi.

La planque de Rodz se situe en bordure de la ville, en retrait des habitations et de la route principale. Le GPS nous conduit sur un chemin de forêt juste avant de perdre tout signal. Les arbres allongent leurs branches menaçantes en direction de la voiture et des craquements retentissent, mêlés à des bruits d'animaux.

– Tu es déjà venu dans le coin ? me demande Cassie à voix basse.

– Non, mais ce qu'on cherche se trouve droit devant.

Je lui montre la route, au bout de laquelle brille une lumière artificielle.

– Il doit y avoir des loups, s'inquiète ma cheerleader.

– Alors reste bien sagement ici. Ils ne te dévoreront pas.

– Tu te rends compte qu'il y aura sûrement des gars armés là-bas ?

J'y ai pensé. Mais, si je reste discret, j'ai une chance de m'en sortir indemne. Et de toute façon… comment avouer à Cassie que je ne crains pas de mourir ? Enfin, je ne compte pas me la jouer suicidaire pour autant.

– Je vais juste prendre des photos, dis-je pour rassurer ma petite amie. Si je ne suis pas revenu d'ici quinze minutes, tu te barres.

Elle perd ses couleurs. La seconde d'après, elle me balance une rafale d'injures.

Dingue, gros con, imbécile !

Entre autres.

– C'est bon, arrête, tenté-je pour la calmer. Il va rien m'arriver. Cassie. Bordel !

Pour la faire taire, je ne trouve rien de mieux que l'embrasser. Dans la confusion, elle me mord la lèvre. Le goût du sang envahit ma bouche, et sûrement la sienne aussi. D'un mouvement brusque, elle recule.

– Relax, OK ? lui soufflé-je. Je reviens vite. Appelle-moi si tu vois une autre voiture débarquer.

Je fourre son téléphone dans sa main, tentant de me montrer plus assuré que je ne le suis.

– Tu as entendu ? insisté-je.

Elle opine avec l'air de celle qui va me gerber dessus.

– Quinze minutes et je reviens, lui promets-je.

Sur ce, je m'enfonce dans la nuit.

CHAPITRE 38

CASSIE

Quinze minutes. Ça fait combien de secondes, ça ? Peu importe : beaucoup trop ! Je n'arrive pas à me sortir de la tête qu'un truc horrible va se produire. Dans les films, une situation comme celle-là ne finit jamais bien…

Je tente de prendre sur moi alors qu'Alex s'enfonce dans les ténèbres. Dès qu'il disparaît, mes mains se mettent à trembler autour de mon téléphone. Je prends une grande inspiration.

Tout va bien se passer. Il revient dans quinze minutes, c'est tout.

Une s'écoule.

Deux. Trois.

Au bout de quatre, je n'y tiens plus. Je ne peux pas laisser mon petit ami affronter le danger seul. Je dois le rejoindre.

Tant pis s'il m'en veut par la suite.

J'ouvre la portière et saute sur le sol meuble de la forêt sans un bruit, puis je file droit devant. Si je ne bifurque pas, tout ira bien… J'allume la petite lampe intégrée à mon porte-clés en forme de grenouille et défie les ténèbres. Je manque de tomber deux ou trois fois, piégée par des racines, des ronces ou des plantes rampantes, mais je continue mon chemin vaillamment.

– Alex ?

Mon murmure meurt dans la nuit.

– Tu m'entends ?

J'hésite à appeler Gold. Mais je me souviens que, si mon petit ami court tant de risques cette nuit, c'est pour entrer chez les Styx Riders. S'il obtient une information importante sur un concurrent direct du MC, il aura son blouson, c'est clair.

À condition de survivre, s'entend.

Je me fraie un passage à travers plusieurs buissons hauts, jusqu'à ce que je me retrouve arrêtée par un grillage, face à un petit bâtiment éclairé par des projecteurs. Un large parking, sur lequel sommeillent des voitures cramées ou désossées, entoure ce qui ressemble à un entrepôt isolé.

Au moment où je décide de longer la clôture pour trouver une entrée, une main se plaque sur ma bouche. Avant que je puisse penser à me défendre, on m'entraîne en arrière et on me force à m'engouffrer dans les fourrés.

– Qu'est-ce que tu fous là, Cassie ? gronde Alex.

J'attends qu'il me libère pour lui décocher un regard assassin. Il se moque de moi ? Je me liquéfiais de peur !

– Tu ne m'as pas entendue t'appeler ? Tu faisais quoi ?

Ma voix se brise. Je m'imaginais déjà le retrouver avec un trou au milieu du font. Cette vision me déchire de l'intérieur, j'ai envie de pleurer toutes les larmes de mon corps.

– Ça fait dix minutes que je suis parti, me fait-il remarquer à voix basse.

– Je ne pouvais pas attendre, tu… je pensais que…

Ma gorge se noue. Le regard d'Alex s'adoucit. Il pousse un soupir, avant de me désigner l'entrepôt.

– Il n'y a qu'une seule entrée. Je faisais un dernier tour de repérage avant de tenter de m'introduire quand je t'ai vue. Bordel, il faut franchement que tu apprennes la discrétion !

Je ne réplique pas, piquée au vif.

– Combien de gardes ? demandé-je.

– Un seul, et il prend une pause clope avec Rodz et un biker que je n'ai pas réussi à identifier. On dirait bien que ces pourris ne s'attendent pas à être attaqués.

Nous avançons le long du grillage pendant plus d'une minute, jusqu'à ce qu'une ouverture apparaisse. Elle n'est même pas fermée par une grille en acier, juste par une pauvre barrière rouge et blanc qui empêche les véhicules de passer. Tu parles d'une sécurité !

Nous nous cachons derrière les arbres et Alex me montre trois silhouettes à l'angle de l'entrepôt.

– Les mecs dont je te parlais, m'indique-t-il. J'ai réussi à les prendre en photo, mais il faut qu'on entre pour réussir à dégoter une preuve concrète.

– Quoi ?

Déjà, Alex se met en marche, prêt à en découdre. Il veut crever, ma parole !

– Je viens avec toi, décidé-je. Hors de question que je reste toute seule ici, dans le noir.

Il hésite une seconde.

– Tu as conscience des risques ? me demande-t-il.

Pas tout à fait.

– Oui. Si tu veux tellement prendre tes photos, on y va.

Il opine, et nous entrons en veillant à nous dissimuler derrière les cadavres de voitures.

– Faut qu'on tente de voir l'intérieur de l'entrepôt, déclare mon petit ami. Suis-moi, reste baissée…

Une partie de moi est flippée à mort, une autre ne peut s'empêcher de m'envoyer des signaux d'excitation. J'ai l'impression d'être un agent secret.

Alex profite d'une flaque d'ombre pour se couler contre le mur de l'entrepôt, aussi silencieux qu'un chat. Je lui emboîte le pas sans oser regarder vers les types armés jusqu'aux dents qui pourraient nous tomber dessus.

Une fois dos aux parpaings, je ricane :

– Et maintenant, on fait comment, Rambo ?

D'un regard, mon copain me cloue le bec.

D'accord, d'accord, je la boucle.

Son regard sonde les alentours, passe et repasse sur les murs jusqu'à s'arrêter sur une fenêtre à deux mètres de hauteur. Il se tourne vers moi et me demande :

– Si je te porte sur mes épaules, tu penses pouvoir photographier l'intérieur ?

Je roule des yeux. Évidemment ! Dix années de gymnastique, des heures entières à faire des pirouettes sur un terrain de foot, et ce triple idiot a le culot de me demander ça ?

– Ça va être du gâteau, affirmé-je.

Un sourire étire les lèvres d'Alex. Après un coup d'œil en direction du trio toujours en pleine discussion, il me fait signe d'avancer. Une fois que nous arrivons sous la fenêtre, il lie ses doigts entre eux. Ni une ni deux, je grimpe en me servant de ses mains jointes, son téléphone coincé entre mes dents. J'attrape le rebord en bois sous la vitre alors que mon petit ami me hisse à la force des bras. Je me sens comme Indiana Jones, version cheerleader ! Ils devraient m'engager pour le prochain film, si je survis.

– Surtout, tu ne me lâches pas ! lui intimé-je.

– Grouille-toi.

Je colle mon nez contre la fenêtre en essayant de l'ouvrir. Verrouillée. En même temps, le contraire m'aurait étonnée… Toujours en équilibre précaire, j'enlève mon écharpe, que j'enroule autour de ma main droite.

– Qu'est-ce que tu fous ? s'impatiente Alex.

– C'est fermé. Je vais casser le carreau !

– Tu vas…

Il ne termine pas sa phrase. La partie inférieure de la vitre vient d'exploser en morceaux. Des éclats de verre tombent sur le sol de l'entrepôt, et ma poitrine se serre. Est-ce que les gangsters nous ont entendus ? Mais personne ne me tire dessus.

Alex gronde entre ses dents, furieux. Il voulait que je fasse quoi, que je prenne des photos de mauvaise qualité ? Elles ne lui auraient servi à rien ! Je l'ignore pour me concentrer sur l'inspection des lieux. L'entrepôt ressemble à un atelier de réparation, un peu comme le garage de Gold. Une forte odeur d'essence flotte dans l'air, me faisant monter les larmes aux yeux.

– Qu'est-ce que je suis censée chercher ? demandé-je.

– De la drogue, des armes, des putes… énumère Alex. Je n'en sais rien, merde.

C'est noté. Je scanne tout ce que je peux voir. Des murs en granit, des carcasses de voiture, des pneus empilés, des bâches jaunes, des boîtes à outils, des crics… Jusque-là, rien de louche.

– Alors, tu repères quelque chose ? me presse mon petit ami.

Oui : trois tables en acier, plongées dans une semi-obscurité. Je zoome dessus avec le téléphone, croisant les doigts pour que la vision nocturne de l'appareil soit suffisante pour prendre une photo nette.

Allez ! Il faut que ça marche !

Bingo !

– La vache ! m'exclamé-je.

Des paquets blancs s'étalent sur la surface métallique, bien rangés les uns à côté des autres. À moins que ce Rodz compte ouvrir une pâtisserie et fasse une fixette sur la farine, j'ai devant moi une quantité astronomique de drogue. Voilà pourquoi ça pue l'essence, ici : l'odeur dissimule celle de la poudre.

J'enchaîne les clichés : de la came, mais aussi de la pile d'armes posée juste à côté des trois tables.

– Magne-toi, Cassie ! grogne Alex.

– Je fais ce que je peux, figure-toi !

J'ai les bras en compote et le rebord de la fenêtre me scie le ventre. Pourtant, je m'astreins à prendre une dizaine de photos supplémentaire.

– C'est bon, je crois que ça suffira, finis-je par souffler.

– Hé, vous !

À l'angle de l'entrepôt, un mec braque soudain une lampe-torche sur Alex et moi.

Zut !

Mon sursaut manque de me faire tomber ; je ne dois mon salut qu'aux réflexes de mon petit ami. Le téléphone glisse d'entre mes mains, ricoche sur son épaule et s'échoue à côté de son pied. Déjà, je dégringole le long de son corps.

– Eh merde, putain ! lâche-t-il. On s'arrache !

Je n'ai pas le temps de dire « ouf » que je me retrouve sur mes pieds. Alex ramasse le portable, crochète ma main et nous entraîne droit vers la sortie, à travers le parking.

– Stop ! hurle le garde.

Des bruits de pas retentissent dans notre dos, je n'ose pas me retourner. La lumière rouge d'un gyrophare déchire la nuit. Un chien aboie, des éclats de voix retentissent.

Alors que je me baisse pour passer sous la barrière de l'entrée, Alex la saute sans problème. Son agilité me surprend. On dirait qu'il est habitué à être poursuivi !

– On y est presque, m'assure-t-il. Encore une centaine de mètres, accélère, Cassie !

Je m'exécute tandis que, derrière nous, d'autres projecteurs s'allument.

Cent mètres.

Les plus longs mètres de ma vie !

Une fois près de la voiture, je la déverrouille en vitesse. Je n'ai jamais été aussi contente de la voir…

– Les clés ! me hurle Alex.

Je les lui lance.

Dans les films d'horreur, les héros tombent à ce moment-là et se font rattraper par leurs poursuivants. La réalité est plus cool, apparemment, puisque je parviens à bondir sur le siège passager.

Nous nous élançons à toute allure sur le chemin forestier. Mais ce n'est qu'une fois que nous rejoignons la route principale que je parviens de nouveau à respirer normalement.

CHAPITRE 39

ALEX

M.
Pas aujourd'hui.

Un silence de plomb règne dans l'habitacle de la voiture de Cassie. Nous sommes garés devant le *Purgatoire* depuis cinq bonnes minutes, mais nous n'avons toujours pas bougé.

L'air sent la vanille, la transpiration et l'adrénaline. Cette même adrénaline qui sature encore mes veines et fait résonner mon cœur dans mes tempes. Les mains posées sur le volant, je mate l'obscurité par-delà le pare-brise.

On l'a échappé belle.

Putain de merde ! Des élancements déchirent mon torse, mais c'est le cadet de mes soucis. Je me fous même de Rodz à cet instant précis, tout ce qui m'intéresse, c'est…

– Cassie, ça va ?

La cheerleader plonge ses yeux verts dans les miens. Un morceau de printemps dans un océan de ténèbres. Soudain, elle éclate de rire. À croire que ses nerfs lâchent !

– Nom de Dieu, c'était trop bien ! s'exclame-t-elle.

Un truc m'échappe, là. Elle a sûrement dû se prendre un coup sur la tête ou une branche dans la gueule pour affirmer un truc pareil.

– Tu te rends compte qu'on a failli mourir ? lui lancé-je.

– C'est vrai. Mais ce Rodz va regretter d'avoir défié les Styx Riders, n'est-ce pas ? On ne s'en prend pas à mon frère, à mes amis et à mon amoureux !

« Mon amoureux. »

Ces deux mots se fraient un lent passage dans mon âme. Cassie les a prononcés avec un tel naturel…

Des frissons remontent dans mon bras lorsqu'elle attrape ma main. J'ai brusquement envie de rire, moi aussi.

– Pourquoi tu me regardes ainsi ? me demande la cheerleader, étonnée.

Parce que tu es la meilleure chose qui me soit arrivée depuis trois mois. Parce que t'observer tranquillise mes pensées, t'entendre me procure un sentiment de paix, te toucher me galvanise. Parce que c'est toi qui me maintiens en vie.

– Parce que je t'aime.

Cette vérité me frappe avec la violence d'une comète. J'aime cette nana, son originalité, son énergie, sa bonté. Elle est celle pour qui je me lève chaque matin, celle à qui je veux plaire quand je choisis mes fringues. Celle qui envahit mes cauchemars pour les transformer en rêves. Mon ancre. Ma lumière.

Interloquée, elle entrouvre la bouche en papillonnant des paupières. Ses joues deviennent écarlates, ses yeux brillent. Séquence émotion dans trois, deux, un…

– On y va, décidé-je en ouvrant la portière de la voiture.

Je m'en extrais et me mets à marcher d'un pas décidé en direction du *Purgatoire*.

– Attends, Alex ! me crie Cassie. Tu ne peux pas me dire un truc comme ça et filer à l'anglaise !

On parie ?

Des tas de motos stationnent sur le parking. Dans l'air flottent les notes d'une chanson de hard rock. Quelques âmes égarées sortent du bar, d'autres y entrent. Des civils en veste de cuir, des brebis en groupe, et même deux militaires. À la porte du bâtiment, un Styx Rider filtre les visiteurs. Il porte le *cut* des prospects, et il a l'air de s'ennuyer comme un rat mort.

– On peut entrer ? lui demandé-je.

Il lance un coup d'œil derrière lui, et je remarque les ailes tatouées sur son crâne.

– On vient juste voir le président, annonce Cassie en me rejoignant. On a un truc hyper important à lui montrer concernant…

Je passe une main par-dessus son épaule et la bâillonne avant qu'elle ne puisse en dire plus. À ce rythme-là, elle va tout déballer, au risque de foutre en l'air mes plans d'intégration dans le MC !

– Bradley est là ? me contenté-je de renchérir.

– Ouais, à la table du fond, déclare le prospect. Il joue aux cartes.

Le type s'écarte avec un air blasé. Nous le dépassons et j'ôte ma main de la bouche de Cassie, surpris qu'elle ne m'ait pas mordu.

– Pourquoi as-tu fait ça ? s'offusque-t-elle dès que nous rentrons dans le bar.

– Parce que j'ai payé mes infos sur Rodz bien trop cher pour que tu bousilles tout, répliqué-je.

– Ah oui ? Combien ?

À la façon dont ses ongles s'enfoncent dans ma chair, je devine que notre escapade dans l'entrepôt l'a terrifiée davantage qu'elle ne veut bien le montrer. Je saisis ses doigts entre les miens et les serre, tentant de lui faire comprendre qu'il ne lui arrivera rien. Pas tant que je vivrai. Pas tant que je serai avec elle.

– Plus tard, OK ? soufflé-je.

Elle déglutit, me sourit. Je crève d'envie de la prendre contre moi, de ne plus jamais la lâcher. Mais ce n'est pas vraiment le moment.

Je ratisse la salle du regard jusqu'à apercevoir Bradley Devon. Je slalome jusqu'à lui entre les clients, Cassie derrière moi, sans prendre garde aux regards qu'on nous lance. Il faut dire que la cheerleader semble à des années-lumière de son univers, ici.

Le président, Gun, Ash et d'autres gars appartenant à la hiérarchie jouent aux cartes. Au centre de leur table est posée une somme d'argent astronomique. Gare à celui ou celle qui tentera de dérober le moindre dollar ! Des flingues se mêlent aux verres. On ne peut pas faire plus menaçant…

À mon approche, Ash lève la tête comme s'il avait senti ma présence. Il me salue, pose ses cartes à l'envers sur la table et me désigne à ses comparses d'un mouvement du menton. Dans la seconde, cinq paires d'yeux se posent sur Cassie et moi.

– Alex, lâche Bradley. Que nous vaut ce plaisir ?

– On ne reste pas, les préviens-je. Je voulais juste vous donner ça.

Je tends mon téléphone au président. Il s'en empare, observe la photo que j'ai affichée sur l'écran, fait défiler les autres. Plus d'une minute s'écoule sans qu'il ne fasse le moindre commentaire. Le silence se fait de plus en plus pesant. Je devine l'impatience des Styx Riders autour de nous, mais aucun ne bouscule Bradley pour qu'il crache le morceau.

Cassie retient son souffle. Elle a l'air aussi nerveuse que moi.

– C'est quoi, ça ? finit par me demander le président.

– Une planque de Rodz.

– Où se trouve-t-elle ?

Je lui file le papier sur lequel est inscrite l'adresse de l'entrepôt. Il lui jette un regard, puis enchaîne :

– Comment as-tu su pour cette cache ?

– Trent Barbaria.

Gun et Ash échangent un coup d'œil. Le sergent d'armes hoche la tête, et je vois un sourire étirer le coin de sa bouche.

– Trent Barbaria ne donne rien sans rien, fait remarquer Bradley. Tu lui as filé quoi en échange de l'info ?

Je grimace. Merde ! Je n'ai pas envie que Cassie sache que j'ai volé la voiture de son ex.

– On peut en parler plus tard ? proposé-je, embarrassé.

Comme s'il avait saisi le message, le président se tourne vers ses hommes.

– Gun, appelle les autres, dit-il. Messe dans quinze minutes.

Plus bas, à un des mecs qui jouaient aux cartes, il ordonne :

– Josh, prends quinze hommes avec toi et va à cette adresse. Foutez-y le feu, je veux que les armes et la drogue crament. Grouillez, avant que Rodz prenne la décision de déplacer le matos.

Le dénommé Josh hoche la tête, puis s'éloigne pour téléphoner. Bradley se tourne alors vers moi et me lance :

– Bien joué.

Je hausse les épaules. Je m'attendais à des remerciements plus chaleureux. Putain, Cassie et moi avons risqué nos vies pour ces informations !

– Appelez-moi plus tard, grondé-je. Je vous filerai les infos que vous voulez.

Je me détourne, prêt à foutre le camp. La seule raison pour laquelle je ne cède pas à mes émotions néfastes, c'est Cassie. Elle a le pouvoir étrange de me tranquilliser par sa seule présence. Et puis, je me vois mal insulter Bradley Devon. Mon audace a des limites…

– Attends, fiston, m'interpelle-t-il soudain. Tu participes à la messe.

Surpris, je fais volte-face pour m'assurer que le président ne plaisante pas.

– Quoi ?

– Tu m'as bien entendu, confirme-t-il. Les infos viennent de toi, alors tu restes. Cassie, si tu allais discuter avec les filles pendant ce temps ?

Du menton, Bradley désigne à la cheerleader un groupe de nanas réunies autour du billard. Je reconnais Heden parmi elles.

Ma petite amie m'envoie un clin d'œil plein d'encouragements muets avant de s'éloigner. En effet, c'est mon moment ! À moi de briller et de tout faire pour décrocher un foutu blouson de prospect !

CHAPITRE 40

CASSIE

Alex suit les Styx Riders jusqu'à une salle du fond réservée au « personnel » – en clair, aux membres du MC. Voilà le signe que j'attendais ! Avec un peu de chance, il recevra son titre de prospect cette nuit.

De mon côté, je rejoins les filles désignées par Bradley. Une chance que mon frère ne soit pas au *Purgatoire* en ce moment : il m'aurait étripée s'il m'avait vue ici. Cela dit, j'imagine qu'on le mettra au courant. Et qu'il me demandera des comptes illico…

Je reconnais Heden pour l'avoir croisée le soir où la blessure d'Alex s'est rouverte. Elle et moi n'avons pas eu l'occasion de discuter ce jour-là. J'étais bien trop angoissée pour ça…

– Bonsoir, dis-je aux filles en m'approchant d'elles avec un sourire timide.

L'Amérindienne paraît se souvenir de moi sur-le-champ.

– Cassiopée, c'est ça ? s'exclame-t-elle.

– Juste Cassie, ça ira. Salut !

J'adresse un signe de la main aux autres nanas présentes autour de la table de billard. Une bulle de protection invisible semble les entourer : personne ne les approche. La veste brodée du nom du Styx Rider avec lequel elles sont en couple doit sans doute refroidir les mecs qui voudraient les aborder. On ne touche pas à une femme du club ! Franchement, je trouve ça… excitant ! Cette sécurité offerte par le MC, le sentiment d'appartenir à la famille… En tant que sœur d'un membre, j'en bénéficie déjà un peu. Mais les régulières, c'est encore autre chose.

Heden me tend une queue de billard.

– Tu te joins à nous ? me propose-t-elle.

J'accepte. Bon, mon niveau frôle la nullité, mais au moins ça passera le temps.

Au fur et à mesure de la partie, j'apprends à connaître Martia, la régulière d'un certain Reedson, et Kris, la fille de Bradley. Entre elle et moi, le courant passe direct. J'apprends qu'elle bosse avec la copine d'Ash dans une fleuristerie, et qu'elle en est même la patronne. La classe !

Bien trop vite à mon goût, nous en venons au sujet « Alex ».

– Tu le connais ? demandé-je à Kris, surprise.

– Bien sûr que je le connais, réplique-t-elle. C'est le môme qui s'est fait flinguer à l'arrière de ma remise il y a quelques semaines. Vous êtes ensemble ?

– Oui, réponds-je. Depuis peu.

La fleuriste pousse un soupir blasé et s'appuie sur sa queue de billard. Elle doit en être à son cinquième verre de bière et ça se voit.

– Il t'a dit qu'il t'aimait ? m'interroge-t-elle.

Oui... et ses paroles continuent de résonner en moi, d'y répandre une chaleur si intense que je fonds de l'intérieur.

– Ton joli minois parle pour toi, pouffe Kris. Tout est OK entre vous, tu peux lui accorder ton entière confiance. Pour qu'un biker avoue un truc pareil à une fille, il faut qu'il soit certain de ses sentiments.

Je souris, et nous nous replongeons dans la partie. Quelques minutes plus tard, Heden constate :

– La réunion est terminée. Les gars reviennent.

Pressée d'avoir des détails sur ce qu'ils se sont dit, je me tourne en direction de l'arrière-salle. Lorsque j'aperçois Gold, je reste tétanisée. Comment a-t-il pu se rendre à la messe sans que je le voie ? Zut, il marche droit vers moi. Mon instinct me souffle de fuir, tandis que mon cœur me supplie d'assumer. Après tout, je n'ai aucun regret d'avoir aidé Alex.

– Ça sent le roussi, me souffle Heden.

– Même le carbonisé, ajoute Kris.

– Merci, les filles, je crois que j'ai compris.

– Besoin d'un coup de main ? me propose Martia.

– Non, je vais m'en sortir toute seule, affirmé-je.

D'un pas décidé, j'avance à la rencontre de mon grand frère. Avant qu'il puisse dire quoi que ce soit, je m'exclame :

– Il avait besoin de ma voiture et j'ai insisté pour l'accompagner !

Ça, c'est au cas où il en aurait foutu plein la tronche d'Alex. D'ailleurs, ce dernier reste invisible.

Et s'il l'avait tué ? Oh non !

Gold m'attrape par le bras avec une envie évidente de m'étriper, puis m'entraîne dans l'une des salles privées.

– Il avait besoin de moi ! renchéris-je.

– Pourquoi ne m'as-tu pas appelé, putain, Cassiopée ? proteste mon frangin.

– Tu te fous de moi ? Ça fait des semaines que vous saoulez Alex pour qu'il prouve sa valeur ! Ce n'est pas pour qu'il se réfugie derrière vous à la moindre difficulté.

– Son intégration au club ne vaut pas que tu crèves !

– Tu as le droit de risquer ta vie pour lui, mais pas moi, c'est bien ça ?

Gold grimace, recule, tente de juguler sa colère. Puis il explose :

– C'est pas pareil ! Alex n'est rien, OK ? Toi… tu es tout ! Tu es mon sang et ma chair ! Je ne laisserai pas un petit merdeux te mettre en danger.

Je sais qu'il ne pense pas ce qu'il dit sur Alex : il l'aime bien, au fond. Mais il m'aime un million de fois plus, voilà pourquoi il réagit aussi violemment.

Sans attendre, il tourne les talons en m'ordonnant de rentrer à la maison. Je sors de la pièce à sa suite. Dans la salle principale, je rejoins Ash, Heden,

Bradley et Kris. Je me penche pour attraper mon sac et soupire :

– Je dois y aller.

– Je crois aussi, affirme le président des Styx Riders.

J'ai une furieuse envie de pleurer, tout à coup.

– Toi aussi, oncle Bradley, tu es du même avis que Gold ? protesté-je. Tu penses que j'aurais dû rester bien sagement chez moi cette nuit ?

– La prochaine fois qu'il te vient l'idée de t'introduire chez un dealer, abstiens-toi, me répond-il.

En effet ! Je ne compte pas réitérer l'expérience de sitôt.

Je croise le regard d'Alex, accoudé au comptoir. Je me dirige vers lui, le pas traînant, et lui demande :

– Tu es un Styx Rider, maintenant ?

– J'imagine qu'il en faudra un peu plus, gronde-t-il.

– Gold t'a passé un savon à toi aussi ?

Mon petit ami n'a même pas besoin de me répondre : le sourire dénué de joie qui étire ses lèvres parle pour lui.

– Il n'a pas tort, lâche-t-il. Je n'aurais pas dû t'embarquer là-dedans, Cassie.

Je secoue la tête. *Je* n'aurais pas dû m'impliquer là-dedans. J'ai choisi de suivre Alex : même armé d'un pied de biche, jamais il ne serait parvenu à m'empêcher de l'accompagner…

Je tends les bras, les passe sous les siens et me presse contre lui.

– Alex ? lui dis-je.

– Mmh ?

– Moi aussi, je t'aime.

Sur ce, je le plante là comme lui-même l'a fait tout à l'heure.

Bon, d'accord, c'est surtout parce que Gold va finir par rappliquer et me traîner dehors par la peau des fesses.

CHAPITRE 41

ALEX

M.

Je guéris.

Un savon ? Oui, on peut dire que Gold m'en a passé un ! Tout roulait plutôt bien jusqu'à son arrivée. Quand il a su que Cassie m'avait accompagné chez Rodz, j'ai cru que mon heure était venue. D'ailleurs, pour une fois, cette perspective ne m'a pas paru souhaitable. Au contraire. J'ai eu peur que mon patron ne sorte un flingue pour me tirer une balle en pleine tête.

J'ai eu peur de mourir.

Bordel ! Pour la première fois depuis mon retour de la rive du Styx, j'ai compris que j'avais quelque chose à perdre. Quelqu'un. J'ai flippé à l'idée de ne plus pouvoir prendre Cassie dans mes bras. Tu parles d'une prise de conscience ! Elle m'a pris à la gorge sans aucune sommation, alors que Gold me menaçait.

Je vais mieux. Ma culpabilité, ma colère, mes regrets s'estompent peu à peu. Je redeviens moi-même. Lentement, laborieusement, celui que j'étais revient.

Imaginez la tronche de Gold quand un sourire à la con a étiré mes lèvres. Après ça, j'ai eu droit à des menaces de mort, aux promesses d'un tourment infini… Ash l'a retenu de m'envoyer son poing en pleine face. Cela dit, je l'aurais mérité. Il n'a pas tort : à cause de moi, Cassie aurait pu être blessée ou pire. Cette éventualité me donne la nausée.

Je me dirige vers la sortie du *Purgatoire* dans l'optique de rentrer chez ma tante à pied. Je trouverai bien une excuse plausible pour mon escapade nocturne sur la route. De toute façon, je suis trop crevé pour réfléchir. La soirée tourne encore et encore dans mon esprit, et en particulier ce que m'a dit Cassie.

Ces trois mots si particuliers qu'aucune fille ne m'avait jamais offerts.

Je t'aime.

Quelle claque ! Elle aurait pu choisir n'importe quel autre mec, avec une bonne situation et, surtout, bien dans sa peau. Mais non, c'est moi qu'elle veut. Avec mon passé, mes humeurs changeantes, ma déprime. C'est sans doute pour ça que je la kiffe autant.

– Fiston.

Je me tourne vers Bradley. Il boit un verre en fumant une clope, le cul appuyé contre une table.

– Reste dans le coin, m'ordonne-t-il. Il se pourrait qu'on ait besoin de toi.

Je hoche la tête. Comment lui refuser quoi que ce soit ?

Ma première messe en compagnie des Styx Riders s'est plutôt bien passée, compte tenu de la situation. Je m'attendais à un truc de malade, hyper secret… mais la discussion s'est avérée plutôt calme. Pour résumer, le président m'a demandé de commenter les photos et, rapidement, il a décidé que Rodz devait virer de l'équation. Malheureusement, nous n'avons pas pu identifier le gars en blouson de cuir qui se trouvait avec lui devant son QG, je n'ai pas réussi à le prendre de face.

– Compris, prés', dis-je.

Cette fois, il ne me reprend pas sur l'utilisation de ce surnom.

– Il faut que je rentre, le préviens-je.

– Ash va te raccompagner.

Je secoue la tête.

– Non, ça ira.

– Discute pas. Attends-le.

J'obéis. Le sergent d'armes se pointe à peine trente secondes plus tard. Avant de quitter le bar, je salue Heden en lui offrant une accolade un peu trop longue aux yeux de son mec.

– Appelle-moi quand tu veux, m'ordonne-t-elle. Quelle que soit l'heure.

Je hoche la tête en me demandant si elle sait ce que j'ai fait à ma mère. Est-ce qu'Ash le lui a dit ? Si c'est le cas, comment me voit-elle à présent ?

Ces questions me poursuivent jusqu'à ce qu'on s'installe dans sa voiture – qu'elle prête à son copain pour qu'il puisse me ramener chez moi. L'intéressé démarre. Alors que nous quittons le parking, je lui demande :

– Heden est au courant pour… ?

Ma voix se brise. Je serais incapable de donner plus de précisions sans chialer. Mais Ash n'a pas besoin de plus pour comprendre ce que je veux dire.

– Figure-toi qu'elle le savait déjà, m'apprend-il.

– Quoi ?

– Elle avait deviné. Elle a un instinct, cette femme, je te jure…

En silence, je tente de juguler l'émotion qui remonte dans ma gorge et menace de faire couler mes larmes. Heden a dû comprendre ce que j'avais fait quand nous avons discuté au *Purgatoire* et que je lui ai demandé ce qu'elle aurait choisi si sa mère l'avait mise face au dilemme que j'ai dû affronter.

Son regard sur moi n'a pas changé. Il transpire encore la tendresse et l'amitié. Ça pourrait presque m'aider à changer celui que je porte sur mon reflet quand je croise un miroir.

– Alors comme ça, c'est officiel avec Cassie ? me demande Ash, sans doute parce qu'il a capté que je préfère ne pas m'étendre sur le sujet. Finie, cette histoire de faux couple à la con ? Putain, je m'en doutais. Depuis le début, y avait un truc entre vous.

Je me marre.

– Ouais, pour l'instant ça colle bien, confirmé-je. Mais je vais devoir la jouer fine avec Gold. Qu'est-ce que je pourrais faire pour étouffer son envie de me démolir la façade ?

– Quitte le pays pendant un mois ? me suggère Ash.

– Je vais devoir m'y résoudre.

Le tatoueur sourit, puis affirme avec sérieux :

– Ça lui passera. En attendant, évite de sauter sa petite sœur… du moins, de te faire choper.

Je manque de m'étouffer.

– Déjà, sache qu'entre Cassie et moi, il n'y…

D'un mouvement de la main, il m'empêche de continuer.

– Ta gueule.

Je me sens un peu plus détendu. Une chance que mon pote ne me fasse pas la morale sur mon expédition à l'entrepôt, lui aussi…

Quand on arrive dans ma rue, je lui demande de se garer en retrait de la maison.

– Laisse-moi deviner, ricane-t-il. Ta tante ne sait pas que tu as quitté ta chambre ?

– Encore heureux.

– Ni que tu as tabassé un mec et volé sa caisse avant de la vendre pour une bouchée de pain.

Ma main se crispe sur la poignée de la portière.

– Si elle apprend ce que tu as fait cette nuit, tu iras en taule, tu le sais, hein ? me fait remarquer Ash. Pareil si quelqu'un t'a vu.

– J'ai été prudent.

– Pas assez. Ce genre d'opération demande de la préparation. Tu as eu de la chance aujourd'hui, mais la prochaine fois, tu en auras peut-être moins. Alors s'il te vient encore l'idée de la jouer solo, je te botterai le cul tellement fort que tu ne pourras plus t'asseoir. Pigé ? Arrête d'essayer d'impressionner les Styx Riders.

– C'est quand même réussi, hein ? tenté-je.

Ash arbore une expression sauvage, semblable à celle d'un loup sur le point de déchirer la gorge de sa proie. Pourtant, je reste immobile, dans l'attente de son verdict.

– Réfléchis, la prochaine fois, finit-il par lâcher. Tu n'intégreras pas le club si tu pars en taule.

– Mais encore ?

– Tu as eu des putain de couilles.

Sur ce, il me fait signe de sortir de la voiture. Discussion terminée ! La satisfaction me submerge. Je sautille comme un con jusqu'à la maison et grimpe dans ma piaule à l'aide des prises qui affleurent sur le mur abîmé. À l'intérieur, il fait un froid de malade à cause de la fenêtre que j'ai dû laisser entrouverte. Par chance, ni Rob ni Amaria ne m'attendent, un flingue à la main.

J'enlève mes fringues avec une grimace. Elles puent l'essence ! Comme mon corps entier, en fait.

Après une douche éclair, je me coule dans mon lit en attrapant un livre. Je sais que je ne pourrai pas fermer l'œil du reste de la nuit. Trop excité pour ça. Savoir que j'ai un pied chez les Styx Riders me donne une pêche de malade !

Mais ma bonne humeur redescend dès l'instant où mes pensées se tournent vers Cassie.

Des visions de trucs horribles qui auraient pu lui arriver m'assaillent. Gold a raison : j'ai merdé. En beauté !

Comment ça se passe de ton côté ? envoyé-je à ma petite amie.

La réponse arrive dix minutes plus tard.

Gold n'a jamais été adepte
des punitions, mais il envisage
de m'envoyer dans une base militaire
en Alaska. Il a des potes
là-bas qui sont prêts à m'accueillir.

Un second SMS arrive dans la foulée.

En vrai, il est furieux. On va devoir
limiter nos rendez-vous le temps
que sa pression artérielle redescende.
Je vais me coucher, bisous.
PS : tu me raconteras la messe ?
Je veux tout savoir.

***

Le garage a enfin rouvert, et Gold me fait bosser comme un taré tous les soirs suivant ma virée avec Cassie. C'est un juste retour de bâton, j'imagine. Une baffe en pleine gueule sans même qu'il me touche. Le pire, c'est que je préférerais qu'il me hurle dessus. Qu'il me dise qu'il regrette de m'avoir embauché, d'avoir cru en moi, d'avoir joué au grand frère alors que je n'en valais pas la peine. Mais non, aucun sermon à l'horizon. Il se contente de me filer les tâches les plus ingrates, comme passer un coton-tige sur les plinthes jusqu'à ce qu'elles rutilent.

On n'imagine pas jusqu'où peut s'incruster le cambouis…

Résigné, je suis les ordres sans rechigner.

OK, boss.

Ces deux mots sont devenus ceux que j'échange avec lui le plus souvent.

Le mercredi suivant, un peu avant la fermeture, Cassie quitte le *Starbucks* pour nous rejoindre. Depuis notre tête-à-tête avec le danger, on ne se voit plus qu'en coup de vent. Au lycée, c'est tout. Et elle me manque, putain !

– Encore les cotons-tige ? soupire-t-elle, désolée.

Je me redresse, les genoux tétanisés et le dos en feu.

– Ouais, il en a acheté de plus petits, cette fois, grommelé-je. Une vraie merde !

Je lance un coup d'œil vers le bureau. Gold y est enfermé depuis mon arrivée. Ma cheerleader en profite pour m'enlacer. J'ai à peine le temps de m'imprégner de son parfum et de sa chaleur que, déjà, son frangin bondit dans l'atelier.

Chaque soir, c'est pareil. Ça commence à me frustrer.

– Remets-toi au boulot, Alex, m'ordonne mon patron.

Je pose mes lèvres sur celles de Cassie dans un baiser bien trop bref pour me satisfaire, puis je lance :

– Je démissionne !

– Hors de question, réplique Gold. Tu as signé pour en chier. Au boulot !

Ma petite amie m'envoie un sourire triste, et je me raccroche aux étincelles dans ses yeux pour ne pas péter un câble.

– Il faut lui laisser un peu de temps, sa mauvaise humeur commence tout juste à retomber, me souffle-t-elle. Je négocie avec lui pour que tu puisses passer chez nous ce week-end.

Mon Dieu, je n'attends que ça !

Un sourire mauvais étire mes lèvres quand Gold émet un grondement semblable à celui d'un ours.

– Vire-moi, lui suggéré-je, décidé. En attendant, je prends une pause.

J'attrape sa sœur par la main et l'attire dehors. Il neige à petits flocons. C'est beau à en crever.

Ma mère aurait adoré.

– Alex, ça va ?

Cassie s'appuie contre une voiture garée dans l'allée du garage. Elle appartient à l'un des vendeurs du *Starbucks* avec lequel elle s'est liée d'amitié. Gold le laisse stationner ici parce qu'il a un handicap et qu'ainsi, il n'a pas à parcourir une trop grande distance pour rejoindre le café.

Un biker au grand cœur... tu parles !

– Oui, réponds-je à Cassie. Tu me manques.

En permanence, surtout à cette période.

Elle me décoche un sourire lumineux, se dresse sur la pointe des pieds, puis plaque sa bouche sur la mienne. Je le lui rends bien en la serrant contre moi. Sa chaleur m'inonde, et m'embrase encore plus quand ses jambes entourent mes hanches et que je suis obligé de l'accoler plus fort contre la voiture pour la garder en équilibre.

En feu, je finis par la repousser en lâchant :

– Stop ! Tu ne te rends pas compte de l'effet que tu as sur moi.

Elle retombe sur ses pieds, me dévisage, puis fronce les sourcils. Je devine que notre flirt a pris fin lorsqu'elle me demande :

– Alex ?

– Quoi ?

– Tu as quelque chose à voir avec le vol de la voiture de Jack ?

Parlons-en, de Ducon ! Il est resté quelques jours à l'hôpital, puis est revenu au lycée avec une gueule à faire peur. Ses mâchoires en pleine reconstruction ne lui permettent pas de boire et manger normalement, il fait tout à la paille.

Est-ce que je regrette ? Absolument pas. Il fulmine, le petit footeux dispensé de sport. D'une humeur de chien en permanence, il se comporte tellement mal avec tout le monde qu'il est passé de star du bahut à impopulaire en une semaine, même pas.

– C'est peut-être le karma ? supposé-je.

Cassie fronce les sourcils en essayant de lire en moi. Aucune chance que je lui avoue ce que j'ai fait. Je déteste mentir, mais certains secrets doivent rester bien gardés. Ma tante a aussi tenté de me cuisiner, mais elle n'a aucune preuve que j'ai quitté ma chambre ce soir-là, alors elle a fini par renoncer.

– Des nouvelles de Rodz ? enchaîne ma petite amie.

– Aucune.

Visiblement, les officiers supérieurs du club règlent l'histoire entre eux. Si je deviens prospect, je devrai m'habituer à être mis à l'écart de la sorte.

– Toujours pas de veste en cuir ?

– Non.

Un sifflement venant du garage attire notre attention. Gold clame que ma pause est terminée.

– Faut que j'y aille, soupiré-je. Ton frère perd patience.

À cet instant, un bruit de pneus dérapant sur le bitume résonne au bout de la rue. Une BMW noire fonce vers nous à toute allure. Un mauvais pressentiment me saisit, parce que je connais ce genre de voitures dénuées de plaque d'immatriculation. Souvent utilisées par les gangs pendant leurs règlements de compte, elles n'augurent rien de bon.

Mon mauvais pressentiment se confirme au moment où je vois le canon d'un flingue automatique dépasser de la vitre arrière.

Pendant une fraction de seconde, rien ne se passe. Puis des coups de feu résonnent dans la rue. Je plonge sur Cassie, pour qu'elle se cache derrière le véhicule du serveur du *Starbucks*. Les balles frappent la carrosserie, le mur du garage. Malgré ma peur, je garde ma cheerleader serrée contre moi. Ses cris résonnent dans mes oreilles.

Gold, lui, passe à l'action. À couvert, il canarde la bagnole avec ses propres armes. J'ignore s'il arrive à toucher l'un de nos assaillants, mais j'entends la voiture effectuer une accélération et disparaître au coin de la rue. La seconde d'après, tout redevient calme. Le silence tombe. Je relève la tête. Gold court dans notre direction au moment où sa sœur se remet à respirer.

– Cassiopée ! Ça va ?

La cheerleader opine, même si elle tremble. Je mets un moment à réaliser que mon patron s'adresse à moi aussi.

– Alex ?

– Je gère.

Je vais gérer.

Mes poumons me font mal, j'ai envie de vomir.

Le biker aide sa frangine à se relever et l'emmène à l'intérieur du garage. Bonne idée. Si les gangsters reviennent, il vaut mieux qu'elle ne soit plus dans les parages. De mon côté, je suis incapable de détourner les yeux de la voiture criblée de balles.

– Bordel, Alex ! me crie Gold. Rentre.

Je reprends pied avec la réalité, la gorge nouée.

– Quoi ? bredouillé-je.

Un sifflement envahit mon crâne, j'ai du mal à percevoir les autres sons.

– À l'intérieur ! Grouille !

– Tu as touché un des mecs ?

– Ouais.

Voilà pourquoi ils se sont enfuis…

Je rejoins l'atelier avec l'impression de peser une tonne. J'ai besoin de toute ma concentration ne serait-ce que pour respirer. Snack est au téléphone, sans doute avec les flics ou le club. Cassie me rejoint et on s'installe dans le bureau.

– Tu peux sortir ? lui demande Gold.

Elle hésite. J'ai envie de lui demander de rester avec moi. Cependant, mes lèvres refusent de se desceller.

– Mais… proteste-t-elle.

– On en a pour une minute.

Ma cheerleader quitte la pièce de mauvaise grâce, et je me retrouve seul face au mec qui menace de me passer à tabac depuis des jours. Mais je n'ai même pas peur. Ce qui vient d'avoir lieu me hante.

– Alex… commence Gold avec sollicitude.

– C’est bon, putain.

– Il va falloir régler ton problème avec les flingues.

Attendez, ce n’est pas lui qui me traitait comme un clébard il y a dix minutes ? Qu’est-ce qui a changé ? Pourquoi n’y a-t-il plus de colère dans ses iris émeraude ?

– Tu as reconnu quelqu’un dans la voiture ? me demande-t-il.

– Non.

Je me remets sur pieds afin de faire circuler le sang dans mes jambes. À mesure que les secondes passent, je retrouve la maîtrise de moi-même.

– Tu te sens en état de ramener Cassie chez nous ? me demande Gold.

Je me suis pris une balle dans le crâne, ou quoi ? J’ai traversé le Styx sans m’en rendre compte et maintenant, je suis dans un monde où mon patron aurait retrouvé confiance en moi et où il me confierait à nouveau sa petite sœur ?

Ou alors…

– Tu t’es pris un coup sur la tête ? le questionné-je avec méfiance.

– Tu as réagi à temps tout à l’heure, réplique-t-il. Sans toi, elle serait morte.

Sans moi, elle serait sans doute en train de dévaliser le *Starbucks*. Mais j’accepte le compliment.

– Ça veut dire que ça roule entre toi et moi ? supposé-je, méfiant.

– Ça veut dire qu'on est en bonne voie. Tu as de bons réflexes, tu feras une super recrue pour le club.

Le compliment me fait plaisir. Depuis que je le connais, Gold se contente de me montrer son attachement pour moi, il ne l'avait encore jamais exprimé oralement.

– Mais je t'ai à l'œil, ajoute-t-il. Remets-la en danger une seule fois et on ne retrouvera jamais ton corps. Elle est ce que j'ai de plus cher au monde, ne l'oublie pas. Je te laisse une seule chance de te rattraper. Si tu fous tout en l'air, tu es mort. Est-ce que c'est clair ?

– Je suis désolé, soupiré-je. Tu as raison, je n'aurais pas dû l'emmener chez Rodz. Et quand elle a insisté pour venir, j'aurais dû t'appeler. Je comprends ta peur, parce que je l'ai ressentie moi aussi ! Et je la ressens encore chaque fois que je songe qu'elle aurait pu se faire choper. Merde, Gold, je suis amoureux d'elle !

– Alors, prouve-le. Arrête de te comporter comme un gamin égoïste !

– OK.

– Ce que tu as fait à l'entrepôt était inconscient. Tu as été con !

Exact.

L'ex-militaire ne me quitte pas des yeux. Je mets un point d'honneur à ne pas détourner les miens. Il en va de mon avenir avec Cassie.

– Tu peux y aller, finit-il par décider. Pas un mot à ta tante, je lui dirai que je t'ai laissé partir avant la fusillade.

CHAPITRE 42

CASSIE

Une fusillade ! Nom de Dieu, une foutue fusillade ! Ce genre de choses n'arrive que dans les films, pas dans la vraie vie !

Secouée, je me force à marcher de long en large dans l'atelier pour garder prise dans la réalité. Snack vient de baisser le rideau en acier en attendant l'arrivée des Styx Riders qu'il a appelés en renfort. Je suppose que la police débarquera également d'ici peu.

Lorsque je vois Alex quitter le bureau, je lui fonce dessus aussitôt. Il entoure mes épaules de ses bras et me souffle :

– Arrête de bouger.

Je m'exécute, encore sous le choc. Je m'agrippe à sa taille en posant la tête contre son torse. Son cœur bat vite, beaucoup trop vite…

– Ça va ? couiné-je.

– Oui.

– Tu es sûr ?

Parce qu'il a franchement l'air au bord de la crise de nerfs !

Pour toute réponse, il me libère, saisit mon visage entre ses mains et m'embrasse.

– On devrait rentrer, me dit-il.

– « On » ?

– Je te ramène chez toi.

Il semble avoir brusquement retrouvé son aplomb, et sa demande ressemble à un ordre. Prenant les devants, il quitte le garage en sortant son téléphone. Je le suis : je n'ai pas envie de le quitter d'une semelle. Je repense à la façon dont il m'a protégée lors de l'attaque, à ses bras qui ne se sont pas desserrés malgré son trouble évident. S'il n'avait pas été là, je ne sais pas si je serais encore en vie…

Il me tend son casque devenu familier, grimpe sur sa moto, la démarre. Le vrombissement du moteur résonne. J'aime Betty, sa force, sa couleur bleu électrique. Mais j'aime encore plus le mec qui la conduit. Je me cramponne à lui alors que nous nous engageons sur la route. Au loin, des sirènes de police hurlent. Je ressens soudain de la peine pour Barry, mon employé préféré du *Starbucks*. Sa voiture est fichue, il devra s'en acheter une autre…

Il fait nuit lorsque nous arrivons chez moi. Alex reste assis sur sa moto, observant ma maison plongée dans le noir. Il récupère son casque en silence quand je le lui tends, pendant que j'essaie de lui avouer ce que je ressens à cet instant précis.

– Alex ?

– Mmh ?

Me retrouver seule me terrifie. Rien que d'y penser, je me mets à frissonner.

– Tu crois que tu peux rester ? demandé-je dans un souffle.

Surpris, mon petit ami hausse un sourcil.

– Rester ? répète-t-il.

– Juste le temps que je m'endorme ! m'exclamé-je. Après, tu pourras repartir. C'est juste que… je suis certaine que je vais faire des cauchemars si je me mets à ressasser ce qui s'est passé au garage.

Ma gorge se serre. Heureusement, Alex me rassure bien vite :

– C'est bon, Cassie. Je comprends. Je suis à toi quand tu veux, il suffit de demander.

Je souris, et nous nous dirigeons vers la maison. Je déverrouille la porte puis allume la lumière dans toutes les pièces. Elle éloigne les monstres, non ?

Alex reste muet. Je n'ose pas croiser son regard. Je me sers un verre d'eau, lui en propose un, hausse les épaules face à son refus et me mets à boire en silence. Le regard de mon copain rivé sur moi me brûle la peau.

– Il ne t'arrivera rien, affirme-t-il après un long moment. Je te le jure, Cassie.

J'aimerais tellement le croire ! Mon cerveau rejoue en boucle la fusillade, j'entends encore les coups de feu, mes hurlements, je sens la gomme sur le bitume et l'odeur de la poudre dans l'air.

– Ça t'était déjà arrivé ? murmuré-je.

– De me retrouver dans une situation aussi merdique ?

Alex avance lentement dans ma direction et pose les mains sur le plan de travail, de chaque côté de ma taille. Mon verre tremble, comme mon cœur. La bouche de l'ex-gangster frôle la mienne, faisant s'envoler une nuée de papillons dans mon ventre, puis glisse le long de mon menton jusqu'à mon oreille.

– Trop de fois pour que je puisse les compter, m'avoue-t-il. Mais ne compte pas sur moi pour te les raconter.

Il reste là, à me noyer dans la profondeur de ses yeux noirs, jusqu'à ce que je déglutisse et souffle :

– Tu as raison, je n'ai pas envie de savoir.

– Dormir te fera du bien, affirme-t-il. Tu me montres ta chambre ? Si tu veux, je te lis une histoire.

Il m'attire vers l'escalier tandis que je lui lance, moqueuse :

– Ah oui ? Du genre ?

– Du genre : « *Mais le commencement des choses, celui d'un monde surtout, est forcément vague, embrouillé, chaotique, extrêmement troublant. Combien d'entre nous parviennent à émerger d'une telle genèse ! Combien d'âmes périssent dans ce tumulte !* »

Bon sang ! Je me fige en reconnaissant un passage de *L'Éveil*.

Alors, Alex l'a lu ?

Surpris que je me sois arrêtée, il se retourne et m'envoie :

– Quoi ?

– Tu es le meilleur mec du monde.

Il marque un temps d'arrêt, touché malgré lui, puis lâche :

– Bouge-toi, je veux voir ta chambre.

Ma chambre.

Mon Dieu, il va voir ma chambre ! Catastrophe !

– On va prendre la chambre d'amis, d'accord ? proposé-je lorsque nous arrivons à l'étage. Elle est plus grande.

Alex remarque illico mon embarras.

– Pourquoi ? me demande-t-il, suspicieux.

– Tu vois, la mienne n'est pas… confortable, prétends-je. Du tout ! Et le lit y est beaucoup moins grand.

Faux.

Je tente de me diriger vers le fond du couloir. Alex m'en empêche. Il a dû comprendre que la porte rose devant laquelle nous venons de passer était la mienne… Vu son sourire, je devine qu'il ne lâchera pas l'affaire.

– Ne fais pas ça… soupiré-je.

Trop tard. D'un bond, il fonce vers ma chambre. À peine a-t-il ouvert le battant qu'il s'exclame :

– Putain, sérieux ?

– Ne me juge pas ! grondé-je en le rejoignant.

Une douce odeur de vanille flotte dans la pièce. Mais, surtout, des licornes multicolores gambadent sur les murs violets…

Je veux mourir. Tout de suite.

– J'avais cinq ans quand j'ai choisi la déco et je ne l'ai jamais changée, expliqué-je. Aucun garçon n'était censé voir ça.

Je me détourne, histoire de ne pas me liquéfier.

– Pas même Jack ? me demande Alex.

Je secoue la tête.

– Tu rigoles ? maugréé-je. S'il avait mis un pied ici, il l'aurait raconté à tout le lycée pour me foutre la honte. N'en parle à personne, OK ?

– Je devrais avouer que j'ai dormi avec des licornes si je faisais ça, alors ça restera entre toi et moi, affirme Alex. Tu vas mieux ?

Étrangement, oui. Mes tremblements se sont calmés.

J'enlève mes chaussures et ma veste, les balance sur le lit et pousse un long soupir. Alex reste appuyé contre le mur, en parfait contraste avec la déco « girly ».

– Mets-toi à l'aise, OK ? lui suggéré-je. Je vais prendre une douche.

– Tu veux de l'aide pour enlever tes fringues ?

Sa plaisanterie ne me fait pas rire. Jouer avec mes hormones, ça va bien deux minutes ! Du coup, pour me venger, je le rejoins d'une démarche aguicheuse. Son amusement s'efface au profit du désir. J'aime le voir briller dans ses yeux : cela change de sa peine habituelle… Il mérite de ressentir des émotions positives !

Je m'arrête à quelques centimètres de lui, les bras croisés sur mon débardeur, et lâche :

– Tu ferais ça ?

– Te désaper ? Putain, ouais, me répond-il.

Nous ne nous touchons pas, ne nous frôlons pas. Pourtant, une étrange énergie nous entoure.

– Arrête de me regarder comme ça, m'ordonne Alex dans un grondement.

Et lui, alors ?

– Comment ça ? répliqué-je.

– Comme si toi et moi on allait s'envoyer en l'air. Parce que si tu continues, pas sûr que je puisse te résister.

La possibilité qu'il me jette sur mon lit sur-le-champ me traverse l'esprit, et je me rends compte qu'elle ne me rebute pas, contrairement à toutes les fois où j'imaginais Jack le faire. J'étais amoureuse de mon ex ; si cela n'avait pas été le cas, sa trahison ne m'aurait pas détruite. Mais, avec Alex, c'est différent. Je me sens à l'aise, en sécurité. Quand il me fixe du regard, il m'entraîne dans une chute à la fois délicieuse et terrifiante.

Je recule en hochant la tête. Il faut vraiment que j'aille prendre une douche. Les odeurs du garage poissent ma peau. Alex a raison : cette soirée risque vite de déraper si nous n'y prenons pas garde.

Ses lèvres s'étirent encore plus lorsqu'il me lance :

– Va prendre ta douche. Je te rapporte un truc à manger.

Aussitôt, je me réfugie dans la salle de bains. Mon cœur bat à cent à l'heure, et rien à voir avec la fusillade.

Qu'est-ce qui m'a pris ? Alex est carrément d'accord pour aller plus loin, alors il vaut mieux que j'évite de jouer avec lui. Quelle imbécile…

Puisque je n'ai pas envie de le faire attendre dans la chambre – je crains qu'il ne fouine et découvre des éléments embarrassants –, je me douche en vitesse, enfile mon pyjama et le rejoins. Étendu sur mon lit, il regarde son téléphone. Sa présence rend mes jambes si vacillantes que je manque de perdre l'équilibre. Son bras positionné sous sa nuque relève son tee-shirt, dévoilant une partie de ses abdos. Pas de tatouage sur la peau dorée de son ventre, juste une ligne de poils sombres qui disparaît sous la ceinture de son caleçon. Ah oui, parce que, pour ne rien arranger, il porte un jean taille basse.

– Ferme la bouche, m'envoie-t-il sans quitter son écran des yeux. Gold règle la situation avec les flics, il me demande de te prévenir qu'il ne rentrera pas ce soir. Je peux rester dormir là et partir tôt demain matin, avant qu'il se pointe.

– Il… il a proposé ça ? m'étouffé-je.

– Tu rigoles ? Il faudra que tu tiennes ta langue, c'est tout.

– Il vaut mieux, oui.

– Tu es OK ? Ça t'évitera d'être toute seule. Tu en penses quoi ?

Pas grand-chose. Mon cerveau est bloqué. Apprendre que mon frangin ne dormira pas ici cette nuit aurait dû me décevoir. Au lieu de quoi, c'est l'excitation qui m'envahit. J'aurai Alex pour moi toute seule !

– Bah… ça me va, finis-je par lâcher.

– Jolies, les grenouilles, ricane mon petit ami en détaillant les motifs qui ornent mon pyjama.

Il peut bien se moquer ! C'est mon préféré.

– Je t'ai fait des sandwiches avec ce qu'il y avait dans le frigo, continue-t-il en me désignant une assiette posée sur la table de chevet. Comment ça se fait que vous ayez autant de nourriture ? Vous ne vivez qu'à deux, non ?

J'ai l'estomac trop noué pour envisager d'avaler quoi que ce soit. Pourtant, je mourais de faim il y a un instant. Je m'approche du lit d'un pas raide, incapable de détourner mon regard d'Alex.

– Gold aime cuisiner, lui dis-je.

– Sérieusement ?

– Oui.

– Ça va ?

Je me cale contre mon copain en soupirant. Il caresse mon avant-bras du bout du pouce, là où mon unique tatouage accroche la lumière de la lampe de chevet. Je ne parle pas ; si je le faisais, mes nerfs risqueraient de lâcher. Je ferme les yeux et me cramponne à Alex. Plusieurs minutes s'écoulent.

Mon petit ami me fixe du regard avec une tendresse qu'il ne réserve qu'à moi.

– On a failli mourir… mais ce que je ressens, c'est différent de ce que j'ai éprouvé le soir où on est allés inspecter l'entrepôt de Rodz. C'est plus…

– Plus réel, complète-t-il. Je sais.

Il se penche sur moi et saisit un marqueur dans le pot à crayons sur ma table de nuit. Puis, sur son avant-bras, à l'endroit exact où la phrase « J'ai pris le fleuve d'où nul n'est revenu » est écrite sur le mien, il trace : « Moi aussi. »

– Quand je me suis retrouvé sur les rives du Styx après ma mort, j'ai supplié Charon de me prendre avec lui, de me soulager de la peine, de la souffrance, de cette obscurité dans laquelle je me noyais, m'avoue-t-il. Il s'est contenté de rester debout sur sa barque, à la fois proche et inaccessible. Tu sais ce qu'il m'a dit ?

Surprise qu'il me parle de son expérience avec la mort, je secoue la tête. Il poursuit :

– Il m'a dit : « Là n'est pas mon rôle. La vie s'en chargera. » Putain, j'ai tellement détesté sa réponse ! Je l'ai haï de m'avoir laissé dans la merde, parce que je ne comprenais pas le message qu'il cherchait à faire passer. Jusqu'à maintenant, en fait. J'ai toujours cru que la vie et la mort c'était le bien et le mal, deux pôles à l'opposé l'un de l'autre. Je me suis gouré, Cassie. La mort a libéré ma mère, mais, pour moi, il restait de l'espoir dans ce monde.

Je crois que c'est de toi que Charon parlait. Tu es la vie qui s'est chargée de me sauver.

Le silence tombe entre nous. Je devine à quel point il a été difficile pour Alex de se dévoiler ainsi. À présent, il me regarde comme s'il s'attendait à ce que j'éclate de rire ou prétende qu'il raconte n'importe quoi. Mais, si je ne crois pas spécialement à l'existence de Charon, je crois au pouvoir des projections psychologiques. Alex a personnifié la mort pour pouvoir déverser sa colère sur elle, comme j'ai transformé ma propre expérience en voyage sur un fleuve. Chacun affronte l'au-delà comme il le peut.

– Dis quelque chose, me supplie-t-il, une douleur évidente dans les yeux.

Plutôt que de répondre, je fonds sur sa bouche. J'ai l'espoir un peu fou d'effacer le bruit des tirs qui résonne encore à mes oreilles en me perdant dans l'amour. Et j'ai envie d'être celle qui sauvera Alex. Je veux être forte pour nous deux quand lui n'y arrive plus.

D'abord surpris, mon petit ami se retrouve vite animé par une ardeur dévorante. Il fait courir ses mains sur mon corps, éloigne ma peur par sa simple présence. Je me dois de lui rendre la pareille. Il a ce don merveilleux de calmer mon cerveau en ébullition, de panser mes plaies intérieures rien qu'en me regardant.

Je m'agrippe à lui plus fort, appuie ma bouche contre la sienne, le supplie de me prendre dans ses bras. Il réagit instantanément. Je le sens s'enrouler autour de moi, former une barrière infranchissable entre le cauchemar de cette soirée et nous.

Cette fois, je ne m'arrêterai pas. Que Gold rentre ou que le monde nous tombe sur la tête, je poursuivrai coûte que coûte. Je veux tout d'Alex. Son corps contre le mien, sa peau nue contre la mienne, sa conscience écorchée, son passé, son présent, son avenir. Je le veux, sans aucune retenue. Dans ma tête et dans mon cœur. En moi.

– Cassie, chuchote-t-il.

– Non. S'il te plaît, Alex, ne me fais pas ça.

Il m'observe, les yeux lourds de désir. Je halète, le corps en feu, les jambes serrées autour de ses hanches. Il jure, pousse un soupir, et reprend possession de mes lèvres. Je viens d'abattre ses dernières résistances. Même si, soyons honnêtes, il ne m'en opposait pas beaucoup.

Mes mains voyagent par-dessus ses vêtements, avides. Tout à coup, je me sens plus vivante que jamais. Moi, qui ai aussi connu la mort. On est dans le même bateau, Alex et moi, au sens propre comme au figuré.

Quand il glisse ses doigts sous mon haut de pyjama, j'en ai le souffle coupé. Transie d'un désir que je ne contrôle pas, j'ôte mon vêtement pour dévoiler mon soutien-gorge rouge, le plus sexy de ma garde-robe. Mon petit ami se fige, le visage assombri par une fièvre que je ressens aussi. Quand il hausse un sourcil, un sourire faussement innocent étire mes lèvres.

Mine de rien, j'avais peut-être planifié ce qui est en train de se passer.

Le visage d'Alex plonge dans mon cou, ses lèvres effleurent ma peau. Avec lui, j'ai l'impression d'être protégée de l'univers tout entier. Il ne reste que nous deux, c'est tout. Deux âmes rescapées du Styx, égarées parmi les vivants.

Avec une douceur qui m'embrase, Alex ôte mon soutien-gorge, frôle mes seins. La chaleur explose dans mes veines. Ses doigts effleurent ma chair, la marquent à jamais. J'ai le ventre noué. Le désir m'inonde.

– Alex…

Il m'offre exactement ce dont j'ai besoin : ses caresses, ses baisers, ses effleurements.

Quelques minutes plus tard, je me retrouve nue sur ses genoux, haletante. À ma grande surprise, il sort un préservatif de sous mon oreiller. Je suis absolument certaine qu'il n'y était pas lorsque nous sommes entrés dans ma chambre.

– Sérieux ? m'exclamé-je. Tu avais prévu de me retirer mes fringues ?

Il éclate d'un rire qui me fait fondre, puis me souffle :

– Tu sais que je t'aime, Cassiopée Walker ?

Pendant qu'il enfile la protection, je me nourris du désir brûlant dans ses yeux.

– Oui, il paraît…

D'un mouvement des hanches, il me bascule sur le lit. Positionné entre mes cuisses, il prend le temps d'éveiller chaque centimètre carré de mon corps à son contact. Je gémis, alors que mes mains caressent les cicatrices sur son torse.

Je retiens mon souffle, les doigts enroulés autour de sa nuque quand il s'enfonce en moi. Nos souffles s'emmêlent, se confondent. Nos esprits aussi.

Moi aussi je t'aime, Alex Agora...

CHAPITRE 43

ALEX

M.
J'ai trouvé ma Vie.

Charon disparaît sur le fleuve infernal, sa silhouette dévorée par les flammes. Quand j'ouvre les yeux, son image se dissipe peu à peu, remplacée par le dessin d'une licorne.

Une licorne... bordel !

La respiration lente et calme de Cassie me parvient. Entortillée autour de moi, sa tête posée sur mon épaule, elle dort complètement nue. Un sourire à la con étire mes lèvres. Cette nuit, je me suis imprégné de son odeur. Comme si les dieux avaient enfin réalisé que j'en bavais un peu trop, et qu'il était temps que je prenne une pause.

Je caresse le dos de ma cheerleader du bout des doigts. Bon, autant l'avouer, je suis sous le charme de tout ce qui constitue cette nana ! *Ma* nana.

De gros coups portés contre la porte m'arrachent soudain un grognement de surprise. Cassie bondit littéralement du lit et manque de se ramasser.

– Alex, en bas dans cinq minutes, on part pour le *Purgatoire*, me crie Gold. Grouille !

Je reste choqué. J'avais dans l'idée de me barrer d'ici peu de temps avant que le soleil se lève. Mais Gold m'a pris de vitesse : il est à peine 5 heures. Les Styx Riders ont un putain de problème avec les grasses matinées, ma parole !

Cassie attrape la couverture, l'enroule autour d'elle et me décoche un coup d'œil paniqué.

– Mon frère sait que tu es ici, articule-t-elle du bout des lèvres.

Et visiblement, il sait aussi que je dormais dans la chambre de sa frangine. Je vis sans doute ma dernière heure.

Pour une fois, je n'ai aucun regret.

– On dirait, lâché-je.

– Pourquoi le *Purgatoire* ? se demande Cassie.

Déjà, elle se rhabille. Dommage. J'aurais bien pris cinq minutes pour l'admirer.

– Ma mise à mort ? suggéré-je.

– Arrête de plaisanter, Alex ! Je le sens mal.

Elle galère à rentrer dans son jean. Ses jambes sont prises dans le tissu et elle gigote pour tenter de les sortir. J'en profite pour la saisir par la taille et l'allonger sur le lit.

– Si jamais je ne reviens pas vivant de cette confrontation avec ton frangin, sache que mes sentiments pour toi n'ont pas changé, lui glissé-je. Au contraire !

Je l'embrasse, attrape mes vêtements à côté du lit et pars m'enfermer dans la salle de bains. Ma douche dure deux minutes top chrono. Un instant plus tard, je rejoins Gold dehors. Le cul posé sur sa moto, il m'attend les bras croisés. Au moins, il n'est pas armé. Cela dit, il n'aurait pas besoin de pistolet pour me buter.

– J'espère au moins que tu t'es protégé, me lance-t-il.

Merde, je n'ai pas envie de parler de ma vie sexuelle avec lui !

– Ouais, grommelé-je malgré tout. Tu ne vas pas me tuer, hein ?

– Pas aujourd'hui. Monte sur ta moto, les gars t'attendent au *Purgatoire*.

– Les gars ?

Il refuse de m'en dire plus, forcément. J'enfourche Betty en espérant qu'il ne se mettra pas à neiger pendant que nous roulerons. La moto dans la poudreuse demande une concentration extrême et, franchement, je n'ai pas la tête à ça. Mon cerveau est resté en compagnie de Cassie.

Quand Gold et moi arrivons au bastion, je remarque la quantité anormale de bécanes réunies autour du bâtiment. Le parking n'est jamais aussi bondé en dehors des ouvertures au public, d'habitude. Et il est à peine 6 heures moins le quart…

Une sorte d'euphorie monte en moi, mêlée à de l'angoisse voilée. Que me réservent les Styx Riders ? Au moins, Ash se trouve à l'intérieur, je reconnais sa moto près de la porte. Méfiant, je me fige quand même une fois descendu de selle.

– Qu'est-ce qui m'attend ? demandé-je.

Gold s'arrête lui aussi et me décoche un coup d'œil moqueur.

– Ton droit d'entrer dans le club, me répond-il.

– Quoi ?

Alors là, je n'en reviens pas !

– Bradley semble décidé à faire une exception pour toi et te filer ta chance de devenir un Styx Rider avant tes dix-huit ans, continue mon patron. Mais, comme tout prospect, tu as une mission à remplir et on est en plein dedans. Bouge-toi le cul, je n'ai pas dormi de la nuit et mon seuil de patience a été dépassé quand j'ai compris dans quelle chambre tu te trouvais ce matin.

Oups. Je la boucle, ça vaut mieux. J'attends ce moment depuis des semaines ! Merde, même si mon petit voyage chez Rodz n'était pas bien malin, au moins il a porté ses fruits. Le MC peut compter sur moi. Me demander n'importe quoi. Certains des membres sont déjà mes frangins, de toute façon.

À cet instant, des flocons se mettent à tomber. Ils dansent, m'entourent, comme s'ils désiraient me protéger. Je prends ça pour un message de ma mère, elle qui adorait la neige. Parfois, quand je ferme les yeux, je peux la sentir près de moi.

Ces derniers jours, lorsque je me résous à penser à elle, je n'éprouve plus autant de peine, de culpabilité, de colère. Le manque reste – je suppose qu'il ne foutra jamais le camp. Mais il y a autre chose.

Un goût d'acceptation.

– Tu peux encore reculer, me lance Gold.

– Je porte déjà assez de regrets, répliqué-je. Aucune chance que je m'en rajoute. Je suis prêt.

Il accepte ma réponse d'un hochement de tête, et nous reprenons notre marche vers la porte du *Purgatoire*.

Dans la salle principale, une armée d'hommes en veste de cuir noir sans manches nous attend. Tous les yeux rivés sur moi m'écrasent. C'est la première fois que je vois autant de Styx Riders rassemblés en même temps. Pourtant, Ash reste invisible ; le président et le vice-président également.

Gold me fait signe de le suivre jusqu'au sas qui mène au bastion. Nous descendons au sous-sol. D'autres bikers s'y trouvent, alignés dans le couloir en béton.

Ils sont combien dans le club, en tout ?

Certains me saluent d'un hochement de tête, d'autres m'adressent un rictus pas du tout engageant. Plus j'avance, plus je me dis que je sens mal la « mission » qu'on me réserve. Est-ce qu'ils vont tous me tabasser les uns après les autres ? Les Red Birds m'ont fait pareil, et ils n'y sont pas allés de main morte…

Gold s'arrête devant l'une des portes en acier et m'ordonne :

– Vas-y.

Ça pue l'embrouille. Toutefois, je pousse le lourd battant et entre dans une pièce carrée, assez petite, dénuée de fenêtre. Une ampoule nue éclaire une chaise sur laquelle est assis Rodz en personne. Les mains attachées dans le dos, la bouche bâillonnée, il transpire à grosses gouttes.

Je lance un coup d'œil à Bradley Devon. Appuyé contre le mur, il a l'air serein. Son fils, Ash, me décoche un sourire qui semble me dire « bienvenue dans notre monde, gamin ».

– Salut, Alex, me lance le président. Tu connais déjà Rodz, n'est-ce pas ? Il gère une partie des commerces au nord de la ville. L'ouverture de notre garage ne lui a visiblement pas plu. On pense qu'il est l'auteur de la fusillade d'hier. Si tu es là, c'est pour lui arracher des aveux et des informations.

Je fronce les sourcils sans commenter. Inutile de demander comment je suis censé « arracher » tout ça, j'ai déjà ma petite idée là-dessus…

Rodz tente de se détacher à grand renfort de mouvements brusques. Sans succès.

– Si tu y arrives, tu seras officiellement l'un des nôtres, conclut Bradley.

– Et si j'échoue ? demandé-je.

– Tu n'entreras pas dans le club.

Message reçu. Si les prochaines minutes ne me plairont pas vraiment, il faut que j'en passe par là.

Je sais depuis le début que les Styx Riders trempent dans des affaires illégales. Je dois l'accepter si je veux devenir l'un d'eux.

– Quel genre d'infos ? enchaîné-je.

À Ash de me préciser :

– Toutes celles qui pourront nous être nécessaires.

– Je peux vous parler deux secondes, dehors ?

Le président et le sergent d'armes me suivent à l'extérieur. D'un signe du menton, ils ordonnent aux bikers qui squattent le couloir de remonter. Dès que nous sommes seuls, j'indique :

– Frapper Rodz ne le fera pas parler.

– Alors tu frapperas plus fort, ricane Ash.

Je lève les yeux au ciel et annonce :

– J'ai une autre idée pour le faire craquer. Il a de la famille ?

Les deux Styx Riders échangent un coup d'œil impassible, puis le tatoueur me répond :

– Ouais. Une femme et deux gosses.

– Parfait. Alors voici ce que je vous propose.

Le monde des gangs, j'y suis plongé depuis mes quatorze ans. Pour avoir dû m'en prendre à de mauvais payeurs pour le compte de Crayson, je sais que le passage à tabac ne fonctionne qu'une fois sur trois. À coup sûr, les bikers le savent également…

Je leur expose mon plan, qu'ils écoutent sans me couper la parole. Dès que je termine, le président opine et déclare :

– J’envoie un des gars. Laisse-lui une demi-heure. En attendant… essaie quand même les poings. Après tout, ce fils de pute mérite quelques coups.

Sur ce, Bradley tire son téléphone de la poche de son jean et se dirige vers la surface. Je me tourne vers Ash, tentant de ne pas montrer que la nausée m’a saisi le ventre. Comme s’il lisait dans mes pensées, mon pote me glisse :

– Si ça te mettait en joie, il y aurait un problème. Je reste ici. Je frapperai contre la porte quand mon paternel reviendra avec ce que tu lui as demandé.

Je retourne dans la cellule, le cœur au bord des lèvres. Je sais que si Cassie me voyait à cet instant, elle me larguerait. Je comprends pourquoi son frère la tient loin de ce monde : elle est trop bien pour cette noirceur.

En refermant la porte derrière moi, je laisse mes états d’âme sur le seuil. Ma cheerleader, et ma mère aussi.

Je suis désolé.

Pour trouver des frères, je dois me rendre aux Enfers.

– Sale temps pour les affaires, hein ? craché-je à Rodz.

Je lui arrache son bâillon. Immédiatement, il se fend d’un sourire narquois.

– Le mécano des *Limbes* ! s’exclame-t-il. Si je m’attendais à ça. Qu’est-ce que tu fous là, petit ? On n’est pas dans une cour de récré.

Je lui envoie un coup qui manque de lui dévisser la tête. Un éclair de souffrance traverse ma main jusqu'à mon poignet.

Rodz tousse un instant, ses cheveux noirs lui tombant devant les yeux ; mais, bien vite, je l'entends se marrer.

– J'y suis pour rien dans cette putain de fusillade ! prétend-il.

La terreur de Cassie me revient en mémoire. Ses mains tremblantes, sa voix chevrotante, ses yeux emplis de peur. La colère m'inonde. Que ce soit cet enfoiré de Rodz ou n'importe qui d'autre, plus personne n'approchera ma copine. Plus personne ne lui fera de mal.

À cet instant, un truc s'éteint dans mon être. Par obligation. Je laisse l'adolescent en moi de côté pour laisser s'exprimer la rage qui me meurtrit. Je dois l'expulser, m'en débarrasser… quel qu'en soit le prix.

Trente-cinq minutes plus tard, des coups retentissent contre la porte en acier. J'ai les doigts en sang malgré les bandes que j'ai enroulées autour de mes phalanges, mais ce n'est rien comparé à la tronche de Rodz. Il ne rit plus, et il ne le fera plus avant un moment.

Je plonge mes mains dans un seau d'eau froide, à côté de la chaise. Les élancements m'obligent à serrer les dents.

– Reste bien sage, je reviens, dis-je.

Je quitte la cellule avec l'impression que de l'acier en fusion coule dans mes veines. Ash et Bradley sont là, en compagnie de Gun. Le vice-président m'observe en silence. D'ailleurs, je ne vois pas trop ce qu'il pourrait dire. Mes vêtements sont tachés de sang.

– Rodz prétend qu'il n'est pour rien dans la fusillade, annoncé-je. Et, oui, j'ai frappé assez fort !

Ash éclate de rire.

– Je n'en doute pas une seconde, lâche-t-il. On a ce que tu voulais.

Son père me tend un portable ouvert sur un appel visio avec Snack.

– Hey, Alex, me salue ce dernier. Il paraît que l'idée vient de toi. Je te préviens, je ne toucherai pas à la gamine.

Il se tient sur un trottoir. De l'autre côté de la rue, j'aperçois une petite fille en train de jouer juste devant chez elle. Elle balance des boules de neige à son chien et à une femme brune un peu rondelette.

– L'important, c'est que Rodz croie qu'on pourrait le faire, déclaré-je. Ne bouge pas de là, Snack, et évite d'alerter la mère. Si elle rentre dans la maison avec sa fille, c'est foutu. Les gens ont tendance à être plus coopératifs quand ils prennent pleinement conscience de la menace.

– Ça roule, me répond Snack.

Je rends le portable à Bradley. À cet instant, je remarque la façon dont me matent les trois Styx Riders.

– Tu n'en es pas à ton coup d'essai ? me demande Ash.

– Si, réponds-je. Mais il m'arrivait d'être présent quand Crayson réglait des merdes de ce genre. Bon, j'y retourne… en revanche, on est d'accord : on ne bute personne, hein ?

Parce que j'ai opté pour un club de bikers, pas pour des tueurs de gosse !

– Il n'arrivera rien à la famille de Rodz, m'assure le président.

Et je le crois.

Je m'arme d'un masque d'impassibilité en retournant dans la cellule et lance au prisonnier :

– Toujours pas envie de parler, bouffon ?

– Va te faire foutre ! me crache-t-il.

Je me prends sa salive pleine de sang dans la figure. D'un revers de manche, j'essuie ma joue, puis je fourre le téléphone devant ses yeux tuméfiés.

– Si tu disais bonjour à ta gosse, Rodz ? lancé-je. Elle est adorable. Elle a l'air d'aimer la neige. Ma mère adorait la neige aussi, mais elle ne la verra plus jamais. Allez, mec, je suis certain que tu as envie que ta marmaille assiste à un autre hiver.

Les couleurs désertent le visage du truand.

– Putain, je te dis que j'ai rien à voir avec cette fusillade de merde ! tente-t-il malgré tout, avec moins de conviction que tout à l'heure.

Je secoue la tête en fixant Rodz du regard, puis rapproche le portable de ma bouche et demande :

– Tu m'entends, Snack ?

– Affirmatif, me répond-il.

– Charge.

Le cliquetis de son pistolet se fait entendre.

– Tu vois, mon pote a juste à traverser la route et hop, tu pourras dire adieu à ta gentille petite famille, dis-je à Rodz. On commencera par le clebs. Il s'appelle comment ? Jungle ? Médor ? Ta fille sera très triste de voir sa tête explosée. Mais pas longtemps, surtout si tu continues à nous embobiner.

La peur panique s'empare du gangster, et il s'exclame :

– Je n'ai pas donné l'ordre de tirer sur ton putain de garage ! Mais j'ai une info qui pourrait t'intéresser.

– Je t'écoute.

– Un mec des Styx Riders bosse pour moi. Je vous donne son nom et vous me libérez. C'est sans doute lui qui a fait ça.

– Un traître ?

– Ouais. Il sentait l'étau se resserrer autour de lui, alors il a préféré attaquer le premier. Il voulait vous réduire au silence, ta copine et toi. Au cas où vous l'auriez vu à l'entrepôt…

Je marche jusqu'à la porte, l'ouvre puis fais signe à Ash, Gun et Bradley d'entrer.

– Il y a un traître dans les rangs, leur annoncé-je. Un gars qui bosse pour Rodz, sans doute celui qu'on ne parvenait pas à identifier sur les photos que Cassie et moi avons prises.

– Son nom, cingle le prés'.

– Je veux que vous laissiez ma famille tranquille ! proteste le prisonnier.

– Son nom ! répète Bradley. Snack, dans dix secondes tu tires dans le tas.

– Isaac Romy !

Un silence pesant s'abat sur la pièce. Quelques instants passent, puis la voix de Snack se fait entendre à travers le téléphone :

– Prés' ?

– Tu peux rentrer au bastion, lui dit Bradley. Quant à toi, Alex, beau boulot. Attends-nous là-haut.

– Mais…

– Tout de suite, me coupe Ash.

Je me traîne à l'étage, les pieds aussi lourds que la conscience. C'est officiel, j'espère que ma mère n'a pas regardé ce que j'ai fait dans les sous-sols du *Purgatoire*. Et, si c'est le cas, qu'elle me pardonnera.

Mes mains me brûlent, mon ventre aussi. Il me faut un verre. Non, une bouteille entière !

Dans la salle principale, les bikers s'occupent comme ils peuvent. Je m'installe sur un tabouret au bar en espérant que le mec derrière me servira.

– Je ne suis pas autorisé à te demander ce qui se passe en bas, mais tu as une sale tête, commente-t-il.

Il peut parler ! Son visage est couvert de cicatrices. Une partie de sa barbe les dissimule, mais il n'en reste pas moins terrifiant.

– Ouais, sans doute, lâché-je. Je peux avoir une vodka ?

– Non, mais je peux te filer de la flotte, si tu veux.

Vu la sécheresse de ma gorge, ça m'ira…

Les minutes passent. J'ai toujours une putain de douleur dans les mains, mais l'adrénaline retombe progressivement.

Bradley, Ash et Gun mettent dix ans à remonter. Du coup, je sors mon téléphone. Pas de message de ma tante. Je l'ai prévenue hier que je comptais dormir chez Cassie, et elle ne m'a fait aucun caca nerveux. Je suppose que je me suis suffisamment bien comporté ces derniers temps pour qu'elle me lâche la bride.

En revanche, j'ai un SMS de ma cheerleader.

Toujours en vie ?

Ah oui, elle craint toujours que Gold m'ait descendu et ait abandonné mon corps quelque part.

Ouais, j'arrive, lui réponds-je.

Tu me raconteras ?

Aucune chance. J'ignore comment je vais lui cacher les blessures sur mes mains, cela dit. Elle se doutera forcément d'un truc. Fait chier.

– Hé, Alex ! entends-je soudain derrière moi.

Un étrange silence tombe sur la salle. J'ai à peine le temps de me retourner qu'un éclair noir file dans ma direction. Surpris, j'attrape le *cut* sans trop comprendre.

– Bienvenue chez les Styx Riders, fiston, ajoute Bradley Devon.

Tous les regards se braquent sur moi. J'en ai des frissons, qui s'accentuent lorsque je prends conscience de ce qui est en train de se passer : enfin, je suis un prospect.

Bordel de merde, j'ai réussi !

– C'est pour toutes les infos que tu as dénichées ces derniers jours, explique le président face à mon silence. Félicitations, tu es le premier mineur à entrer chez nous… mais ne crois pas que ça rendra ta tâche plus facile. Règle numéro un : si je t'appelle, tu t'arranges pour rappliquer. Règle numéro deux : tu es en période d'essai pendant six mois, je peux y mettre fin quand je veux. Règle numéro trois : si l'un des officiers du club te donne un ordre, tu exécutes. Pas de discussion, pas de réflexion, tu nous accordes une confiance et une loyauté aveugles. C'est clair ? Si ça ne te convient pas, tu peux encore reculer.

Je croise le regard d'Ash, planté derrière son père. Il me défie d'abandonner ce pour quoi je me bats depuis plusieurs semaines. Mais les Styx Riders sont devenus ma famille. Le prés' pourrait bien me demander de sauter d'un pont que je le ferais sans hésiter !

– J'accepte, dis-je.

Plutôt mille fois qu'une !

Et voilà, maintenant, j'ai envie de chialer.

ÉPILOGUE

ALEX

Chère Mort,

Je crois que je n'ai plus besoin de t'écrire à présent.

Adieu.

– Tu es sûr de toi ?

– Ouais, il va sortir, assuré-je à Gold. Surtout, ne le tue pas.

Je décoche un coup d'œil à mon patron. Le visage sombre, il grommelle :

– S'il n'est pas là d'ici cinq minutes, je rentre dans l'enceinte du lycée et je l'attrape par la peau du cul.

J'ai balancé à Gold le petit jeu de Jack envers Cassie. Le chantage affectif qu'il exerce sur elle en la menaçant de faire capoter son admission à la fac de Chicago doit cesser.

D'abord, le biker m'a engueulé parce que je ne lui avais rien dit avant. Seulement, Cassie me suppliait de me taire. Je devais faire quoi ? La trahir ? Mais quand elle a fondu en larmes parce que Ducon lui avait envoyé une photo de son paternel en compagnie du doyen de l'université, j'ai compris qu'il fallait arrêter les conneries. Ce mec doit perdre toute emprise sur ma copine.

Il va salement regretter de s'en être pris à elle !

L'entraînement de l'équipe de foot se termine une demi-heure avant celui des cheerleaders. Ducon ne devrait plus tarder.

Quelques têtes familières me saluent, matent Gold avec suspicion, mais personne n'ose poser de question. En même temps, qui oserait interpeller le biker à cet instant précis ? Il est beaucoup trop intimidant pour mes camarades de classe.

De mon côté, ça fait un mois que je porte le blouson de prospect, un mois que je me tape les pires tâches au service des Styx Riders : rapporter à manger aux officiers ; récurer les motos ; nettoyer le *Purgatoire* et son sous-sol ; enlever et remettre des cibles dans la salle de tir ; servir à boire quand le barman est absent… et, ma parole, il l'est souvent ! Étant donné que je ne suis plus privé de sorties, les gars s'en donnent à cœur joie. Je dois juste faire attention à ce qu'Amaria ne voie pas le *cut*, mais ça va, je m'en sors.

Mon intégration se fait lentement. Je rencontre les mecs du club, j'apprends les grades et leur signification, je me fais une place au sein du MC et je m'applique à exécuter les ordres sans me plaindre. Depuis la trahison d'Isaac Romy, les gars sont plus méfiants. Logique ! Il n'a toujours pas été retrouvé : il se planque quelque part à Black Lake. Les Styx Riders offrent une prime non négligeable à quiconque le débusquera : quinze mille dollars. Forcément, ça motive les gangs à ouvrir l'œil. Et j'ignore comment Bradley Devon s'y est pris, mais il a réussi à faire entrer les flics dans la combine. Je sais, par le biais de ma tante, qu'Isaac est recherché par la police pour un triple meurtre. Il aurait buté les tireurs qu'il a engagés pour attaquer le garage.

À mon avis, ce n'est pas lui qui a éliminé les gangsters. La veille de l'annonce du crime, je dormais chez Cassie. Je suis descendu à la cuisine vers 3 heures pour boire un verre d'eau quand je suis tombé sur Gold, couvert de sang. Et pas le sien… Sans un mot, il est passé à côté de moi et a tapoté mon épaule comme si j'étais un vieux pote.

Visiblement, mettre la main sur Romy s'avère plus compliqué. C'est un ancien mercenaire, il est capable de dissimuler ses traces et de rester invisible un très long moment. Mais arrivera le jour où il commettra une erreur. Et alors les Styx Riders ne le louperont pas. En attendant, le club rappelle aux gangs et aux enflures de Black Lake qui a les plus gros calibres… et, assurément, c'est nous.

Quant à Rodz, il a quitté la ville avec sa famille. Avoir craché le nom du traître au sein du MC a suffi à ce qu'il rachète sa liberté. Je pense que nous n'entendrons plus jamais parler de lui.

– Comment tu te sens ? me demande brusquement Gold.

Je douille toujours à l'intérieur, il m'arrive d'avoir envie de hurler jusqu'à en crever. Quand Cassie est près de moi, c'est plus facile à supporter.

– Je m'en sors, finis-je par répondre.

Quelques minutes supplémentaires s'écoulent. Soudain, je lance en désignant le portail du lycée :

– Regarde qui voilà.

Jack, accompagné de deux de ses potes, ralentit l'allure en nous voyant. Il paraît chercher son souffle, brusquement. Mais nous, on n'a aucun problème pour respirer.

– Jack, gronde Gold, on a un mot à te dire. Les autres, foutez le camp.

Les amis de Ducon jettent un regard au patch des Styx Riders sur nos vestes, puis décident :

– On s'arrache.

– Attendez, vous flippez ? s'exclame Jack. Sérieux, les gars, vous croyez qu'ils vont nous faire quoi ? On est dans un lieu public ! En pleine rue !

– On t'avait dit d'arrêter de faire chier Cassie, réplique l'un des footeux. On ne veut pas d'emmerdes.

Les deux mecs s'éloignent en rivant sur Ducon un regard désolé. Un bon point pour eux. Il faut savoir choisir ses combats, hein ?

De son côté, Jack se tend à l'extrême en nous observant d'un œil noir.

– Un conseil : ne cours pas, le prévient Gold. Non seulement ça m'énerverait, mais en plus je te rattraperais et je devrais t'en coller une rien que pour ça. Il faut qu'on cause de ma petite sœur et de ton chantage à la con concernant la fac de Chicago.

Un sourire étire mes lèvres. Mon patron me fait signe du menton de poursuivre nos explications :

– Alors comme ça, ton paternel connaît bien le doyen de cette université ? lancé-je.

Jack perd ses couleurs. Il faut dire aussi qu'il vient d'apercevoir le flingue à la ceinture de Gold. Sans crier gare, il s'enfuit à toutes jambes. Mon patron pousse un soupir en roulant des yeux, puis démarre à son tour. Le footeux se pensait rapide ? À côté d'un *enforcer*, ce n'est rien. Ces mecs s'entraînent à la vitesse tous les jours, ainsi qu'au tir et au combat. Ash les pousse aux limites de leurs capacités.

Gold attend que Ducon soit à la hauteur d'un petit bosquet pour accélérer encore, le rattraper et le tirer dans la végétation. Lorsque je les rejoins, Jack a le torse plaqué contre un arbre et le visage presque enfoncé dans l'écorce.

– Je te l'avais dit, enfoiré, râle Gold. Putain, je t'avais dit de ne pas courir !

Jack manque de se chier dessus quand il se retrouve avec le canon d'une arme collé contre la tempe.

– J'ai rien fait ! s'exclame-t-il. Je vous jure, ne me tuez pas, j'ai rien fait !

– Tu sais ce qui se vend encore mieux que les pièces d'une Ford Mustang de collection ? ricané-je. Les organes. Surtout ceux des jeunes sportifs.

Mon patron hausse un sourcil tandis que Ducon reste choqué par mes paroles. J'ignore si c'est parce que je viens de lui avouer que j'ai volé sa voiture ou à cause de mes menaces.

– On va commencer par les reins, propose Gold. Hein, Alex ? On pourrait se faire au moins trente mille chacun avec ça.

– Bonne idée, enchaîné-je. Ensuite, le foie. C'est dingue tout ce qu'on peut retirer dans un corps humain en gardant le sujet en vie assez longtemps pour assister à chaque intervention chirurgicale. Surtout que notre doc n'est pas un bon anesthésiste.

– Ouais, il est même très mauvais, renchérit mon patron.

Le footeux chiale à présent, la face toujours pressée contre l'arbre.

– Tu peux aussi choisir l'option suivante : t'excuser auprès de Cassie et lui dire que tu ne feras pas obstacle à son admission à l'université, reprend Gold. Ensuite tu ne la touches plus, tu ne la regardes plus, tu ne prononces plus jamais son prénom. C'est clair ?

Histoire d'appuyer un peu plus ses propos, le biker retire la sécurité de son flingue. Jack se met à brailler :

– D'accord, je suis désolé ! Je n'avais pas l'intention de… je suis désolé !

Quand mon patron le libère, Ducon tombe par terre comme une poupée de chiffon désarticulée.

– Bien, lâche Gold. Alex, je t'attends aux motos.

Comme si ce qui vient de se passer était parfaitement banal, le Styx Rider s'éloigne. Pour ma part, je me baisse, fixe Jack droit dans les yeux et déclare :

– Tu vois, quand tu veux ? Une dernière chose… n'essaie même pas de te plaindre aux flics. On est partout, mec. On te regarde, on te surveille et, au moindre mouvement suspect de ta part, on retrouvera ton corps dans la salle de bains d'une chambre de motel miteuse. Pigé ?

Il déglutit. Son regard tombe sur le dessin de Charon dans sa barque cousu sur mon *cut*.

– Pigé, souffle-t-il.

Avec un sourire victorieux, je me redresse, luttant contre l'envie de lui envoyer mon pied dans les couilles pour faire bonne mesure. Je me maîtrise et retourne auprès de Gold. Ce dernier ne tient même pas dix secondes avant d'éclater de rire.

– Vendre ses organes ! se marre-t-il. Putain, sérieux ?

– Tu penses quoi de mes talents d'acteur ? répliqué-je.

– Pas mal du tout. Je vais au garage, j'ai de la paperasse à finir. Profite de ta soirée, OK ?

Lorsque je lui ai expliqué pourquoi je souhaitais être exempté exceptionnellement de mes heures au garage, il a immédiatement accepté. Je lui en suis reconnaissant.

– Si pour une raison ou pour une autre tu as besoin de soutien… appelle-moi, ajoute-t-il en enfourchant sa bécane.

Voilà pourquoi j'endure les tâches de merde que les Styx Riders me donnent à faire ! Parce que derrière les corvées, les rires moqueurs, leur bizutage à la con… c'est un lien de fraternité indestructible que l'on trouve. Au sein du club, j'ai trouvé des potes, des frères. Je ne me suis jamais senti aussi entier que depuis que je porte le *cut*.

– Merci, dis-je.

Gold clôt cette conversation par un hochement de tête, puis démarre. Moi, je reste sur le parking, attendant la fin de l'entraînement des cheerleaders.

Dès que Cassie sort du lycée et me voit, elle s'empresse de me rejoindre, surprise.

– Qu'est-ce que tu fais ici ? Tu n'es pas au garage ?

Embarrassé, je passe une main dans mon cou sans savoir par quoi commencer.

– En fait, je dois… aller quelque part, et je voulais savoir si tu voulais bien m'accompagner.

Elle écarquille ses grands yeux bleus, puis déclare :

– Les filles et moi devions fêter la victoire de Ruby aux élections ce soir, mais je peux décommander. Tu as l'air nerveux, je me doute que c'est important. Où que tu veuilles aller, je viens avec toi.

J'ai la meilleure copine de la Terre !

– Ça ne prendra pas longtemps, tu pourras rejoindre tes amies après ça, lui indiqué-je.

– Je t'écoute, Alex.

Je déglutis. Je suis incapable de la regarder dans les yeux quand je souffle :

– J'ai envie d'aller voir ma mère. C'est la première fois que je me sens capable de me rendre sur sa tombe depuis son enterrement.

Cassie prend mon visage entre ses mains, puis me sourit avec une fierté dont je me nourris chaque jour. Ce qui me permet d'avancer, c'est la certitude qu'aux côtés de ma cheerleader, la meilleure part de moi-même ressort.

– N'aie jamais peur de me demander un service, OK ? me dit-elle. Quel qu'il soit. Bien sûr que je t'accompagne au cimetière. On prend ta moto.

Elle saute sur la selle, puis ajoute :

– Je peux conduire ?

– Je t'ai demandé de m'accompagner au cimetière, pas de nous y envoyer.

Même si je dissimule mon émotion derrière un sourire arrogant, je me sens tellement soulagé de savoir ma petite amie à mes côtés que j'en chialerais presque. Parce qu'elle devine ma tension, elle continue sur un sujet moins sensible :

– Mais tu laisses Rob conduire !

Mon oncle a bientôt fini de se préparer au permis moto, mais Amaria a refusé qu'il s'achète une bécane à plus de cinq mille dollars. On a bien essayé de lui faire comprendre qu'une Harley à ce prix-là n'existait pas, elle ne veut rien entendre. Du coup, j'ai demandé aux Styx Riders de m'aider. D'ici une semaine, Rob aura un cadeau qui l'attendra devant chez lui. En attendant, je lui prête ma moto de temps en temps et il est content.

– Attache bien ton casque, lancé-je à Cassie.

Elle s'exécute, puis pose la tête contre mon dos et me serre contre elle. D'un coup, je me sens moins tendu, moins terrifié à l'idée d'entrer dans le royaume des morts.

Parce qu'avec elle, je sais que j'en ressortirai toujours.

Composition et mise en pages
Nord Compo à Villeneuve-d'Ascq